裁きの鐘は

クリフトン年代記 第3部

ジェフリー・アーチャー
戸田裕之 訳

BEST KEPT SECRET
BY JEFFREY ARCHER
TRANSLATION BY HIROYUKI TODA

ハーパー
BOOKS

Published by K.K. HarperCollins Japan, 2025

シャブナムとアレグザンダーに

貴重な助言と調査をしてくれた
以下の人々に感謝する。

サイモン・ベインブリッジ、ロバート・ボウマン、
エレノア・ドライデン、アリソン・プリンス、
マリ・ロバーツ、そして、スーザン・ワット

クリフトン家
バリントン家
家系図

クリフトン家

ハロルド・タンコック
一八七一年〜

ヴェラ・プレスコット
一八七六年〜

レイ
一八九五年〜一九一七年

アルバート
一八九六年〜一九一七年

スタンレー
一八九八年〜

メイジー
一九〇一年〜

アーサー・クリフトン
一八九八年〜一九二一年

エルシー
一九〇八年〜一九一〇年

ハリー
一九二〇年〜

エマ・バリントン
一九二一年〜

セバスティアン
一九四〇年〜

バリントン家

サー・ウォルター・バリントン
一八六六年～一九四二年

メアリー・バリントン
一九七四年～一九四五年

レティシア
一八七八年～一九四五年

アンドリュー・ハーヴェイ
一八六八年～一九四五年

フィリス
一八七五年～

ニコラス
一八九四年～一九一八年

ヒューゴー
一八九六年～一九四三年

エリザベス・ハーヴェイ
一九〇〇年～

ジェシカ
一九四三年～

ジャイルズ
一九二〇年～

エマ
一九二一年～

グレイス
一九二三年～

裁きの鐘は

おもな登場人物

ハリー・クリフトン――ブリストル出身の作家
エマ――ハリーの元婚約者
セバスティアン――ハリーとエマの息子
ジャイルズ・バリントン――ハリーの親友、労働党議員。エマの兄
エリザベス――エマとジャイルズの母親
グレイス――エマとジャイルズの妹
フィリス――エマとジャイルズの大叔母
アリステア――フィリスの息子
メイジー・クリフトン――ハリーの母親
ヴァージニア――フェンウィック伯爵の娘
デレク・ミッチェル――私立探偵
サイラス・フェルドマン――スタンフォード大学教授
ジェシカ――エマとジャイルズの異母妹
ナタリー・レッドウッド――ニューヨークの出版社社員。ハリーの宣伝担当
ハロルド・ギンズバーグ――出版社社長
デズモンド・シドンズ――バリントン家の事務弁護士
アレックス・フィッシャー――ハリーの同窓生。保守党支部の事務局長
ロス・ブキャナン――バリントン海運会長
グリフ・ハスキンズ――ジャイルズの代理人

プロローグ

ビッグ・ベンが朝の四時を告げた。

大法官はゆうべのことで疲労困憊し、消耗しきっていたが、アドレナリンだけはいまも全身を駆け巡り、そのせいで、眠ることなどまったくできなかった。どちらの若者が由緒ある肩書きと広大な領地を引き継ぐべきかを巡るバリントン対クリフトンの一件についての裁定を下すと、上院をぎっしり埋めた人々に約束していたのだ。

彼はふたたび事実を考量した。なぜなら、事実が――事実のみが――最終判定を下す根拠になり得ると信じているからだ。

四十年ほども前、法廷弁護士見習い期間が始まったとき、民事であれ刑事であれ、判定する場合には個人的な感情、感傷、予断を持ち込んではならないと教師は戒め、法律は小心者やロマンチストの職業ではないと強調した。しかし、その言葉を信念として守りつづけて四十年になるが、これほどどちらへも秤《はかり》が傾かない案件は初めてだった。F・E・スミス（一八七二～一九三〇。イギリスの保守党政治家、法律家、法務長官。一九一九年から二二年まで大法官をつとめた）が生きていてくれれば助言を求めることもできるのだろうが。

一方では《オン・ジ・ワン・ハンド》……こういう手垢にまみれた言葉を使うのは実に不本意だが、ほかに思いつかないとあれば致しかたない。一方では、ハリー・クリフトンは彼の親友、ジャイルズ・バリントンより三週間早く生まれている。これは事実だ。他方《オン・ジ・アザー・ハンド》、ジャイルズ・バリントンがサー・ヒューゴー・バリントンと法律で認められた妻だったエリザベスの嫡出子であることは、疑いを差し挟む余地のない事実である。しかし、それはジャイルズ・バリントンがサー・ヒューゴーの最初の子であることを確定するものではない。そして、遺言書は最初に生まれた子に相続させると言っている。

一方、メイジー・タンコックはウェストン－スーパー－メアへ遊びにいったときにサー・ヒューゴー・バリントンと行きずりの肉体関係を持ったことを認め、その日から八カ月と二十八日目にハリーを産んでいる。これは事実だ。他方、ハリーが生まれたとき、メイジー・タンコックはアーサー・クリフトンと結婚していて、出生証明書はアーサー・クリフトンが父親であると明確に宣言している。これも事実だ。

一方では……大法官の考えは、ゆうべ、ようやく決を取ると決まり、ジャイルズ・バリントンとハリー・クリフトンのどちらが肩書きと〝その時点で保有しているすべて〟を引き継ぐべきかの投票が終わったあと、議場で起こったことへと移ろっていった。彼は人で埋まった上院で投票結果を告げる、代表院内幹事の正確な言葉を思い出した。

「賛成、二百七十三票。反対、二百七十三票」

赤い議員席《ベンチ》がどよめいた。その結果、賛否同数の場合は大法官が裁定を下すことになり、彼はバリントン家の肩書き、名高い海運会社、それに、土地や金銀宝石といった財産をだれが引き継ぐべきかを決めるという、気の進まない役目を引き受けることになった。二人の若者の将来が自分の裁定に左右されるとなれば、重い荷物を背負わされたと言わざるを得ない。ジャイルズ・バリントンが肩書きを引き継ぎたがっていて、ハリー・クリフトンはそれを望んでいないという事実を考慮すべきだろうか？　いや、それはだめだ。プレストン卿《きょう》が説得力のある反対演説で指摘したとおり、そのほうが都合がいいとしても、悪《あ》しき先例を作ることになる。

一方で、ハリーが引き継ぐという考えを支持するとしたら……大法官はついにうとうとしたが、間もなく低いノックの音に起こされた。七時、いつになく遅い時間だった。彼は呻《うめ》き、目を閉じたまま、ビッグ・ベンが鳴る回数を数えた。裁定を下すまでわずか三時間しか残されていないのに、まだどちらとも決めかねていた。

大法官はもう一度呻くと、足を床に下ろし、スリッパを履いてバスルームへ向かった。浴槽に浸《つ》かっているあいだも、この難問と格闘しつづけた。

事実――サー・ヒューゴーは色覚障碍であり、ハリー・クリフトンとジャイルズ・バリントンは二人とも色覚障碍である。事実、色覚障碍は母親を通じてのみ受け継がれる。だとすれば、あの二人が色覚障碍なのは偶然以外の何物でもなく、そのまま考慮の対象から外すべきだ。

浴槽を出ると身体《からだ》を拭《ふ》き、ドレッシング・ガウンを着た。そして、寝室を静かに出ると、毛足の長い絨毯《じゅうたん》が敷かれた廊下を歩いて書斎にたどり着いた。

ペンを取り、ページの一行目に〝バリントン〟と〝クリフトン〟の名前を記し、その下に、それぞれに対する賛否を列挙していった。丁寧なカッパープレート書体（太い部分と細い部分が著しい対照をなす曲線的な文字）で三ページ目が埋まるころ、ビッグ・ベンが八時を告げた。それでも、どちらに決するべきかは、相変わらずわからないままだった。

大法官はペンを置き、気は進まなかったが、食事をとることにした。

独りでテーブルに着き、黙って朝食を口に入れつづけた。テーブルの端にきちんと畳んで置いてある朝刊に目を通すことも、ラジオをつけることも拒否した。情報不足の記事や放送が、自分の判断に影響するのを恐れたのだ。大判の高級紙《ブロードシート》は、大法官がハリーに軍配を上げた場合の世襲主義の将来について偉そうな議論をしていたが、タブロイド判の大衆紙は、エマが愛する男と結婚できるかどうかにしか興味がないようだった。

バスルームへ戻って歯を磨くころになっても、裁定の秤はどちらにも傾いていなかった。ビッグ・ベンが九時を知らせた直後、大法官はふたたび静かに書斎へ入り、秤が最終的にどちらかへ傾いてくれることを祈りながら、さっき自分が書いたメモを読み直した。だが、秤は完璧《かんぺき》に水平なままだった。もう一度目を通そうとしたとき、ドアが低くノックされ、自分がどれだけ力を持った男だとしても時間は止められないという事実を思い出させてくれた。大法官は深いため息をつくと、三枚のメモをパッドからちぎり取って立ち上がり、それを読みつづけながら書斎を出た。廊下を歩いて寝室へ入ると、身の回りの世話をする係のイーストがベッドの足元に立ち、朝の儀式が始まるのを待っていた。

イーストは手際よくシルクのドレッシング・ガウンを脱がせ、アイロンをかけたばかりでまだ温かい白いシャツを主人が着るのを手伝った。次に、糊のきいた襟《カラー》、そして、精巧なレースの飾りが施されたネッカチーフ。大法官は黒の儀式用ズボンを穿きながら、この職務についてから何ポンドか肥ったことを思い出した。イーストは主人に黒と金の長いガウンをまとわせると、つづいて頭と足の仕上げにかかった。大法官は後ろの長い鬘《フルーボトムド・ウィッグ》をかぶり、バックル留めの靴を履くと、三十九人の前任者がつけた、この職務を示す金鎖を肩から下げた。パントマイムのおばさんからこの国で最高の法的権威へと変わるのは、このときだけだった。ちらりと鏡をのぞくと、これから始まる芝居の舞台に立ち、自分の役を演じる準備はできていた。ただ残念なのは、自分の台詞がいまだわからないことだった。

大法官が国会議事堂のノース・タワーに入退出する時間は、時間厳守を鉄則とする連隊付曹長でさえ感心せざるを得ないほど正確だった。午前九時四十七分、ドアにノックがあり、秘書のデイヴィッド・バーソロミューが部屋に入ってきた。

「おはようございます、ミ・ラッド」バーソロミューは勇を奮って挨拶した。

「おはよう、バーソロミュー」大法官が応えた。

「残念なお知らせをしなくてはなりません」バーソロミューは言った。「ハーヴェイ卿がお亡くなりになりました。救急車で病院へ向かっておられる途中でした」

後段が事実でないことは、二人とも知っていた。ハーヴェイ卿――ジャイルズとエマ・バリントンの祖父――は、採決の実施を知らせるベルが鳴るほんの少し前に議場で倒れたのだった。しかし、大法官も秘書も、長年の慣習を受け入れた。庶民院であれ貴族院であれ、議会が開会中に議員が死亡すれば、その死の状況に関して徹底的な調べが行なわれなくてはならない。〝病院へ向かっている途中〟という言葉は、こういう不測の事態を覆《おお》い隠し、見え透いた言い訳をしなくてすむようにするには、受け入れられやすくて打ってつけだった。この慣習はオリヴァー・クロムウェルの時代まで遡《さかのぼ》る。そのころの議員は剣を持ったまま議場に入ることが許されていたから、卑怯な振舞いが死という結果につながる可能性が、いつであれ明確に存在していたのだ。

大法官はハーヴェイ卿の死を悲しんだ。故人は彼にとって、好感を持てる、また、敬愛できる同僚だった。〝ジャイルズ・バリントン〟の名前の下に、丁寧なカッパープレート書体で書き留めた事実の一つを、秘書が思い出させてくれさえしなければよかったのだ。すなわち、ハーヴェイ卿は倒れてしまったためにそのあとの投票ができなかったが、もしできていれば、ジャイルズ・バリントンが跡を継ぐほうへ票を入れたはずだということを。そうであれば、問題はたちどころに、二度と蒸し返される恐れのない形で落着し、大法官もゆうべはぐっすり眠れたはずだった。そしていま、彼は二度と蒸し返される恐れのない形で決着させることを期待されていた。

〝ハリー・クリフトン〟の名前の下に、大法官はもう一つの事実を書き加えた。半年前、そもそもの上訴が法官貴族の前にもたらされたとき、彼らは四対三で、クリフトンが肩書きと、遺言書の文言を引用するなら……〝その時点で保有しているすべて〟を引き継ぐべきであると結論したという事実である。

ドアに二度目のノックがあり、裳裾持ち《トレイン・ベアラー》がさらなるサヴォイ・オペラ風のいでたちで現われた。歴史ある儀式が始まるという合図だった。

「おはようございます、ミ・ラッド」

「おはよう、ミスター・ダンカン」

裳裾《もすそ》持ちが大法官の黒のロング・ガウンの裾を持つや、デイヴィッド・バーソロミューがすぐさま一歩前に進み出て儀式室の両開きの扉を押し開け、主人を送り出した。大法官はそこから七分の旅をして、貴族院の議場へ入るのである。

今日の仕事に向かおうとしている議員、議会付きのメッセンジャー、あるいは、議会職員が大法官の姿に気づき、彼が議場へ入る邪魔にならないよう、急いで片側に寄って道をあけた。大法官が通り過ぎるときには全員が深く頭を下げたが、それは彼に対してではなく、彼が代表している〝至高〟に対してだった。彼はこの六年間毎日そうしてきたように、いつもと変わらぬ足取りで赤い絨毯を敷いた廊下を歩いていった。ビッグ・ベンが午前十時を知らせるべく最初の音を鳴らした、ちょうどそのときに議場に入るためである。

普段の日なら――今日は普段の日ではなかった――議場に入ると必ず数人の議員が坐っていて、赤い議員席《ベンチ》から丁重に立ち上がって大法官にお辞儀をし、起立したまま、その日の担当の主教の指揮で朝の祈りを行なう。それが終わって初めて、その日の仕事を始められるのだ。

だが、今日は違っていた。議場に入るはるか前から、大法官の耳に大勢の話し声が届いていた。さすがの大法官も議場に入るや目の当たりにした光景に驚かずにはいられなかった。赤いベンチがぎっしり埋まり、ある者は席を見つけられずに玉座の前の階段に腰を下ろし、ある者は議場の内外を仕切る手摺りのところに立っていた。大法官の記憶にある限り、議会にこれほどの議員が集うのは、国王が庶民院と貴族院に対し、議会を開いて立法活動を行なうべく、勅語をもって促すときだけだった。

大法官が議場に入るや議員はすぐさま私語をやめて一斉に起立し、彼が上院議長席《ウールサック》につくと、やはり一斉にお辞儀をした。

イギリスという国の最上級法務官、すなわち大法官はゆっくりと議場を見渡した。千を超える目が、もう待ちきれないと言わんばかりに彼を見つめていた。大法官の視線が、ついに三人の若者のところで止まった。ジャイルズ・バリントン、バリントンの妹のエマ、そして、ハリー・クリフトンは議場の奥の特別傍聴席にいて、正面から大法官を見下ろしていた。バリントン兄妹《きょうだい》にとっては愛する祖父であり、ハリー・クリフトンにとっては庇護者《ひごしゃ》であり親愛なる友人でもあるハーヴェイ卿への哀悼の意を表わし、三人とも黒い衣装に身を包んでいた。大法官は三人に同情した。これから自分が下す裁定が彼らの人生を変えるのだ。それぞれの人生がよりよいものであってくれるよう祈るしかない。

　ブリストル主教であるライト・リヴェレンド（主教に対する尊称）・ピーター・ワッツ師が祈禱書《きとうしょ》を開くと――実に適役だ、と大法官は思った――議員が頭《こうべ》を垂れた。そして、「父と子と聖霊の御名《みな》において」という言葉が発せられて初めて、ふたたび頭を上げた。

　そこに集っている全員が着席しはじめ、立っているのは大法官だけになった。議員は自分の席に腰を落ち着けると、深く坐り直して、大法官の裁定を待った。

「議員諸君」大法官はついに口を開いた。「諸君が私を信頼して任せてくれたこの裁定が簡単なものであったとは、口が裂けても言えません。まさにその正反対であります。司法に携わってきた長い年月のなかで、これほど難しい判断をしなくてはならなかった例はほとんどありません。しかし、トマス・モアが言っているとおり、いったんこの法衣をまとえば、万人を喜ばせることはまずないであろう決定を避けてはならないのです。事実、議員諸君、過去においてそのような裁定をゆだねられた大法官のなかには、裁定を下したその日のうちに斬首された者が三人いるのです」

笑いが起こったが、緊張がゆるんだのはほんの一瞬に過ぎなかった。

「しかし、だからと言って、私の義務を忘れることは許されません」大法官は笑いが収まるのを待って付け加えた。「神に対して答え得るのは私だけなのです。それを肝に銘じて、議員諸君、このバリントン対クリフトンの案件、すなわち、どちらが正当な後継としてサー・ヒューゴー・バリントンのあとを襲い、一族の肩書き、土地、そして、その時点で保有しているすべてを継承すべきかを……」

大法官はふたたび傍聴席へ目を走らせ、罪のない三人が依然として自分を見つめていることに気づいて言い淀み、ソロモンの知恵を与えたまえと祈ってから付け加えた。「すべての事実を考量して判断した結果、正統な継承者として私が決したのは……ジャイルズ・バリントンであります」

とたんに、そこにいる者たちが何ごとかを口にしはじめ、その声がどよめきとなって議場に響いた。記者たちはすぐさま席を蹴り、いまかいまかと待っている編集長へ大法官の裁定を報告しに向かった――世襲主義は無傷のまま守られ、ハリー・クリフトンはいまや法的に正統な妻になってくれとエマ・バリントンにプロポーズできることになった、と。

一方、一般傍聴人は傍聴席の手摺りから身を乗り出し、大法官の裁定に議員がどう反応するかを見ようとしていた。しかし、これはサッカーの試合ではなく、大法官はレフェリーではなかった。ホイッスルを鳴らす必要はなかったし、上院議員は全員が大法官の裁定を受け入れ、あるいは我慢するはずで、裁決投票に持ち込まれたり、異議申し立てがなされる気遣いはなさそうだった。大法官は議場に静寂が戻るのを待って、ふたたび傍聴席を見上げた。この裁定に最も大きな影響を被《こうむ》る三人がどんな反応を見せているかを知りたかったのだ。ハリー、エマ、そして、ジャイルズは、いまも無表情で大法官を見つめていた。

この裁定の意味を、まだ完全には理解していないかのようだった。

何カ月もどっちつかずの状態に置かれていたジャイルズは、愛する祖父の死のせいで勝利感は一切なかったが、それでも裁定を聞いたとたん、これで決着がついたとほっとした。ハリーの頭にはたった一つのことしかなく、裁定を聞いた瞬間にエマの手を握り締めた――ようやく愛する女性と結婚できる。

エマはどう考えるべきか、いまだによくわからないでいた。結局、大法官は一連の新たな問題を丸ごと作りだしたに過ぎない。その問題を考えなくてはならないのはわたしたち自身であって、今度は大法官もそれを解決する役目を担《にな》うことはできないのだ。

大法官は金の房のついたフォルダーを開き、今日の議事日程を確認した。予定の二番目は、国民健康保険制度に関する討論だった。かなりの数の上院議員が議場を抜け出し、議場は普段に戻った。

大法官はだれにも、たとえそれが最も近しく最も信頼している人物であるとしても絶対に認めなかっただろうが、実を言うと、最後の瞬間に考えを変えたのだった。

ハリー・クリフトンと
エマ・バリントン

一九四五年―一九五一年

1

「したがって、二人が一緒になるのが法によって認められない理由を明らかにし、異議を申し立てることのできる者は、いまこの場でそれを行ない、さもなくば、永久に沈黙を守らなくてはなりません」

ハリー・クリフトンはその言葉を最初に聞いたときを、そして、それから間もなくして自分の全人生が大混乱に陥った経緯を、決して忘れることがないだろう。ジョージ・ワシントンに似て絶対に嘘をつけないオールド・ジャックが、聖具室に慌ただしく集まった親族を前にして、ハリーの敬愛する、そして、いままさに彼の妻になろうとしている女性、エマ・バリントンが、彼の異母妹である可能性を否定できないと明らかにしたのである。

大混乱が生じたのは、一回きりではあるけれどエマの父親のヒューゴー・バリントンと性交渉を持ったことがあると、ハリーの母親が認めたときだった。であるならば、ハリーとエマは同じ父親の子かもしれなかった。

ヒューゴー・バリントンと行きずりの関係を持ったとき、ハリーの母は〈バリントン海運〉の港湾労働者であるアーサー・クリフトンと付き合っていた。メイジーはその直後にアーサーと結婚したのだが、血族結婚に関する伝統的な教会の律法に違背する恐れがあるあいだはハリーとエマの婚儀を執り行なうわけにはいかない、というのが司祭の考えだった。

間もなく、エマの父親のヒューゴー・バリントンは、教会をこっそり抜け出して姿を消した。まるで戦場から逃げ出す臆病者の所業だった。エマと彼女の母親はいったんスコットランドへ逃れ、ハリーは独り寂しくオックスフォードの学寮《カレッジ》にとどまって、この先どうしたものか途方に暮れた。その彼に代わって、アドルフ・ヒトラーがどうするかを決めてくれた。

数日後、ハリーは大学をやめ、式服式帽を普通の船乗りの制服に変えた。しかし、海の上で過ごしたのは二週間に満たなかった。乗り組んでいた船がドイツの魚雷に沈められ、ハリー・クリフトンの名前はそのときの水死者名簿に載せられた。

「あなたはこの女性を妻とし、二人が生きている限り、この女性と添い遂げますか？」

「はい」

戦争が終わり、名誉の負傷をして母国へ帰って初めて、ハリーはエマが自分たちの息子であるセバスティアン・アーサー・クリフトンを産んだことを知った。だが、ヒューゴー・バリントンがぞっとするような殺され方をし、それによって、バリントン一族に新たな問題を残したと知ったのは、怪我が完全に癒えてからだった。それはハリーにとって、どの点から考えても、愛する女性との結婚が認められないのと同じぐらい衝撃的な問題だった。

エマの兄で親友のジャイルズ・バリントンより自分が数週間早く生まれたという事実の意味など、ハリーは考えたこともなかった。だがそれは、自分がバリントン一族の肩書き、広大な地所、莫大な資産、そして、遺言書を引用するなら〝その時点で保有しているすべて〟を継承する序列の筆頭になる可能性があると知るまでだった。ハリーはすぐさま、バリントン家を引き継ぐことに関心はなく、自分のものと見なされるかもしれないいかなる生得権も放棄して、喜んでジャイルズに譲る意志があることを明確にした。ガーター紋章官はハリーの申し出を受け入れ、彼の考えをよしとしてすべてを進めるかに見えた。ところが、貴族院労働党の一般議員であるプレストン卿が、本人に相談もないまま、肩書きについてのハリーの申し出に異議を唱えたのだった。

「これは主義の問題なのだ」プレストン卿は議会詰めの記者に訊《き》かれるたびに、そう答えた。

「汝はこの男を夫とし、神がそう定められた後、婚姻という聖なる状態を保ってともに暮らすか？」

「はい」

この問題については、公式にはこの国最高の裁きの場における敵同士であり、イギリスじゅうの新聞の一面を賑わしているという事実があるにもかかわらず、ハリーとジャイルズは終始一貫して親友でありつづけた。

　エマとジャイルズの祖父のハーヴェイ卿が最前列の与党幹部議員席にいてくれたら、ハリーもジャイルズも大法官の裁定を喜んだはずだった。だが、ハーヴェイ卿は自分の勝利を知らないまま逝《い》ってしまった。この裁定に世論は二分され、二つの家族にはその後始末が残された。

　大法官の裁定がもたらしたことが、もう一つあった。それは新聞が間髪を入れずに貪欲な読者に指摘したとおり、ハリーとエマは血がつながっていないとこの国の最高の裁きの場が決めたために、ハリーがエマに対して正式に妻になってほしいと頼む自由を得たという事実である。

「この指輪をもって私は汝と婚姻し、全身をもって汝を尊び、この世のすべてを汝に与える」

　しかし、ハリーもエマもわかっていたが、その裁定はヒューゴー・バリントンがハリーの父親でないことを、合理的な疑いの余地なく証明した上でなされたものではなかった。そのことが、クリスチャンとしての二人には気掛かりだった。もしかして、自分たちは神の掟《おきて》を破ろうとしているのではあるまいか。

これまでに多くの試練を味わわされたにもかかわらず、互いに対する愛が萎《しぼ》むことはなかった。それどころか以前より強くなっていたし、エマは母のエリザベスに背中を押され、ハリーの母のメイジーに祝福されて、愛する男性《ひと》のプロポーズを受け入れた。ただ一つ悲しかったのは、彼女の二人の祖母がどちらもすでに世を去っていて、結婚式に出席できないことだった。

婚礼はオックスフォードでは執り行なわれなかった。もともとは大学の結婚式として物々しく儀式張ってやるつもりでいたのだが、そうなれば世間の耳目を引かずにはすまなかった。二人はそれを避け、ブリストルの登記所で、簡素に、家族と近しい友人だけの結婚式をした。

ハリーとエマが渋々合意した最も悲しい決断は、セバスティアン・アーサー・クリフトンを唯一《ゆいいつ》の子とするということだった。

2

ハリーとエマはスコットランドへ発《た》った。ハネムーンをいまは亡《な》きエマの祖父母、ハーヴェイ卿夫妻がかつて暮らしていた、マルジェリー・キャッスルで過ごすのだ。だが、出発の前に、セバスティアンをエリザベスに預けなくてはならなかった。

マルジェリー・キャッスルは多くの楽しい思い出をよみがえらせてくれた。オックスフォード大学へ行く直前、ハリーがここに滞在したときのことどもである。今回も、昼は二人で丘陵地帯を歩きまわり、一番高い山の向こうへ太陽が姿を消す前に城へ帰ることは滅多になかった。夕食を終え、マスター・クリフトンがブロスを三人前平らげるのが好きだったことをコックに思い出させたあとは、燃えさかる煖炉の前にやはり二人して坐り、イヴリン・ウォー、グレアム・グリーン、そして、ハリーの好きなP・G・ウッドハウスを読んだ。

人間よりもハイランド牛に出くわすことが多かった二週間ののち、二人は仕方なくブリストルへ帰る長い旅に取りかかった。落ち着いた家庭生活を楽しみにマナー・ハウスへ着いてみると、現実はそうでないことがわかった。

早くセバスティアンを手放したくてどうしようもなかったのだと、エリザベスが打ち明けた。毎晩のように泣いたりぐずったりして、寝かしつけるのに苦労したと語るエリザベスの膝に、飼っているシャム猫のクレオパトラが飛び乗って、あっという間に眠ってしまった。「正直なところ、もっとゆっくりしてくれればよかったのにとは、口が裂けても言えないわ」エリザベスが付け加えた。「この二週間というもの、〈タイムズ〉のクロスワード・パズルを完成させることだって一度もできなかったんだから」

ハリーは義理の母の理解に礼を言い、エマと二人がかりで、恐ろしく落ち着きのない息子をバリントン・ホールへ連れ帰った。

ハリーとエマが結婚する前、自分は労働党の国会議員としてやるべきことがあるからほとんどをロンドンで暮らすことになるはずであり、したがって、バリントン・ホールを二人の自宅と考えてもらって差し支えないとジャイルズは主張していた。一万冊の蔵書を誇る書斎、広大な庭園、充実した厩舎《うまや》。彼らにとって、そこは理想の住まいだった。ハリーは落ち着いて執筆に専念し、ウィリアム・ウォーウィックを主人公とする刑事小説シリーズの想を練ることができたし、エマは一日も欠かさず乗馬を楽しみ、セバスティアンは広い庭で遊んで、お茶の時間には奇妙な生き物を連れて戻ってくるのが決まりごとになった。

　ジャイルズは金曜の夜になると自ら車を駆ってブリストルへ戻ってくることが多く、ハリーの一家と一緒にディナーを楽しんだ。土曜の朝には支持者と会い、そのあとで港湾労働者の溜まり場になっているパブへ寄って、自分の代理人のグリフ・ハスキンズとビールを二杯飲む。午後はグリフと一緒に一万人の支持者とイーストヴィル・スタディアムで合流し、勝つより負けるほうが多いブリストル・ローヴァーズの試合を観戦するのだ。ジャイルズは自分の代理人に対してさえ絶対に認めなかったが、本当のところは、土曜の午後はブリストルで行なわれるラグビーを観戦したかった。だが、もしそれをやったら、メモリアル・グラウンドの観衆が二千人を超えることは滅多になく、しかも、その大半は保守党支持者だと、たちどころにグリフが諌めるに違いなかった。

　日曜の朝は、セント・メアリー・レッドクリフ教会で、ハリーとエマの横にひざまずいているジャイルズの姿が見られた。ジャイルズにとってはこれも支持者に対するもう一つの義務に過ぎないのだろうというのが、ハリーの見立てだった。なぜなら学生時代のジャイルズは、常に何かしら口実をひねり出しては礼拝を避けようとしていたからだ。しかし、誠実で勤勉な労働党の国会議員だという評判を短時間のうちに勝ち得つつあることは、だれも否定できなかった。

　あるときから急に、何の説明もなく、ジャイルズがブリストルへ戻る回数が減りはじめた。エマがそのことを訊くたびに、議会の仕事が忙しいとか何とか、要領を得ない答えが返ってきた。ハリーはその答えに納得できないまま、あまり長いあいだ選挙区を留守にしたら、この前の選挙でもかろうじて勝ったに過ぎないというのに、次の選挙ではその票がさらに減るのではないかと気を揉んだ。

ある金曜の夕刻、エマとハリーは、ジャイルズがこの数カ月ブリストルをなおざりにしていた、本当の理由を知ることになった。

エマに電話があって、その週末の金曜、夕食に間に合うようブリストルへ戻ると知らせてきたのだが、そのときには、客を連れていくことはおくびにも出さなかった。

これまで、エマは兄のガールフレンドに好印象を持つのが普通だった。そのほとんどが長続きせず、エマがその女性をきちんと知るに至らなかったとしても、必ず美人で、おつむが軽いことも往々にしてあったが、例外なくジャイルズに憧れ、尊敬していた。だが、今回はそうではなかった。

金曜の夕方、ジャイルズからヴァージニアを紹介されたとき、兄は一体この女のどこがよくて惹かれたのだろうと訝った。確かに、美人ではあるし、力を持った親類縁者に恵まれてはいた。実際、自身が一九三四年の〝デブ（初めて社交界に出る女性）・オヴ・ザ・イヤー〟であることを一度以上、そして、フェンウィック伯爵の娘であることを三度、ディナーの席に着く前に、エマとハリーに思い出させた。

供された料理に対し、聞こえよがしと思われても仕方がないような声で、グロスターシャーでは腕のしっかりした料理人を見つけるのが難しいらしいとジャイルズにささやくに至って、さすがのエマも、神経質な性質《たち》なのだろうという当初の思いやりを捨てざるを得なくなった。驚いたことに、ジャイルズはヴァージニアのそういう発言について、反論もたしなめもせず、ただにこにこしているだけだった。後悔することになるとわかっていても、それでもエマが一言言おうとしたとき、長い一日で疲れたから部屋へ引き上げたいとヴァージニアが宣言した。

彼女が立ち上がり、そのすぐ後ろにジャイルズがつづいた。二人が部屋を出ていくや、エマは客間へ行き、たっぷりとウィスキーを注いで、手近の椅子に沈み込んだ。

「あのレディ・ヴァージニアを、果たして母はどう思うかしらね」

ハリーが微笑した。「エリザベスがどう思うにせよ、それは問題じゃないんじゃないかな。ジャイルズのことだ、どうせ長くはつづかないよ。これまでだって、大半がすぐに終わってるじゃないか」

「そうならいいんだけど」エマはそこまでの確信を持てなかった。「でも、わからないのは、彼女がジャイルズのどこに興味を持っているかよ。だって、ジャイルズを愛していないのは見え見えだもの」

土曜の昼食をすませて、ジャイルズとヴァージニアがロンドンへ帰っていくと、エマはすぐにフェンウィック伯爵の娘のことを忘れた。はるかに切迫した問題に対処しなくてはならなかった。またもや子守りが辞めると言っていた。ベッドにハリネズミを入れられては忍耐も限界だ、と。そりゃそうだろう、とハリーは可哀相な子守りに痛く同情した。

「いかんせん、一人っ子なのよ」その夜、ようやく息子を寝かしつけて、エマは言った。

「遊び相手がいなくて面白いはずがないわ」

「その心配はしなかったな」ハリーが読んでいる本から顔も上げずに応えた。

「あなたのお母さまから聞いたけど、セント・ビーズへ入るまでのあなたって、丸っきり手に負えなかったんですってね。いずれにせよ、あの子の年頃には学校より港にいる時間のほうが長かったのよね」

「まあ、セバスティアンがセント・ビーズ校へ入るまで、そう長くはないよ」

「それまで、わたしに何をさせたいの？　毎朝、あの子を港へ連れていくの？」

「それも悪くないかもな」

「真面目に考えてよ、マイ・ダーリン。あなただって、オールド・ジャックに巡り合わなかったら、いまもあそこにいたんじゃないの？」

「きっとそうだろうな」ハリーは応え、偉大な男のためにグラスを挙げた。「それはともかく、セバスティアンのことだけど、ぼくたちに何ができるんだ？」

眠ってしまったのではないかとハリーが訝るほど長いあいだ、エマは返事をしなかった。

「もう一人、子供を持つときかもしれないわね」

　ハリーは驚きのあまり本を閉じ、改めて妻を見つめた。ほとんど自分の耳を疑っていた。

「だけど、そのことについては話し合って結論を出したはずだろう……？」

「そのとおりよ。それについてのわたしの考えはいまも変わっていないわ。でも、養子を迎えることを考えてはいけない理由はないでしょう」

「そう言うからには、何か訳があるんだろ、マイ・ダーリン？」

「父が死んだ夜、会長室で見つかった赤ん坊のことが頭から離れないのよ」――〝殺された〟という言葉を、エマはどうしても使う気になれなかった――「それと、彼女が父の娘ではないかという可能性がね」

「だけど、証拠がないよ。それに、いずれにせよ、これだけの時間が経ったあとで、どうやってその子を探し出すんだ？」

「それについては、有名な刑事小説作家に相談して、助言を求めようと考えていたの」

　ハリーは慎重に考えてから口を開いた。「ウィリアム・ウォーウィックなら、たぶん、デレク・ミッチェルを見つける努力をしてみたらどうだと勧めるんじゃないかな」

「でも、あなただってまさか忘れてはいないでしょうけど、ミッチェルは父に雇われていて、わたしたちのことを必ずしも心底から心配してくれていたわけではなかったのよ」

「確かにそうだが」ハリーは補足した。「だからこそ、彼に助言を求めるんだよ。何と言っても、すべての秘密を知っている人物なんだから」

グランド・ホテルで落ち合う約束だった。エマは何分か早く着き、ラウンジの隅の、だれにも話を聞かれる恐れのない席を選んだ。待っているあいだに、これからするつもりの質問を復習した。

時計が四時を打ち、ミッチェルがラウンジへ入ってきた。この前会ったときと較べると少し肥っていて、髪に白いものが増えていたが、紛れもなく足を引きずっているところが、いまも変わることなく彼であることを示していた。私立探偵より銀行の支配人みたいだというのが、久しぶりに再会した第一印象だった。明らかにエマを憶えているようで、まっすぐに席へ向かってきた。

「またお目にかかれて何よりです、ミセス・クリフトン」ミッチェルが意を決した様子で挨拶した。

「どうぞ、お坐りになって」エマは勧め、この人もわたしと同じぐらい神経質になっているんだろうかと訝りながらも、単刀直入に用件を切り出すことにした。「お目にかかりたかったのは、ミスター・ミッチェル、私立探偵としてのあなたの力を借りる必要があるからなんです」

ミッチェルが落ち着かない様子で身じろぎした。

「この前お目にかかったとき、父があなたに借りた形になっているものは必ずお返しすると約束しましたよね」ハリーがそうするよう助言してくれたのだった。サー・ヒューゴーの借りを清算すれば、ミッチェルもエマが本気で自分を雇おうとしているのだとわかるはずだ、と。エマはハンドバッグから封筒を取り出し、ミッチェルに渡した。

「ありがとうございます」ミッチェルは明らかに驚いていた。

エマはつづけた。「憶えていらっしゃると思うけど、この前お目にかかったとき、会長室で見つかった赤ん坊の話をしましたよね。枝編み細工のバスケットに入っていた女の子です。あの事件の担当だったブレイクモア警部――もちろん、忘れていらっしゃるはずはないでしょうけど――から夫が聞いたところでは、あの子は地元の関係当局に引き取られたのだそうです」

「まあ、そうなるのが普通でしょう。あの子の場合、親だと名乗り出る者もいなさそうでしたからね」

「ええ、そこまではわたしも突き止めて、つい昨日、市の担当部局の責任者と話しました。でも、あの子がいまどこにいるかについては、一切情報を提供できないと言われたんです」

「詮索好きなメディアからあの子を護《まも》るために、審問のときに検死官がそうするよう指示したんでしょう。もっとも、だからといって、その子がどこにいるかを知る方法がないということではありませんが」

「それを聞いて安心しました」エマはためらった。「でも、具体的な話に入る前に、あの赤ん坊がわたしの父の子だと、わたしが納得する必要があります」

「断言してもいいですが、ミセス・クリフトン、それについて疑いの余地はありません」

「そう言い切れる根拠は何なんでしょう」

「すべてを詳しくお教えすることもできますが、聞いたら不愉快な思いをすることになるかもしれませんよ」

「父はああいう人でしたから、ミスター・ミッチェル、どんな話を聞かされようと、わたしが驚くことはないんじゃないかしら」

ミッチェルはそれでもしばらく思案する様子だったが、ついに口を開いた。「私が雇われていたとき、ご存じないかもしれませんが、サー・ヒューゴーはロンドンへ移られました」

「もっと正確に言えば、わたしの結婚式の日に逃げ出したんです」

ミッチェルは反応しなかった。「それから一年ほどして、サー・ヒューゴーはオルガ・ペトロフスカという女性と、ラウンズ・スクウェアで一緒に暮らしはじめました」

「そんなお金がどこにあったんでしょう？　祖父に勘当されて、しかも、一ペニーももらえなかったのに？」

「お金はありませんでした。率直に言うと、サー・ヒューゴーはミス・ペトロフスカとただ一緒に暮らしていたのではなくて、実際には寄食していたんです」

「その女性について何かご存じですか？」

「何かどころか、ほとんど何から何まで知っていますよ。ポーランド生まれで、一九四一年にワルシャワを脱出したんです。両親が逮捕された直後のことです」

「どんな罪で逮捕されたのかしら」

「ユダヤ人であるという罪です」ミッチェルは淡々と答えた。「彼女は一家の資産のいくばくかを持って何とか国境を越え、ロンドンへ向かい、ラウンズ・スクウェアにタウン・ハウスを借りました。それから間もなく、共通の友人が主催したカクテル・パーティでサー・ヒューゴーと出会ったんです。サー・ヒューゴーはその日から彼女の気を惹きつづけ、数週間後には彼女のタウン・ハウスへ移り住みました。離婚が成立し次第、彼女と結婚すると甘言を弄してです」

「父についてはどんな話を聞かされても驚かないとさっき言ったけど、前言を撤回しなくてはならないようですね」

「この話にはもっとひどい続きがあるんです」ミッチェルが言った。「あなたのお祖父《じい》さまが亡くなったとき、サー・ヒューゴーは自分があとを襲ってバリントン海運の会長の座を引き継ぐべきだとすぐさま主張したんですが、その前に、ミス・ペトロフスカの宝石や名画をすべて盗んでいるんです」

「それが事実なら、どうして父は逮捕されなかったのかしら」

「逮捕されました」ミッチェルが答えた。「そして、告発されようとしたまさにそのとき、サー・ヒューゴーに不利な証言をした共犯者のトビー・ダンステイブルが、裁判の前夜に独房で自殺したんですよ」

　エマはうなだれた。

「どうします？　このあたりでやめておきますか、ミセス・クリフトン？」

「いいえ、つづけてください」エマは正面からミッチェルを見据えた。「わたしはすべてを知らなくてはなりません」

「サー・ヒューゴーは知らないままにブリストルへ戻ったんですが、実はそのとき、ミス・ペトロフスカは妊娠していました。そして、女の子を産んだんです。出生証明書によれば、その子の名前はジェシカ・ペトロフスカです」

「そんなことまでどうしてご存じなの？」

「そのときには、サー・ヒューゴーはもう私の報酬を支払えなくなっていました。だから、ミス・ペトロフスカに雇われたというわけです。皮肉なことに、サー・ヒューゴーが一族の富を引き継ぐと同時に、彼女は金が尽きました。だから、ジェシカを連れてブリストルへきたんです。あなたがた以外にもう一人娘がいることを、サー・ヒューゴーに知らしめたかったんでしょうね。彼にはその子を育てる責任があると考えたんでしょう」

「それはいま、わたしの責任です」エマは小声で言い、間を置いた。「でも、彼女を見つける方法がわからなかった。だから、あなたに力になってもらえるのではないかと期待したんです」

「できる限りのことはしましょう、ミセス・クリフトン。だが、これだけの時間が経っていますからね、そう簡単ではないはずです。ともかく、何かわかったら、真っ先にあなたに知らせます」そう言って、ミッチェルが腰を上げた。

足を引きずりながら出ていくミッチェルを見送って、エマは少し後ろめたかった。お茶の一杯も勧めていなかった。

一刻も早く家に帰って、ミッチェルとの話し合いをハリーに報告したかった。バリントン・ホールの書斎に飛び込むと、ハリーは受話器を置こうとしているところだった。夫があまりに大きな笑みを浮かべているので、エマは一言しか言えなかった。「あなたが先よ」

「来月の新作刊行に合わせてアメリカで宣伝ツアーしてほしいと向こうの出版社が言ってきてるんだ」

「素晴らしい知らせじゃないの、ダーリン。ようやくフィリス大叔母さまに会えるわね。それに、従兄弟《いとこ》のアリステアにもね」

「待ちきれないよ」

「侮《あなど》っちゃだめよ、ぼくちゃん」

「そうじゃなくて、きみも一緒にどうだろうと言ってくれているからさ。そうすれば、きみも二人に会えるだろう」

「一緒に行きたいのは山々だけど、タイミングが最悪だわ。子守りのライアンは辞めると言ってるし、残念なことに斡旋所からも愛想を尽かされたの」

「セブも連れていけるよう、出版社に頼んでみようか」

「あの子を連れていったりしたら、親子ともども強制退去させられるのが落ちなんじゃないかしら」エマは言った。「やっぱり、わたしはセブと一緒にこっちに残るわ。だから、あなた一人でかつてのイギリスの植民地を征服してきてちょうだい」

ハリーは妻を抱擁した。「残念だな、二回目のハネムーンを楽しみにしていたのに。ところで、ミッチェルとの話し合いはどうだった？」

ハリーがエディンバラの昼食付き文学の集いで講演しているとき、ミッチェルからエマに電話がかかってきた。

「手掛かりが見つかったかもしれません」彼は名乗らずに言った。「いつ会えますか？」

「明日の午前十時、同じ場所でどうでしょう」

受話器を置いたとたんに、ふたたび電話が鳴った。受話器を耳に当てたとたんに、妹だとわかった。

「声を聞けるのはうれしい驚きだけど、グレイス、あなたのことだから、それなりの理由があって電話をしてきたんでしょ？」

「それはそうよ、フルｰタイムの仕事をしてる人もいるんですからね」グレイスが言った。「でも、今回についてはあなたの言うとおりよ。実はゆうべ、サイラス・フェルドマン教授の講演を聴いたの。だから、電話したのよ」

「ピューリッツァー賞を二度受賞した、あのフェルドマン？」姉もまんざらものを知らないわけではないと、妹に思ってほしかった。「わたしの記憶が正しければ、スタンフォード大学の教授よね？」

「知ってるんだ」グレイスが意外そうな声で言った。「でも、それより何より、彼の話を聞いたら、あなただって惹きつけられずにはいられないはずよ」

「たしか、彼はエコノミストよね」エマは話についていこうと必死だった。「わたしの守備範囲じゃないんじゃないかしら」

「わたしの守備範囲でもないわ。でも、運輸についての話は……」

「よほど面白いみたいね」

「そうよ、すごく面白かったわ」グレイスは姉の皮肉を無視した。「海運業の将来についての部分は特にね。だって、いまやＢＯＡＣ（英国海外航空協会。ブリティッシュ・エアウェイズの前身）はロンドンとニューヨークのあいだに定期便を飛ばそうと計画しているのよ」

妹が電話をしてきた理由がいきなり腑に落ちた。「その講演の原稿を手に入れられないかしら」

「それよりもっといい方法があるわ。次の講演はブリストルで行なわれるの。だから、会場へ行って、自分の耳で聞けばいいのよ」

「それなら、講演のあとで話ができるかもしれないわね。訊きたいことなら山ほどあるわ」エマは言った。

「いい考えだと思うけど、忠告しておいてあげる。彼は下半身の欲求よりも理性のほうが勝っている数少ない男性の一人だけど、いまの奥さんは四人目だし、ゆうべはその姿も見えなかったわ」

エマは笑った。「忠告にしてはずいぶん露骨な言い方ね。でも、ありがたく聞いておくわ」

翌日の午前中、ハリーは列車でエディンバラからマンチェスターへ移動し、そこの公共図書館の小さな集まりで話をしたあと、質疑応答を受け付けた。

口火を切るのは必ずメディアで、しかも名乗ることは滅多になく、最新作にはほとんど、あるいはまったく、興味がないらしかった。今日は〈マンチェスター・ガーディアン〉の番だった。

「ミセス・クリフトンはお元気ですか？」

「ええ、まあ」ハリーは用心深く答えた。

「あなた方お二人がサー・ジャイルズ・バリントンの自宅で、サー・ジャイルズと一緒に住んでおられるというのは本当ですか？」

「とても大きな家ですからね」

「サー・ジャイルズが一族のすべてを引き継ぎ、あなたは何も得られなかったということに恨みを感じてはおられませんか？」

「そんなものはまったくありません。私はエマを得ました。私が欲したのは彼女だけです」

　それを聞いて記者は質問の接《つ》ぎ穂を失ったらしく、その束の間の隙に乗じて一般聴衆の一人が質問した。

「ウィリアム・ウォーウィックがダヴェンポート警部の仕事を得るのはいつですか？」

「次作では、まだです」ハリーは微笑して答えた。「それは保証します」

「三年足らずのあいだに子守りが七人辞めたというのは事実ですか、ミスター・クリフトン？」

　マンチェスターには、明らかに二紙以上の新聞があるようだった。

新聞報道が作品の売り上げに悪影響を与えている気配はないとマンチェスターの書店関係者は指摘していたが、ハリーはそれでも、駅へ向かう車のなかでメディアに腹を立てつづけた。延々とメディアに注目されつづけることに、そして、セバスティアンが学校へ通うようになったときにそれがどういう影響を及ぼすかということに、エマが懸念を覚えはじめていることもわかっていた。

「小さな男の子というのはとても残酷になり得るのよ」と、エマは念を押していた。

「まあ、少なくともあいつの場合は、ポリッジの椀を舐めてスリッパで叩かれることはないだろうよ」ハリーは応えた。


エマは何分か早く着いたが、ホテルのロビーに入ると、ミッチェルはすでにアルコーヴの席に坐っていた。立ち上がって迎える彼を見て、エマは自分が腰を下ろしもしないうちに、真っ先に訊いた。「お茶でよろしいかしら、ミスター・ミッチェル?」

「いや、結構です、ミセス・クリフトン」ミッチェルは世間話をする男ではなかったから、坐り直したとたんに手帳を開いた。「どうやら、地元の関係当局がジェシカ・スミスを預けたのは——」

「まだスミスのままなんですか?」エマは訝った。「どうしてペトロフスカではないんです? あるいは、バリントンですらも?」

「きっと、自分の親を簡単に遡《さかのぼ》って辿っていけないようにするためでしょう。検死官が審問のあとで、匿名にするよう主張したのかもしれません。地元の関係当局は」ミッチェルはつづけた。「ミス・J・スミスという子供を、ブリッジウォーターのドクター・バーナードなる人物の施設に送っています」

「なぜブリッジウォーターなんでしょう？」

「たぶん、そのときに空きのあった、一番近い施設だったからでしょうね」

「彼女はいまもそこにいるんでしょうか」

「私が知り得る限りでは、いるはずです。しかし、最近わかったんですが、バーナードの施設は数人の女の子をオーストラリアの施設へ送る計画を持っているようです」

「なぜかしら」

「オーストラリア政府の移民政策に乗ったんでしょう。若者をあの国へ送る手助けをすれば、一人につき十ポンドを支払ってくれるんですよ。とりわけ女の子をほしがっているようですね」

「それは意外ですね？　男の子じゃないんですか？」

「男の子はもう十分に足りていると考えているようです」ミッチェルが珍しくにやりと笑みを浮かべた。

「それなら、できるだけ早くブリッジウォーターを訪ねるべきでしょうね」

「いや、それはやめたほうがいいでしょう、ミセス・クリフトン。あまりにも気持ちが逸《はや》っていると見られたら、向こうが事実を考え合わせて、あなたがミス・J・スミスにそこまでの関心を持っている理由を突き止め、あなたとミスター・クリフトンは里親としてふさわしくないと判断するかもしれません」

「でも、彼らがそう判断できるとしたら、根拠は何なのかしら」

「まず、あなたの名前です。しかも、息子さんが生まれたとき、あなたとミスター・クリフトンは結婚していなかった」

「それなら、どうすればいいのかしら」エマは小さな声で言った。

「通常の手続きを踏んで申請するんです。急いでいるわけではないし、判断も任せると、そう見えるようにするんです」

「でも、いずれにせよわたしたちが拒絶されないと、どうしてわかるんです？」

「そうとわからないようにしながら、彼らを正しい方向へ向かわせる必要はあるでしょうね」

「そのために何をすればいいんでしょう」

「申請書には、どういう子がいいか——そういう好みがあれば、ですが——を書き込む欄があります。そのほうがみんなにとって時間の節約にもなるし、後々問題も起こりにくいというわけです。ですから、すでに少し年上の息子がいて、五歳か六歳の女の子を養子にしたいということをはっきりさせれば、候補者を限定する助けになるでしょう」

「ほかにすべきことはないかしら」

「あります」ミッチェルが答えた。「宗教に関しては、特に条件はないという欄にチェック・マークを入れてください」

「なぜそれが役に立つんですか？」

「ミス・ジェシカ・スミスの登録書類によれば、母はユダヤ人、父は不明となっているからです」

3

「イギリス人《ライミ》なのに、どうしてアメリカ軍の銀星章を？」アイドルワイルド空港（ジョン・F・ケネディ国際空港の旧称）で、ハリーのヴィザを検めていた入国審査官が訊いた。

「話せば長くなりますよ」ハリーは答えた。この前ニューヨークの土を踏んだときに殺人容疑で逮捕されたことは、黙っているほうが賢明だろうと思われた。

「アメリカをせいぜい楽しんでください」審査官がハリーに握手の手を差し出した。

「ありがとう」ハリーは驚きを顔に表わさないようにしながら入国管理《イミグレーション》を通過し、標識に従って手荷物受取り所へ向かった。スーツケースが出てくるのを待ちながら、到着したあとのことを指示したメモをもう一度確認した。〈ヴァイキング・プレス〉の宣伝担当責任者が出迎え、ホテルまで同行して、今後の予定を説明する手筈になっていた。イギリスではどの町でも、同行するのは地元の販売担当者だったから、宣伝担当責任者がどういうものなのか、ハリーにはまるで想像がつかなかった。

学生時代に使っていた古いスーツケースを受け取り、税関へ向かった。係官がそれを開けるよう言い、通り一遍の検査をして、横腹にチョークで大きな×印をつけると、通過を許可した。ハリーは〈ようこそニューヨークへ〉と記され、その上にウィリアム・オドワイヤー市長の笑顔の写真が掲げられた、大きな半円形の看板をくぐった。

到着ロビーへ出たとたんに、名前を記したカードを掲げた制服姿の運転手の列に迎えられた。ハリーは〝クリフトン〟を探し、その名札を見つけると、笑顔で運転手に言った。

「私だ」

「ようこそいらっしゃいました、ミスター・クリフトン。私はチャーリーと申します」運転手が名乗り、ハリーの重たいスーツケースを、まるでブリーフケースのように軽々と引き取った。「それから、こちらがあなたの宣伝担当責任者のナタリーです」

ハリーは送られてきた予定表に〝N・レッドウッド〟とだけ記されていた若い女性を見た。背丈はハリーと同じぐらいで、ブロンドの髪を流行の形にカットし、目は青く、白い歯がきれいに並んでいた。これほど見事な歯を見たのは歯磨きの広告看板ぐらいだった。さらに言うなら、首から下は砂時計のようで、戦後の食料配給制のイギリスでは決してお目にかかることのないスタイルだった。

「お目にかかれて何よりです、ミス・レッドウッド」ハリーは握手の手を差し出した。

「こちらこそ光栄です、ハリー」彼女が応えた。「それから、わたしのことはナタリーと呼んでください」そして、チャーリーのあとにつづいてコンコースを出ながら付け加えた。

「わたし、大ファンなんです。ウィリアム・ウォーウィックが本当に好きなんですよ。最新作もベストセラーになること請け合いです」

歩道へ出ると、チャーリーが後部ドアを開けた。ハリーが見たこともないような長さのリムジンだった。彼は脇へどき、レディ・ファーストに従ってナタリーを先に乗せてやった。

「イギリスの男性って、本当に素敵ですね」ナタリーが隣りに坐ったハリーに言った。リムジンはゆっくりと、ニューヨークの中心部へ向かう車の流れに加わった。「まず、ホテルへ行きます。ピエールを予約してあります。十一階のスイートです。旅の垢を落としてもらい、そのあと、ミスター・ギンズバーグと〈ハーヴァード・クラブ〉で昼食という予定になっています。因《ちな》みに、ミスター・ギンズバーグはあなたにお会いするのをとても楽しみにしているんですよ」

「私もだよ」ハリーは応えた。「何しろ、私の囚人日記を出版してくれただけでなく、ウィリアム・ウォーウィックのシリーズの第一作を世に問うてくれた人だからね、いくら感謝しても足りないぐらいだ」

「そして、『虎穴《こけつ》に入らずんば』をベストセラーにしようと、とても多くの時間とお金を注ぎ込んでいます。そのためにわたしたちがどういう計画を立てているか、あなたにすべてを説明するよう言われているんです」

「是非聞かせてもらいたいな」ハリーは催促しながら、窓の向こうの景色を楽しんだ。この前は刑務所の黄色いバスの後部座席から見た景色で、行き先はピエール・ホテルのスイートではなく、刑務所の監房だった。

脚に手が触れた。「ミスター・ギンズバーグに会ってもらう前に、たくさんのことを知っておいてもらわなくてはなりません」ナタリーが青い表紙の分厚いフォルダーを手渡した。「手始めに、あなたの作品をベストセラー・リストに載せるためにわたしたちが何をしようとしているか、それを説明させてください。なぜなら、イギリスとはまるでやり方が違うからです」

ハリーはフォルダーを開き、集中しようとした。ここまで身体にぴったり貼りついた服装の女性の隣りに坐るのは初めてだった。

「アメリカでは」ナタリーがつづけた。「〈ニューヨーク・タイムズ〉のベストセラー・リストに間違いなく載りつづけるためには、三週間の猶予しかありません。そのあいだに上位十五作に入らなければ、書店は『虎穴に入らずんば』の在庫を出版社へ送り返してしまうんです」

「信じられないな」ハリーは言った。「イギリスでは、書店からの注文があった時点で、出版社側からすれば本は売れたということになるんだけどな」

「買い切りか、返本かの選択肢は、書店にないんですか？」

「たぶん」ハリーは答えたが、そういう考えがあることにショックを受けていた。

「いまだに値引きなしで本を売っているというのも本当なんですか？」

「もちろんだ」

「そうですか、そういうことなら、そこでもアメリカとイギリスは大きく違っていますね。なぜなら、アメリカでは上位十五作に入ったら、元々の値段は自動的に半分になり、その作品は店の奥へ移されるんです」

「どうして？　ベストセラーになったら、書店の正面やショウ・ウィンドウに大々的に並べられるのが当然だろう。値引きなんて、絶対にあり得ないはずだ」

「アメリカでも、以前はそうではありませんでした。でも、広告担当者たちが気づいたんですよ。読者が特定のベストセラーを求めるために店にきて、お目当てのその作品を手に取るには店の奥まで行かなくてはならないとしたら、そういう読者の五人に一人は支払いカウンターへ行く途中で別の作品を二冊、三人に一人は一冊を買うことにね」

「確かに抜け目のないやり方だが、イギリスではどうだろうな」

「わたしには時間の問題に過ぎないように思えますけど。でも、できるだけ早くベストセラー・リスト入りするのが重要である理由は、少なくとも、これでわかってもらえるんじゃないでしょうか。なぜなら、値段が半分になったとたんに、数週間は上位十五作にとどまることができるんです。実際、リストに載るより、降りるほうが難しくなるんですよ。

でも、もし載れなかったら、『虎穴に入らずんば』はきっかりひと月で書店の棚から消え、わたしたちは多大な損失を被ることになります」

「なるほど、そういうことなのか。わかったよ」ハリーは応えた。リムジンはゆっくりとブルックリン・ブリッジを渡っていて、ハリーはふたたび、イエロー・キャブや吸いさしの葉巻をくわえた運転手の顔を眺めた。

「それよりもっと大変なことがあるんです。わたしたち、二十一日間で十七の都市を回らなくちゃならないんです」

「私たち？」

「そうです、このツアーのあいだ、わたしはずっとあなたと手をつないでいなくちゃなりません」ナタリーがいたって砕けた言い方をした。「普通は、わたしはニューヨークにとどまって、訪れる著者のお世話はそれぞれの都市にいる現地の宣伝担当者に任せるんですが、今回は例外なんです。あなたのそばを離れるなって、ミスター・ギンズバーグが譲らないんですよ」そして、またハリーの脚に触り、自分の膝の上のフォルダーのページをめくった。

ちらりと顔をうかがうと、ナタリーがコケティッシュな笑みを返してきた。おれを誘ってるんじゃあるまいな。いや、それはあり得ない。だって、さっき会ったばかりじゃないか。

「すでにいくつかの大手ラジオ局と交渉して出演の同意を取りつけ、そこには〈マット・ジェイコブズ・ショウ〉も含まれています。毎朝、千百万人が聴いている番組です。本を書店の外へ出すことにかけては、マットの右に出る人はいません」

ハリーはいくつか質問したかったが、ナタリーはウィンチェスター・ライフルよろしく、頭を上げるたびに銃弾を発射した。

「気をつけてもらいたいんですが」ナタリーがつづけた。息継ぎも必要ないかのようだった。「こうした大きな番組では、五分以上は時間を与えてくれません――それがイギリスのＢＢＣと違うところなんです。〝より深く〟という考え方は、彼らには理解できません。ですから、その五分のあいだに、『虎穴に入らずんば』というタイトルをできるだけ数多く繰り返すことを忘れないでください」

ハリーはツアーの予定が記されているページをめくっていった。毎日が新しい町で始まり、そこで早朝のラジオ番組に出演し、そのあと数え切れないほどの電波や紙媒体のインタヴューをこなし、空港へ急行する、その繰り返しのようだった。

「きみの担当著者は例外なくこういう目にあわされるのかな」

「まさか、そんなことはありませんよ」ナタリーが答えた。その手がまたもやハリーの脚へ戻ってきた。「そういう状態になっていることが、あなたについてのわたしたちの最大の問題なんです」

「私のことで問題があるのか？」

「もちろんです。インタヴュアーの大半は、刑務所に入っていたときのことを訊きたがり、イギリス人なのにどうして銀星章を授けられたかを知りたがるはずです。そのたびに、あなたには本に関する話題へ戻してもらわなくてはなりません」

「イギリスでは、それはかなりな悪趣味と見なされるんだがな」

「アメリカでは、悪趣味はあなたをベストセラー・リスト入りさせてくれるものと見なされるんです」

「しかし、本当にインタヴュアーは本のことを話したがらないのか？」

「ハリー、彼らの誰一人としてあなたの作品を読んでいないと考えてもらわなくてはなりません。毎日、十作を超える新しい小説が彼らの机に届くんです。だから、タイトルだけでなく、中身を少しでも読んでもらえれば、それは運がいいということになります。あなたの名前を憶《おぼ》えていてくれたら、それすら余禄と考えてください。彼らが自分の番組にあなたを出演させることにした唯一の理由は、あなたが銀星章を授与された、刑務所帰りの元囚人だからです。だとすれば、それをわたしたちに有利になるよう利用して、『虎穴に入らずんば』をしつこく、死に物狂いで宣伝するんです」ナタリーがそう言ったとき、リムジンがピエール・ホテルの前に着いた。

ハリーは後悔した。イギリスにいればよかった。

チャーリーがすぐさま運転席を降りてトランクを開けると、それを見てホテルのポーターが近づいてきた。ナタリーはハリーを案内してホテルに入り、ロビーを突っ切ってフロントへ向かった。ハリーはそこでパスポートを見せ、宿泊カードに名前を記入するだけでよかった。ナタリーはハリーを殿様扱いし、万端抜かりなく準備をしているようだった。

「ようこそピエールへお越しくださいました、ミスター・クリフトン」フロント係が歓迎し、大きなキイを渡した。

「ここのロビーで」ナタリーが時計を見た。「一時間後にお待ちしています。そのあと、リムジンで〈ハーヴァード・クラブ〉へご案内します。そこで、ミスター・ギンズバーグと昼食ということになります」

「ありがとう」ハリーは応え、ロビーを引き返して回転ドアの向こうの通りへ姿を消していくナタリーを見送った。気づかないわけにはいかなかったが、彼女から目を離せずにいるのは自分だけではなかった。

ポーターが十一階まで荷物を運んで、スイートへ案内し、何がどうすれば動くかを説明してくれた。浴槽とシャワーが両方ついているホテルに泊まるのは初めてだった。ブリストルへ戻ったときに母に教えてやれるよう、すべてをメモしておくことにした。ハリーはポーターに礼を言い、唯一持っていた一ドル札に別れを告げた。

荷ほどきもしないうちにまずやったのは、ベッドのそばの受話器を上げ、エマに指名通話をすることだった。

「十五分ほどでつながると思いますので、こちらから改めてお呼び出しいたします、サー」国際電話の交換手が言った。

ハリーは長すぎるぐらい時間をかけてシャワーを浴び、これまでに見た最大のタオルで身体を拭いてから、ようやく荷ほどきにかかったが、そのとたんに電話が鳴った。

「お申し込みの国際電話がつながりました、サー」交換手が告げた。つづいて、エマの声が聞こえた。

「あなたなの、ダーリン？　聞こえる？」

「もちろん聞こえてるよ、ハニー」ハリーは笑みを浮かべた。

「あなた、もうアメリカ人になったみたいな話し方じゃないの。三週間後にはどうなってるか、想像がつかないわね」

「ブリストルへ帰る準備をしてるに決まってるだろう。新作がベストセラー・リスト入りできなかったら尚更だ」

「本当に入れなかったら？」

「もっと早く帰れるかもしれない」

「わたしにとっては、それも悪くない話ね。ところで、いまどこにいるの？」

「ピエール・ホテルだよ。これまでお目にかかったこともないような広い部屋をあてがってもらってる。ベッドなんて、四人は寝られそうだよ」

「絶対に一人で寝てちょうだいね」

「エアコンもついてるし、バスルームにはラジオがある。なにしろ、何かを動かしたり止めたりするのにどうすればいいのか、いまだに全部はわかっていない有様だ」

「セブを連れていくべきだったわね。あの子なら、いまごろは一つ残らず自分のものにしてるでしょうからね」

「あるいは、ばらばらにして、ぼくがそれを元へ戻すはめになっているかだな。で、あいつは元気かい」

「元気よ。実は、子守りがいないことにだいぶ慣れたみたい」

「よかった、ほっとしたよ。それで、きみのほうはどうなんだ？　ミス・J・スミス探しは進展を見てるか」

「ゆっくりとだけどね。でも、明日の午後、ドクター・バーナードの施設へ面接を受けに行くことになってるの」

「何だか見込みがありそうじゃないか」

「午前中にミスター・ミッチェルと会うことになってるから、何を言うべきか、もしかしたらそっちのほうが重要かもしれないけど何を言うべきでないか、それがわかった上で面接に臨めるんじゃないかしら」

「大丈夫、きみならうまくやるさ。子供たちをいい家庭に送り込むのが彼らの使命だということさえ忘れなければいいんだ。ぼくが唯一懸念しているのは、ぼくたちが何をしようとしているかを知ったときに、セブがどういう反応をするかだ」

「あの子はもう知ってるわ。ゆうべ、寝る前に話してやったのよ。そうしたら、意外なんだけど、その考えがとても気に入ったみたいなの。でも、いったんセブが絡んだら、必ず別の問題が生じるのよね」

「今度はどんな問題なんだ？」

「だれを選ぶかを決めるとき、自分にも発言権があると思っているの。妹を欲しがっているのはいいニュースだけどね」

「あいつがミス・J・スミスを気に入らなくて、だれかほかの子がいいと考えないとも限らないからな。まだ油断は禁物だ」

「そうなったらどうすればいいか、わたしにはわからないわ」

「あいつがジェシカを選ぶよう、何とかして仕向けるしかないだろう」

「どうやって？」

「考えるよ」

「ただし、あの子を絶対に侮っちゃだめよ。侮ったら、簡単に裏目に出る恐れがあるわ」

「その話は帰ってからにしよう」ハリーは言った。「申し訳ないが、急がなくちゃならないんだよ、ダーリン。ハロルド・ギンズバーグと昼食の予定が入ってるんだ」

「わたしがよろしく言っていたと伝えてちょうだい。それから、彼ももう一人の侮るべからざる男性よ。それを忘れないでね。もう一つ忘れないでほしいことがあるんだけど、あの男がどうなったか、一緒にいるあいだに必ず訊いてよね——」

「忘れてないよ」

「幸運を祈ってるわ、ダーリン」エマが言った。「必ずベストセラー・リスト入りを果たすのよ」

「きみはナタリーより厳しいな」

「ナタリーってだれ？」

「ぼくを捕まえて離さない、魅惑的なブロンドだよ」

「あなたって大した嘘《ストーリイテラー》つきね、ハリー・クリフトン」


その日の夕方、エマは最初に大学の講堂にやってきた一人だった。サイラス・フェルドマン教授の講演を聴くためである。演題は〈イギリスは戦争に勝って平和を失ったか？〉だった。

エマは階段状になっている席の、真ん中から少し後ろの列の端に腰を下ろした。会場は予定時間のずいぶん前から混みはじめ、遅くきたものは階段の通路に坐らなくてはならず、一人か二人、窓枠に腰かけている者もいた。

　ピューリッツァー賞を二度受賞した経済学者が大学の副総長にともなわれて会場に入ってくると、聴衆は一斉に立ち上がって拍手で迎えた。全員がふたたび着席すると、副総長のサー・フィリップ・モリスが招いた講演者を紹介し、その卓越した経歴を手短に紹介した。それによると、フェルドマンは学生時代をプリンストン大学で過ごし、スタンフォード大学で最年少の教授に任じられ、昨年、二度目のピューリッツァー賞を受賞していた。ふたたび長い拍手がひとしきりつづき、フェルドマン教授が席を立って演壇へ向かった。

　口を開きもしないうちに、まず強く印象づけられたのは、フェルドマン教授がとてもハンサムだということだった。そしてそれは、グレイスが電話で教えてくれなかったことでもあった。背丈は六フィートをわずかながら超えているに違いなく、豊かな髪は白いものが増えて灰色になり、日焼けした顔が、どの大学で教えているかを全員に思い出させた。運動選手のような身体つきは実際の年齢よりはるかに若く見え、図書室にいるのとほとんど同じぐらい長い時間を、ジムで費やしているに違いないことを示唆していた。

　話しはじめた瞬間、エマはフェルドマンがありのままに放つエネルギーの虜《とりこ》になり、それからいくらも経たないうちに、そこにいる全員が席から腰を浮かせるように身を乗り出して話を聞きはじめた。学生は一言半句も漏らすまいと一心にペンを走らせてノートを取り、エマは筆記用具を持ってこなかったことを悔やんだ。

教授は原稿なしで講演をつづけ、次から次へとテーマを変えていった——戦後のウォール・ストリートの役割、新たな世界通貨としてのドル、石油が必要不可欠な商品となって、二十世紀後半、あるいはそれから先も世界を支配するであろうこと、国際通貨基金《IMF》の将来の役割、そして、アメリカが固定金本位制にとどまるべきかどうか。

講演が終わってエマが唯一残念に思ったのは、運輸にほとんど触れられず、産業面でも観光面でもいかに飛行機が新世界秩序を変えるかについて、ついでのように言及されただけに終わったことだった。しかし、百戦錬磨のプロの御多分に漏れず、教授はそのテーマについて本を書いたことを聴衆に思い出させた。エマはその本を手に入れるのをクリスマスまで待つつもりはなく、本と言えばとハリーのことを思い、アメリカでの彼の新作宣伝ツアーが成功することを祈った。

エマはその場で『新世界秩序』を購入し、著者のサインをもらおうとする長い列に加わった。先頭に出たときには第一章をほとんど読み終え、五分でいいから、イギリスの海運業の将来についてもう少し詳しく話してもらえないだろうかと考えていた。

フェルドマンの前のテーブルに本を置くと、教授が友好的な笑顔で訊いた。

「お名前は？」

一か八か賭けてみることにした。「エマ・バリントンです」

フェルドマンがしげしげとエマを見た。「ひょっとして故サー・ウォルター・バリントンの親戚ではありませんよね？」

「祖父です」エマは誇らかに答えた。

「ずいぶん昔のことですが、サー・ウォルターの講演を聴いたことがあるのですよ。アメリカが第一次大戦に参戦した場合の海運業界の役割がテーマでした。当時、私は学生だったのですが、サー・ウォルターには一時間で、私たちの教師が丸まる一学期をかけて教えてくれるよりも多くのことを教えてもらいました」

「わたしも多くのことを教えてもらいました」エマは微笑し、教授の笑みに応えた。

「サー・ウォルターには質問したいことがたくさんあったのですが」フェルドマンが付け加えた。「その夜の列車でワシントンへ戻らなくてはならないということで、以来、会うことが叶《かな》いませんでした」

「そして、わたしは教授に質問したいことがたくさんあるんです」エマは言った。「実際、〝したい〟ではなくて〝しなくてはならない〟と言うほうがより正確かもしれません」

　フェルドマンがサインを待っている列を一瞥《いちべつ》した。「このサイン会も、あと三十分もあれば片づくでしょう。それに、私が今夜の列車でワシントンへ戻ることはありません。出発前に二人だけでお話をすることはできると思いますよ、ミス・バリントン」

4

「それで、私の愛するエマは元気ですか？」ハリーを〈ハーヴァード・クラブ〉へ迎えたハロルド・ギンズバーグが訊いた。

「たったいま、電話で話したばかりです」ハリーは応えた。「あなたにくれぐれもよろしくと申していました。それに、一緒にこられなくて、とても残念がっています」

「私も彼女に会えなくて残念ですよ。次はいかなる言い訳も通用しないと、そう伝えてください」ギンズバーグは客《ゲスト》をダイニングルームへ案内し、明らかに彼の定席と思《おぼ》しきテーブルに着いた。「ピエール・ホテルがあなたの好みに合っていればいいんですが」彼が言い、ウェイターが二人にメニューを渡した。

「最高ですよ。ただ、シャワーの止め方がわからないのが玉に瑕《きず》ですが」

ギンズバーグが声を上げて笑った。「ミス・レッドウッドに助けを求めたらどうです？」

「助けにきてくれたとしても、今度は彼女の口をどうやって閉じさせるかが問題になるんじゃないでしょうか？」

「なるほど、そうおっしゃるからには、すでに辟易《へきえき》されたようですな。『虎穴に入らずんば』をできるだけ早くベストセラー・リストに載せる重要性について、しっかりと講釈をされたわけだ」

「端倪《たんげい》すべからざる女性です」

「だから、私は彼女を取締役にしたんですよ」ギンズバーグが言った。「女性を重役会に入れたくない男連中が何人かいて、結構抵抗されましたがね」

「それを聞いたら、エマはあなたを誇りに思うでしょう」ハリーは言った。「それに、ミス・レッドウッドからは間違いなく、ベストセラー・リスト入りが叶わなかった場合についてもしっかりと警告されています」

「いかにもナタリーらしいと言うべきですな。いいですか、憶えておいてくださいよ、あなたを飛行機でイギリスへ帰すか、それとも手漕《てこ》ぎの船で帰すかは、彼女の胸先三寸ですからね」

たぶん笑ってもいいところなのだろうが、それを冗談と真に受けていいという確信もなかった。

「今日の昼食には彼女も同席するはずだったんですが」ギンズバーグが言った。「しかし、すでに見ておわかりかもしれないが、〈ハーヴァード・クラブ〉は女人禁制なんです――エマには言わないでくださいよ」

「それでも、いずれは〈ハーヴァード・クラブ〉に女性の姿が見られるようになるんじゃないですか。それも、ペルメル街やセント・ジェイムズ街の男だけのクラブがそうなるよりはるかに早くにね」

「ツアーの話に入る前に」ギンズバーグが言った。「エマがニューヨークから帰ったあと、あなたと彼女が何をしていたのか、それを細大漏らさず、すべて聞きたいのですよ。どうしてあなたが銀星章を授与されたのか？　エマは仕事を見つけたのか？　初めて父親と会ったときにセバスティアンがどんな反応をしたか？　そして——」

「そして、セフトン・ジェルクスがどうなったか。それを突き止めるまで、私はイギリスへ帰れないんですよ。エマがそう言って譲らないんです」

「まずは料理を頼みましょうか。空っぽの胃袋でセフトン・ジェルクスのことを考えるのは気が進まないのでね」


「ワシントン行きの列車には乗らないかもしれないが、今夜のうちにロンドンへは戻らなくてはならないのですよ、ミス・バリントン」フェルドマン教授が最後の読者にサインをした後で言った。「明日の朝の十時に、ロンドン・スクール・オヴ・エコノミクスで話をすることになっているのです。というわけで、あなたのために割ける時間は数分しかありません」

エマは失望を顔に表わさないようにしなくてはならなかった。

「ただし……」フェルドマンがつづけた。

「ただし？」

「ロンドンへの旅にあなたが付き合ってくださるのなら、話は別です。それなら、少なくとも二時間はびっしりお話ができるでしょう」

エマはためらった。「一本、電話をさせてください」

二十分後、エマは一等車の、フェルドマン教授の向かいに坐っていた。彼が最初の質問をした。

「それで、ミス・バリントン、あなたの一族はいまもあの輝かしい名前を冠した海運会社を所有しておられるのですか？」

「はい、母が二十二パーセントの株を所有しています」

「それなら、あなたの一族が会社を支配管理するに十分以上でしょうし、いかなる組織においても、問題はそれだけです——もっとも、一族以外のだれかが二十二パーセント以上を手に入れなければ、ですがね」

「兄のジャイルズは社業にあまり関心がありません。国会議員で、社の年次総会にも出席しないんです。ですが、わたしはもちろん関心を持っています。だから、教授、あなたのお話をうかがう必要があったのです」

「サイラスと呼んでもらえませんか。自分が老人であることを、若くて美しい女性に思い出させられたくない年齢になったものですからね」

グレイスの忠告は一つのことについて正しかったとエマは気づき、それを有利な材料として利用することにして、質問する前に笑顔を返した。「これからの十年、海運業界はどのような問題に直面することになるとお考えでしょう。わが社の新会長のサー・ウィリアム・トラヴァーズは——」

「彼は第一級の人物です。〈キュナード汽船〉は愚かですよ、あんな有能な社員を手放すなんてね」フェルドマンがさえぎった。

「わが社の船団に新たな客船を加えるべきか、サー・ウィリアムは思案の最中なんです」

「それは絶対にやめるべきだ！」フェルドマンが断言し、隣りの座席を拳で叩いて盛大に埃を舞い上がらせた。そして、エマが理由を尋ねる前に付け加えた。「始末する必要のある現金があなたの会社に有り余っているか、イギリス海運業界に有利な税制度があるなら別ですが、後者については、私は聞いたことがありませんね」

「わたしの知る限り、どちらもありません」エマは応えた。

「それなら、そろそろ事実と向き合うときです。飛行機の登場によって、客船は海に浮かぶ恐竜になりつつあります。飛行機なら大西洋を十八時間で横断できるのに、同じ旅になぜ五日もかけるんです？　普通の人間なら前者を選んで当然でしょう」

「よりゆったりできるとか、疲れずにすむとか、空を飛ぶのが怖いとか、そういう理由で船が選ばれることはないんでしょうか」エマは年次総会でのサー・ウィリアムの言葉を思い出して訊いてみた。

「それは時代遅れで、現実を見ていないということですよ、お嬢さん」フェルドマンが切って捨てた。「もし私を納得させようとするなら、もう少しましな理由を挙げてもらわなくてはね。気の毒だが、それは違います。いまのビジネスマン、それに、より冒険好きな旅行者ですら、目的地までの時間を短縮したがっているのが現実です。だとすれば、定期旅客船事業はせいぜい数年のうちに傾いて、私に言わせれば沈んでいくでしょうね」

「長期的にはどうなんでしょう？」

「そんなに長い時間はありません」

「では、どうすればいいとお考えでしょうか」

「手元にある余剰金を貨物船の建造に投資するのです。飛行機は自動車や工場設備、あるいは食料品も含めて、大きくて重たいものを運べるようにはならないでしょうからね」

「そうするよう、サー・ウィリアムを説得するにはどうすればいいでしょう」

「次の重役会で、あなたの考えを明確にするのですよ」フェルドマンがふたたび座席を殴りつけた。

「でも、わたしは重役ではないんです」

「はい。それに、〈バリントン海運〉が女性を重役に任ずるのをわたしが見ることはあり得ないでしょう」

「その選択肢は彼らにはありませんよ」フェルドマンの声が高くなった。「あなたの母上は会社の株の二十二パーセントを所有しておられるのでしょう。だとすれば、あなたは自分を重役にしろと要求できるはずだ」

「でも、資格がありません。ロンドンまで二時間の旅では、たとえピューリッツァー賞を二度受賞された方と一緒だとしても、その問題は解決されません」

「それなら、これから資格を得ればいいでしょう」

「どんな考えがおありなんですか?」エマは訊いた。「わたしの知る限りでは、経営学の学位を取るためのカリキュラムを持つ大学は、イギリスにはないはずですけど」

「それなら、三年だけイギリスを離れて、スタンフォード大学の私のところへくればいい」

「それは夫や幼い息子が喜ばないと思います」エマは応え、結果として正体を明らかにすることになった。

それを聞いて教授が沈黙し、しばらくしてから言った。「十セントの切手を買う余裕はありますか?」

「ありますけど」教授が何を企んでいるのかわからず、エマはおずおずと答えた。

「それなら、私はこの秋、あなたを喜んでスタンフォード大学の学部学生として迎え入れることにしましょう」

「でも、さっきも申し上げたとおり――」

「十セントの切手を買う余裕はあると、あなたはたったいま、無条件にそう言われましたね」

エマはうなずいた。

「そして、アメリカ議会はついこのあいだ、ある法案を成立させました。海外に派遣されているアメリカ軍人は、本人が実際に授業に出席しなくとも経営学の学位を取得できるという法案です」

「でも、わたしはアメリカ国民ではありませんし、明らかに海外に派遣されてもいませんん」

「確かにそのとおりです」フェルドマンが言った。「しかし、その法案には特例が認められていて、〝同盟国人も〟という文字が小さく、隠れるように印刷されているのです。私の考えでは、間違いなくその特例を有利に使えるはずなのです。言い換えれば、あなたが一族の会社の長期的な将来を真剣に考えていると、私が見なしているということです」

「もちろん、考えています」エマは応えた。「でも、わたしは何をすればいいんでしょう」

「あなたをスタンフォード大学の学部学生として登録したら、すぐに第一学年で読むべき教材の一覧と、私が毎週行なう講義を録音したテープを送ります。加えて、毎週小論文を書いて送ってもらい、私が採点したものを返送します。その上で十セント以上の余裕があれば、ときどき電話で話すことができます」

「いつから始めることになるのでしょうか」

「この秋です。しかし、念のために言っておきますが、学期ごとに評価試験をして、あなたが学業をつづけることを認めるかどうかを判定します」フェルドマンがそう言っているとき、列車がパディントン駅に滑り込んだ。「その試験結果が基準に達しなければ、そこで終わりです」

「ここまでしてくださるのは、たった一度、祖父と会って話をなさったからでしょうか」

「まあ、正直に言うと、今夜、サヴォイ・ホテルでディナーを一緒にどうだろうかと考えていたのですよ。そうすれば、海運業界の将来について、もっともっと詳しい話をできるのですがね」

「素敵な考えですけど」エマは教授の頬にキスをして言った。「残念なことに帰りの切符を買ってしまったんです。ですから、今夜のうちに夫のところへ帰ります」

ハリーはいまだにラジオのつけ方がわからなかったが、少なくともシャワーの湯と水の出し方は自分のものにしていた。身体を拭くと、アイロンを掛けたばかりのシャツ、誕生日にエマがプレゼントしてくれたシルクのタイ、母なら教会へ行くための日曜の晴れ着と形容するはずのスーツを選んだ。ちらりと鏡を覗いたとたんに認めざるを得なかったのだが、大西洋のどちら側でも、格好がいいと見なされる気遣いはなさそうだった。

ハリーは八時になるちょっと前にピエール・ホテルを出ると、五番街を六十四丁目とパーク・アヴェニューのほうへ歩きはじめた。わずか五分後には、褐色砂岩の堂々たる屋敷の前に立っていた。時計を検め、ニューヨークでは遅れるのが今風なのだろうかと思案した。そのとき、エマが話してくれたことが思い出された――フィリス大叔母と会うことを考えるととても不安になったので、一街区《ブロック》をぐるりと一周し、勇気を掻き集めてから正面玄関への階段を上がったのだけれど、それでも〝出入り商人用勝手口《トレイズメン》〟と記されたベルをようやく押すことしかできなかった、と。

ハリーは意を決して階段を上がり、きっぱりとした手つきで、頑丈な真鍮のノッカーを正面玄関のドアに打ちつけた。返事があるのを待っていると、エマの忠告が聞こえるような気がした――「侮っちゃだめよ、ぼくちゃん」

玄関が開き、燕尾服を着た執事が、明らかにハリーを待っていた様子で言った。「ようこそいらっしゃいました、ミスター・クリフトン、ミセス・スチュアートが客間でお待ち申しております。ご案内してよろしゅうございますか？」

「今晩は、パーカー」ハリーは初対面にもかかわらず応えた。ドアを開けたエレヴェーターへと廊下を歩いているとき、執事の頬がちらりとゆるむのを見たような気がした。エレヴェーターに乗るやパーカーがすぐに格子を閉めてボタンを押し、三階へ着くまで一度も口を開かなかった。そして、三階へ着くとエレヴェーターのゲイトを開け、ハリーを先導して客間へ入って報告した。「ミスター・ハリー・クリフトンがお見えでございます、マダム」

上品な装《よそお》いの背の高い女性が部屋の中央に立って、息子に違いないと思われる男性とおしゃべりをしていた。

フィリス大叔母はすぐさまおしゃべりを中断してハリーに歩み寄ると、ものも言わずに、アメリカン・フットボールのラインバッカーも感心するだろうと思われるほど力強くハリーを抱き締めた。しばらくしてようやく抱擁を解き、息子のアリステアを紹介した。アリステアは温かい握手でハリーを迎えた。

「セフトン・ジェルクスのキャリアに終止符を打った人物と会えるとは、光栄の至りだな」

アリステアがわずかに頭を下げた。

「あの男の失脚については、わたしもささやかな役を演じたのよ」執事が客《ゲスト》に渡したシェリーの香りを嗅ぎながら、フィリスが言った。「でも、わたしにジェルクスをいじめさせないでね」そして、煖炉のそばの坐り心地のよさそうな椅子をハリーに勧めながら付け加えた。「だって、エマが元気なのか、何をしているのか、それを聞くほうにはるかに関心があるんですもの」

ニューヨークからブリストルへ戻って以降、エマがどうしているか、ハリーは一つ残らず説明した。ただでさえ長い話になるはずのものが、とりわけフィリスとアリステアがたびたび質問をして途中でさえぎったせいで、さらに時間がかかることになった。執事が戻ってきてディナーの準備が整ったことを告げたとき、三人はようやく別の話題に移った。

「それで、あなたはアメリカを楽しんでいるのかな？」ダイニングテーブルを囲んで席に着きながら、アリステアが訊いた。

「殺人容疑で逮捕されたときのほうが、まだましだったような気がしますよ」ハリーは答えた。「対処がはるかに簡単でしたからね」

「今回はそんなによくないのか？」

「ある点では、よくないどころじゃありません。だって、私は自分を売り込むのがあまり得意ではないんです」ハリーが認めたとき、メイドがスコッチ・ブロスをハリーの前に置いた。「何しろ、作品そのものが語ってくれるのではないかと思っていたぐらいです」

「考え直すのね」フィリス大叔母が言った。「いいこと、ニューヨークはブルームズベリー（ロンドン中心部のカムデン区にある住宅・文教地区。大英博物館やロンドン大学本部などがある）とは違うの。上品であるとか、控えめであるとか、皮肉とか、そういうものは忘れるのね。どんなにあなたの善なる性質に反しようと、自分の商品を売ることを覚えなくちゃならないの。イースト・エンドの通りで、果物なんかを手押し車に積んで売っている少年のようにね」

「私はイギリスで最も成功した作家であることを誇りに思っています」アリステアが声を高くして手本を示した。

「でも、私はイギリスで最も成功した作家ではありません」ハリーは抵抗した。「全然違います」

「実際、『虎穴に入らずんば』に対するアメリカの読者の反応に圧倒されています」フィリスが下手な芝居に加わった。

「それはだれもあの作品を読んでいないからですよ」ハリーはブロスを口に運びながら、ふたたび抵抗した。

「ディケンズ、コナン・ドイル、そして、ワイルドと同様、アメリカが私の最大のマーケットになると確信しています」アリステアが付け加えた。

「私が本を売るとすれば、ニューヨークよりマーケット・ハーバラのほうがいいと思いますよ。そこなら、ここよりたくさん売って見せられるんじゃないかな」そう言ったとき、ハリーの前のブロスの皿が片づけられた。「叔母上が私の代わりに本の宣伝ツアーをやり、私はイギリスへ帰るべきであることは、火を見るよりも明らかです」

「そうできたらどんなにうれしいかしらね」フィリスが言い、口惜《くちお》しそうに付け加えた。「わたしにあなたの才能がないのが本当に残念だわ」

ハリーはロースト・ビーフを一切れと、多すぎるぐらいのじゃがいもを皿に取った。間もなく気持ちが楽になりはじめ、ハリーを捜しにニューヨークへきたエマがあっぱれにも何を成し遂げたかをフィリスとアリステアから聞かされてうれしくなった。そのときにあったことが二人なりの見方で語られるのを聞くのは面白く、セント・ビーズ校の一日目の夜、ジャイルズ・バリントンとベッドが隣り合わせになったことが結局どんなに幸運だったかを、また、ジャイルズの誕生日を祝うお茶に招かれなかったらエマと出会うはずがなかったということを、何をおいても改めて思い出させてくれた。もっとも、そのときには彼女をちらりとでも気に留めたわけではなかったが。

「もちろんわかっているでしょうけど、あの子はこれからもずっと、あなたには勿体《もったい》ないわよ」フィリスが両切り葉巻《シェルート》をくゆらせながら言った。

ハリーはうなずき、この断固たるレディがエマにとってのオールド・ジャックになった理由を初めて理解した。もし戦場に出ていたら、フィリス大叔母は必ずや銀星章とともに凱旋したに違いない。

時計が十一時を告げ、ブランディを一杯よけいに飲んだかもしれないハリーは、おぼつかなげに立ち上がった。明朝六時にナタリーがホテルのロビーで待ち受け、その日最初のラジオのインタヴューに連れていこうと手ぐすね引いているのを思い出させてもらう必要はなかった。ハリーは女主人に忘れられない夜を作ってもらった礼を言い、またもや力任せに抱き締められるはめに陥った。

「いいこと、忘れちゃだめよ」フィリスが言った。「インタヴューを受けるときは、イギリス人のように考え、ユダヤ人のように振る舞うの。それから、泣くための肩や、それなりにきちんとした食事が必要になったら、わたしたちのところはいつでも開いていますからね、ちょうどウィンドミル・シアターのようにね」

「ありがとうございます」ハリーは感謝した。

「そうそう、今度エマと話すことがあったら」アリステアが言った。「私たちが愛していると伝えるのを憶えておいてもらいたい。今回、きみと同行しなかったことを私たちが恨みに思っているということも、忘れずに付け加えるように」

　いまはセバスティアンのことや、彼の多動児的な活発さについての医者の見立てを話さないほうがいいだろう、とハリーは判断した。

　三人は狭いエレヴェーターに何とか乗り込み、ハリーは最後にもう一度、フィリスに力任せに抱き締められた。パーカーに玄関を開けてもらい、ふたたびマンハッタンの通りへ戻った。

「しまった」パーク・アヴェニューを少し下ったところでハリーは思わず声を上げ、フィリスの屋敷へ駆け戻ると、階段を上がって玄関をノックした。今回は、執事が姿を現わすまでに少し間があった。

「ミセス・スチュアートに急いで会わなくちゃならないんだ」ハリーは言った。「まだお寝《やす》みになっていなければいいんだが」

「私の知る限りでは、まだだと思います」パーカーが答えた。「どうぞ、お入りください」執事は廊下を引き返してエレヴェーターへハリーを案内し、ふたたび三階のボタンを押した。

ハリーが客間を再訪したとき、フィリスはマントルピースのそばに立ってシェルートを吸っていた。今度は彼女が驚く番だった。

「大変申し訳ないんですが」ハリーは言った。「愚かにもエマを見くびったあの弁護士がどうなったかを突き止めずにイギリスへ戻ったら、きっと許してもらえないでしょうから」

「セフトン・ジェルクスか」煖炉のそばに坐っていたアリステアが顔を上げた。「あいつは結局、〈ジェルクス、マイヤーズ&アバナーシー〉のシニア・パートナーを辞めたよ。かなり抵抗したようではあるがね」

「それから間もなくして、ミネソタへ引っ込んだわ」フィリスが付け加えた。

「近いうちに戻ってくることはないはずだ」アリステアが言った。「何カ月か前に死んだからね」

「わたしの息子は典型的な弁護士なの」フィリスがシェルートを消した。「物事を全体の半分しか教えないのよ。ジェルクスが最初の心臓発作に襲われたときは〈ニューヨーク・タイムズ〉が小さく報じ、三度目の発作から間もなく、死亡欄の一番下に短い、あまり褒めているとは言えない記事が載ったわ」

「あれでも褒めすぎだよ」アリステアが言った。

「同感ね」フィリスが応えた。「でも、葬儀に参列したのが四人だけとわかったときには結構うれしかったわよ」

「どうしてわかったの？」アリステアが訝った。

「わたしがその四人の一人だったからよ」フィリスが答えた。

「セフトン・ジェルクスの葬儀に参列するためだけに、わざわざミネソタまで行ったんですか？」ハリーは信じられなかった。

「もちろん、行きましたよ」

「だけど、どうして？」アリステアが訊いた。

「セフトン・ジェルクスというのは、絶対に信じちゃいけない人間なの」フィリスが説明した。「彼が死んだと本当に信じるとすれば、それはあの男の柩《ひつぎ》が墓穴に下ろされるところを見るだけではなく、その穴が埋め戻されるのを自分の目で確認したときしかあり得ないわ」

「どうぞお坐りください、ミセス・クリフトン」

「ありがとうございます」エマは木の椅子に腰を下ろし、三人の理事と向かい合った。彼らは一段高くなった台座の上の長テーブルの向こうで、坐り心地のよさそうな椅子に坐っていた。

「私はデイヴィッド・スレイターです」中央の男性が名乗った。「私がこの午後の話し合いを取り仕切らせてもらいます。私の左右の二人を紹介させてください、ミス・ブレイスウェイトと、ミスター・ニーダムです」

エマは自分が向かい合っている三人の試験官を手早く値踏みしようとした。議長はスリーピースのスーツを着て、エマにもそうとわかるスクール・タイを締め、これ以外の会合でも議長をつとめているように見えた。スレイターの右側に坐っているミス・ブレイスウェイトは戦前のツイードのスーツを着て、厚手のウールのストッキングを穿いていた。髪をまとめて円く結い上げ、この教会区の結婚しそうもない年のいった未婚女性であることは、エマの見るところでは疑いの余地がなく、口元は滅多にゆるむことがないように思われた。議長の左側の男性は二人の同僚より若く、イギリスが戦争をしていたのはそう昔ではないことをエマに思い出させた。もじゃもじゃの髭がイギリス空軍を示唆していた。

「われわれはあなたの申請書を興味深く読ませていただきました、ミセス・クリフトン」議長が面接の開始を告げた。「もしよろしければ、いくつか質問をさせていただきたいのだが、いかがでしょう」

「もちろんです、どうぞ訊いてください」エマは緊張しないよう努力しなくてはならなかった。

「養子を取ることはいつから考えておられましたか、ミセス・クリフトン」

「二人目の子供を持つことができないとわかったときからです」エマは答え、それ以上は何も付け加えなかった。男二人は同情の笑みを浮かべたが、ミス・ブレイスウェイトは無表情のままだった。

「提出された申請書によれば」議長が書類に目を落としてつづけた。「あなた方は五歳か六歳の女の子を希望しておられます。それは何か特に理由があってのことでしょうか」

「はい」エマは答えた。「息子のセバスティアンはまだ幼く、生まれてからずっと、自分がさまざまな利点や特権を持っているのを当たり前だと思っています。そういう利点や特権を持たないだれかと一緒に育つほうがあの子のためになると、夫もわたしも考えたということです」そして、いまの応答が繰り返しリハーサルされたものだと聞こえないことを祈ったが、どうやら、議長の様子からすると、該当欄にチェック・マークを入れてもらえると確信してもよさそうだった。

「あなたの話を伺うかぎりでは」議長が言った。「二人目の子を育てる妨げになるような経済的な制限はないようですが、そう考えてよろしいですか？」

「それについては、問題はまったくありません。夫もわたしも裕福に暮らしています」ふたたびチェック・マークが入るのがわかった。

「私からもう一つだけ訊かせてください」議長が言った。「宗教的な背景には一切こだわらないと申請書に書いてありますが、よろしければ、あなたがどこか特定の教会の信徒かどうかを教えていただけますか？」

「ドクター・バーナードと同じく」エマは答えた。「わたしもキリスト教徒です。わたしの夫はセント・メアリー・レッドクリフの聖歌隊奨学生でした」そして、議長を正面から見て付け加えた。「そのあと、ブリストル・グラマー・スクールへ進み、最終的には上級聖歌隊員になりました。わたしはレッド・メイズ・スクールで教育を受け、オックスフォード大学の奨学生になりました」

議長がネクタイに触れた。エマはそれを見て、期待していた以上に順調に進みそうだと手応えを感じた。だがそのとき、ミス・ブレイスウェイトが鉛筆でテーブルをこつこつと打ちはじめ、議長が彼女のほうを見てうなずいた。

「あなたはご主人のことをおっしゃっていましたが、ミセス・クリフトン、今日、ご主人がここにいらっしゃらない理由をうかがってもよろしいですか？」

「夫はいま、本の宣伝ツアーでアメリカに行っていて、二週間後に帰ってくることになっているのです」

「留守になさることは頻繁にあるんですか？」

「いえ、実際には滅多にありません。夫は書くことを職業としているので、ほとんどの時間、家に籠もっています」

「でも、ときどきは図書館へ行く必要があるのではないですか？」ミス・ブレイスウェイトが微笑と言っても通用するかもしれない表情でほのめかした。

「いえ、自宅に図書室があるのです」エマは言い、言葉が口から出た瞬間に後悔した。

「あなたはお仕事をなさっているんですか？」ミス・ブレイスウェイトが訊いた。仕事をするのが犯罪のような口調だった。

「いえ、仕事はしていません。ただ、何であれわたしにできる形で、夫の手伝いをしています。ですが、妻であり母であることは、片手間ではできない仕事だと考えます」ハリーがそう言えと勧めてくれたのだが、彼もよく知っているとおり、エマはそんなことは信じていなかったし、サイラス・フェルドマンと会ったいまでは、もっと信じにくくなってさえいた。

「結婚してどのぐらいになられますか、ミセス・クリフトン？」ミス・ブレイスウェイトはなかなか放免してくれなかった。

「三年とちょっとです」

「でも、申請書を見る限りでは、ご子息のセバスティアンは八歳となっていますけどね」

「ええ、八歳で間違いありません。ハリーとわたしは一九三九年に婚約したのですが、彼は宣戦布告がなされる前であっても軍に志願するのが義務だと考えたのです」

ミス・ブレイスウェイトはさらに質問を重ねようとしたが、そのとき、議長の左側の男性が身を乗り出して訊いた。「では、戦争が終わってすぐに結婚されたんですね、ミセス・クリフトン？」

「悲しいことに、そうはいきませんでした」エマは片腕の男を見て答えた。「夫は終戦のわずか数日前に、ドイツ軍の地雷を踏んで重傷を負いました。それで、回復して病院を出るまでにしばらくかかったというわけです」

ミス・ブレイスウェイトは依然として心を動かされた様子がなかった。果たしてほんとうにそんなことが可能なのだろうかとエマは訝り……ハリーならきっと賛成しないだろうとわかっている危険を冒してみることにした。

「ですが、ミスター・ニーダム」エマは片腕の男から目を離さないで言った。「わたしは自分を幸運な一人だと考えています。祖国のために究極の犠牲を払って帰らぬ人となった夫や婚約者、それに恋人を持つ多くの女性のことを考えると、気の毒に思わないではいられません」

ミス・ブレイスウェイトが頭《こうべ》を垂れ、議長が言った。「ありがとうございました、ミセス・クリフトン。近いうちに連絡を差し上げます」

5

午前六時、ナタリーがロビーに立ってハリーを待ち受けていた。昨日別れたときと同じくきびきびと快活で、リムジンの後部座席に並んで坐るや、お定《き》まりのことのようにしてフォルダーを開いた。

「今日は一日の始めとして、ＮＢＣでマット・ジェイコブズのインタヴューを受けてもらいます。朝食の時間帯に全米で一番聴かれている番組です。いいニュースとしては、番組のなかで一番いい時間帯――午前七時四十分から八時です――を与えてもらっているということがあります。あまりよくないニュースとしては、クラーク・ゲーブルと、バッグス・バニーとトゥイーティーの声を演じているメル・ブランクが一緒だということですね。ゲーブルは最新作の映画『帰郷』の宣伝が目的でしょう。ラナ・ターナーと共演しているんです」

「メル・ブランクは？」ハリーは笑いをこらえようとしながら訊いた。

「彼はワーナー・ブラザーズとの十年を祝っているんですよ。ところで、コマーシャルの時間を差し引くと、わたしの計算では、あなたの声が電波に乗る時間は四分から五分です。あなたには二百四十秒から三百秒という考え方をしてもらわなくてはなりません。それから、これはいくら強調しても足りませんが」ナタリーがつづけた。「この番組はわたしたちのキャンペーンを始めるにあたって、そのすべてを左右するぐらい、それはそれは重要なんです。これからの三週間、あなたに何をしてもらうにせよ、これほど大きなことはないはずです。この番組はあなたをベストセラー・リストに押し上げることができるだけでなく、もしうまくいけば、全米のすべての有名番組から出演依頼がくるようにもできるんです」

ハリーは一秒ごとに心臓の鼓動が速くなるのがわかった。

「あなたにしてもらわなくてはならないのはたった一つ、あらゆる口実を見つけて『虎穴に入らずんば』に言及することです」彼女がそう付け加えたとき、リムジンがＮＢＣのスタジオがあるロックフェラー・センターの前に停まった。

歩道に降り立ったハリーは、目の前の光景が信じられなかった。建物の正面玄関へつづく細い通路の両側が柵で仕切られ、ファンがそこに群れて金切り声を上げていた。出演者の到着を待っているその野次馬のあいだを正面玄関へと歩いていきながら、ハリーは考えた。この群衆の九十パーセントがクラーク・ゲーブルを待っているのは教えてもらうまでもなく明らかだ。残りの十パーセントのうちの九パーセントがメル・ブランクのファンで、もしかしたら一パーセントぐらいはおれの読者がいるかもしれない……。

「あの人、だれ？」目の前を通り過ぎるハリーを見て、だれかが叫んだ。

一パーセントだって望みすぎかもしれなかった。

無事に建物に入ると、フロア・マネジャーに出演者応接室へ案内され、放送の時間割を説明された。

「ミスター・ゲーブルには七時四十分に、ミスター・ブランクにはそのあとにつづいて七時五十分に、あなたには七時五十五分に登場していただいて、直後にニュースにつなぎたいと考えています」

「わかりました」ハリーは腰を下ろし、気持ちを落ち着かせようとした。

七時三十分にメル・ブランクが慌ただしく出演者応接室へ入ってきて、サインをせがまれるのを待ちかまえるかのような顔でハリーを見た。その数分後、お付きの者をともなってミスター・ゲーブルが登場した。ハリーが驚いたことに、ディナー・ジャケットを着て、ウィスキーのグラスを手にしていた。これは早朝の一杯ではないんだ、とゲーブルがメル・ブランクに説明した。だって、ゆうべは寝ていないんだから。そして、そのあとに笑いを残してさっさと部屋を出ていき、ハリーはまたもやメル・ブランクと二人きりになった。

「ゲーブルの話しぶりを注意して聞いてみるといい」メル・ブランクがハリーの隣りに腰

を下ろして言った。「赤い明かりが灯った瞬間から、彼は素面《しらふ》になる。スタジオの聴衆を含めて誰一人、彼がオレンジ・ジュース以外の何かを飲んでいるとは気づかず、彼が話し終えたときには、全員が今度の映画を観たいと思っているんだ」

そして、メル・ブランクの言葉が正しかったことが証明された。ゲーブルは究極のプロフェッショナルで、今度の新作のタイトルを、少なくとも三十秒に一度は口にした。ゲーブルとラナ・ターナーは相並び立たないとハリーはどこかで読んだことがあったが、ゲーブルは最も皮肉な聴取者でさえ二人が親友だと思い込んでも不思議はないぐらい、自分の共演者を見事に讃えてみせた。だが、ナタリーだけは面白くなさそうな顔をしていた。ゲーブルが持ち時間を四十二秒も超過したからである。

コマーシャルが入る時間になり、その間《かん》に、メル・ブランクがスタジオ入りした。ハリーはメルの演技からたくさんのことを学んだ。彼は自分の持ち時間のあいだに、シルヴェスター、トゥイーティー、そして、バッグス・バニーを全員登場させた。だが、最も強くハリーの印象に残ったのは、明らかに最後と思われる質問をされたとき、委細かまわずしゃべりつづけて、ハリーの貴重な時間をさらに三十七秒も盗んだことだった。

次のコマーシャルが始まり、いよいよハリーが断頭台に上がるときがきた。間もなく自分の首が胴体から離れることを覚悟しながら、司会者《ホスト》の向かいに腰を下ろし、神経質に微笑した。ジェイコブズは『虎穴に入らずんば』のカヴァー・フラップを検めると——いま初めて開いたかのようだった——、ちらりと顔を上げてハリーに笑みを返した。

「赤い明かりが灯ったら、放送開始です」ジェイコブズがそれだけ言って、最初のページをめくった。ハリーはスタジオの時計の秒針を見た。八時まであと四分。ハリーは〈ネスカフェ〉のコマーシャルに耳を澄ませ、ジェイコブズは自分の前のパッドに二つほど、忙しくメモをした。耳に馴染んだ歌とともにコマーシャルが終わると、赤い明かりが灯った。ハリーの頭のなかが真っ白になった。できることなら、エマと自宅でお昼を食べていたかった。朝食を楽しんでいる千百万のアメリカ人より、クレマンソーの尾根で千人のドイツ軍と対峙するほうがましに思われた。

「おはようございます」ジェイコブズがマイクに向かって言った。「それにしても、なんという素敵な朝でしょう。この朝食時間帯の番組に、最初はゲーブル、つづいてメル、そして最後に、イギリスからの特別ゲストを迎えることができるのです。ご紹介しましょう、ハリー——ジェイコブズがちらりとカヴァーを見た——クリフトンです。さて、あなたの新作について話す前に確認させてもらいたいのですが、ハリー、あなたはこの前アメリカへきたとき、殺人容疑で逮捕されましたね？」

「ええ。ですが、あれはすべて誤解でした」ハリーは咳き込むようにして応えた。

「みんな、そう言いますね」ジェイコブズが応じ、人を困惑させるような笑い声を上げた。

「しかし、千百万人の私の聴取者がたぶん聞きたがっているのは、あなたがアメリカにいるあいだに昔の刑務所仲間と会うかどうかだと思うんですが、それはいかがでしょう?」

「いや、そのつもりはありません。そういう理由でアメリカへきたわけではありませんからね」ハリーはさらにつづけようとした。「私は作家で、新作が――」

「では、ハリー、二度目のアメリカの印象を聞かせてもらえますか」

「素晴らしい国です」ハリーは言った。「ニューヨークの人たち全員に歓迎してもらっているように感じますし、それに――」

「タクシーの運転手も?」

「タクシーの運転手も、です」ハリーは繰り返した。「そのうえ、今朝はクラーク・ゲーブルに会いましたからね」

「ゲーブルはイギリスでも有名なんですか?」ジェイコブズが訊いた。

「もちろんです、とても人気がありますよ。それに、ミス・ターナーも同じぐらいね。実際、私も今度の二人の新作《フィルム》を待ちきれません」

「こっちでは〝ムーヴィ〟と言うんですよ、ハリー。まあ、どうでもいいことですがね」ジェイコブズが一息つき、時計の秒針を一瞥して言った。「ハリー、この番組にきていただいてありがとうございました。あなたの新作の幸運を祈ります。スポンサーからの短いお知らせのあとは、八時のニュースをお伝えします。ですが、私、マット・ジェイコブズからはお別れを申し上げます。どうぞ、素晴らしい一日を」

赤い明かりが消えた。

ジェイコブズが立ち上がり、ハリーと握手をしながら言った。「あなたの新作について、もっと多く話せなくて申し訳ない。カヴァーはとても気に入りました」

エマはコーヒーを一口飲んでから手紙を開いた。

親愛なるミセス・クリフトン
先週はご足労をかけ、お話をうかがわせていただいてありがとうございました。これをお知らせするのは私の喜びでありますが、われわれはあなたの申請書を次の段階へ進めたいと考えています。

すぐにでもハリーに電話をしたかったが、アメリカは真夜中だとわかっていたし、彼がいま、どこの町にいるのかもはっきりしなかった。

ご夫妻に考慮していただくに適当な候補者を数名、トーントン、エクセター、そして、ブリッジウォーターの施設から選んであります。どの施設を最初に訪ねることをお望みかを知らせていただければ、それぞれの子供たちについての情報を喜んで提供いただします。

敬具
デイヴィッド・スレイター

ジェシカ・スミスはいまもブリッジウォーターのドクター・バーナードの施設にいるけれども、彼女自身はオーストラリアへ行きたがっていることが、ミッチェルへの電話一本でわかった。エマは時計を見た。ハリーに電話をしてこのニュースを伝えるには、正午まで待たなくてはならなかった。というわけで、十セントの切手を貼った二通目の手紙に目をやった。差出人は消印を確かめるまでもなく明らかだった。

ハリーがシカゴに着くころ、『虎穴に入らずんば』は〈ニューヨーク・タイムズ〉のベストセラー・リストの三十三位で、ナタリーはもうハリーの脚に手を置こうとしなかった。「慌てる必要はないわ」彼女が請け合った。「いつだって第二週が大事なんです。でも、今度の日曜までに上位十五位に入ろうとするなら、やることは山ほどあります」

第二週の週末までの大半は、デンヴァー、ダラス、そして、サンフランシスコに費やされた。そのころには、ナタリーもあの作品を読んでいない一人だとハリーは確信していた。プライム－タイムの番組のいくつかに土壇場で出演をキャンセルされ、宣伝のために訪れる書店もどんどん小規模になっていき、サインする本の数もどんどん少なくなっていった。サイン会を開くことを拒否する書店まで一、二軒出てきたが、それはナタリーによれば、サイン本は疵物《きずもの》と見なされ、版元に返本できないからだった。

ロサンジェルスに着陸したときには、『虎穴に入らずんば』はベストセラー・リストの二十八位まで順位を上げていた。だが、いかんせん亀の歩みであり、あと一週間しか残されていないとあってナタリーは失望を隠せず、ついには売行きが芳《かんば》しくないとほのめかしはじめた。それがもっとはっきりしたのは、次の日の朝、朝食に降りていったとき、テーブルの向かいにナタリーでなくて別の男が坐っているのを見た瞬間だった。

「ナタリーはゆうべ、ニューヨークへ帰りました」ジャスティンと名乗ったその男が説明した。「別の著者と会わなくてはならなくなりまして」その著者のほうがベストセラー・リストの十五位以内に入る可能性が高いのだということは、それ以上言われるまでもなくわかった。ナタリーを責めることはできなかった。

最終週、ハリーはシアトル、サンディエゴ、ローリー、マイアミ、最後にワシントンと、アメリカをジグザグに横断した。ぴったりくっついて、ベストセラー・リストのことを常に思い出させずにはいなかったナタリーがいなくなり、かえって気持ちに余裕ができはじめた。そのおかげか、より長い時間を割いてくれたインタヴューのいくつかでは――たとえ地方の番組に過ぎないとしても――『虎穴に入らずんば』について、一度ならず口にすることができた。

ツアーの最終日にニューヨークへ戻ると、ジャスティンが空港のモーテルへ案内し、ロンドン行きのエコノミークラスのチケットを渡して、幸運を祈ってくれた。

エマはスタンフォード大学の入学願書の記入を終えると、これを可能にしてくれたサイラスへ感謝の長い手紙を書いた。そのあと、かさばった包みにふたたび目をやった。そこに、ソフィー・バートン、サンドラ・デイヴィス、そして、ジェシカ・スミスのプロフィールが収められていた。ざっと目を通しただけで、施設長がどの候補者を贔屓にしているかが、そして、それが絶対にミス・J・スミスでないことがわかった。

セバスティアンの好悪《こうお》が施設長と同じだったら、それどころか、この三人以外のだれかを気に入ったら、どういうことになるだろう？　エマは眠れないままベッドに横になった。早くハリーが電話をくれればいいのに。

ハリーはエマに電話をしようかと思ったが、もう寝ているはずだと考え直した。そして、荷造りをし、明日の早朝便に乗る準備を万端整えた。それからベッドに横になり、セバスティアンをどうやって説得しようかと思案した。ジェシカ・スミスは妹になるべき理想の少女だと納得させるだけでなく、彼自身が彼女を選ぶよう仕向けるにはどうすればいいだろう。

目をつぶっても、とても眠れそうになかった。エアコンがまるでカリプソのバンドのオーディションでも受けているかのように規則正しいリズムを刻み、ベッドのマットレスは薄くてごつごつしていたし、枕は耳まで埋まるほどふにゃふにゃにへたっていた。茶色の水が常に滴っている洗面台があるきりで、シャワーを浴びるか浴槽に浸かるかを選択することもできなかった。目を閉じて、この三週間を一齣一齣再現した。白黒の画面がちらちら瞬く映画のようだった。何たることか、みんなの時間と金を無駄にしただけではないか。認めざるを得ないが、おれは宣伝ツアーにまったく向いていなかった。数え切れないほどラジオと活字のインタヴューを受けたにもかかわらず、自分が生み出した作品を上位十五位に入れることすらできなかった。だとすれば、ウィリアム・ウォーウィックとダヴェンポート警部にお引き取り願って、きちんとした仕事を探すことを始める潮時かもしれない。

つい最近、新たに英語の教師を捜しているようなことをセント・ビーズの校長がほのめかしていたが、自分が教師に向いていないことはわかっていた。ジャイルズは親切にも、〈バリントン海運〉の重役になるべきだと一度ならず勧めてくれていた。そうすればハリーも一族の利害を代表できるから、と。しかし、実際にはハリーは一族ではなかったし、いずれにしても、なりたかったのは書き手であって、実業家ではなかった。

バリントン・ホールに住んでいるのもあまりよろしくなかった。これまでの作品はいまだにエマにふさわしい住まいを購入できるほどは稼いでくれていず、どうして友だちのお父さんのように毎朝仕事に行かないのかとセバスティアンに訊かれても答えようがなく、ハリーはときどき、自分は囲われ男とどこが違うのかと自問したくなるときがあった。

夜半を過ぎて間もなく、ベッドに潜り込んだ。エマに電話して思いを分かち合いたい気持ちは募る一方だったがブリストルはまだ朝の五時、このまま眠らずにいて、二時間後にダイヤルすることにした。明かりを消そうとしたとき、ドアに低いノックがあった。〈入室ご遠慮ください《ドゥ・ノット・ディスターブ》〉の札は間違いなくドアハンドルにかけたはずだがと訝りながらも、ハリーはドレッシング・ガウンを羽織り、ベッドを出てドアを開けた。

「本当におめでとうございます」開口一番、彼女が言った。

ハリーはナタリーを見つめた。シャンパンのボトルを手にして、着ているものは身体にぴったり貼りついていた。その洋服の前は、それ以上ジッパーを下げる気にならないぐらい開いていた。

「何がおめでたいんだ?」ハリーは訝った。

「ついさっき、〈ニューヨーク・タイムズ〉の日曜版の第一版を見たんですよ。そうしたら、『虎穴に入らずんば』が十四位に入っているじゃありませんか。わたしたち、やったんです！」

「ありがとう」ハリーは応えたが、彼女が言っていることの意味はまるで把握できなかった。

「それで、昔からあなたの最大のファンであるわたしとしては、あなたがお祝いをなさりたいんじゃないかと思ったんです」

フィリス大叔母の言葉が大きく耳によみがえった——「もちろんわかっているでしょうけど、あの子はこれからもずっと、あなたには勿体ないわよ」

「素敵な考えだな、ちょっと待っててくれ」ハリーは引き返してサイド・テーブルの本を手に取ると、ふたたびナタリーのところへ戻り、シャンパンのボトルを受け取って微笑した。「昔から私の最大のファンであるなら、これを読むときかもしれないな」そして、『虎穴に入らずんば』を渡すと、静かにドアを閉めた。

ハリーはベッドに腰掛けてシャンパンをグラスに注ぐと、受話器を上げて国際電話を申し込んだ。シャンパンのボトルが空になりかけたころ、ようやくエマと電話がつながった。

「ぼくの作品だけどね、ついにベストセラー・リストの十四位に上がってきたよ」呂律《ろれつ》が怪しくなっていた。

「素晴らしい知らせだわ」エマが欠伸《あくび》を嚙み殺して応えた。

「そして、魅惑的なブロンドがシャンパンを一本持って廊下に立っていて、ぼくの部屋のドアをぶち破ろうとしているんだ」

「あら、そう？　もちろん、そうなんでしょうね、ダーリン。ところで、夜を一緒に過ごしてくれって、わたし、だれに請われたと思う？　答えを聞いても、きっと信じられないでしょうけどね」

6

糊《のり》のきいた白襟の、ダーク・ブルーの制服の女性がドアを開けて名乗った。「わたしがここの施設長です」

ハリーは彼女と握手をし、妻と息子を紹介した。

「まずはわたしのオフィスへいらっしゃっていただけますか？」施設長が言った。「そこで少しお話をさせてもらって、それから候補になっている女の子たちに会っていただくということでどうでしょう」

施設長は三人の先頭に立って廊下を歩いていった。壁に、彩《いろど》り豊かな絵がびっしりと並んでいた。

「ぼく、この絵がいいな」セバスティアンが一枚の絵の前で足を止めて言ったが、施設長は返事をしなかった。子供は見るものであっても聞くものではないと、明らかに信じているようだった。

三人は彼女のあとからオフィスへ入った。

ドアが閉まるや、ハリーはまず、自分たちがどんなにここを訪れるのを楽しみにしていたかを施設長に訴えた。

「わたしが見る限りでは、あの子たちもあなた方に会うのを楽しみにしています」施設長が応《こた》えた。「ですが、その前に、この施設の規則をいくつか説明させてもらわなくてはなりません。何よりも、あの子たちの幸せを一番に考えなくてはなりませんのでね」

「もちろんです」ハリーは言った。「遠慮は無用です、あなたの意のままになさってください」

「あなた方が関心を示されている三人、すなわち、サンドラ、ソフィー、そして、ジェシカですが、彼女たちはいま、図画工作の授業中です。そこを見ていただければ、あの子たちがほかの子供たちとどんなふうに交わっているかがわかると思います。その授業を見学しているときは、知らん顔をして、あの子たちがやっていることをそのままつづけさせてやってください。なぜなら、競争させられていると気取られてはならないからです。そうなったら、涙で終わるだけになってしまう恐れがあり、その影響が長く尾を引く可能性が十分にあるのです。ここにいる子たちはみな、一度は拒絶されています。その経験を思い出させる必要はありません。あの子たちだって、見学にやってきた家族を見れば、その家族が養子縁組を考えていることぐらいはもちろんわかります。だって、それ以外にここへくる理由がありますか？　ですから、子供たちに知られてはならないのは、すでに候補が二人か三人に絞られているということなのです。それに、当然のことながら、ここで三人に会ったあとも、最終結論を出す前に、やはりトーントンやエクセターの施設を訪ねようと思われるかもしれませんしね」

われわれ夫婦の最終結論はすでに出ているのだが、最終的な選択権はセバスティアンにあるように見せたいと思っているのだと、ハリーは施設長に教えてやりたかった。

「では、これから見学に行こうと思いますが、よろしいですか？」

「うん」セバスティアンが弾《はじ》かれたように立ち上がり、出口へと駆け出した。

「だれがだれか、どうすればわかるんでしょう？」エマがゆっくりと立ち上がりながら訊《き》いた。

施設長がセバスティアンを睨んだあとで答えた。「数人をあなた方に紹介します。自分たちが選抜されようとしていると気づかれないための用心です。では、そろそろ出かけましょう。その前に質問はありますか？」

ハリーが驚いたことに、セバスティアンは質問しようという気配も見せずに、出口のところで大人しく、辛抱強く、両親と施設長を待っていた。駆け出したのは、図画工作の教室へと大人たちが廊下を引き返しはじめたときだった。

施設長が教室のドアを開け、四人は教室に入って、静かに後ろに立った。施設長に目顔で促されて、担当教師が言った。「みなさん、今日はお客さまがいらっしゃいましたよ」

「こんにちは、ミスター・アンド・ミセス・クリフトン」子供たちが声を揃えて挨拶した。きょろきょろする者も何人かいたが、それ以外は絵を描く作業に戻った。

「こんにちは」ハリーとエマは挨拶を返した。セバスティアンは彼らしくもなく静かだった。

子供たちの大半が俯いたままで、どこか沈んでいるように見えた。ハリーは一歩前に出て、サッカーの試合の絵を描いている少年を見た。明らかにブリストル・シティのファンだとわかり、ハリーは思わず口元がゆるんだ。

エマはアヒル――もしかしたら猫かもしれなかったが――の絵を見る振りを装いながら、どの子がジェシカだろうと探しつづけた。しかし、ついにわからずじまいで、ようやく施設長がやってきて教えてくれた。「この子はサンドラです」

「あなた、とても絵が上手なのね、サンドラ」エマは言った。少女の満面に、得意そうな大きな笑みが広がった。セバスティアンが腰を屈め、しげしげとその絵に見入った。

ハリーがやってきてサンドラと話しはじめ、その一方で、エマとセバスティアンはソフィーを紹介された。

「駱駝《らくだ》よ」二人が訊く前に、ソフィーが自信満々で言った。

「一瘤《ひとこぶ》？　それとも、二瘤？」セバスティアンが訊いた。

「二瘤よ」ソフィーが相変わらず自信満々で答えた。

「でも、瘤が一つしかないじゃないか」セバスティアンが言った。

ソフィーが微笑し、瘤をもう一つ描き加えた。「学校はどこへ行ってるの?」彼女が訊いた。

「九月からセント・ビーズ校へ行くんだ」セバスティアンは答えた。

ハリーはセバスティアンから目を離さなかったが、息子はソフィーと明らかに気が合っている様子で、もうこの子に決めたのではあるまいなと父親を不安にさせた。そのときいきなり、セバスティアンの目が男の子の描いた絵の一枚に移った。そして、ハリーは施設長からジェシカを紹介された。しかし、彼女は自分の作業に没頭するあまり顔も上げようとせず、その集中力を途切れさせることは何としてもできないように思われた。恥ずかしがり屋なのだろうか? 他人に声をかけられたらすくみ上がってしまうほどなのか? ハリーにわかるはずもなかった。

ソフィーのところへ戻ると、彼女はエマと駱駝の話をしていて、一瘤と二瘤とどっちが好きかと訊いてきた。どっちにしたものかとハリーが考えていると、エマはソフィーから離れ、ゆっくりとジェシカのところへいった。しかし、彼女も夫と同様、その女の子から一言も引き出すことができなかった。結局すべての努力は水泡に帰し、ジェシカはオーストラリアへ行ってしまって、ソフィーを養子にすることになるのではないかという不安が頭をもたげはじめた。

エマはジェシカのそばを離れ、トミーという男の子のところへ行って、彼が描いている、火山が噴火している絵についておしゃべりを始めた。画用紙のほとんどが、暗赤色の炎に覆われていた。フロイトならこの子を養子にしたがっただろうとエマは思った。なぜなら、彼はさらに大量の赤い絵の具をカンヴァスになすりつけていたのだから。

ちらりと目をやると、セバスティアンはジェシカが描いているノアの方舟《はこぶね》の絵に見入りながら、彼女と話していた。

顔を上げていないとしても、セバスティアンの話は少なくとも耳に届いているようだった。セバスティアンがジェシカから離れ、サンドラとソフィーの絵をもう一度見てから、出口のそばに立った。

間もなく、オフィスへ戻ってお茶でもどうかと施設長が提案した。

三人分のカップにお茶を滝れ、それぞれに〈バースオリバー〉のビスケットを勧めてから、施設長が言った。「とりあえずお帰りになり、改めてお考えになってから、もう一度いらっしゃってもかまいませんし、わたしたちの別の施設を訪れられてもかまいません。最終的な結論を出されるのは、そのあとで結構ですよ」

ハリーは断固として沈黙を守り、セバスティアンが自分の気持ちを明らかにするかどうかを待った。

「あの女の子たち三人とも、とても魅力的だと思いました」エマが言った。「だれか一人を選ぶのは不可能なような気がします」

「私も同感です」と、ハリー。「あなたのおっしゃったとおり、一度持ち帰って家族で相談した上で、私たちの考えをお知らせするべきかもしれません」

「でも、ぼくたち三人の考えが同じだったら、そんなの時間の無駄だよ」セバスティアンがませた理屈を口にした。

「それはつまり、おまえの気持ちはもう決まっているということか？」ハリーは訊いた。どの子がいいかをセバスティアンがここで明らかにしたとしても、エマと自分がそう思わなければ、二対一でそれを覆すことは可能だ。だが、それはジェシカがバリントン・ホールで人生を始める最良の方法ではないかもしれない。

「あなた方が最終判断をなさる前に」施設長が言った。「あの三人について、それぞれの背景情報を少しお教えしておくべきかもしれませんね。サンドラは断然大人しくて聞き分けのいい子です。ソフィーはもう少し社交的ですが、少し粗忽《そこつ》なところがあります」

「それで、ジェシカはどうなんでしょう？」ハリーは訊いた。

「三人のなかで、あの子が最も才能があることには疑いの余地がありません。ですが、自分だけの世界に住んでいて、なかなか友だちができないんですよ。わたしとしては、あの三人なら、サンドラがあなた方に最もふさわしいと考えますけれど」

セバスティアンの顔が不審から苛立《いらだ》ちに変わるのを見て、ハリーは戦術を変えた。

「そうですね、私もそんな気がしているのですよ」彼は施設長に言った。「サンドラがいいのではないかとね」

「困ったわね」エマが言った。「わたしはソフィーがいいと思っていたの。元気がよくて面白い子なんだもの」

エマとハリーはこっそり、ちらりと目を見交わした。「というわけで、おまえの出番だぞ、セブ。サンドラとソフィーと、どっちがいい？」ハリーは訊いた。

「どっちでもない。ぼくはジェシカがいい」セバスティアンはそう答えるや椅子を飛び降り、ドアを大きく開け放したまま廊下へ飛び出していった。

施設長が机の向こうで立ち上がった。この施設の子が同じことをしたら黙ってはいないと顔に書いてあった。

「あの子はまだ、まったく民主主義というものを理解していないんですよ」ハリーは冗談に紛らわせて雰囲気を軽くしようとした。施設長は納得した様子もなく、黙って廊下へ出た。エマとハリーもあとにつづいたが、施設長は教室へ入ったとたんに目を疑った。ジェシカが自分の絵をセバスティアンに渡そうとしていた。

「お返しに何を約束したんだ？」ハリーは〈ノアの方舟〉を握って勢いよく通り過ぎようとする息子に訊いた。

「明日の午後、お茶にきてくれたら、好きなものをご馳走《ちそう》すると約束した」

「それで、何が好きなのかしら？」エマが訊いた。

「バターとラズベリー・ジャムをたっぷり塗った、焼きたてのホットケーキだって」

「かまいませんか？」ハリーは却下されるのではないかと心配しながら、施設長にお伺いを立てた。

「かまいませんよ。ですが、三人一緒のほうがいいかもしれませんね」

「いえ、そのご心配には及びません」エマが応えた。「ジェシカ一人がいいと思います」

「それなら、お好きなようになさってください」施設長は驚きを隠せないようだった。

バリントン・ホールへ戻る車のなかで、ハリーはジェシカを選んだ理由を息子に尋ねた。

「サンドラはとても可愛《かわい》いし」と、セバスティアンは答えた。「ソフィーはとても面白いんだけど、ひと月もしたら、ぼくのほうが退屈になってしまうんじゃないかな」

「それで、ジェシカはどうなの？」エマが訊いた。

「あの子はお母さんを思い出させるんだよ」


お茶にやってきたジェシカを、セバスティアンは玄関で出迎えた。

彼女は玄関への階段を上がりながら、片方の手でしっかりと施設長につかまり、もう一方の手に、自分が描いた絵の一枚を握っていた。

「ついておいでよ」セバスティアンが言ったが、ジェシカは階段を上りきったその場に根が生えたかのように立ち尽くし、セバスティアンが振り返るまで身じろぎもしなかった。

「これ、あなたに」彼女は振り返ったセバスティアンに絵を差し出した。

「ありがとう」セバスティアンは応え、ドクター・バーナードの施設の廊下の壁に貼《は》ってあって、自分がその前で足を止めた絵だと気がついた。「とにかく、なかに入れよ。だって、ぼく一人じゃホットケーキを食べきれないだろう」

おずおずと玄関ホールに入ったジェシカの口があんぐりと開いた。ホットケーキのせいではなく、すべての壁に額に入れて飾ってある、本物の油絵のせいだった。

「あとで見せてやるよ」セバスティアンが約束した。「そうじゃないと、ホットケーキが冷めてしまうからね」

ジェシカが客間に入り、立ち上がったエマとハリーに迎えられたが、ここでも絵から目を離せないでいた。ようやくセバスティアンと並んでソファに腰を下ろし、何枚も重なっている、焼きたてのホットケーキに憧れの眼差しを送った。しかし手を伸ばそうとはせず、ついにはエマが皿を持たせ、ホットケーキを載せてやり、ナイフを握らせ、バターと、そして、ラズベリー・ジャムの壺を渡してやらなくてはならなかった。

ようやくホットケーキを口に入れようとしたジェシカを、施設長が睨んだ。

「いただきます、ミセス・クリフトン」ジェシカが慌てて言った。もう二枚、瞬《また》く間に平らげたが、そのたびに「いただきます、ミセス・クリフトン」が繰り返された。

「いえ、もう結構です、ミセス・クリフトン」という言葉とともにジェシカが四枚目を断わったとき、エマは訝った。本当はまだ食べたいのではないだろうか？　三枚以上は食べてはいけないと、施設長に釘を刺されているのではないか？

「ターナーって知ってるかい？」二杯目のタイザーを飲み終えたジェシカに、セバスティアンが訊いた。彼女が俯いて黙っていると、セバスティアンは彼女の手を取って部屋を出た。「実際、ターナーはとても素晴らしいけど」彼は宣言した。「きみほどじゃないな」

「わたし、本当に信じられません」二人が廊下へ出てドアを閉めると、施設長が言った。「あんなに寛《くつろ》いだジェシカを見るのは初めてです」

「しかし、ほとんどしゃべっていませんよ」ハリーは言った。

「でも、本当なんです、ミスター・クリフトン。あれで、あの子はとても喜んでいるんです。歓喜《ハレルヤ》の歌を歌っていると言ってもいいぐらいです」

エマが声を上げて笑った。「本当に感じのいい子ですね。この家族の一員になるチャンスが彼女にあるとしたら、わたしたちはそのために何をすればいいんでしょうか」

「残念ですが、そう簡単ではありませんし、時間もかかります」施設長が答えた。「それに、必ず満足できる結果になるとは限りません。ときどきここを訪ねさせることから始めて、それがうまくいったら、わたしどもが〝週末休暇〟と呼んでいるものを考慮なさってもいいかもしれません。ですが、そこまで行ったら、後戻りはできませんよ。どうしてかと言うと、わたしどもとしてはいい加減な希望を持たせるわけにいかないからです」

「あなたの助言に従うことになるでしょうね」ハリーは言った。「なぜなら、私たちが本気でやってみるつもりになっているからです」

「そういうことであれば、最善を尽くしましょう」施設長が応じた。彼女が三杯目のお茶を飲み、二枚目のホットケーキを何とか食べ終えるころには、エマもハリーも自分たちが何を期待されているか、疑いの余地はなくなっていた。

「それにしても、セバスティアンとジェシカはどこへ行っているのかしら」エマが訝ると、そろそろ失礼するべきかもしれないと施設長がほのめかした。

「探してこよう」とハリーが言おうとしたとき、二人が部屋へ飛び込んできた。

「そろそろ失礼しましょう」施設長が立ち上がり、ジェシカに言った。「晩御飯に間に合うように帰らなくてはなりませんからね」

ジェシカはセバスティアンの手を放そうとしないだけでなく、抵抗までした。「これ以上、何も食べたくありません」

施設長が言葉を失った。

ハリーはジェシカを玄関ホールへ連れていき、彼女がコートを着るのを手伝ってやった。施設長が玄関を出たとたんに、ジェシカが泣き出した。

「まあ、どうしましょう」エマは困惑した。「とてもうまくいったと思っていたのに」

「あれ以上はうまくいかないぐらいでしたよ」施設長がささやいた。「うちのような施設にいる子というのは、帰りたくないときには必ず泣き出すんです。ご夫妻の意見が同じであるなら、どうぞわたしの助言を受け入れて、できるだけ早く申請書を提出してやってください」

ジェシカが振り返って手を振り、施設長の小さなオースティン7に乗り込んだ。依然として涙が頰を伝っていた。

「おまえは正しかったな、セブ」ハリーは息子の肩を抱き、三人は車道《ドライヴ》を下って消えていく車を見送った。

それから五カ月後、施設長がバリントン・ホールを最後に訪れ、一人でドクター・バーナードの施設へ帰る日がやってきた。家のない子供たちがまた一人、幸せな落ち着き先を見つけたのだ。いや、必ずしも幸せではなかったかもしれない。というのは、間もなくしてエマもハリーも気づいたのだが、ジェシカは彼女特有の、しかも、セバスティアンのそれと同じぐらい面倒な問題を抱えていたのである。

ジェシカはこれまで自分の部屋で一人で寝たことが一度もなく――ハリーもエマも、ちらりともそのことに思いが至らなかった――、バリントン・ホールでの最初の夜は子供部屋のドアを大きく開け放して、泣きながら眠るというありさまだった。朝、小さな温かい物体が目を覚ますとすぐに、自分たちの寝ているベッドの真ん中に潜り込んでくることに、ハリーもエマも慣れてしまいそうだった。それが徐々に間遠になりはじめたのは、セバスティアンが自分のテディ・ベアのウィンストンと別れ、かつての首相をジェシカに渡してやったときからだった。

ジェシカはセバスティアンの次にウィンストンを気に入って大切にした。「もうテディ・ベアなんかに用はない。ぼくは大人なんだ。だって、あと何週間かしたら学校へ行くんだから」と新しい兄が偉そうに宣言しても、それに左右されることはなかった。

ジェシカは兄と一緒にセント・ビーズ校へ行きたがり、ハリーは男の子と女の子は同じ学校へ行かないことを説明しなくてはならなかった。

「どうして?」ジェシカは納得しなかった。

「本当に、どうしてかしらね」エマが同調した。

新学年が始まる日の朝、エマは自分が産んだ若者を見つめ、年月は過ぎたのだと感慨を覚えた。息子は赤のブレザー、赤い帽子、グレイのフランネルの半ズボンといういでたちで、靴まで輝いていた。ともあれ、新学年の第一日だった。ジェシカは玄関に立ち、車道《ドライヴ》を下って正面の門を出ていく車に最後まで手を振ると、そのあとは階段のてっぺんに腰を下ろして兄が帰ってくるのを待った。

学校へはお父さんと行くから、お母さんはついてこないでほしいとセバスティアンは要求していた。ハリーが理由を訊くと、こういう答えが返ってきた。「お母さんにキスされるところを、ほかのやつらに見られたくないんだ」

　ハリーは息子に説教しようとし、自分がセント・ビーズ校に入学した日のことを危うく思い出して、口を閉ざした。あの日、スティル・ハウス・レーンから一緒に路面電車《トラム》に乗った母に、本来降りるべき停留所より手前の停留所で降りてもいいかと訊いた。最後の百ヤードは歩いてでも、車を持っていないことをほかの生徒に知られたくなかったのだ。そして、残り五十ヤードまできたところで、キスまでは許したものの、急いでさよならを言い、母をそこに置き去りにした。初めてセント・ビーズへ近づきながら、将来のクラスメイトが辻馬車《ハンサム・キャブ》や自家用車から降りてくるのを見た。一人など、制服を着た運転手付きロールス－ロイスでやってきた。

　ハリーにとっても第一日目の夜を実家でないところで過ごすのは難しかったが、それはジェシカと違って、ほかの子供たちと同じ部屋で寝た経験がないからだった。

　だが、寄宿舎のベッドの並びがアルファベット順だったことが幸いしてくれた。なぜなら、両隣りにバリントンとディーキンズをおいて眠ることになったからだ。だが、監督生については運が悪かった。最初の週は毎晩、アレックス・フィッシャーにスリッパで尻を叩かれた。理由は単に、おれが港湾労働者の息子であり、それゆえに、自分と同じ学校で教育を受けようとするなどおこがましいというだけのことだった。あいつだって不動産屋の息子のくせに。あいつはセント・ビーズを卒業したあと何をしていたのかと、ときどき思うことがある。トブルクでは一緒だった。おれとジャイルズと、たまたま同じ連隊に配属になったのだ。最近、おれに話しかけようとこそしないけれども、セント・ビーズ校の同窓会に出てくるところをみると、いまはブリストルに住んでいるに違いない。

少なくともセバスティアンは車でセント・ビーズ校の入学式に行ける。それに、〝通学生の新人《ディ・バグ》〟だから、夜、フィッシャーにいじめられる心配はない。なぜなら、毎日、夕方には家に帰れるからだ。だが、たとえそうだとしても、セント・ビーズの日々がおれより楽だということはないのではないか。その理由はおれとはまったく異なっているかもしれないが。

ハリーが正門前で車を停めてブレーキを引くより早く、セバスティアンは外へ飛び出した。ハリーが見ていると、息子は門を駆け抜け、一度も振り返ることなく赤いブレザーの群れのなかへ消えていって、百人の同級生と区別がつかなくなった。ハリーは〝古い秩序は変わり、新たな秩序に席を譲る〟というテニソンの言葉を思い出し、その通りなのだろうと納得した。

ゆっくりとバリントン・ホールへ引き返しながら、思いはいま書いている作品の次の章へ移ろっていった。そろそろウィリアム・ウォーウィックを昇進させるべきだろうか？

車道《ドライヴ》を上がっていくと、玄関の階段のてっぺんに坐っているジェシカが見えた。ハリーが微笑して車を停め、運転席を降りると、何よりも先に彼女が訊いた。「セブはどこ？」

毎日、セバスティアンが学校へ行っているあいだ、ジェシカは自分だけの世界に閉じこもった。そして、兄が帰ってくるのを待ちながら、ウィンストンにほかの動物たちの話を読んでやった。くまのプーさん、トード氏、アリスの白兎、オーランドという名のマーマレード・キャット、時計ワニ。

ウィンストンが寝てしまうとベッドへ連れていって、今度はイーゼルに向かい、絵を描きはじめる。それが毎日繰り返された。実際、子供部屋がアトリエに変わってしまったのではないかとエマが思ったほどだった。ハリーの昔の原稿を含めて手に入る紙を一枚残らず鉛筆やクレヨンや絵の具で埋めてしまうや（新しい原稿は、鍵をかけてしまっておかなくてはならなかった）、今度は子供部屋の壁の塗り直しが始まった。

ハリーはジェシカの熱心さに水を差すつもりはなく、むしろその逆だったが、バリントン・ホールは自分たちのものでないのだから、ジェシカが子供部屋を抜け出し、この屋敷に手つかずの壁がどんなにたくさんあるかに気づく前に、ジャイルズに相談すべきではないかとエマに持ちかけた。

しかし、ジャイルズはバリントン・ホールへ新しくやってきた少女がすっかり気に入って、この屋敷の内も外も、すべて塗り替えてもらってかまわないと宣言した。

「お願いだから、これ以上あの子をその気にさせないで」エマは懇願した。「ただでさえセバスティアンが自分の部屋を塗り替えてくれって頼んでいるんだから」

「それで、いつ彼女に本当のことを話すんだ？」ディナーの席に着くと、ジャイルズが訊いた。

「そもそも話す必要があるのかどうか、その判断がまだついていないんだ」ハリーは言った。「何しろ、ジェシカはまだ六歳で、しかも、もうすっかり馴染んでいるんだから」

「だけど、いつまでも先延ばしにするわけにはいかないだろう」ジャイルズが警告した。

「だって、あの子はすでにきみたちを両親、セブを兄と見なして、ぼくをジャイルズ伯父さまと呼んでいるんだぞ。だけど、本当は彼女はぼくの異母妹で、セブの伯母なんだからな」

ハリーは笑った。「それをあの子が理解できるようになるとしても、まだずいぶん先のことだ」

「知らないですめば、それに越したことはないんだけど」エマが言った。「忘れないでほしいんだけど、あの子は本当の両親は死んだとしか教えられていないの。なぜそれを変える必要があるの？　本当のことをすべて知っているのは、わたしたち三人だけなのよ？」

「セバスティアンを侮《あなど》っちゃだめだ。あいつはそう遠くないうちに感づくんじゃないかな」

7

ハリーとエマはセバスティアンの第一学期の終わりに校長からお茶に招かれてびっくりしたが、それが社交的なものでないこともすぐにわかった。

「ご子息は友だちができにくいようです」メイドがお茶を注いで出ていくと、ドクター・ヘドリーが言った。「事実、ブリストルで生まれ育った子より海外からきた子のほうに馴染んでいます」

「それはどうしてでしょうか?」エマは訊いた。

「遠く離れた海の向こうからきた子たちは、クリフトン夫妻のことも、有名なジャイルズ伯父のことも知りませんからね」校長が説明した。「しかし、よくあることなのですが、それによっていい点も出てきているのです。というのは、そういうことがなければ見落とされていたかもしれないのですが、セバスティアンは言語に関して天性の才能があることがわかったのです。実際、ルー・ヤンと中国語で会話ができるのは彼だけです」

ハリーは笑ったが、エマは校長の表情が緩まないことに気がついた。

「とはいえ」ドクター・ヘドリーがつづけた。「セバスティアンがブリストル・グラマー・スクールの入学試験を受けるときに、問題が生じるかもしれません」

「でも、あの子は英語、フランス語、ラテン語で一番でしたが」エマは誇らしげに言った。

「それに、数学も満点でした」ハリーは校長に念を押した。

「確かにそのとおりで、実に立派の一言です。ですが、その一方、残念なことに、歴史、地理、そして、自然科学は最下位に近いところに甘んじています。そのどれもが必修科目なのですよ。その二科目ないし三科目で落第点を取れば、ブリストル・グラマー・スクールへの入学は自動的に叶わなくなります。そうなったら、あなた方お二人も、そして、ご子息の伯父上も、とてもがっかりなさるはずです」

「〝とてもがっかり〟なんて生やさしいものではすまないでしょうね」ハリーは言った。

「そうでしょうな」ドクター・ヘドリーが応えた。

「その規則に例外はないんでしょうか」エマが訊いた。

「私が在職しているあいだにそのようなことがあったのは、確か一回だけだったと思います」校長が答えた。「その例外が認められたのは、夏学期の毎週土曜日に、クリケットの試合で百点《センチュリー》を叩き出した少年でした」

ハリーは笑った。そう言えば、ジャイルズがセンチュリーを記録しつづけるのを芝生に坐《すわ》って見ていたものだった。「では、必修科目のうちの二科目で落第点を取ることの意味を、あの子にわからせればいいわけですね」
「ご子息は十分に頭脳明晰ですが」校長が言った。「その科目が刺激的でないとすぐに飽きてしまう傾向があるのですよ。それさえなければ、言語に関する才能をもってすれば、ご子息はオックスフォード大学をも目指せるはずです。ですが、そのためにはまず、ブリストル・グラマー・スクールへ確実にたどり着かなくてはなりません」

父親から多少おだてられ、祖母からかなりの量の人参《にんじん》を目の前にぶら下げられたおかげか、セバスティアンは三つの必修科目のうちの二つで最下位から何番目かまで何とか成績を上げた。落としてもいいのだろうと推測した一科目には、自然科学が選ばれた。

第二学年が終わるころには、もう少し頑張れば六つの入試科目のうちの五つで合格に必要な点数を取れるだろうと、校長はセバスティアンの成績に手応えを感じていた。もっとも、自然科学については彼も諦めていたが。ハリーとエマも徐々に期待が膨らみはじめていたが、ここで手綱をゆるめるわけにはいかなかった。実際、最終学年に二つの事件が起こりさえしなければ、校長の楽観的な見通しが正しかったことが証明されたかもしれない。

8

「きみのお父さんの本か？」

セバスティアンは書店のウィンドウに整然と積み上げてある小説の山を見た。その上に立っている宣伝コピーが、こう謳《うた》っていた――〝『虎児を得ず』ハリー・クリフトン作三シリング六ペンス　ウィリアム・ウォーウィックの最新の冒険〟。

「そうとも」セバスティアンは誇らかに答えた。「読みたいか？」

「もちろんだよ」ルー・ヤンが言った。

セバスティアンは友人を従え、ゆっくりと書店に入っていった。正面に近いテーブルに父の最新作のハードカヴァー版が高く積まれ、それをウィリアム・ウォーウィック・シリーズの最初の二作、『ウィリアム・ウォーウィックと盲目の目撃者』と『虎穴に入らずんば』のペーパーバック版が取り巻いていた。

セバスティアンはそれぞれを一冊ずつ、ルー・ヤンに渡した。そのとき何人かのクラスメイトがやってきて、セバスティアンは全員に最新作を手渡し、何人かには前の二作も差し出した。本の山は瞬《またた》く間に低くなっていったが、そのとき、中年の男がカウンターの向こうから飛び出してきてセバスティアンの襟首をつかみ、クラスメイトの輪から引きずり出した。

「おまえ、自分が何をしていると思ってるんだ！」男が怒鳴りつけた。

「別にいいじゃないか」セバスティアンは言い返した。「父の本なんだから！」

「そうかい、聞かせてもらったよ」店長は一歩ごとに抵抗するセバスティアンを店の奥へ引っ立てながら店員に命じた。「警察へ通報しろ。盗人《ぬすっと》を現行犯で捕まえたとな。それから、こいつの友だちを追いかけて、あいつらが持って逃げた本を取り戻す努力をしろ」

店長は突き飛ばすようにしてセバスティアンをオフィスへ入れ、古びた馬巣織《ばすおり》りのソファに押さえ込むようにして坐《すわ》らせた。

「逃げようなんて考えるなよ」店長はそう言い捨ててオフィスを出ると、しっかりとドアを閉めた。

鍵が回る音が聞こえた。セバスティアンは立ち上がり、店長の机のところへ行って本を手に取ると、ソファに戻ってそれを読みはじめた。九ページまで読み進み、リチャード・ハネイを本気で好きになりはじめたころ、ドアが開いて、店長が勝ち誇った笑みを浮かべて戻ってきた。

「こいつです、警部、現場を押さえました」

　ブレイクモア警部が何とか真面目な顔を保とうと苦労していると、店長が付け加えた。「父親の書いた本だなんて、厚かましいにもほどがある」

「それは嘘じゃありませんよ」ブレイクモアは言った。「この子はハリー・クリフトンの息子です」そして、厳《いか》めしい顔を作ってセバスティアンを見た。「だが、きみのやったことは申し開きできないぞ、若者」

「たとえ父親がハリー・クリフトンでも、私はまだ一ポンド十八シリングの損をしたままだ」店長が言い、非難の指をセバスティアンに向けた。「それを一体どうするつもりだ？」

「もう私のほうからミスター・クリフトンに連絡してあります」ブレイクモアが言った。「ですから、その問題が解決されるのに長い時間はかからないと思いますよ。ところで、父親の到着を待つあいだに、書籍販売についての経済学をこの子に教えてやったらどうです？」

　店長がいくらか怒りの収まった様子で机の端に腰掛けた。

「きみのお父さんが本を書くと」と、彼は説明を始めた。「出版社が印税を前払いする。それ以上売れれば、さらに印税が発生する。定価の何パーセントと決めてあるんだ。きみのお父さんの場合は、そうだな、十パーセントかそこらだろう。それに、出版社は自分のところの販売担当者、編集担当者、広告担当者に給料を払わなくてはならないし、印刷会社にも支払いが生じる。さらに、宣伝費や運送費もかかる」

「それで、あなたは一冊あたり、いくら払わなくてはならないんですか？」セバスティアンが訊いた。

ブレイクモアは答えを聞くのを待ちきれなかった。店長が躊躇《ためら》ったあとで明らかにした。

「定価の三分の二といったところだ」

セバスティアンの眼が細くなった。「つまり、父は一冊あたり十パーセントしか手に入らず、あなたは三十三パーセントが懐《ふところ》に入るということですか？」

「そうだな。しかし、私はここの家賃や地方税、それに店員の給料だって払わなくちゃならないんだ」店長がむきになって弁明した。

「では、父からすると、今日の損害を弁済するには、定価の全額をあなたに払うより、実際に本をここへ持ってきて、原物で弁済するほうが安いということですよね？」

ブレイクモアはサー・ウォルター・バリントンがいまも存命でないことが残念だった。このやりとりを聞けば、きっと面白がっただろうに。

「よかったら教えてもらいたいんですが、サー」セバスティアンがつづけた。「そのためには何冊の本を返せばいいんでしょう」

「ハードカヴァーが八冊、ペーパーバックが十一冊だ」店長が答えたとき、ハリーがオフィスに入ってきた。

ブレイクモア警部は事情を説明し、そのあとで付け加えた。「今回に関しては、この子を告発することはしません、ミスター・クリフトン。警告するにとどめます。あとはあなたに任せますから、サー、この少年が二度と無責任なことをしないよう、よろしくお願いします」

「もちろんです、警部」ハリーは応えた。「感謝のしようもありません。本のことは出版社に頼んで、すぐに届けてもらいます」そして、息子を見て付け加えた。「それから、セバスティアン、最後の一ペニーが弁済されるまで小遣いは無しだからな」

セバスティアンは唇を噛んだ。

「ありがとうございます、ミスター・クリフトン」店長が言い、いくらかおもねる口調で訊いた。「せっかくおいでいただいたんですから、サー、在庫にサインをしてもらえればありがたいのですが」

エマの母親のエリザベスは娘に対して、検査で入院するけれども何も心配することはないと断言し、心配させるだけだからハリーにも子供たちにも黙っていてくれと釘を刺した。しかしエマは不安を抑えられず、バリントン・ホールへ戻るや、庶民院にいるジャイルズとケンブリッジの妹に電話をした。二人は取るものもとりあえず、ブリストル行きの次の列車に乗った。

「あなたたちに無駄足を踏ませたのでなければいいんだけど」テンプル・ミーズ駅で二人

を迎えたエマは言った。

「それを言うなら、わたしたちが無駄足を踏むことになればいいんだけど、でしょう」グレイスが応えた。

ジャイルズは思い詰めた様子で窓の向こうを見つめ、三人は押し黙って病院へ向かった。ミスター・ラングボーンが執務室のドアを閉めもしないうちに、エマはいい知らせを聞くことにはならないだろうと感じ取った。

「もう少し簡単にお伝えする方法があればいいのですが」全員が腰を下ろすと、専門医が言った。「残念ながら、それがありません。ドクター・レイバーンは数年前から母上の主治医として定期的に検査を行なってきているのですが、今回の検査結果を見て、より精密な検査をするよう私に依頼してきました」

エマは拳を握った。不安なときや困ったときの、小学生のころからの癖だった。

「昨日」ミスター・ラングボーンがつづけた。「その検査の分析結果が私のところへ戻ってきたのですが、それによって、ドクター・レイバーンの懸念が確認されました。母上は乳癌と診断せざるを得ません」

「治るんでしょうか」エマは間髪を入れずに訊いた。

「現時点では、母上の年齢では治療の方法がありません」ラングボーンが答えた。「将来的には突破口が見つかるのではないかとも思われますが、母上に適用できるほどすぐにとはいかないでしょう」

「わたしたちにできることはないんでしょうか」グレイスが訊いた。

エマは身を乗り出して妹の手を取った。

「いまの母上に必要なのは、あなたたち家族ができる限りの愛と支えを与えて差し上げることです。母上は瞠目《どうもく》すべき女性です。いろいろな試練に耐えてきて、もっともっとよく報われてしかるべきなのに、一言の愚痴もこぼされません。それは母上の流儀ではないのです。まさしくハーヴェイ家の人と言うしかありません」

「あとどのぐらい一緒にいられるんでしょうか」エマは訊いた。

「残念ながら」ラングボーンが答えた。「数カ月とは言えません。数週間でしょう」

「それなら、話さなくちゃならないことがある」ここまで黙っていたジャイルズが言った。


万引き事件はセント・ビーズ校の生徒のあいだでも知られることとなり、そのおかげでセバスティアンは友だちがいないどころかみんなの英雄になって、これまで近づかなかった生徒までが仲間にと誘うようになった。ハリーはこれがターニング・ポイントになるかもしれないと考えはじめていたが、祖母の命がわずか数週間しかないと告げたとたん、息子は自分の殻に逆戻りして閉じこもってしまった。

ジェシカはすでにレッド・メイズ校の最初の学期が始まっていた。セバスティアンよりはるかに勉強したが、どの科目でも一番になれなかった。美術担当の女性教師はエマに、絵画が学科として重きを置かれていないことを残念がった。なぜなら、八歳のジェシカは自分が大学の最終学年で見せた以上の才能をすでに明らかにしているのだから、と。

エマはこの話をジェシカにしてやるのではなく、しかるべき時がきて、自分にどれほどの才能があるかを自ら知るに任せることにした。セバスティアンは妹に、おまえは天才だとことあるごとに言っているけれど、彼に何がわかるだろう。あの子はサッカー選手のスタンリー・マシューズをも天才だと考えているのだから。

ひと月後、セバスティアンは模擬試験のうちの三科目を失敗した。ブリストル・グラマー・スクールの入学試験がわずか三週間後に迫っているというのにである。ハリーもエマも少し本気で叱らなくてはならないだろうと感じていたが、本人は祖母の容態を気遣うあまり、心ここにあらずだった。毎日、放課後になると母に迎えにきてもらって一緒に病院へ行き、祖母のベッドに坐って、自分のお気に入りの本を、彼女が眠るまで読んで聞かせつづけた。

ジェシカはおばあちゃんのために毎日新しく絵を描き、次の日の朝、ハリーに学校へ送ってもらう途中で病院に寄って、その絵を置いてきた。学期が終わるころには、祖母の病室の壁は孫の絵で埋め尽くされて、ほとんど隙間がなくなった。

ジャイルズは登院厳重命令をいくつか無視し、グレイスは数えきれないほど授業を欠席し、ハリーは果てしなく締切りを延ばし、エマは毎週送られてくるサイラス・フェルドマンの手紙への返事を何度か書きそびれた。だが、エリザベスが毎日会うのを一番楽しみにしているのは、だれでもないセバスティアンだった。毎日会うことでより恩恵を被っているのがどちらなのか、ハリーはよくわからなかった。息子なのか、それとも、義理の母なのか？

どうしようもないことだが、セバスティアンは祖母の命が残り少なくなっていくなかで、ブリストル・グラマー・スクールの入学試験を受けなくてはならなかった。

その結果はセント・ビーズの校長が予想したとおり、さまざまだった。ラテン語、フランス語、英語、そして、数学は奨学生のレヴェルに達していた。一方、歴史はかろうじて合格点で、地理はわずかに合格点に届かず、自然科学は九点しか取れなかった。

試験結果が学校の掲示板に貼り出された直後、バリントン・ホールのハリーにドクター・ヘドリーから電話があった。

「実は、ブリストル・グラマー・スクールの校長のジョン・ガレットと内々に話すつもりでいます」セント・ビーズの校長は言った。「セバスティアンがラテン語と数学で満点を取ったこと、大学へ進む時点では奨学生の基準にほぼ間違いなく到達するであろうことを、改めて思い出させておこうと思いましてね」

「それなら、このことも思い出させてもらうほうがいいかもしれません」ハリーは応じた。「セバスティアンの伯父と私がブリストル・グラマー・スクールの卒業生であり、あの子の祖父のサー・ウォルター・バリントンは理事長であったことをね」

「そこまでする必要はないと思いますが」ヘドリーが言った。「セバスティアンがお祖母《ばあ》さまの入院中に試験を受けなくてはならなかったことは指摘しておくつもりです。あとは、ブリストル・グラマー・スクールの校長が私の判断を支持してくれるのを祈るしかありません」

そして、ブリストル・グラマー・スクールの校長はセント・ビーズの校長の判断を支持した。その週末、ハリーはふたたびドクター・ヘドリーから電話をもらい、彼の判断をジョン・ガレットが支持し、二科目が合格点に届いていないけれども、それでもブリストル・グラマー・スクールへの入学を認めるよう推薦すると伝えてきたことを知らされた。

「ありがとうございます」ハリーは礼を言った。「数週間ぶりのいい知らせです」

「ですが」と、ヘドリーが付け加えた。「最終決定を下すのは理事会だと、改めて念を押されました」

その夜、ハリーはだれよりも遅く義母を見舞った。そして帰ろうとしたとき、エリザベスがささやいた。「もう少しいてもらえるかしら、マイ・ディア。あなたに相談しなくてはならないことがあるの」

「もちろんです」ハリーはベッドの端に腰掛けた。

「今朝、デズモンド・シドンズにきてもらったの。わが一族の事務弁護士よ」エリザベスが苦しい息の下で、途切れ途切れに言葉をつないだ。「それで、わたしが新しい遺言書に署名したことをあなたに知っておいてほしいのよ。なぜそんなことをしたかというと、あのヴァージニア・フェンウィックとかいうおぞましい女に、何であれわたしの財産に指一本触れさせたくないからなの」

「そのことなら、もはや心配はないんじゃないでしょうか。もう何週間も姿を見ていないし、声も聞いていませんからね。もう終わったんだと思いますよ」

「なぜ何週間も姿を見せず、声も聞かせていないかというとね、ハリー、もう終わったとわたしに思わせたいからよ。姿を消したのは、わたしが長くは生きられないとジャイルズが知って間もなくよ。これは偶然ではないわ」

「それはいくら何でも過剰反応でしょう、エリザベス。ヴァージニアといえども、そこまで冷酷じゃないんじゃないですか？」

「ねえ、ハリー、あなたは昔から、だれに対しても疑わしきは罰せずの態度を取るし、それはあなたがとても寛容だからなのよね。あなたに出会ったのは、エマにとって本当に運のいい日だったのね」

「あなたにそう言っていただけるのはありがたい限りです、エリザベス。ですが、もう少し時間をかけて様子を――」

「その時間がわたしにはないの」

「それなら、あなたに会いにくるよう、私からヴァージニアに言ってみましょうか」

「それについては、ジャイルズを通して何度もはっきり伝えたけれど、すべて拒絶されたわ。しかも、そのたびごとに理由が嘘っぽくなっていったのよ。さあ、どうしてだと思う？　でも、あなたは答えなくていいのよ、ハリー。だって、あの女が本心では何を企んでいるか、いまのあなたにはだれよりも見通せるはずがないもの。それに、断言してもいいけど、あの女はわたしの葬儀が終わるまで動きを見せないわ」そして、エリザベスの顔にちらりと笑みがよぎった。「でも、わたしにはまだ切り札が残っているの。だけど、それを切るのは墓の下に納まってからですけどね。そのとき、わたしの魂は復讐の天使さながらによみがえるの」

　ハリーがさえぎることなく聞いていると、エリザベスは身体を後ろに倒し、残っている力を振り絞るようにして、枕の下から一通の封筒を取り出した。「これから話すことをしっかりと聞いてちょうだいね、ハリー」彼女は言った。「あなたにはわたしの指示を、絶対に間違いなく、文字通りに実行してもらわなくてはならないの」そして、義理の息子の手を握った。「もしジャイルズがわたしの最新の遺言書に異議を唱えたら――」

「しかし、なぜジャイルズがそんなことをすると？」

「なぜなら、あの子がバリントンだからよ。そして、バリントンの男というのは、昔から女にはからっきしなの。だから、もしジャイルズがわたしの最新の遺言書に異議を唱えたら」エリザベスが繰り返した。「わたしの資産を一族のだれが引き継ぐべきかを審理するために選ばれた裁判官に、何があろうと、確かにこの封筒を渡してちょうだい」

「ジャイルズが異議を唱えなかった場合はどうすればいいんでしょう」

「破棄するのよ」エリザベスが答えた。一秒ごとに息が浅くなりつつあった。「あなた自身が開封してはならないし、この封筒の存在はジャイルズにもエマにも知られてはなりません」そして、さらに力を込めてハリーの手を握り、かろうじて聞き取れるほどの声でささやいた。「さあ、約束すると言って。約束したことは必ず守れと、あなたはオールド・ジャックに教えられているでしょ？　知っているのよ」

「約束します」ハリーは言い、封筒をジャケットの内ポケットに収めた。

　エリザベスはハリーの手を握っていた力を緩め、頭を枕に戻すと、口元に満足の笑みを浮かべた。ディケンズの『二都物語』に登場する弁護士のシドニー・カートンは、愛する女のために、その夫の身代わりになって死刑に処せられるが、ジャイルズがもう一人のシドニー・カートンになって身を滅ぼすかどうか、あるいは、首尾よくギロチンを逃れるかどうか、それを彼女が知ることはもはやなかった。

ハリーは朝食を食べながら郵便をあらため、一通の封を切った。

ブリストル・グラマー・スクール
ユニヴァーシティ・ロード　ブリストル
一九五一年七月二十七日

親愛なるミスター・クリフトン
このお知らせをしなくてはならないのは誠に残念ですが、ご子息のセバスティアンの本校への入学を認めることは叶《かな》わなくなり……

ハリーは弾《はじ》かれたように朝食のテーブルを飛び出して電話の前に立つと、手紙のいちばん最後に記してある番号をダイヤルした。

「校長室です」声が応えた。

「ミスター・ガレットをお願いしたい」

「失礼ですが、どちらさまでしょう」

「ハリー・クリフトンです」

「ただいまおつなぎします、サー」

「おはようございます、校長先生。ハリー・クリフトンです」

「おはようございます、ミスター・クリフトン。お電話があるものと思っておりました」

「貴校の理事会がああいう正当な理由のない判定を下されたことが、私には信じられないのですが」

「率直に申しますが、ミスター・クリフトン、それは私も同じなのです。まして、ご子息の入学を認めるようあれほど強く推薦し、懇願したあととあっては尚更です」

「息子の入学が認められなかった理由は何でしょう」

「必修の二科目で合格点を取れなかった生徒を、父親が卒業生だからという理由で例外的に入学を認めるわけにはいかないということです」

「それが唯一の理由でしょうか?」

「いえ」校長が答えた。「ご子息が万引の容疑で警察から警告された件を、一人の理事が持ち出したのです」

「しかし、あの件については無実であるという説明が完璧《かんぺき》になされているではありませんか」ハリーは癇癪が破裂しそうになるのをこらえなくてはならなかった。

「それについては、私もまったく同感です」ガレットが言った。「しかし、新しい理事長が頑として譲らなかったのです」

「では、その新しい理事長に電話をしてみます。名前を教えてもらえますか？」

「アレックス・フィッシャー少佐です」

ジャイルズ・バリントン

一九五一年―一九五四年

9

エリザベス・ハーヴェイが結婚したのはセント・アンドリューズ教区教会で、彼女の三人の子供もそこで洗礼を受け、後に堅信式を施されたのだが、いま、その教会が家族、友人、そして、崇拝者で一杯なのを見て、ジャイルズは喜びこそすれ、驚きはしなかった。

ミスター・ドナルドソン師の弔辞は、エリザベス・バリントンがどんなに地元の共同体に多くの貢献をなしたかを全員に思い出させた。事実、と師は会衆に向かって述べた。故人の財政上の寄与がなかったら、この教会の塔の修復は不可能だったでしょう。それに、ここの壁のはるか向こうにいるいかに多くの人々が、故人が診療所の後援者になってくれたとき、その知恵と洞察力の恩恵を被ったことでしょう。故人はまた、ハーヴェイ卿が亡くなって後、一族の長《おさ》としての役目を立派に果たされたのです。ジャイルズが――ここに集《つど》っている人々の大半もきっとそうに違いなかったが――ほっとしたことに、教区司祭は父には言及しないでくれた。

ドナルドソン師は頌徳《しょうとく》の言葉をこう締めくくった――「エリザベスは五十一歳という

時宜を得ない死によって、短い人生を終えることになりました。しかし、それが主の思《おぼ》し召しであることを、私たちは疑うものではありません」
「司祭が着席すると、ジャイルズとセバスティアンがそれぞれに日課――「よきサマリア人」と「山上の垂訓」――を読み、エマとグレイスは母が好きだった詩人の詩を朗読した。
エマが選んだのはシェリーの「アドナイス」だった。

荒れ果てた楽園の迷える天使よ！
彼女はそれが自分のせいでないことを一点の曇りもなく知っていた。
そして、雨よりもよく泣く雲のように
次第に霞《かす》むようにして消えていった。

一方、グレイスはキーツを朗読した。

立ち止まって考えよ！　人生はほんの一日に過ぎない、
木の頂きから
いまにもこぼれ落ちそうな儚《はかな》い露の滴《しずく》のごとく、
巨大な急流へと突き進む小舟で眠っている哀れなインド人のごとく……

教会を出ていく弔問客のなかには、サー・ジャイルズと腕を組んでいる美人はだれだろうと訝る者がいた。ハリーはそれに気づいて、エリザベスの予測が早くも現実になろうとしていると認めざるを得なかった。エリザベスの棺《ひつぎ》が墓に下ろされるとき、ヴァージニアは黒ずくめの装いでジャイルズの右に立っていた。「でも、わたしにはまだ切り札が残っているの」というエリザベスの言葉を、ハリーは思い出さずにはいられなかった。

葬儀の一切が終わると、家族と数人の近しい友人が、ジャイルズ、エマ、グレイスにバリントン・ホールへ招かれた。アイルランド人なら〝通夜《ウエイク》〟と呼ぶはずのものを行なうためである。ヴァージニアは慣れた様子で弔問客のあいだを動きまわり、すでにこの屋敷の女主人であるかのごとくに自己紹介をしていた。ジャイルズはそれに気づいていないかのようだったが、たとえ気づいていたとしても、それを諫めるつもりは明らかにないように見えた。

「こんにちは、わたしはレディ・ヴァージニア・フェンウィックです」彼女は初対面のハリーの母に言った。「あなたはどういう関係でいらっしゃるのかしら？」

「わたしはミセス・ホールコムです」メイジーは答えた。「ハリーの母です」

「あら、そうでしたか」ヴァージニアが応じた。「たしか、ウェイトレスか何かをなさっていらっしゃるんですよね？」

「ブリストルのグランド・ホテルの総支配人をしています」メイジーがふたたび答えた。嫌な客の相手をしているような口調だった。

「ああ、そうでしたね」ヴァージニアが言った。「でも、女性が仕事をするという考えに慣れるのは、わたしには少し時間がかかるのではないかしら。だって、一族のなかに、仕事をしたことのある女性は一人もいないんですもの」そして、メイジーが答えるのも待たずに、さっさと離れていった。

「あなたはだれ？」セバスティアンが訊いた。

「レディ・ヴァージニア・フェンウィックよ。あなたこそだれなの」

「セバスティアン・クリフトンだけど」

「ああ、そうだったの。あなたが行く学校を、お父さまは何とか見つけることができたのかしら？」

「九月からビーチクロフト・アビー校へ行くんだ」セバスティアンが反撃した。

「悪くない学校だけど」ヴァージニアが応戦した。「一番いい学校でないことは確かね。わたしの兄弟は三人ともハロー校に進んだのよ。フェンウィック家は七代前からそうなの」

「あなたはどこの学校へ行ったんですか？」セバスティアンが訊いたとき、ジェシカがせかせかとやってきて割り込んだ。

「あなた、あのコンスタブルを見た、セブ？」

「お嬢さん、わたしが話しているときに割り込んではだめでしょう」ヴァージニアが咎《とが》めた。「無礼極まりないことよ」

「すみません、ミス」ジェシカが謝った。

「わたしは〝ミス〟ではありません。これからはどんなときでも、〝レディ・ヴァージニア〟と呼ぶように」

「あのコンスタブルをご覧になりましたか、レディ・ヴァージニア？」ジェシカは訊いた。

「ええ、もちろんよ。わたしの実家にある三作と較べても、勝るとも劣らないわね。だけど、わたしたちのターナーよりは格が落ちると言わざるを得ないでしょうね。ターナーのことはご存じかしら？」

「もちろんです、レディ・ヴァージニア」ジェシカは答えた。「J・M・W・ターナー、彼の時代の最高の水彩画家かもしれません」

「妹も芸術家なんです」セバスティアンが言った。「ターナーにもまったくひけを取らないと思いますよ」

ジェシカがおかしそうに笑った。「すみません、レディ・ヴァージニア。母にいつも注意されているんですけど、兄は物事を大袈裟《おおげさ》に言う癖があるんです」

「明らかにそのようね」ヴァージニアはそう応じると、二人にジャイルズを探してくるよう命じた。そろそろ客を帰す時間だというのが、その理由だった。

ジャイルズが司祭を玄関まで送った。それを見て、そろそろ失礼する潮時だと考えた客が、みな腰を上げた。最後の客を送り出すと、ジャイルズは安堵のため息をついて家族のいる客間に戻った。

「ともかく、状況を考えれば、遺漏なく終わったんじゃないかな」彼は言った。

「一人か二人、お通夜《ウエイク》ではなくて、お祝いだと勘違いしていた人もいたけど」ヴァージニアが言った。

「ところで、オールド・チャップ」ジャイルズがハリーに言った。「ディナー用の服装に着替えてもらってかまわないかな？　ヴァージニアはことのほか、こういうことに重きを置いているんでね」

「だれであろうと規範をないがしろにすべきではないわ」ヴァージニアが頼まれもしないのに口を開いた。

「わたしの父について言えば、これ以上は規範をないがしろにできないんじゃないかしら」グレイスが言い、ハリーは笑いを嚙み殺さなくてはならなかった。「でも、申し訳ないんだけど、わたしは員数外にしてもらうしかないわね。ケンブリッジへ戻って、監督の準備をしなくちゃならないの。いずれにせよ」彼女は付け加えた。「わたしは葬儀のための服装をしたの。ディナーのためじゃないわ。それから、お見送りは結構よ」

ハリーとエマがディナーのために階下《した》へ降りていくと、ジャイルズが客間で待っていた。執事のマーズデンがそれぞれにドライ・シェリーを注ぎ、準備が予定通りに進んでいるかどうかを確かめるために退出した。

「悲しみのときだ」ハリーは言った。「偉大なレディに乾杯しよう」

「偉大なレディに」ジャイルズとエマが声を合わせてグラスを挙げたとき、ヴァージニアが颯爽《さっそう》と入ってきた。

「どのみち、わたしのことを話していらっしゃったんでしょ？」彼女は訊いたが、皮肉の色は微塵も感じられなかった。

ジャイルズは笑ったが、エマはシルクを琥珀織りにした豪勢なドレスに感心することしかできなかった。ついさっきまでの喪服姿は跡形もなく、そんなものを着ていたことすら思い出せないほどだった。エマが見落とすことがないよう、ヴァージニアがダイヤモンドとルビーのネックレスに触った。

「なんて美しい宝石かしら」ジャイルズがジン・トニックをヴァージニアに渡してやるのを見計らい、エマはタイミングよく褒めてやった。

「ありがとう」ヴァージニアが応えた。「これは曾祖母《そうそぼ》のものなの。曾祖母はウェストモーランドのダウアジャー公爵夫人で、わたしに遺贈してくれたのよ」そして、戻ってきたばかりの執事に言った。「マーズデン、わたしの部屋の花が枯れはじめているわ。今夜、わたしが部屋へ戻るまでに取り替えておいてもらえるわね」

「承知しました、マ・レディ。サー・ジャイルズ、よろしければ、ディナーの支度が調っておりますが」

「あなた方はどうか知らないけど」ヴァージニアが言った。「わたしはお腹《なか》がぺこぺこなの。始めましょうよ」そして、返事も待たずにジャイルズと腕を組むと、先頭にたって客間を出ていった。

食事のあいだ、ヴァージニアは自分の祖先についての自慢話を飽くことなく披露しつづけ、しかも、その人々のすべてが、将軍、主教、閣僚など、大英帝国の中枢であったかのような話しぶりだった。そして、なかには困った人もいないではなかったけれど、と付け加えた。どの一族にだって、そういう人の一人や二人はいるものでしょう。デリートが片づけられ、ジャイルズがワイン・グラスをスプーンで叩いて注目を求めるまで、彼女はほとんど休みなく話しつづけた。そして、ジャイルズの爆弾発言があった。

「みんなと分かち合いたい、素晴らしい知らせがある」と、彼は告げた。「とても名誉なことに、ヴァージニアがぼくの妻になることに同意してくれた」

ぎこちない沈黙が落ち、そのあとで、ハリーがようやく口を開いた。「それはおめでとう」エマは何とか薄い笑みを浮かべた。マーズデンがシャンパンの栓を抜き、全員のグラスを満たした。エリザベスが墓に入ったのはつい数時間前なのに、とハリーは思わないわけにいかなかった。ヴァージニアに関する予言は早くも現実になろうとしているじゃないか。

「わたしたちが結婚したら」と、ヴァージニアが優しくジャイルズの頬に触って言った。「もちろん、ここにもいくつかの変化が現われるでしょう。でも、そんなに驚きをもって迎えられることはないと思います」そして、笑顔でエマを見つめた。

ジャイルズはヴァージニアの一言一言に魅入られたかのようで、彼女が何かを言い終わるたびに、賛成のうなずきを繰り返すばかりだった。

「ジャイルズとわたしは」ヴァージニアはつづけた。「結婚したらすぐにバリントン・ホールへ移るつもりです。でも、総選挙がありそうなので、結婚式は何カ月か先延ばしするしかないでしょう。そうなれば、あなたたちも引っ越し先を探す時間がたっぷりできるはずです」

エマはシャンパンのグラスを置いて兄を見つめたが、ジャイルズは目を合わせようとしなかった。

「きっとわかってもらえると思うんだが、エマ」ジャイルズが言った。「結婚生活を始めるに当たって、ヴァージニアにバリントン・ホールの女主人《ミストレス》になってもらいたいんだ」

「結構じゃないの」エマは応えた。「そういうことなら、大喜びでマナー・ハウスへ帰らせてもらうわ。これは本心よ。子供のころから長い年月をあそこで過ごしたんですもの」

　ヴァージニアがフィアンセを睨んだ。

「そのことなんだが」ジャイルズがようやく言った。「あそこはヴァージニアへの結婚の贈り物にするつもりでいるんだ」

　エマとハリーはちらりと視線を交わしたが、ヴァージニアが二人の機先を制した。「わたしには二人の年老いた叔母がいるの。二人とも、最近連れ合いを亡くしたのよ。あそこなら、その叔母たちに都合がいいんじゃないかしら」

「ジャイルズ、あなたはハリーとわたしの都合は考えもしてくれなかったの？」エマは兄を正面から見据えて訊いた。

「あそこの敷地に建っている、コテッジの一つに住むというのはどうかな」ジャイルズが提案した。

「それはよろしくないんじゃないかしら、マイ・ダーリン」ヴァージニアがジャイルズの手を取った。「わたしは大きな家を持ちたいの。伯爵の娘としての立場を維持するためにね。それを忘れないでちょうだい」

「あそこのコテッジに住みたいなんて、これっぽっちも思っていないわよ」エマは吐き捨てるように言った。「わたしたちには新しい家を買う余裕が十分にあるんですからね」

「もちろん、そうよね、マイ・ディア」ヴァージニアが言った。「ジャイルズから聞いたけど、ハリーはとても売れっ子の作家なんですってね」

エマはその言葉を無視し、兄に向かって言った。「マナー・ハウスがあなたに遺贈されると、何を根拠に確信しているの？」

「しばらく前、お母さんが遺言書の一行一行を説明してくれたんだ。そうすることがおまえとハリーが将来を考える一助になると言うのなら、喜んでその内容を説明しようじゃないか」

「いま、お母さまの遺言書について話し合うなんて、どう考えても不謹慎よ。だって、お葬式のその日なのよ」

「無神経だと思われたくはないんだけど、マイ・ディア」ヴァージニアが言った。「わたしは朝にはロンドンへ戻ることになっているし、これからは結婚式の準備に忙殺されるでしょう。だとしたら、みんなが顔を揃《そろ》えているいま、問題を整理してしまうのが一番いいのではないかしら」そして、相変わらずの甘い笑みを浮かべてジャイルズを見た。

「同感だな」ジャイルズがヴァージニアに言った。「この先、こういう時間はもう取れないだろう。断言するが、エマ、お母さんはおまえにもグレイスにも、十分以上のものを遺《のこ》してくれている。それぞれに一万ポンドを遺贈すること、自分の宝石類は二人で均等に分けること、と遺言書に書いてある。セバスティアンにも五千ポンドが遺贈され、その年齢になったら引き継ぐことができるようになっている」

「もう一人、とても運のいい子がいるわ」ヴァージニアが言った。「故人はジェシカに、ターナーの『クリーヴランドの岩場』を遺しているの。もっとも、彼女が二十一歳になるまでは、一族の手元に残すことになっているけれどね」その一言で、母の遺言の逐一をジャイルズが婚約者に明らかにしていることが暴露された。しかも、エマやグレイスよりも先に。「本当に気前がいいことだわね」ヴァージニアがつづけた。「ジェシカが一族の一人ですらないことをわかっていながら、ですものね」

「われわれはジェシカを自分たちの娘と見なし」ハリーがぴしゃりと釘を刺した。「娘として遇している」

「異母妹というほうが正しいと思うけど」ヴァージニアが言った。「それに、あの子はバーナードとかいう施設にいた孤児で、しかも、ユダヤ人だということを忘れてはいけないわ。まあ、わたしがずけずけ物を言う傾向があるのは、ヨークシャーの人間だからでしょうけどね」

「わたしはグロスターシャーの人間だから」エマが応酬した。「小賢しいあばずれを小賢しいあばずれと呼ぶ傾向はあるわね」

エマは席を蹴って部屋を出た。その夜初めて、ジャイルズが当惑を顔に表わした。ジャイルズもヴァージニアもエリザベスが遺言書を書き直したことを知らないのだとハリーは確信し、慎重に言葉を選んだ。

「葬儀のあとだから、エマは少し神経が高ぶっているんだ。明日の朝には元に戻っているだろう」

そして、ナプキンを畳み、おやすみの挨拶をすると、それ以上何も言わずに客間をあとにした。

ヴァージニアが婚約者を見た。「あなた、立派だったわよ、バニー。それにしても、あなたの一族ってずいぶん怒りっぽいと言わざるを得ないわね。まあ、こういうことがあったあとだから、仕方がないのかもしれないけど。でも、残念だけど、明るい将来を予感させてはくれないわね」

10

「こちらはBBC国内放送《ホーム・サーヴィス》です。アルヴァー・リデルがニュースをお伝えします。本日午前十時、アトリー首相は国王に謁見を賜り、議会を解散して総選挙を行なう許可を求めたのち、庶民院へ戻って、十月二十五日木曜日に選挙を行なう旨を伝えました」

翌日、六百二十二人の庶民院議員は荷物をまとめ、ロッカーを片づけ、同僚議員に別れを告げて、戦いの準備をするためにおのおのの選挙区へ帰っていった。ブリストル港湾地区を選挙区とする労働党候補、サー・ジャイルズ・バリントンもその一人だった。

選挙運動が始まって二週目のある日の朝食をとっているとき、ジャイルズがハリーとエマに、ヴァージニアは終盤の選挙運動に加わらないと告げた。それを聞いて、エマは安堵《あんど》を隠そうともしなかった。

「ぼくの票を減らすことにさえなりかねないとヴァージニアは感じているんだ」ジャイルズは認めた。「まあ、彼女の一族のなかで労働党に投票した人はいないだろうからね。一風変わった自由党を支持した者は一人や二人はいるかもしれないが、労働党についてはは皆無だろう」

ハリーが笑った。「少なくとも、それについてはわれわれと同じってわけだ」

「今度の選挙で労働党が勝ったら」エマは訊《き》いた。「ミスター・アトリーはあなたを閣僚にするかしら」

「それは神のみぞ知るところだ。あの人はまったくといっていいほど――自分にも見えないんじゃないかと思うぐらい――手の内を見せないからな。いずれにせよ、世論調査を信じるなら、今度の選挙は予測がつかないぐらいに拮抗《きっこう》している。だから、結果がわかるまでは、閣僚になれるかどうかなんて、考えても意味はないさ」

「どっちかと訊かれたら」ハリーが言った。「今度はチャーチルが辛勝するほうへ賭けるな。だって、戦争を勝利に導いたばかりの首相だぞ。その首相を直後に追い落とすなんて、イギリス以外じゃあり得ないことだろう」

ジャイルズが時計に目を走らせた。「ここでおしゃべりをしている余裕はないんだ。コロネーション・ロードで選挙運動をすることになっているんでね」そして、にやりと笑って言った。「一緒にこないか、ハリー？」

「冗談はやめるんだな。おまえに投票してくれとおれが選挙民にお願いするところを見られるとでも思ってるのか？　おれが頼んだら、ヴァージニア以上に票を失わせるのがおちだよ」

「あら、一緒に行けばいいじゃないの」エマが言った。「最新作の原稿なら、出版社に渡したばかりでしょう。それに、あなたはいつもみんなに言っているじゃないの、身をもって経験するほうが、図書館に閉じこもって果てしない事実を調べるよりもはるかに価値があるって」

「でも、今日は忙しいんだよ」ハリーは抵抗した。

「もちろん、そうでしょうよ」エマは言った。「それで、何が忙しいんだっけ？　そうそう、午前中はジェシカを学校へ送っていき、午後は彼女を迎えにいって、連れて帰るのよね」

「わかった、行くよ」ハリーは降参した。「だけど、いいか、一緒にいるだけで、絶対に何もしないからな」

「こんにちは、サー。私はジャイルズ・バリントンと申します。十月二十五日の総選挙では私を支持していただけるのではないかと期待しているのですが」ジャイルズは選挙区に入ると、足を止めて有権者に声をかけはじめた。

「もちろん、あなたを支持するとも、ミスター・バリントン。私は昔から保守党《トーリイ》に投票しているんだ」

「ありがとうございます」ジャイルズは礼を言うと、すぐに別の有権者へ移った。

「だけど、おまえさんは労働党の候補者だろう」ハリーは義理の兄に思い出させた。

「投票用紙には所属政党は書いてない」ジャイルズが答えた。「候補者の名前だけだ。だとしたら、わざわざ本当のことを教えてやる理由は何だ？　こんにちは、私はジャイルズ・バリントンと申します。実はお願いが――」

「お願いしてくれるのは勝手だが、お高くとまった上流人士《トフ》に投票するつもりはないんでね」

「しかし、私は労働党の候補者なんですが」ジャイルズが抵抗した。

「だからといって、上流人士でなくなるわけじゃないだろう。あんたはフランク・パケナムと同じろくでなしだ、自分の階級を裏切ってるんだからな」

男が歩き去るのを見送りながら、ハリーは笑いをこらえようと努力しなくてはならなかった。

「こんにちは、マダム。私はジャイルズ・バリントンと申します」

「まあ、お目にかかれるなんてうれしいわ、サー・ジャイルズ。トブルクで戦功十字章を勝ち得られて以来、ずっとあなたのファンなんですよ」ジャイルズが深々と頭を下げた。

「いつもは自由党に投票するんだけど、今回は当てにしてもらって大丈夫ですからね」

「ありがとうございます、マダム」ジャイルズは礼を言った。

その女性の目が自分に移るのを見て、ハリーは笑顔を作って帽子を上げた。「あなたにはわざわざ帽子を上げてもらうまでもないわ、ミスター・クリフトン。だって、スティル・ハウス・レーンの生まれだと知っているんですもの。それに、あなたが保守党に投票するのはどうかしらね。それは自分の階級への裏切りよ」彼女はそう付け加えて、颯爽と去っていった。

　今度はジャイルズが笑いをこらえようとする番だった。

「どうやら、おれは政治には向いていないようだな」ハリーが言った。

「こんにちは、サー、私は——」

「——ジャイルズ・バリントンだろ、もちろん知っているよ」男が言い、差し出された握手の手を拒んだ。「三十分前に握手して、あんたに投票すると言ったばかりなんだけどな。だが、これで迷うことになりそうだよ」

「いつもこんなふうなのか？」ハリーは訊いた。

「いや、もっとひどいときだってないわけじゃない。だけど、この世界に入って顔を晒《さら》し台に載せたら、自分に向かって腐ったトマトを投げつけたがる人々がいたとしても当然だと思わなくちゃな」

「やっぱり、おれは政治家にはなれないよ」ハリーは言った。「すべてを自分への批判だと受け止めすぎるきらいがあるからな」

「それなら、最終的には貴族院という手もあるぞ」ジャイルズが言い、一軒のパブの前で足を止めた。「ちょっと半パイントやって、それから戦場へ戻るというのはどうだ?」

「このパブには入った憶えがないな」ハリーは頭上ではためく、義勇兵が手招きしている図柄の旗を見上げた。

「おれも初めてだ。だけど、選挙期間中は選挙区のすべてのパブに顔を出そうと思ってる。パブの経営者というのは、いつでも意見を述べたくてうずうずしているものなんだ」

「国会議員になりたいなんてのはどういう人間なんだろうな?」

「そんなことを訊かなくちゃならないんだとしたら」ジャイルズがパブへ入りながら答えた。「おまえは選挙戦を戦い、庶民院に議席を得、自分の国を統《す》べるなかで、たとえ小さな役割でも果たす興奮と喜びを絶対に理解できないだろう。これは銃弾の飛び交わない戦争のようなものなんだ」

ハリーは隅の静かなアルコーヴの席へ行こうとしたが、ジャイルズはカウンターに陣取った。ハリーが引き返すと、ジャイルズはバーマンとおしゃべりをしていた。

「悪いな、オールド・フェロウ」ジャイルズが言った。「おれは隅に隠れているわけにいかないんだ。休憩しているときでも、常に見られていなくちゃならないんだよ」

「そうだとしても、ちょっと内々に相談できればと思っていたことがいくつかあるんだけどな」

「それなら、小声で話せばいいだろう。半パイントのビターを二つ頼むよ、バーマン」ジャイルズは言い、坐り直してハリーの話を聞いた。その間《かん》にも、何人かの客――誰一人として素面《しらふ》でなかった――に背中を叩《たた》かれ、この国のありようを意見され、〝サー〟から〝このくそったれ〟まで、ありとあらゆる呼び方をされた。

「それで、おれの甥っ子は新しい学校でうまくやっているのか？」ジャイルズがグラスを干して訊いた。

「セント・ビーズ同様、ビーチクロフトも楽しんでいるようではないな。寮監と話したんだが、セブはとても頭がよくて、オックスフォードに席を得るのもほとんど確実だけれども、いまだに友だちができにくいと、それだけは教えてもらったよ」

「それは残念だ」ジャイルズが言った。「だけど、引っ込み思案なだけかもしれないぞ。だって、おまえもセント・ビーズへきた最初のころはだれにも好かれなかったんじゃないか」そして、バーマンを見た。「半パイントをもう二杯くれ」

「ただいますぐに、サー」

「それで、おれのお気に入りのガールフレンドはどうなんだ？」ジャイルズが訊いた。

「ジェシカのことを言っているんなら」ハリーは答えた。「おまえといえども長い列に並ばなくちゃならないだろうな。おまえのお母さんの飼い猫のクレオパトラから郵便配達人まで、だれもがあの少女を愛しているんだ。もっとも、彼女が愛しているのは父親だけだけどな」

「本当の父親がだれか、いつになったら教えるつもりなんだ?」ジャイルズが声を低くした。

「まだ思案の最中だ。問題の素を貯め込んでいるだけなのは言われるまでもなくわかっているが、適切なタイミングを見つけられそうな気がしないいんだよ」

「そもそも適切なタイミングなんてものはないんじゃないのか?」ジャイルズが言った。

「しかし、あまり長いあいだ放置しないほうがいいぞ。なぜなら、一つ、確かなことがあるからだ。つまり、エマが教えることは絶対にないだろうということだ。それに、おれにはかなりの確信があるんだが、セブはもう自分なりに感づいているんじゃないかな」

「その確信の根拠は何なんだ?」

「その話はここじゃまずいな」ジャイルズが答えたとき、また有権者に背中を叩かれた。

バーマンが半パイントのグラスを二つ、カウンターに置いた。「九ペンスです、サー」

最初の二杯はハリーが支払ったから、今度はジャイルズが支払う番だった。

ところが、ジャイルズが言った。「すまんが、おれは支払いを許されていないんだ」

「支払いを許されていない?」

「そうなんだ。選挙期間中、候補者はいかなる飲み物であれ、代金を支払うことを許されていないんだよ」

「なるほどな」ハリーは言った。「人が国会議員になりたがる理由がようやくわかったよ。でも、なぜなんだ？　なあ？」

「おれがおまえの票を買おうとしていると思われる恐れがあるんだ。腐敗選挙区改善の時代へ逆戻りってことだ」

「そんなことでおまえに投票しようと考えるとしたら、半パイントなんかじゃ丸っきり足りないけどな」ハリーは言った。

「大きな声を出すな」ジャイルズがたしなめた。「いいか、義理の弟がおれに投票しないとなったら、おまえはメディアに追いかけられて、その理由を訊かれずにはすまないぞ」

「ここが家族の問題を話す場所でもないし、いまがそのときでもないのは、確かにその通りだ。だから、日曜の夜のディナーに、エマとおれとおまえの三人が顔を揃えることはできないか？」

「無理だな。日曜には三つの教会の礼拝に行かなくちゃならないし、忘れないでもらいたいんだが、選挙前の最後の日曜なんだ」

「なんてことだ」ハリーは呻いた。「投票日は次の木曜なのか？」

「知らなかったのか」ジャイルズが呆《あき》れて見せた。「しまったな、保守党員に投票日を思い出させるなんて、絶対にやっちゃいけないことだった。いまのおれは神のご加護にも頼らなくちゃならないが、肝心のその神がどっちに味方しているかが、いまだにまったくわからないときている。だとすれば、日曜の朝課でひざまずき、晩課で神に導きを求め、晩《ばん》禱《とう》で祈り、そして、票が二対一でおれに勝ちをもたらしてくれることを願うんだよ」

「わずか数票を上乗せするのに、本当にそこまでしなくちゃならないのか?」

「拮抗している選挙区で戦っていれば、もちろん、だれだってやるさ。忘れないでもらいたいんだが、教会の礼拝というのは、おれが政治集会を開いて集められるよりはるかに多くの人々が集まるんだ」

「しかし、教会というのは中立なんじゃなかったのか?」

「そういうことになってはいるし、自分たちは政治にまったく関心がないと司祭たちは必ず言うだろう。だが、自分がどの党に投票するかをはっきり教区民に知られることを、実はほとんど意にも介していない。説教壇の上からそれを知らしめることだってあるぐらいだ」

「おれが払うから、もう半パイントどうだ?」ハリーは訊いた。

「いや、やめておこう。これ以上、おまえとおしゃべりして時間を無駄にはできない。おまえはこの選挙区民じゃないし、たとえそうだとしても、おれに投票してくれる心配はないからな」ジャイルズはストゥールを滑り降りて舗道に飛び出し、そこで出くわした最初の男に笑顔を作った。

「こんにちは、サー、私はジャイルズ・バリントンと申します。今度の木曜の総選挙で私を支持していただけないかと、こうしてお願いしているわけなんですが」
「おれはこの選挙区の有権者じゃないんだよ。今日はたまたまここにいるだけで、住所はバーミンガムだ」

投票日当日、ジャイルズの代理人のグリフ・ハスキンズは、自分の候補者に対してこう告げた――ブリストル港湾地区の有権者は、自分たちがこの前選んだ国会議員にいまも信を置いていて、多少の票の目減りはあるとしても、彼をふたたび庶民院へ送り返してくれると、自分は確信に近い手応えを感じている、と。しかし、労働党が政権の座にいつづけられるかどうかについては、自信がなさそうだった。

その両方についてグリフが正しかったことが、開票作業が長引いたせいで予定がずれこんだ一九五一年十月二十七日の午前三時に証明された。集計作業を三度行なって確認した結果、サー・ジャイルズ・バリントンが四百十四票差で正式にブリストル港湾地区選出の国会議員に選ばれたと、選挙管理官が宣言したのである。

全国の選挙結果が明らかになり、最終的に保守党が十七議席の差で絶対多数を獲得し、ウィンストン・チャーチルがふたたびダウニング街一〇番地の主に返り咲くことが決定した。彼が保守党党首として勝利した、最初の選挙だった。

翌月曜日、ジャイルズは例によって自ら車を駆ってロンドンへ戻り、庶民院の自分の議席に着いた。廊下で話される声が、絶対多数と言っても十七議席差しかないのだから、次の総選挙もそう遠くないだろうと言っていた。

ジャイルズ本人も自覚していたことだが、それがいつであれ、今回はわずか四百十四票差の薄氷を踏む勝利に過ぎず、次は政治生命の懸かった闘いになるはずで、敗北したら二度と国会へ戻ることができなくなるかもしれなかった。

11

執事が郵便物を銀の盆に載せて運んできた。ジャイルズは毎朝の習慣として手早くそれを選り分け、細長くて薄い褐色の封筒を片側にどかして、方形の白い封筒だけをその場で開けることにしていた。その朝は、ブリストルの消印が捺《お》された細長くて薄い白の封筒が目に留まり、最初にそれを開封した。

冒頭に〝関係者各位〟と記されている一枚の手紙を取り出して一読すると、顔を上げて笑みを浮かべ、遅れて朝食の席に着いているヴァージニアを見た。

「今度の水曜に、ようやくすべての塵《ちり》が払われて片がつくことになったよ」彼は告げた。

ヴァージニアは〈デイリー・エクスプレス〉に目を落としたままだった。彼女の朝は一杯のブラック・コーヒーとウィリアム・ヒッキーのコラムで始まるのが常で、それによって友人たちの近況や、今年は社交界に初めて出る女性《デビュータント》のだれが宮中で拝謁を賜ろうとしているか、だれにその可能性がないかを知るのだった。

「何の塵が払われて片がつくのかしら」ヴァージニアが顔を上げないまま訊いた。

「母の遺言書だよ」

ヴァージニアが宮中拝謁の可能性のあるデビュータント探しをうっちゃり、新聞を畳んで、いつもの甘い笑顔でジャイルズを見た。「もっと詳しく教えてくださる、マイ・ダーリン？」

「今度の水曜に、ブリストルで遺言書が公開されるんだ。ぼくたちは火曜の午後に車でブリストルへ行き、その日はバリントン・ホールに泊まって、次の日の公開に出席すればいい」

「始まる時間は何時なの？」

ジャイルズはふたたび手紙を一瞥した。「十一時に、〈マーシャル、ベイカー＆シドンズ〉のオフィスだ」

「お願いだから、バニー、水曜の朝早くに向こうへ着くようにしてもらえないかしら。あなたの妹の失礼な振舞いをもう一度我慢する自信がないの」

ジャイルズは何か言おうとしたが、思いとどまった。「いいとも、マイ・ラヴ」

「わたしを〝マイ・ラヴ〟と呼ぶのはやめてくれない、バニー？　恐ろしく月並みだもの」

「それで、きみの今日の予定はどうなっているんだい、マイ・ダーリン」

「いつもどおり、てんてこ舞いの忙しさよ。このところ、それに歯止めがかかることがないみたいなの。今日だって、午前中はドレスのフィッティングがあるし、新婦付添い《ブライズ》の女性《メイズ》たちとお昼を食べなくちゃならないし、午後には仕出し屋《ケイタラー》との打ち合わせよ。招待するお客さまが何人になるか、早く教えてくれってうるさいの」

「いまのところ、何人になっているんだ？」ジャイルズは訊いた。

「わたしのほうが二百人ちょっと、あなたのほうが百三十人よ。来週のうちに招待状を発送できればと思っているんだけど」

「ぼくはそれでいいよ」ジャイルズは応えた。「それで思い出したんだが」と、彼は付け加えた。「議長がぼくの要請を認めて、庶民院のテラスをレセプション会場として使うことを許可してくれた。だから、彼も招待すべきだろうな」

「もちろんよ、バニー。だって、彼は保守党なんだもの」

「それから、できればミスター・アトリーも呼びたいんだが」ジャイルズは恐る恐るお伺いをたてた。

「一人娘の結婚式に労働党の党首が出席することをお父さまが何とお思いになるか、わたしには自信がないわね。ミスター・チャーチルを招待してもらえるか、お父さまに頼んでみましょうか」

　次の水曜日、ジャイルズはカドガン・ガーデンズのヴァージニアのアパートの前に愛車のジャガーを停めると、玄関のドアベルを鳴らして、フィアンセが出てくるのを待った。朝食を一緒に食べるつもりだった。

「レディ・ヴァージニアはまだ下りていらっしゃいません」執事が言った。「よろしければ、客間でお待ちいただけるでしょうか。コーヒーと朝刊をお持ちいたします」

「ありがとう、メイソン」ジャイルズは礼を言った。その執事はかつて、自分は労働党支持者だとこっそり白状したことがあった。

ジャイルズが坐り心地のいい椅子に腰を落ち着けると、メイソンが〈デイリー・エクスプレス〉と〈デイリー・テレグラフ〉を持ってきた。ジャイルズは後者を選んだが、それは第一面の見出しが目に留まったからだった。アイゼンハワー将軍が大統領に立候補すると宣言していた。アイゼンハワーの決意自体は驚くに当たらなかったが、将軍が共和党から立とうとしていることに興味を覚えたのだ。というのは、彼がどちらの政党を支持しているか、最近までだれにもわからなかったらしく、共和党と民主党の両方が、自分のほうへ取り込もうと働きかけていたからだ。

ジャイルズは数分おきに時計に目を走らせたが、ヴァージニアは現われる気配を見せなかった。マントルピースの上の時計が三十分が過ぎたことを告げたとき、ジャイルズは第七面まで読み進んでいて、そこに政府がイギリス初の高速道路建設を考えていることを示唆する記事があった。議会欄は朝鮮戦争が膠着状態になっていることについての記事と、労働時間を週に四十八時間とし、それ以上は一時間ごとに超過勤務と見なして待遇すべきだというジャイルズの演説で埋められていた。ジャイルズの演説は詳しく引用され、社説は彼の見方を非難していた。ジャイルズは苦笑したが、結局のところ、それが〈デイリー・テレグラフ〉だった。王室行事日報へ移り、エリザベス王女が一月にアフリカ歴訪を開始するという告知記事を読んでいるとき、ヴァージニアが客間へ飛び込んできた。

「長いこと待たせてしまって本当にごめんなさい、マイ・ダーリン。でも、何を着るかをどうしても決められなくて」

ジャイルズは勢いよく立ち上がると、フィアンセの両頰にキスをし、一歩下がって彼女に見とれながら改めて思った――こうやって見直さずにいられないほどの美人を手に入れられたなんて、おれは何と運のいい男だろう。

「この世のものと思えないぐらいきれいだよ」ジャイルズは初めて見る黄色いドレスにうっとりして言った。それはほっそりとした優雅な姿を引き立てていた。

「遺言書の説明を受ける場には、ちょっと派手かしら」ヴァージニアがくるりと回って言った。

「そんなことはないよ」ジャイルズは応えた。「きっと、きみが入ってきた瞬間に、みんな、ほかのことなんか忘れてしまうさ」

「そうならないことを祈るべきなんでしょうね」ヴァージニアが時計を見た。「大変、もうこんな時間なの？　朝ご飯は抜きにしましょうよ、バニー、遅刻はしたくないもの。だって、わたしたち、あなたのお母さまの遺言書の内容をもう知っているのに、そうじゃないように見せなくちゃならないものね」

ブリストルへと南下する車のなかで、ヴァージニアが結婚式の手配についての最新情報を伝えた。昨日、自分が議員席の最前列で行なった演説の評判を彼女が訊いてくれないことにジャイルズは少しがっかりしたが、あのときは報道陣用の席にウィリアム・ヒッキーがいなかった。グレート・ウェスト・ロードへ入ったとき、真剣に聞く必要のあることをようやくヴァージニアが口にした。

「遺言書が執行されたら、真っ先にマーズデンの代わりを探さなくちゃね」

「しかし、彼は三十年以上もわが一族に仕えてくれているんだぞ」ジャイルズは言った。

「実際、彼がいなかったときを思い出せないぐらいだ」

「それが問題でもあるのよ。でも、心配しなくもいいわ、マイ・ダーリン、もう完璧な代わりが見つかったかもしれないから」

「だけど――」

「あなたがどうしてもそのことにこだわるのなら、マーズデンにはいつでもマナー・ハウスへ移ってもらって、わたしの二人の叔母の世話をしてもらえばいいのよ」

「だけど――」

「それから、代わりを探すことについて言うなら」ヴァージニアがつづけた。「ジャッキーについて、真剣に話し合う潮時ね」

「ぼくの個人秘書の？」

「わたしに言わせれば、彼女は馴れなれしすぎるわ。部下が上司をクリスチャン・ネームで呼ぶっていうのは、いまふうかもしれないけれど、わたしはついていけないわね。きっと〝平等〟なんて労働党の馬鹿げた考えに影響されているだけなんでしょうけど、それにしても、彼女にはわたしがレディ・ヴァージニアだということを思い出させる必要があるんじゃないかしら」

「それは申し訳ない」ジャイルズは謝った。「普段はとても丁重なんだけどな」

「あなたにはそうかもしれないけど、昨日、わたしが電話したら、そのまま待っていてくれと言われたのよ。電話を待たされるなんて、わたしの習慣にはないことだわ」

「注意しておくよ」

「あら、それには及ばないわ」ヴァージニアが言い、ジャイルズは迂闊にもほっとした。

「だって、彼女がスタッフとして働いているうちは、わたし、二度とあなたのオフィスに電話をしないから」

「それはちょっと極端なんじゃないか？　だって、彼女は実に仕事ができるんだ、代わりなんてほとんどいないんじゃないのかな」

ヴァージニアが身を乗り出し、ジャイルズの頬にキスをした。「ねえ、バニー、わたしの代わりだってほとんどいないんじゃないかしら？　わたし、是非そうであってほしいと思っているんだけど？」

入室したミスター・シドンズは、〝関係者各位〟宛の手紙を受け取った全員が顔を揃えているのを見ても驚かなかった。彼は机に向かって着席し、期待して待ちかまえる顔を見渡した。

最前列にはサー・ジャイルズ・バリントンと、彼の婚約者のレディ・ヴァージニア・フェンウィックが坐っていた。二人が婚約を発表した直後に〈カントリー・ライフ〉誌に載った写真で見た彼女よりも、直接見る彼女のほうが美しいようにさえ思われた。ミスター・シドンズは彼女と知り合いになるのが楽しみだった。

二列目ではジャイルズとヴァージニアの真後ろにミスター・ハリー・クリフトンと妻のエマが、彼女の隣りに妹のグレイスがいた。ミス・バリントンは自分がインテリであることを示そうとしてか、ブルーのストッキングを穿いていて、シドンズにはそれが面白かった。

三列目にはホールコム夫妻と、ドナルドソン師、そして、施設長の制服を着た女性が並んでいた。その後ろの二列は長年バリントン一族に仕えてきた使用人で埋め尽くされ、席順でそれぞれの地位がわかるようになっていた。

ミスター・シドンズは半月形の読書用眼鏡を鼻のてっぺんに載せると、咳払いをすることで手続きの開始を告げた。

彼はそこに集っている人々を眼鏡の縁越しにもう一度あらためてから、口を開いた。メモを見ることはなかった。信頼されるためにはそうでなくてはならないと信じて、昔から実行していることだった。

「みなさん」彼は話しはじめた。「私はデズモンド・シドンズ、名誉にも二十三年前からバリントン家の事務弁護士を務めさせてもらっています。ですが、父の記録に並ぶには、いましばらく時間がかかります。というのは、父はサー・ウォルター・バリントンの時代とサー・ヒューゴー・バリントンの時代を通してバリントン家とともにあったからです。しかし、これは余談です」ミスター・シドンズはレディ・ヴァージニアが同意を顔に表わしたように思った。

「私はいま」弁護士は本題に入った。「エリザベス・メイ・バリントンの最後の遺言書を預かっています。彼女の依頼によって私が執行し、独立した二人の立会人の下で署名されたものです。したがって、この文書は」そして、みんなに見えるように遺言書を掲げた。「これに先立つ、いかなる遺言も無効にするものであります。私は法によって要求されている法律用語を長々と連ねた文章をくだくだしく読み上げる時間の無駄を省き、故人が遺されたいくつかの関連する資産についての説明に集中すべきだと考えます。その後に、もっと詳細に遺言書を検めたいとおっしゃる方があれば、それがどなたであろうと、私としてはそれを妨げる理由はほとんどありません」

ミスター・シドンズが視線を落として遺言書のページをめくり、眼鏡を押し上げてからつづけた。

「故人と近しかったいくつかの慈善団体がここに記されています。それはセント・アンドリューズ教区教会、ドクター・バーナードの施設、故人の最後の日々を通じて、彼女を誠心誠意看護した病院であり、それぞれに五百ポンドが遺贈されます」

ミスター・シドンズはふたたび眼鏡を押し上げた。

「では、長年バリントン家に仕えた個人に移ります。レディ・バリントンに五年以上雇用された従業員全員に一年分の給料が追加され、住み込みの家政婦及び執事にも、それぞれ五百ポンドが追加して贈与されます」

マーズデンが頭《こうべ》を垂れ、口を動かした。「ありがとうございます、マ・レディ」と感謝したようだった。

「つづいて、ミセス・ホールコム、かつてのミセス・アーサー・クリフトンに移ります。彼女に対しては、レディ・バリントンが長女の結婚式の日に身につけたヴィクトリア朝様式のブローチを贈ります。それがともに過ごした多くの幸せな時間を思い出すよすがになってくれることを願っている、と故人は遺言書に記しておられます」

メイジーは微笑したが、そんな大それた宝石を身につけるときが自分に果たしてあるだろうかと訝らざるを得なかった。

ミスター・シドンズがふたたびページをめくり、半月形の眼鏡をまたもや押し上げてからつづけた。

「故人の言葉をそのまま引用します――わたしはジェシカ・クリフトン、旧姓ペトロフスカに、わたしの祖父が大好きだったターナーの水彩画、『クリーヴランドの岩場』を、それが彼女に啓示を与えてくれることを願いながら遺します。なぜなら、彼女には瞠目すべき才能があり、その才能を開花させるためにすべての機会を与えられるべきだと信じるからです」

ジャイルズはうなずいた。ジェシカがそのターナーを欲しがっているから遺贈してやりたいのだと母が言ったときの説明の言葉そのままだった。

「そして、孫のセバスティアン・アーサー・クリフトンには」ミスター・シドンズがつづけた。「五千ポンドを遺贈します。それを彼が受け取るのは成年に達した日、すなわち、一九六一年三月九日です」

ジャイルズはふたたびうなずいた。驚くようなことは何もなさそうだった。

「〈バリントン海運〉の株式の二十二パーセント、そして、マナー・ハウスを含めた残りの遺産は――」ミスター・シドンズはレディ・ヴァージニア・フェンウィックのほうへ視線を走らせたい誘惑に抵抗できなかった。彼女は椅子に浅く腰掛けるようにして身を乗り出していた。「――わたしの愛する……娘のエマとグレイスに遺贈します。二人がふさわしいと思えば、どのように使ってもらってもかまいません。ただし、わたしのシャム猫のクレオパトラは、レディ・ヴァージニア・フェンウィックに遺します。何故なら、レディ・ヴァージニアとクレオパトラには多くの共通点があるからです。ともに美しく、りゅうとしていて、虚栄心が強く、狡猾《こうかつ》で、巧みな捕食動物であり、地上にいるすべての者は自分に奉仕することになっているのだという考えの持ち主なのです。そのすべての者のなかには、わたしの目の眩《くら》んだ息子も含まれています。そういう息子にかけられた彼女の呪《のろ》いが、手後れになる前に解けてくれることを願うしかありません」

そこにいる人々が一人残らずショックを顔に表わし、ささやきを交わしはじめた。遺言書がこういう内容であることを誰一人予想もしていなかったのだと、ミスター・シドンズはそれを見て確信した。が、ミスター・クリフトンが驚くほど落ち着いていることにも気がついた。〝落ち着き〟はレディ・ヴァージニアを形容するはずの言葉ではなくなり、彼女はいま、ジャイルズの耳に何かをささやいていた。

「遺言書に書かれてあることは、以上です」ミスター・シドンズは言った。「質問があれば、何であれ喜んでお答えします」

「一つだけ」だれにも口を開く隙を与えず、ジャイルズが声を上げた。「異議申し立てはいつまでにしなくてはならないのでしょうか」

「二十八日以内であれば、いつでも高等法院に異議申し立てをすることができます、サー・ジャイルズ」ミスター・シドンズは答えた。その質問が発せられるであろうことも、それを発するのがだれであるかも、予想していたとおりだった。

ほかに質問がなされたとしても、サー・ジャイルズとレディ・ヴァージニアは聞くことができなかった。なぜなら、それ以上何も言わずに部屋を飛び出したからである。

12

「何でもするから、マイ・ダーリン」ジャイルズは懇願した。「頼むから婚約破棄はしないでくれ」

「わたしはあなたのお母さまに恥をかかされたのよ、あなたの家族、友だち、そして、使用人の目の前でね。それなのに、世間に顔向けができるわけがないでしょう」

「きみの気持ちはよくわかる」ジャイルズはなだめた。「もちろんだよ。だけど、母は明らかに正気ではなかったんだ。自分が何をしているかを理解できなかったんだよ」

「何でもするって、あなた、いま言ったわよね？」ヴァージニアが婚約指輪を弄《もてあそ》びながら言った。

「ああ、何でもするよ、マイ・ダーリン」

「それなら、まず最初にあなたの秘書を馘《くび》にしてもらわなくちゃ。彼女の代わりを雇うときには、必ずわたしの承諾を得てちょうだいね」

「約束するよ。そして、その約束はもう果たされたも同じだと思ってくれ」ジャイルズは従順に応えた。

「明日、あなたには一流の弁護士事務所に遺言書に対する異議申し立ての依頼をしてもらいます。そして、成り行きがどうあれ、徹底的に戦って、必ず勝ってもらいますからね」

「もう勅撰弁護士のサー・カスバート・メイキンズに相談しているよ」

「徹底的に、よ」ヴァージニアが繰り返した。

「徹底的に、だ」ジャイルズは応えた。「ほかには？」

「あるわ。結婚式の招待状を来週送るんだけど、招待客はわたしが、わたし一人で決めさせてもらいますからね」

「だけど、それは――」

「いいえ、そうさせてもらいます。あの弁護士事務所にいた連中全員に、拒絶されるのがどんな気持ちかをわからせてやりたいんですもの」ジャイルズが俯いた。「なるほどね」

ヴァージニアは婚約指輪を外そうとした。「何でもするなんて言ったけど、やっぱり本気じゃなかったのね」

「もちろん、本気だよ、マイ・ダーリン。同意するよ。結婚式にだれを呼ぶかは、きみが一人で決めればいい」

「最後に」ヴァージニアが言った。「ミスター・シドンズに指示して裁判所に命令を出させ、クリフトン家の全員をバリントン・ホールから立ち退《の》かせてちょうだい」

「だけど、彼らはどこに住めばいいんだ?」

「そんなの、わたしの知ったことじゃないわ」ヴァージニアが鼻で嗤《わら》った。「これからの一生をわたしと過ごすか、あの人たちと過ごすか、いま、あなたはそれを決めるところにきているのよ」

「もちろん、きみと過ごしたいさ」ジャイルズは応えた。

「それなら、一件落着ね、バニー」ヴァージニアが結婚指輪を元に戻し、ドレスの前のボタンを外しはじめた。


ハリーは〈タイムズ〉を、エマは〈デイリー・テレグラフ〉を読んでいた。そのとき電話が鳴り、デンビーが午前中に使う居間《ブレックファスト・ルーム》に入ってきた。

「出版社のミスター・コリンズが電話でお待ちで、ちょっとお話しできないだろうかとおっしゃっていらっしゃいます、サー」

「本当にそういう言い方をしたのかな?」と応えて、ハリーは新聞を畳んだ。

エマは読んでいる記事のことで頭がいっぱいで、夫が部屋を出ていっても顔も上げなかった。その記事を読み終わったとき、彼が戻ってきた。

「何だったの?」彼女は訊《き》いた。

「イギリスの新聞の大半とBBCから電話がかかってきたそうだ。それで、声明を出すつもりはないかとビリーが訊いてきたんだ」

「何と応えたの？」

「何も出さないし、何も言わないと応えたよ。ただでさえ面倒くさい火に、わざわざ油を注ぐ必要はないってね」

「それでビリー・コリンズが満足するとは思えないわね」エマは言った。「あの人の関心は、何をしてでも本を売ることにしかないんだもの」

「だけど、それでは困るとも言わなかったし、ほかに何かしてくれとも頼んでこなかったぞ。来週早々にペーパーバック版を書店に送り出すと教えてくれただけだ」

「朝刊にあのことについての記事が載ってるけど、読んであげましょうか」

「読んでもらうまでもないんじゃないのかな？」ハリーは朝食用のテーブルに戻った。

エマはその言葉を無視して、声に出して記事を読みはじめた。

「〝昨日、サー・ジャイルズ・バリントン（戦功十字章、庶民院議員）と、第九代フェンウィック伯爵の一人娘、レディ・ヴァージニア・フェンウィックの結婚式が執り行なわれた。花嫁のガウンはミスター・ノーマンのデザインによるもので――〟」

「少なくとも、そこの部分はぼくには用がないな」ハリーは言った。

エマは段落を二つ飛ばした。「〝式は四百人が招待され、ウェストミンスターのセント・マーガレット教会で、リポン主教のジョージ・ヘイスティングズ師によって進められた。

式のあとのレセプションは庶民院のテラスで催され、招待客にはマーガレット王女、ビルマのマウントバッテン伯爵、野党党首のライト・オナラブル・ミスター・クレメント・アトリー、庶民院議長のライト・オナラブル・ミスター・ウィリアム・モリソンが含まれていた。出席者の名前を知るのも一興だが、それよりもはるかに興味をそそるのは、そこにいなかった人々の名前である。なぜなら、招待されなかったか、あるいは、招待されても出席したくなかった人々だからである。招待客のリストには、サー・ジャイルズ本人を除いて、バリントン家の人々は一人もいなかった。彼の二人の妹であるミセス・エマ・クリフトンも、ミス・グレイス・バリントンも、義理の弟であり、人気作家であるハリー・クリフトンも出席していない理由は、いまだに謎である。とりわけハリー・クリフトンの場合、数週間前にサー・ジャイルズの新郎付添い役《ベスト・マン》をつとめると発表されていたのだから不可解である〟」

「それで、新郎付添い役はだれがつとめたんだ？」ハリーは訊いた。

「オックスフォード大学ベイリアル学寮《カレッジ》の、ドクター・アルジャーノン・ディーキンズよ」

「親愛なるディーキンズか」ハリーは言った。「あいつなら最高の選択だ。時間を守らなかったり、指輪をなくしたりする心配は絶対にないからな。それで終わりか？」

「残念ながら、続きがあるわ。〝これをさらに不可解にさえしているのが、六年前、バリントン対クリフトンの一件が貴族院に提出され、どちらがバリントンの肩書きと財産を引き継ぐべきか投票が行なわれて、大法官がサー・ジャイルズに軍配を上げたとき〟サー・ジャイルズもミスター・クリフトンも、それに異論がないように見えたことである。幸せなカップルは〟」エマがつづけた。「〝トスカナにあるサー・ジャイルズの別荘でハネムーンを過ごす予定になっている〟」

「ジャイルズったら、どの口でそんなことが言えるのかしらね」そう言って、エマが顔を上げた。「あの別荘はわたしとグレイスに遺されたものなのよ。わたしたち二人がふさわしいと思うときに、自由にしてもいいことになっているのよ」

「まあ、落ち着けよ、エマ」ハリーは宥《なだ》めた。「きみはジャイルズにあの別荘を使わせることを交換条件にして、ぼくたちがマナー・ハウスに引っ越すことを認めさせ、お母さんの遺言書の有効性を裁判所が判断するのを待つのがふさわしいと考えたんじゃないか。それで、記事は終わりなのか？」

「まだよ、本当に面白い部分はこれからよ。〝しかしいま、サー・ジャイルズの母であるレディ・エリザベス・バリントンの死後、一族には大きな溝ができたように見える。最近公開されたレディ・エリザベスの遺言書によれば、彼女は二人の娘――エマとグレイス――に資産の大部分を遺す一方で、一人息子には何も遺贈していない。サー・ジャイルズは遺言書に対して異議を申し立てており、その裁判が来月、高等法院で行なわれることになっている〟。以上よ。〈タイムズ〉は何て言ってるの?」

「はるかに冷静だよ。事実のみ、憶測の類《たぐ》いは一切無しだ。だけど、ビリー・コリンズによれば、〈デイリー・メール〉と〈デイリー・エクスプレス〉は第一面をクレオパトラで飾り、〈デイリー・ミラー〉は〝猫同士の戦い〟と見出しを打っているそうだ」

「でも、こんなことってあり得る?」エマが訝《いぶか》った。「あの女に言われて自分の家族を結婚式に出席させないようにするなんて、ジャイルズはよくもそんなことができるわね。わたしには未来永劫理解できないでしょうね」

「ぼくも理解できないよ」ハリーは言った。「もっとも、皇太子がアメリカの離婚女性のために王位を放棄したときも、なぜそんなことがあり得るのか丸っきり理解できなかったけどね。ともあれ、お母さんの見立ては正しいんじゃないかな。ジャイルズはきっと、あの女に目が眩《くら》んでいるだけだよ」

「もしわたしの母があなたを放棄させたがったら」エマが言った。「そんなの、何があっても無視するでしょうね」そして、心の底からの笑みを浮かべた。「だからって、兄を可哀相だと思わないわけではないんだけどね」

それから二週間、イギリスの新聞のほとんどが、サー・ジャイルズとレディ・バリントンがトスカナでハネムーンを楽しんでいる写真を掲載しつづけた。

ハリーの四作目の小説『剣よりも強し』は、バリントン夫妻がイギリスへ戻った日に刊行された。翌朝、〈タイムズ〉を除くすべての新聞の第一面を同じ写真が飾った。

ウォータールー駅で列車を降りた幸せなカップルは、車へ向かう途中でW・H・スミス書店の前を通らなくてはならなかった。そこのウィンドウに山と積み上げてあるのはたった一つの作品だった。一週間後、『剣よりも強し』はベストセラー・リスト入りし、裁判開始の日までそこにいつづけた。

唯一ハリーが認めなくてはならないとしたら、ビリー・コリンズ以上に本の売り方を知っている人間はいないということだった。

13

ジャイルズとエマが同意できることがあるとすれば、この裁判が一人の裁判官によって、非公開の法廷で行なわれるほうがいいということだった。陪審員や、容赦なくつきまとうメディアを入れたら、どんな予想外のことが起こるかわからない。この件についてはオナラブル・キャメロン判事が裁判を担当することになり、彼が誠実と知恵と良識を同じ比率で持ち合わせる人物であることは、双方の代理人が保証していた。

六番法廷の前にはメディアが群れをなしたが、原告側と被告側の双方から発せられるのは、朝晩の挨拶《あいさつ》だけだった。

ジャイルズの代理人をつとめるのはサー・カスバート・メイキンズ勅撰弁護士、エマとグレイスの代理人はミスター・サイモン・トッド勅撰弁護士と決まったが、グレイスはその裁判に出席しないと宣言した。それよりはるかに重要なやるべきことがある、というのがその理由だった。

「たとえば、どんなことなの？」エマは訊《き》いた。

「たとえば、頭のいい子供たちを教えることよ。幼稚な大人の議論なんか聞いているよりはるかに重要だわ。もしわたしに選択肢が与えられたら、あなたたち両方の頭を叩かせてもらうのにね」その発言を最後に、グレイスは二度と裁判のことを口にしなかった。

その初日、裁判官席の後ろの時計が十時を告げる最初のチャイムを鳴らすと、キャメロン判事が入廷した。勅撰弁護士《シルク》の二人に倣《なら》い、そこにいる全員が起立し、頭を下げて裁判官に敬意を表した。判事は答礼し、王の紋章の前に据えられたハイ－バックの革張りの椅子に着席した。そして、自分の前に置かれた赤い表紙の分厚いファイルを広げ、水を一口飲んでから、原告側と被告側の双方に向かって口を開いた。

「紳士淑女のみなさん。私がなすべきは、双方を主導する二人の代理人の議論を聴き、証拠及び証言を評価し、この案件に関係する法律を考量することです。まずは原告と被告の双方の代理人に訊くことから始めなくてはなりません。あなた方はこの案件を法廷に持ち込むことなく解決するために、あらゆる努力を怠りませんでしたか？」

サー・カスバートがゆっくりと立ち上がり、裾の長い黒いガウンの襟を引っ張ってから答えた。「双方を代表してお答えします、裁判長《ミ・ラッド》。残念ながら、その努力は実を結びませんでした」

「そういうことであれば、手続きを開始します。まずあなたの側から意見陳述をしてください、サー・カスバート」

「恐れながら、裁判長、この案件では私が原告、すなわちサー・ジャイルズ・バリントンの代理人をつとめさせていただきます。この案件は遺言書の効力、すなわち、故レディ・バリントンがわずか数時間後に死を迎える状態にあるにもかかわらず、長文かつ複雑な、しかも広範囲に枝分かれしている文書を読み、署名するだけの正常な思考力を持ち得ていたかどうかに関わるものであります。私としては、裁判長、消耗し、衰弱したこの女性は、これほど多くの人々の生活に影響を与える判断を理性的にできる状態になかったと申し立てざるを得ません。同時に指摘しておくべきは、レディ・バリントンは死の十二カ月前、もう一通の遺言書に署名しているという事実であります。そのときの彼女は壮健で、自分が何をどうすべきかを考えるに十分な、いや、十分以上の時間があったのです。それを明らかにするために、裁判長、わがほうの最初の証人、ミスター・マイケル・ピムを呼びたいと考えます」

銀髪で長身の男が上品な装いで入廷した。証人席に着かないうちから、彼はサー・カスバートが企図したとおりの好印象を与えていた。証人が宣誓を終えると、サー・カスバートは温かい笑みを浮かべて彼を見た。

「ミスター・ピム、法廷の記録のために、氏名と職業を教えていただけますか」

「氏名はマイケル・ピム、職業はロンドン市のガイズ病院の上級外科医です」

「その地位についてどのぐらいになりますか？」

「十六年です」

「では、専門の分野では多くの経験をしておられるわけだ。実際、こう言ってもいいかも――」

「ミスター・ピムを専門証人として認めます、サー・カスバート、どうぞつづけてください」裁判長がさえぎった。

「ミスター・ピム」サー・カスバートはすぐに気を取り直した。「あなたの豊かな経験に基づいてこの法廷に教えていただきたいのですが、たとえば癌のような、痛みを伴い、身体を衰弱させる病気の患者の場合、その彼あるいは彼女は、死に至るまでの最後の数週間、いかなる状態にあると考えられるでしょう」

「もちろん、患者によってさまざまですが、その大半は、意識が半ばしかないか、あるいはまったくないという状態が長くつづきます。意識のあるときは自分の命が尽きようとしていると自覚する場合がしばしばありますが、それを別にすれば、すべての現実認識能力を失う可能性があります」

「そういう意識状態にある患者が、複雑な法律問題について重要な判断をすることは可能だとお考えですか？　たとえば、遺言書に署名するとか？」

「いや、それは難しいでしょうね」ピムが答えた。「そういう事態が予想される状況で医療承諾書に署名してもらわなくてはならない場合、私は必ず、その患者の意識がはっきりしている段階でお願いすることにしています」

「質問は以上です、裁判長」サー・カスバートは着席した。

「ミスター・ピム」裁判長が身を乗り出した。「この規則には例外はないと考えておられるわけですか？」

「例外があるということは、すなわち規則がある証拠です、裁判長」

「確かに」裁判長が応え、ミスター・トッドを見て訊いた。「この証人に質問がありますか？」

「はい、裁判長」ミスター・トッドは立ち上がった。「ミスター・ピム、あなたはレディ・バリントンと遭遇したことがありますか？　社交の場でも、仕事の上でもかまいませんが？」

「いや、ありません。しかし――」

「では、彼女の病歴を知る機会はなかったわけですね？」

「もちろん、ありません。彼女は私の患者ではありませんでした。それなのに病歴を調べたりしたら、医師会の倫理規定に違反します」

「では、あなたはレディ・バリントンに会ったことがなく、彼女の病気についても知らないわけですね？」

「そうです」

「では、ミスター・ピム、彼女が〝例外があることは、すなわち規則があることの証拠〟である可能性はあるのではありませんか？」

「まったくないとは言いませんが、ないに等しいでしょうね」

「質問は以上です、裁判長」

ミスター・トッドが着席すると、サー・カスバートの顔に笑みが浮かんだ。

「さらなる専門証人を呼びますか、サー・カスバート？」判事が訊いた。

「いえ、結構です、裁判長。目的は達せられたと考えます。ですが、裁判長に提出した証拠のなかに、等しく信頼されている三人の医師が書いた意見書が三通含まれています。考慮の際の一助になればと考えます。彼らをこの法廷に呼ぶべきだと裁判長またはミスター・トッドがお考えなら、すぐにもそうできるよう準備はしてありますが」

「ありがとう、サー・カスバート。その意見書はすでに読ませてもらいました。三通とも、ミスター・ピムと同じ意見でした。ミスター・トッド、その三人のだれか、あるいは全員を証人として呼びますか？」

「その必要はないと考えます、裁判長」トッドは答えた。「もちろん、その三人のなかにレディ・バリントンを個人的に知っているとか、彼女の病気について知っている人物がいれば別ですが」

判事に目顔で訊かれて、サー・カスバートが首を振った。「私のほうの証人はミスター・ピムだけです」

「では、あなたの側の最初の証人を呼んでください、ミスター・トッド」判事が促した。

「ありがとうございます、裁判長。ミスター・ケネス・ラングボーンをお願いします」

ミスター・ラングボーンの外見は、これ以上ないほどミスター・ピムと異なっていた。背が低く、ヴェストのボタンが二つも取れたままになっていて、それは彼が最近肥ったか、あるいは、結婚していないことを示唆していた。頭の何カ所かでもつれている髪は、それ自身が意志を持っているか、彼が櫛を持っていないかのどちらかだということを示していた。

「氏名と職業を教えてください」

「氏名はケネス・ラングボーン、職業はブリストル王立診療所の上級医です」

「いつからその地位におられますか、ミスター・ラングボーン」

「九年前からです」

「レディ・バリントンがブリストル王立診療所に入院しておられたとき、あなたは彼女の担当でしたね？」

「はい、担当医でした。レディ・バリントンは主治医のドクター・レイバーンの紹介で、私のところへいらっしゃいました」

「レディ・バリントンにいくつかの検査を施した結果、あなたの見立ても、彼女の主治医の診断と同じだった、そして、余命がわずか数週間であることを告げた――それで間違いありませんか？」

「間違いありません。患者に死期を予知するのは、医者であってもやりたい仕事ではありません。その患者が古い友人であれば辛さも増します」

「余命を告知されたとき、レディ・バリントンがどんな反応を見せたか、それを裁判長に明らかにしてもらえますか？」

「私が彼女を形容するとすれば、〝克己の人〟という言葉しか思いつきません。彼女は自分の運命を受け入れるや、自分にはやるべき大事なことがある、疎《おろそ》かにできる時間はないのだと思わせる、断固たる態度を示されました」

「しかし、ミスター・ラングボーン、当然のことながら、彼女は自分が患《わずら》う病気が間断なくもたらす痛みのせいで消耗しきり、投薬のせいでうつらうつらしている状態だったのではありませんか？」

「確かに長く眠っておられましたが、目が覚めているときは〈タイムズ〉を読む能力が完全にありましたし、いつであれ見舞い客があったときは、彼らのほうが疲れさせられる場合がしばしばでした」

「どうしてそういうことができたのでしょう、ミスター・ラングボーン？」

「私には説明が付きません。ただし、自分の時間が限られていることを受け入れた人は、ときとして、それに対して実に見事な対応をする場合があるとは言えるでしょう」

「そういう例を知っているあなたの経験に基づけば、ミスター・ラングボーン、レディ・バリントンにはたとえば遺言書といったような複雑な法律文書を理解し、それに署名する能力があったとは考えられませんか？」

「なかったと言い切る理由は見つかりません。入院中、彼女は何通も手紙を書いておられましたし、実は彼女の事務弁護士立ち会いの下で遺言書に署名するとき、私に証人になってくれと依頼なさったぐらいです」

「そのような役を頼まれることはよくあるのでしょうか」

「その患者が自分が何をしているかはっきりわかっていると、私が確信できる場合に限ります。そうでなければ、断わります」

「しかし、この場合はレディ・バリントンは自分のしていることをはっきりわかっていると、あなたは確信されたわけですね」

「そうです」

「以上で私の質問を終わります、裁判長」

「サー・カスバート、この証人に質問がありますか？」

「一つだけ、質問をさせてください、裁判長」サー・カスバートが応えた。「ミスター・ラングボーン、レディ・バリントンはあなたが証人になった遺言書に署名したあと、どのぐらい生きられたのでしょう」

「その夜遅くに亡くなられました」

「その夜遅くに、ですか」サー・カスバートは繰り返した。「では、わずか数時間後のことだったのですか？」

「そうです」

「以上で私の質問を終わります、裁判長」

「次の証人を呼びますか、ミスター・トッド」

「お願いします、裁判長。私の次の証人はミスター・デズモンド・シドンズです」

シドンズが入廷した。まるでわが家の客間にいるかのように悠然として、宣誓も年季の入ったプロらしかった。

「氏名と職業を教えてください」

「氏名はデズモンド・シドンズ、〈マーシャル、ベイカー＆シドンズ〉のシニア・パートナーで、二十三年前からバリントン家の事務弁護士を務めています」

「では、まずお尋ねします、ミスター・シドンズ。あなたは今回の遺言書の前の遺言書を作成されましたか？　レディ・バリントンの最後の遺言書だと主張して、サー・ジャイルズがここで争っておられる遺言書ですが」

「はい、私が作成しました」

「それはどのぐらい前のことでしょう」

「レディ・バリントンが亡くなる一年ちょっと前です」

「レディ・バリントンはその後、あなたに連絡して、新たな遺言書を書きたいと伝えられたのですね？」

「実際、その通りです。亡くなる、ほんの数日前のことでした」

「その最新の遺言書、すなわち、この法廷でいま争われている遺言書ですが、それは一年と少し前にあなたが作成された遺言書と、どう内容が異なっていたのでしょう」

「慈善団体、使用人、孫、友人への遺贈については、変更されたところはありません。実は、遺言書全体を通しての大きな変更は一点だけでした」

「それはどういう変更でしょう、ミスター・シドンズ」

「ハーヴェイ家の資産の大部分を遺贈する対象が、息子であるサー・ジャイルズ・バリントンではもはやなく、娘のミセス・ハロルド・クリフトンとミス・グレイス・バリントンである、という点です」

「はっきりと確認させてください」ミスター・トッドは言った。「その一点は大きな変更ではありますが、それを除けば、その前の遺言書の内容とまったく同じだと考えていいのでしょうか」

「まさにその通りです」

「遺言書にこの大きな変更を加えたいとあなたに依頼されたときの、レディ・バリントンの状態はどうだったのでしょう」

「異議あり、裁判長」サー・カスバートが弾かれたように立ち上がった。「レディ・バリントンに思考力があったかどうかをミスター・シドンズが判断するのは不可能です。彼は事務弁護士であって、精神科医ではありません」

「異議を認めます」裁判長が応えた。「しかし、ミスター・シドンズが二十三年前からのレディを知っておられることを考慮すれば、私はミスター・シドンズの意見を聞いてみたいと考えます」

「彼女はとても疲れておられました」シドンズは答えはじめた。「したがって、言葉を発するのにも、普段より時間がかかりました。しかし、新しい遺言書を遅滞なく作りたいという意志ははっきりと明らかにされました」

「〝遅滞なく〟――それはあなたの言葉ですか、それとも彼女の言葉ですか?」裁判長が訊いた。

「レディ・バリントンの言葉です、裁判長。一文ですむはずのところを冗漫な一段落にしていると、私はしばしば叱られました」

「それで、あなたは遅滞なく新しい遺言書の準備をした?」

「はい。時間との競争だとわかっていましたから」

「その遺言書に証人が署名したとき、あなたはそこに立ち会っていましたか?」

「はい、ミスター・ラングボーンと、その病棟の看護師長であるミス・ラムボールドに証人になってもらいました」

「レディ・バリントンは自分が何に署名しているかわかっていたと、あなたはいまもそう考えておられますか?」

「はい」シドンズはきっぱりと答えた。「そうでなければ、私は新しい遺言書を作成しなかったでしょう」

「確かに。私の質問は以上です、裁判長」ミスター・トッドが言った。

「では、あなたの質問をどうぞ、サー・カスバート」

「ありがとうございます、裁判長。ミスター・シドンズ、あなたはこの法廷で、新しい遺言書を完成させて署名に至るには時間がずいぶん限られていたと言われた。それゆえに――あなたがさっき使われた言葉を使わせてもらうなら――〝遅滞なく〟それを準備したのだ、と」

「その通りです。レディ・バリントンの余命が長くないことは、ミスター・ラングボーンに教えられていましたから」

「では、当然のことながら、可能な限りの力を尽くして準備を加速させたわけですね」

「そうする以外に、選択肢は多くありませんでした」

「それを疑っているわけではありません、ミスター・シドンズ。お尋ねしますが、以前の遺言書を作成するのには、どのぐらいの時間がかかったのでしょう。私の依頼人が法的有効性を主張しているほうの、レディ・バリントンの遺言書ですが？」

シドンズが一瞬考えてから答えた。「三カ月、もしかすると四カ月かかったかもしれません」

「当然ながら、レディ・バリントンと定期的に相談しながら、ですね」

「そうです。彼女は細かい点を決して疎かにしない人でしたから」

「きっとそうだったんでしょう。しかし、新しい遺言書については、彼女は細かい点を考慮する時間がなかった。正確には五日しかありませんでした」

「そうですが、忘れてはならないのは――」

「そして、最後の日、彼女は際《きわ》どいところで、かろうじてその遺言書に署名したに過ぎない。違いますか？」

「そうですね、そういう言い方もできるかもしれません」

サー・カスバートが法廷事務官を見た。「御手数だが、ミスター・シドンズにレディ・バリントンの二通の遺言書を渡してもらえますか？」

サー・カスバートは二通の文書が証人に手渡されるのを待ってから反対尋問をつづけた。

「早い時点で書かれた遺言書の署名のほうが、〝際どいところ〟で書かれた遺言書の署名に較べて、はるかに肉太でしっかりしていることは、ミスター・シドンズ、あなたもお認めになるのではありませんか？　実際、同一人物の署名とは思えないぐらいです」

「サー・カスバート、あなたはレディ・バリントンが二通目の遺言書には署名していないとおっしゃろうとしているのですか？」

「そうではありません、裁判長。私が言おうとしているのは、彼女は自分が何に署名しているかわからなかったのではないかということです」

「ミスター・シドンズ」サー・カスバートはいまや証人席の縁を両手で握っている事務弁護士に視線を戻した。「急いで作った新しい遺言書が完成した時点で、あなたは依頼人に一言一句、疎かにすることなく説明されましたか？」

「いえ、それはしていません。結局のところ、その前の遺言書と大きく変わっているのは一点だけでしたしね」

「もし一言一句たりと疎かにせずにレディ・バリントンに説明していないとすれば、ミスター・シドンズ、私たちはあなたの言葉を信用するしかないわけですか」

「裁判長、いまの発言は礼を失しています」ミスター・トッドが抗議の声を上げて立ち上がった。「ミスター・シドンズは法律を職業としてから長く、しかも確固たる名声を勝ち得ている人物です。彼に対して、いまのような侮辱は認められません」

「異議を認めます、ミスター・トッド」裁判長が応えた。「サー・カスバート、いまの発言を撤回してください」

「申し訳ありません、裁判長」サー・カスバートがわずかに頭を下げ、ふたたび証人に向き直った。「ミスター・シドンズ、先に書かれた遺言書は三十六ページからなっていますが、そのすべてのページに〝ＥＢ〟とイニシャルを書き入れるべきだと提案したのはだれでしょう？」

「私だったと思います」ミスター・シドンズがいくらか面食らった様子で応えた。

「しかし、あとで書かれた遺言書、すなわち、遅滞なく準備された文書については、正確を期すべく行なわれるはずのその手続きを省略しておられる」

「そうする必要を感じなかったのです。なぜなら、これまでも申し上げているとおり、大きな変更は一点だけだったからです」

「その大きな変更が記されているのはどのページでしょうか、ミスター・シドンズ？」

シドンズが遺言書をめくり、口元をゆるめた。「二十九ページ、第七項目です」

「ああ、ありました。ここですね」サー・カスバートが言った。「しかし、〝ＥＢ〟のイニシャルがありませんね。ページの最後にも、関連する項目の脇にも見当たらない。もしかしたら、レディ・バリントンは一日に二つの署名をできないぐらい疲れ切っていたのかもしれませんね」

シドンズは抵抗したそうな顔をしたが、何も言わなかった。

「では、お尋ねします、ミスター・シドンズ、あなたは長年にわたって立派な仕事をしてこられたわけだが、その間《かん》に遺言書のすべてのページにイニシャルを書き入れるよう助言し損ねたことがどのくらいありますか？」

シドンズは答えなかった。サー・カスバートがまずミスター・トッドを見、次いで判事を見てから、証人席へ目を戻した。「答えていただけませんか、サー」

シドンズが思いつめた顔で裁判官席を見上げて口走った。「あなたに宛てたレディ・バリントンの手紙をお読みになれば、裁判長、自分が何をしているかを彼女が正確に知っていたかどうか、判断する助けになるかもしれません」

「手紙ですか？」裁判長が怪訝な顔をした。「手紙のことなど、私は何も知りませんが。法廷の書類のなかにもなかったはずです。あなたはご存じでしたか、サー・カスバート？」

「私も初耳です、裁判長。あなたと同じぐらい、何も知りません」

「なぜかというと」と、シドンズが早口で付け加えた。「今朝、私に手渡されたからです。その手紙が存在することを、ミスター・トッドにさえ知らせる時間がなかったのです」

「あなたは一体何を言っているんですか」裁判長が訊いた。

すべての目が見つめるなか、シドンズは内ポケットから封筒を取り出し、松明《たいまつ》のように高く掲げた。「これが、今朝、私に手渡された手紙です、裁判長」

「しかし、だれから手渡されたのですか、ミスター・シドンズ？」裁判長が迫った。

「ミスター・ハリー・クリフトンです。彼から聞いたところでは、レディ・バリントンが亡くなる数時間前に、彼女本人から預けられたのだそうです」

「もう開封されましたか、ミスター・シドンズ？」

「いえ、そんなことはしていません、サー。これはあなたに、この案件の担当判事であるあなたに宛てられたものですから」

「なるほど」裁判長が言った。「ミスター・トッドとサー・カスバート、私の部屋へおいでいただけますか」


「これは難しい案件だよ」二人の法廷弁護士の前の机に封筒を置いて、キャメロン判事は言った。「こういう状況になったいま、取るべき最善の道が何であるかわからないというのが、私の偽らざるところだな」

「われわれは二人とも」ミスター・トッドが言った。「この手紙を裁判で認められない証拠として扱うべきであるという、やむを得ざる議論を受け入れるにやぶさかではないはずだが」

「同感だ」サー・カスバートが言った。「だが、率直に言わせてもらうなら、われわれがその議論をしようとしまいと、どっちにしてもうまくはいかないのではないかな。なぜなら、きみがいまその封筒を開けなかったとしても、いずれは法廷に提出されることになるだろう。そして、どちらが負けるにせよ、負けたほうが上訴するための根拠になるに決まっている」

「私はそうなることを恐れているんだ」判事は言った。「二人の同意が得られるなら、ミスター・クリフトンをきみの側の宣誓証人として法廷に呼び、サイモン、そもそもどのようにして彼がこの手紙を持つに至ったのか、その事情を説明してもらうほうが賢明かもしれない。きみはどう思う、カスバート？」

「いいだろう」サー・カスバートが同意した。

「よし。だが、これは保証しておく」判事はつづけた。「私はミスター・クリフトンの証言を聞くまでこの封筒を開けないし、開けるとしても、必ずきみたち二人の同意を得てからにする。そして、その場合でも、これらの手続きの結果に影響を受ける可能性のあるだれかに立ち会ってもらわなくてはならないだろう」

14

「ミスター・ハリー・クリフトンを呼んでください」

ハリーはエマに手を握られてから立ち上がり、落ち着いた足取りで証人席へ向かった。宣誓を終えるや、キャメロン裁判長が身を乗り出した。「ミスター・クリフトン、私からいくつか質問をさせてもらいます。それが終わり、博識な代理人が何であれ要点を明確にしたいと望まれるなら、私としてはそれを妨げるつもりはありません。記録のために確認しておきたいのですが、あなたはこの裁判の被告である二人、エマ・クリフトンの夫であり、ミス・グレイス・バリントンの義理の兄に当たりますね？」

「間違いありません、サー。同時に、サー・ジャイルズ・バリントンの義理の弟でもあります。彼とは最も古くからの友人であり、一番の親友です」

「この法廷で、あなたとレディ・バリントンの関係を明らかにしていただけますか？」

「初対面は私が十二歳のとき、ジャイルズの誕生日を祝うティー・パーティに招かれた日です。ですから、ほぼ二十年前から知っていることになります」

「それは私の質問の答えになっていません」裁判長が促した。

「私はエリザベスを親愛なる仲のいい友人と考えていました。ですから、ここにいるみなさんと同じぐらい、彼女の時宜を得ない死を悼《いた》んでいます。彼女は真に瞠目すべき女性であり、もっと時代を下って生まれていたら、彼女の夫が世を去ったとき、〈バリントン海運〉は一族の外に会長を求める必要はなかったでしょう」

「ありがとうございます」裁判長が言った。「それでは次に、この封筒のことをお尋ねしたい」そして、全員に見えるようにそれを掲げた。「これをあなたが預ることになった、そもそもの経緯を教えてください」

「私はほとんど毎晩、エリザベスを見舞っていました。最後に訪れたのは、彼女の生が終わりを告げることになった日の夕刻でした」

「そのとき、あなたは彼女と二人きりでしたか？」

「はい、サー。彼女の次女のグレイスが帰った直後で、私たちのほかはだれもいませんでした」

「それからどういうことがあったか、ここで明らかにしてもらえますか？」

「エリザベスは私に、その日の早い時間に彼女の事務弁護士であるミスター・シドンズと面会し、新しい遺言書に署名したことを告げました」

「いまあなたが言っておられるのは、七月二十六日木曜日のことですね？」

「そうです、サー。エリザベスが世を去る、ほんの数時間前のことです」

「その日、あなたが見舞っているあいだ、ほかに何かありましたか？」

「彼女は枕の下から封をした一通の封筒を取り出し、それをだれにも知られないように持っていてくれと頼んで、私を驚かせました」

「その封筒をあなたに預ける理由については、説明がありましたか？」

「もしジャイルズが新しい遺言書に異議を申し立てたら、その裁判を担当する裁判官にこの手紙を渡してくれと、それだけでした」

「それ以外の指示はありませんでしたか？」

「私が開封してはならないし、ジャイルズにも私の妻にも、その封筒が存在することを知られてはならないという指示がありました」

「もしサー・ジャイルズが異議を申し立てなかった場合は？」

「破棄するよう、しかしその場合も、封筒が存在したことはだれにも知られてはならないと指示されました」

「では、あなたはこの封筒に何が収められているかを知らないわけですね、ミスター・クリフトン？」裁判長がふたたび封筒を掲げた。

「まったく知りません」

「わたしたちにそれを信じろと言うの？」ヴァージニアがみんなに聞こえる声で言った。

「まったくもって奇妙奇天烈、いよいよ出《い》でていよいよ奇なり、というところですな」裁判長がヴァージニアを無視して言った。「私の質問は以上です、ミスター・クリフトン。ミスター・トッド?」

「ありがとうございます、裁判長」ミスター・トッドが立ち上がった。「ミスター・クリフトン、あなたはいま裁判長に、新しい遺言書に署名したとレディ・バリントンが言われたと証言されました。なぜ彼女はそういうことをしたのか、その理由を聞いておられますか?」

「エリザベスが彼女の息子を愛していることは、私の考えるところでは疑いの余地はありません。しかし、彼女はこうも言ったのです。ジャイルズがあのおぞましいレディ・ヴァージニアという女と結婚した場合のことを恐れている――」

「裁判長」とたんにサー・カスバートが立ち上がった。「いまの発言は伝聞です。認められるものでは明らかにありません」

「異議を認めます。いまのミスター・クリフトンの発言を記録から削除するように」

「ですが、裁判長」ミスター・トッドが介入した。「レディ・バリントンが飼い猫のクレオパトラをレディ・ヴァージニアに遺贈したという事実が強く示唆しているのは――」

「あなたのおっしゃりたいことはわかっています、ミスター・トッド」裁判長がさえぎった。「サー・カスバート、この証人にさらなる質問がありますか?」

「あと一つだけです、裁判長」サー・カスバートが正面からハリーを見て訊いた。「あなたは先に書かれたほうの遺言書の受益者でしたか？」

「いえ、サー、違います」

「ミスター・クリフトンへの質問は以上です、裁判長。ですが、件《くだん》の手紙を開封すべきかどうかを裁判長が判断される前に、この法廷に辛抱をお願いして、もう一人、証人を呼ばせていただきたいと考える次第です」

「だれを考えておられるのですか、サー・カスバート？」裁判長が訊いた。

「裁判長の判断が彼に不利に傾いた場合、大半を失うことになる人物、すなわち、サー・ジャイルズ・バリントンです」

「私に異議はありませんし、ミスター・トッドにも異存はないと思いますが」

「もちろんです」トッドは答えた。反対しても、得るものはないとわかっていた。

ジャイルズがゆっくりと証人席へ向かい、あたかも庶民院で行なっているかのように宣誓した。サー・カスバートは穏やかな笑顔で応えた。

「記録のために、氏名と職業を教えていただけますか？」

「サー・ジャイルズ・バリントン、ブリストル港湾地区選出の庶民院議員です」

「では、うかがいます。最後にお母さまに会われたのはいつですか？」サー・カスバートは訊いた。

裁判長が微笑した。

「他界する日の朝、見舞いに行きました」

「遺言書を変更した事実を、何であれお母さまは口にされましたか？」

「ひと言も口にしていません」

「では、見舞いから帰られる段階では、遺言書は一つしかないとあなたは思っておられたわけですね？　一年少し前にお母さまとあなたが実に細々とした点まで相談して作成した遺言書だけだと？」

「率直に言って、サー・カスバート、いまわの際《きわ》と言っていい状態の母を見舞っているときですからね、遺言書のことなど頭にありませんでした」

「確かにそうでしょう。しかし、私としては、その日の朝のお母さまの健康状態を、あなたがどう見られたかを知る必要があるのです」

「母はとても弱っていました。私が一緒にいた一時間、その口から言葉が発せられることはほとんどありませんでした」

「では、あなたがお帰りになった直後に、お母さまが三十六ページにも及ぶ複雑な文書に署名されたと知ったときは、間違いなく驚かれたでしょう」

「到底信じられませんでした」ジャイルズが言った。「いまでも受け入れられません」

「あなたはお母さまを愛しておられましたか、サー・ジャイルズ？」

「愛し、尊敬していました。母は家族の堅固な支えでした。いまもわれわれとともにあってくれればと、残念でなりません。母が生きてさえいれば、こんな悲しい事態には決してならなかったでしょう」

「ありがとうございました、サー・ジャイルズ。申し訳ないが、もう少しそこにいていただけますか？　ミスター・トッドがあなたに質問をしたいと考えておられるかもしれませんので」

「残念ながら、私はよけいな危険を冒さなくてはならないかもしれません」トッドはシドンズにささやいて立ち上がった。「サー・ジャイルズ、まずはこの質問をさせてください。あなたは裁判長宛てのあの手紙を彼が開封することに反対でしょうか？」

「反対に決まっているわ！」ヴァージニアが言った。

「その手紙が開封されることに異議はありません」ジャイルズは妻を無視して答えた。

「それが母が死んだ日に書かれたのであれば、彼女には遺言書のような重要な文書に署名する能力がなかったことを間違いなく明らかにしてくれるでしょう。また、七月二十六日以前に書かれたのであれば、何ら意味を持たないはずです」

「それはつまり、あなたがお母さまに最後に会われたあとで何があったかということに関するミスター・クリフトンの証言を受け入れるということですか？」

「いいえ、まったくそういうことではないわ」ヴァージニアが言った。

「マダム、不規則発言は控えてください」裁判長が彼女を睨んでたしなめた。「これ以上、証人席以外の場所から意見を述べられるのであれば、私としては退廷を命じる以外にありません。おわかりいただけましたか？」

ヴァージニアが下を向いた。この特殊なレディの返事としては、まあこんなところがせいぜいだろう、とキャメロン判事は矛を収めることにした。

「ミスター・トッド、質問を繰り返してください」

「その必要はありません、裁判長」ジャイルズが言った。「あの夜、件の手紙を母から渡されたとハリーが言うのであれば、実際にその通りだったはずです」

「ありがとうございました、サー・ジャイルズ。私の質問は以上です」

裁判長が双方の代理人に起立を求めた。「サー・ジャイルズ・バリントンの証言につづいて、もし異議がなければ、この封筒を開封しようと考えます」

双方の代理人はともにうなずいた。異議を唱えれば、上訴の根拠を与えるだけだとわかっていた。いずれにせよ二人の信じるところでは、異議を唱えたところでそれを却下しない裁判官はこの国には一人もいなかった。

キャメロン判事は法廷にいる全員にはっきり見えるように封筒を掲げると、封を切って、一枚の紙を取り出した。そして、それを三度読んでから、ようやく口を開いた。

「ミスター・シドンズ」

バリントン家の事務弁護士が不安そうに起立した。

「レディ・バリントンの正確な死亡日時を教えてもらえますか？」

シドンズが書類をめくり、目当ての文書を見つけると、裁判長を見上げて答えた。「一九五一年七月二十六日木曜、午後十時二十六分と、死亡証明書は署名入りで認めています」

「ありがとうございます、ミスター・シドンズ。では、私はこれから自室へ戻り、この証拠の意味を考えます。よって、三十分の休廷を宣言します」

「わたしには手紙のようには見えなかったわ」エマは訝った。被告側の数人が集まり、俯いていた。「もっと形式張ったもののようだったけど、あの日、母はほかの文書に署名していませんか、ミスター・シドンズ？」

シドンズが首を横に振った。「私の立ち会いの下では、そういうことは一切ありませんでした。あなたの考えはどうですか、ミスター・トッド？」

「とても薄かったですからね。新聞の切り抜きかもしれないけれども、私のところからでは遠くてはっきりわかりませんでした」

「あなた、どうして開封を裁判官に許可したの、ジャイルズ？」法廷の反対側で、ヴァージニアが小声で夫を問い詰めた。

「状況を考えれば、レディ・ヴァージニア、サー・ジャイルズに選択の余地はほとんどありませんでした」サー・カスバートが代わりに答えた。「ですが、最後の最後にあの手紙が出てくるまでは、われわれはこの裁判に勝ったと、私は信じていたのですがね」

「裁判官はいったい何をしているのかしら？」エマは訊いた。不安を隠せなかった。

ハリーは妻の手を取った。「もう間もなくわかるよ、ダーリン」

「もしわたしたちが負けたとして」ヴァージニアが言った。「何であれ封筒に入っていたものは証拠能力がないと、それでも主張できるの？」

「その質問には、いまは答えられません」サー・カスバートが言った。「封筒の中身を検討してみないことには、何とも言えません。封筒のなかに入っていたものが、サー・ジャイルズの主張通り、人生の最後の数時間を迎えたお母さまが重要な法律文書に署名するにふさわしい状態になかったことを証明してくれるかもしれません。その場合には、上訴するかどうかを決めるのは相手側ということになります」

原告側と被告側の双方が依然として額を寄せ合い、ささやきを交わして、最終ラウンドのゴングを待つボクサーのようにそれぞれのコーナーで待ちかまえていると、そのとき、裁判官席の後ろの扉が開いてレフェリーが再登場した。

法廷にいる全員が起立し、頭を下げた。キャメロン判事はハイーバックの椅子にふたたび腰を下ろすと、答えを待つ十二の顔を見下ろした。

「私はいま、封筒の中身を検討する機会を得ました」全員の視線が彼に釘付けになったままだった。「レディ・バリントンの趣味が私と同じであるとわかって大いに興味をそそられた次第ですが、正直に告白するなら、彼女のほうがはるかに熟練の達人であったことを認めざるを得ません。なぜなら、七月二十六日の木曜、彼女は〈タイムズ〉のクロスワード・パズルを完成させていないからです。空白の部分は一カ所しか残っていませんでした。私には疑いの余地はありませんが、彼女は自分の主張を人に認めさせるために、意図してそうしたのです。休廷にしなくてはならなかったのは、図書館へ行って、七月二十七日金曜、すなわち、レディ・バリントンが亡くなった翌日の〈タイムズ〉を検る必要があったからなのです。彼女が前日のクロスワード・パズルのなかで何か間違いを犯していないかを――もちろん、間違いは一つとしてありませんでした――そして、彼女が空白にしている部分の答えが何であるかを確かめたかったのです。その作業をしているあいだに、私の疑いは消え去りました。レディ・バリントンは遺言書に署名する能力があっただけでなく、その内容についても、その意味についても、十分に理解していたのです。というわけで、私はこの案件における判決をここで下そうと考えます」

サー・カスバートがすぐに立ち上がった。「裁判長、あなたがその結論に至る助けになった、空白の部分の答えをお教え願えませんか」

キャメロン判事はクロスワード・パズルに目を落とした。「空白の部分は横列12、解答は六文字と六文字、ヒントは〝common pests I confused when in my right mind〟です」（訳注　この一文を直訳すると、「頭脳が明晰な状態にあるときにばらばらにしたcommon pests I」となります。〝common pests I〟はアナグラムで、正しく入れ替えると、〝compos mentis〟という、六文字の単語二つで構成されるラテン語となります。〝compos mentis〟は〝正気で〟という意味であり、エリザベスはこれによって、自分が正気であり、言葉遊びができるぐらいに頭はきちんと働いていると証明したということです）

サー・カスバートが俯き、ハリーの顔に笑みがよぎった。

「したがって、バリントン対クリフトンとバリントンの案件に関して、本職はミセス・ハロルド・クリフトンとミス・グレイス・バリントンに理があると見なし、原告の異議申し立てを却下する」

「上訴しなくちゃ」ヴァージニアが言い、サー・カスバートとミスター・トッドはさらに俯いた。

「上訴はしません」ジャイルズが言った。「いかに私でもその程度のラテン語はわかります」

「あなた、情けないにもほどがあるわ」ヴァージニアが足取りも荒く法廷を出ながら罵った。

「だけど、ハリーは一番古い友人なんだ」彼女のあとを追いながら、ジャイルズは弁解した。

「そして、わたしはあなたの妻なのよ——忘れているかもしれないから教えてあげるけど」ヴァージニアは突き飛ばすようにしてスウィング・ドアを開け、足早にストランド街へ出た。

「しかし、状況を考えれば、ほかにどうしようがあったというんだ？」ジャイルズは彼女に追いつくや訊いた。

「わたしたちが手にすべき正当なもののために、徹底的に戦うことだってできたはずよ。あなた、わたしにそう言ったじゃない」ジャイルズにその約束を思い出させておいて、ヴァージニアはタクシーを停めようとした。

「だけど、母は自分のしていることを正確にわかっていたという、裁判官の判断が正しい可能性だってあるんじゃないのか？」

「もしそんなことを信じているのなら、ジャイルズ」ヴァージニアが夫に向き直って言った。「あなたもお母さまと同様、わたしを明らかに見下していることになるわね」

ジャイルズが言葉を失っていると、タクシーが停まった。ヴァージニアはドアを開けて後部座席に乗り込み、窓を開けて言った。

「何日か、母のところへ帰らせてもらうわ。戻ってきたときに上訴手続きをすませていなかったら、あなた、離婚を専門にしている事務弁護士に助言を求めたほうがいいんじゃないかしらね」

15

玄関が一度、強くノックされた。ジャイルズは時計を見た。午後七時二十分。心当たりはなかった。ディナーにはだれも招待していないし、閉会演説を聴くために議会へ戻るのも九時まででいい。二度めの、同じく強いノックがあった。そのとき、今夜は家政婦が休みを取っているのを思い出した。ジャイルズは昨日の〈ハンサード〉をサイド・テーブルに置くと、椅子を立って廊下へ向かった。とたんに、三度目のノックが聞こえた。

「ちょっと待ってくれ」と相手を制して、ジャイルズはドアを開けた。スミス・スクウェアの彼の屋敷の玄関の階段に立っているのは、ここへくることが一番想像しにくい人物だった。

「グレイスじゃないか?」ジャイルズは驚きを隠せなかった。

「あら、うれしいこと、まだわたしの名前を憶えていてくれたのね」と応えて、グレイスはなかへ入った。

ジャイルズは負けじと辛辣な言葉を返してやろうとしたが、母の葬儀の日からあと、妹とは一度も連絡を取っていなかった。だとすれば、彼女が棘《とげ》のある挨拶をするのも仕方がないと思わざるを得なかった。実を言うと、足取り荒く法廷を飛び出したヴァージニアに歩道に置き去りにされて以来、家族のだれとも接触していなかった。

「ロンドンへは何の用できたんだ、グレイス？」妹を廊下から客間へと案内しながら、ジャイルズは恐る恐る訊いた。

「あなたよ」グレイスが答えた。「預言者のムハンマドならわざわざこんなことをするまでもないんでしょうけどね」

「飲み物はどうだ？」ジャイルズは訊いたが、実はいまだに訝っていた。妹がロンドンにどんな用があるというのか？　この妹のことだ、よほどのことがない限り……。

「ありがとう、ドライ・シェリーがいいわ。何しろ、うんざりするほど列車に揺られたあとだから」

ジャイルズは戸棚から酒のボトルとグラスを取り出し、彼女にはシェリーを、自分にはウィスキーを半分注ぎながら必死で何を言おうかと考え、グラスを渡す段になって何とか言葉を口にした。「十時に投票に行かなくちゃならないんだ」この妹といると、煙草を吸っているところを校長に見つかった素行の悪い生徒のような気分にさせられるのが常だった。

「それまでには、わたしの話は終わってるわ」

「自分の生得権を主張して、ぼくをこの屋敷から放り出すためにきたのか？」

「そんなことはしないわよ、馬鹿ね。わたしがここへきたのは、あなたの頑迷なその頭に常識を叩き込む努力をするためよ」

ジャイルズは倒れ込むようにして椅子に坐り、ウィスキーを口にした。「謹聴させてもらおうじゃないか」

「来週、わたしは三十になるわ。まあ、あなたは気づいてもいないでしょうけどね」

「それで、どんなプレゼントがほしいかをぼくに教えるだけのために、はるばるやってきたというわけか？」ジャイルズは雰囲気を和らげようと冗談めかして言った。

「その通りよ」グレイスが応え、またもやジャイルズを驚かせた。

「それなら、どんなプレゼントがほしいんだ？」ジャイルズはまだ気圧《けお》されていた。

「わたしの誕生パーティにきてほしいの」

「しかし、いまは議会が開かれている最中だし、ぼく自身も議員席《ベンチ》の最前列に昇進している。欠席するわけにはいかない――」

「ハリーとエマがくるわ」グレイスが兄の言い訳を無視してつづけた。「だから、昔と同じようになるわ」

ジャイルズは二口目のウィスキーを呷《あお》った。「昔のようになるのなんか無理に決まってるだろう」

「いいえ、もちろんなれるわよ。あなたって、どこまで馬鹿なの？　そうなるのを邪魔しているのは、あなただけなのよ」

「エマやハリーが、ぼくに会いたがるかな？」

「会いたがらない理由は何？」グレイスが訊いた。「この愚かな確執はもう充分長くつづいているわ。だから、取り返しがつかなくなる前にわたしがあなたたちの頭をまとめて叩いて、正気に戻してやるつもりでいるんじゃないの」

「ほかにはだれがくるんだ？」

「セバスティアンとジェシカ、友人が数人よ。主にアカデミズムの人たちだけどね。でも、あなたは彼らと話す必要はないわ。まあ、昔のお友だちのディーキンズは別かもしれないけど。もっとも」と、グレイスは付け加えた。「招待しない人物が一人いるわ。ところで、あのろくでもない女《ビッチ》は、いまどこにいるの？」

　妹がこれほどのショックを自分に与えるような言葉を持ち合わせているとは、ジャイルズは思ってもいなかった。だが、それは間違っていた。

「わからない」ジャイルズは何とか声を絞り出した。「もう一年以上も連絡がないんだ。だけど〈デイリー・エクスプレス〉の記事を信じるなら、いまはサン・トロペでイタリアの伯爵《はくしゃく》に金を遣わせているらしい」

「きっと似合いのカップルになるでしょうよ。でも、離婚を申し立てる根拠があなたにできたことのほうがもっと重要よね」

「たとえそうだとしても、ぼくはヴァージニアと離婚できないよ。忘れてはいないだろうが、お母さんがどんな辛い経験をしたと思う？　ああいうことを繰り返したくないんだ」

「あら、そう」グレイスが言った。「ヴァージニアが南フランスでイタリアの伯爵と遊び回るのはよくて、その夫が離婚を望むのはいけないの？」

「嘲ってくれるのはかまわないが」ジャイルズは言った。「それは紳士の振舞いではないんだ」

「笑わせないでよ。お母さまの遺言書に関してわたしとエマを法廷に引きずり出すのだって、紳士の振舞いとはとても言えないでしょうに」

「その話を持ち出すのは反則だぞ」ジャイルズはまたもやぐいとウィスキーを呷った。

「だが、そう言われてもたぶん仕方がないんだろうな」そして、付け加えた。「あのことについては死ぬまで後悔するに違いない。いつか、ぼくを赦してくれるか？」

「わたしのパーティにきて、あなたの妹とあなたの一番古い友人にあんな愚かな真似をしたことを謝ったら、赦してあげるわ」

「二人の顔をまともに見られるかどうか、自信がないな」

「ドイツ兵にはまともに立ち向かったじゃないの、しかも、何発かの手榴弾《しゅりゅうだん》と一挺の拳銃だけを頼りに」

「それでエマとハリーがぼくを赦してくれると考えたら、もう一度それをやってもいいけどな」

グレイスが立ち上がり、部屋を横切って兄の前にくると膝を突いて言った。「赦すに決まってるじゃないの、あなたって、どこまでわからない人なの？」そして、うなだれる兄に両腕を回した。「あなただってよくわかってるはずよ、あんな女のせいでわたしたちがばらばらでいつづけるなんて、お母さまは決して望んでいらっしゃらないわ」


ジャイルズはハンドルを握り、ケンブリッジの方向を指し示す標識を過ぎながら思った――いまなら、まだ引き返せる。しかし、それをやったら、二度目のチャンスは絶対に与えてもらえないこともわかっていた。

その大学の町へ入っていくと、いかにも学問の府らしい雰囲気に自分が包まれるのがわかった。さまざまな長さのアカデミックなガウンに身を包んだ若い男女が、あらゆる方向へ急いでいた。ジャイルズの頭に、ヘル・ヒトラーに短縮させられたオックスフォード大学時代の記憶がよみがえった。

五年後、捕虜収容所を脱走してイギリスへ帰り着いたとき、ブレイズノーズ学寮《カレッジ》の学寮長は、かつて在籍した学寮《カレッジ》へ戻ってきちんと卒業したらどうかと勧めてくれた。しかし、そのときはすでに二十五歳、戦場で負傷した元軍人で、学問をするときは過ぎてしまったと感じた。実際、彼の世代の本当に多くの若者が、ハリーを含めて同じように考えていた。いずれにせよ、別の戦場で戦う機会が訪れていて、庶民院の緑の議員席《グリーン・ベンチ》に坐るための戦いに、結局抵抗できずに参加したのだった。後悔するな、とジャイルズは自分に言い聞かせた。それでも、多少の後悔は常にあった。

グレインジ・ロードを下り、右折してシッジウィック・アヴェニューに車を駐《と》めると、〈ニューナム学寮《カレッジ》〉と宣言しているアーチをくぐった。一八七一年、女性がまだ大学へ受け入れてもらえなかった時代に、自分が生きているあいだに必ずそうなると信じた先見の明のある人物によって創立されたのだが、彼の存命中にそれが実現することはなかった。

守衛室へ行って、ミス・バリントンのパーティ会場はどう行けばいいのか訊こうとしたとき、守衛が機先を制した。「ようこそいらっしゃいました、サー・ジャイルズ。シッジウィック・ルームへおいでください」

おれだとばれているのか。それなら、もう後戻りはできないな。

「廊下を突き当たりまで行って階段を上っていただくと、左側の三つ目の部屋がそうです。見落とされる心配はございません」

言われたほうへ歩いていくあいだに、十数人の学生と擦れ違った。みなが黒のロング・スカートに白のブラウス、そしてアカデミックなガウンという服装で、ジャイルズを振り返る者は一人もいなかった。だが、考えて見れば当たり前だった。彼は三十三歳で、女子学生たちのほとんど倍の年齢なのだから。

　階段を上がり切ったとたんに、部屋を探す心配はなくなった。左側の三つ目の部屋にたどり着くはるか前から、活発な話し声と笑い声が聞こえていた。ジャイルズは深呼吸をし、入口のあたりにとどまろうとした。

　だれよりも早くジェシカが気づき、すぐに駆け寄ってきた。「ジャイルズ伯父さまったら、いままでどこに行ってらっしゃったの？」と叫ばれて、ジャイルズは思った——確かに、どこへ行ってたんだろうな。見ると、大好きな少女は白鳥とはまだ言えないまでも、もはや白鳥の雛《ひな》ではなかった。その彼女がジャイルズに飛びつき、しがみついた。彼女の肩の向こうで、グレイスとエマがこっちへ向かっているのが見えた。三人全員が同時にジャイルズを抱擁しようとした。ほかの客たちはそれを見つめ、一体何の騒ぎだろうと訝った。

「本当に申し訳ない」ジャイルズはハリーと握手をしたあとで謝った。「おまえさんをあんなことに巻き込むべきでは絶対になかったんだ」

「そのことなら、もういいよ。終わりにしよう」ハリーが応えた。「それに、正直なところ、おれたちは二人とも、はるかにひどい目にあってきているじゃないか」

　ジャイルズは自分でも驚いたことに、一番古い友人と一緒になって、あっという間に気を許しはじめていた。あたかも昔に戻ったかのように、クリケット・プレイヤーのピーター・メイについておしゃべりした。そのとき、ジャイルズは一人の女性に気づき、目を離せなくなってしまった。

「おれが見たなかで最高のカヴァー・ドライヴ（後衛を通過する打球）だったよ」ハリーがそう言いながら左足をしっかりと前に踏み出し、バット無しのデモンストレーションをして見せようとした。彼は気づいていなかったが、ジャイルズは完全に心ここにあらずの状態だった。

「そうとも、メイが初選抜されて出場した南アフリカとのテスト・マッチでセンチュリーを叩き出したとき、おれはヘディングリーにいたんだ」

「あの回《イニングス》は私も見たぞ」最前から話に加わっている、年配の教員《ドン》が言った。「実に見事な打撃だった」

ジャイルズはさりげなさを装ってその場を離れ、混み合う招待客のあいだを縫って移動しつづけた。足を止めたのは、セバスティアンと出くわして学校はどうだと尋ね、ちょっとおしゃべりをしたときだけだった。若者はこれまでのジャイルズの記憶にあるよりもはるかに肩の力が抜け、自信が出てきているように見えた。

声をかける前に彼女が帰ってしまうのではないかと心配になりはじめたとき、セバスティアンがソーセージ・ロールに気を取られた。ジャイルズはその隙に移動を再開し、いつの間にか、彼女の隣りに立っていた。彼女は年上の女性とおしゃべりの最中で、ジャイルズに気づいていないようだった。どうにも口を開くことができずにそこに立ち尽くしながら、ジャイルズは思った。イングランドの男というのは、女性への自己紹介がどうしてこんなにも下手なんだろう。相手が美人とあれば、尚更ときてる。まったく、詩人のベチェマンの言うとおりだ。それに、ここは無人島ですらないんだぞ。

「シュヴァルツコップ（ドイツのソプラノ歌手）は、あのパートの音域に達していないんじゃないかしら」

「おっしゃるとおりかもしれません。でも、彼女の歌が聴けるのなら、それだけで、年間の研究奨学金の半分をはたいても惜しくありません」

　年上の女性はちらりとジャイルズを見ると、気をきかせてあげると言わんばかりに別の話し相手を捜しにいってくれた。ジャイルズはようやく自己紹介をした。だれにも邪魔されなければいいがと思いながら握手をした。ちょっと彼女に触れただけで……。

「どうも、ジャイルズ・バリントンです」

「グレイスのお兄さまで、国会議員でいらっしゃるんですよね。わたし、ああいう急進的な考えを持っている人たちについて、ずっと読みつづけているんです。グウィネッズと言います」と名乗り、彼女の祖先がウェールズの出だと明らかになった。

「学部生なのかな？」

「お上手ですね。でも、そんなに若くありませんよ」彼女が苦笑して応えた。「博士論文がもう少しで完成するところで、あなたの妹さんがわたしの指導教官なんです」

「論文のテーマは何なの？」

「『古代ギリシャにおける数学と哲学の関連』です」

「読むのを待ちきれないよ」

「草稿段階のものならお見せできるかもしれませんけど」

「ジャイルズが話している女の子はだれ？」エマが妹に訊いた。

グレイスが二人のほうを見て答えた。「グウィネッズ・ヒューズよ。わたしの聡明な博士課程の学生の一人なの。きっとジャイルズは、レディ・ヴァージニアと正反対の何かを見つけるんじゃないかしら。ウェールズの炭鉱労働者の娘で、あの渓谷からここへたどり着いたってわけ。それに、そのことを進んでみんなに知らせようとしている。間違いなく、〝正気《コンポス・メンティス》で〟の意味をわかっているわ」

「とても魅力的な女性ね」エマが言った。「それで――」

「冗談でしょう、やめてよ、彼らのどこに共通点があるというの？」

エマは内心で苦笑した。「あなた、自分が持っている〈バリントン海運〉の十一パーセントをジャイルズに譲った？」

「ええ、譲ったわよ」グレイスが認めた。「それに、わたしに遺贈されたスミス・スクウエアのお祖父《じい》さまの家の権利もね。わたしがあの愚かな子供を説得して、ヴァージニアの軛《くびき》から自由にできたらすぐにそうすると、お母さまとも合意していたの」

　エマはしばらく言葉を失った。「ということは、あなた、お母さまの新しい遺言書の内容を以前から知っていたの？」

「あの封筒の中身が何かも知っていたわ」グレイスがこともなげに答えた。「だから、裁判に出席できなかったのよ」

「お母さまって、本当にあなたのことをよくご存じだったのね」

「それを言うなら、わたしたち三人全部を、よ」グレイスが部屋の向こうにいる兄を見て言った。

16

「すべて、遺漏なく段取りできるのかな」ジャイルズは訊いた。

「大丈夫です、サー、安心して任せてください」

「できるだけ早く、片を付けてしまいたいんだ」

「わかりました、サー」

「それにしても面倒臭い手続きだな。こういうことをするための、もう少し文明的な方法がないものかな」

「そのためには、法律を変える必要がありますね、サー・ジャイルズ。そして、率直に申し上げれば、それは私ではなくて、あなたの守備範囲です」

この男の言うとおりだし、いずれは法律が変わることにも疑いの余地はなかったが、ヴァージニアが待てないとはっきり言っていた。何カ月もまったくのなしのつぶてだった挙げ句、出し抜けに電話をしてきて離婚したいと言い、その理由を明らかにしたのだった。そのためにはジャイルズが何をしなければならないか、ヴァージニアはそれを口にするまでもなかった。

「ありがとう、バニー、当てにしてもいい人だとわかっていたわ」彼女はそう言って電話を切った。

「それで、いつ連絡をもらえるかな」ジャイルズは訊いた。

「今週末までには」男が答えて半パイントを飲み干し、立ち上がった。そして、かすかに会釈をし、足を引きずって去っていった。


見落とされないための用心に、ジャイルズはボタン・ホールに大きな赤いカーネーションを挿していた。そして、自分のほうへ歩いてくる、三十歳以下とおぼしき女性に一人残らず目を走らせた。その誰一人としてジャイルズに目もくれなかったが、ようやく、取り澄ました若い女性が横へきて足を止めた。

「ミスター・ブラウンでいらっしゃいますか?」彼女が訊いた。

「そうです」ジャイルズは答えた。

「ミス・ホルトです。代理店から派遣されてきました」

それ以上は何も言わずにジャイルズと腕を組むと、まるで盲導犬のように、プラットフォームを一等車両へと歩き出した。向かい合って席に坐ったものの、彼女が次に何をするつもりなのか、ジャイルズはまるで見当がつかなかった。金曜の夕刻で、座席は列車が駅を出るはるか前からすべて埋まっていた。旅のあいだ、ミス・ホルトは一言も口をきかなかった。

列車がブライトン駅に到着すると、彼女はだれよりも早くプラットフォームに降りた。ジャイルズは改札口で二枚の切符を係員に渡し、彼女を追ってタクシー待ちの列へ向かった。ミス・ホルトが以前にも一度ならず同じことをしているのは、もはや明白だった。タクシーの後部座席に坐って、ようやくまた口を開いたが、それはジャイルズに向けてではなかった。

「グランド・ホテルへ」

ホテルに着くと、ジャイルズは〝ミスター・アンド・ミセス・ブラウン〟の名前でチェックインした。

「三十一号室でございます、サー」フロント係はウィンクしそうになるのを危うく思いとどまり、笑みを浮かべただけで言った。「おやすみなさいませ、サー」

次に彼女が言葉を発したのは、四階まで荷物を運んでくれたポーターがチップを受け取って引き下がったあとだった。

「アンジェラ・ホルトです」ベッドの端に背筋を伸ばして腰掛けて、彼女はフル‐ネームを教えてくれた。

ジャイルズは立ったままで彼女を見下ろした。ブライトンで下卑た週末をともに過ごすにあつらえ向きとは言えそうにない女性だった。「このあとどうするのか、教えてもらえるかな？」ジャイルズは訊いた。

「承知しました、サー・ジャイルズ」彼女があたかも口述筆記を頼まれたかのような口調で答えた。「八時に階下《した》へ下りて、一緒にディナーをとります。部屋の中央のテーブルを予約しておきました。だれかがあなたに気づいてくれる可能性が高いからです。ディナーのあと、二人でベッドルームへ戻ります。わたしはずっと洋服を着たままでいますが、あなたはバスルームで洋服を脱ぎ、パジャマとドレッシング・ガウンに着替えていただいて結構です。十時にわたしはベッドで、あなたはカウチで眠ります。午前二時、あなたはフロントへ電話をし、ヴィンテージのシャンパンを一本とギネスを半パイント、そして、ハム・サンドウィッチを注文します。注文したものをナイト・ポーターが届けてきたら、頼んだのはマーマイト（酵母エキスと野菜エキスから作った旨味のある黒いペースト、パンやサンドウィッチに塗る）とトマトのサンドウィッチだから、すぐに交換するよう要求します。そして、彼がそれを持って戻ってきたら、礼を言って、五ポンド札をチップとして渡します」

「どうしてそんなに高額のチップなんだ？」ジャイルズは訊いた。

「このことが法廷に持ち出された場合、ナイト・ポーターが証人として呼ばれることは間違いないからです。彼があなたのことを絶対に忘れないようにするためです」

「なるほど」

「朝、わたしたちは一緒に朝食をとります。チェックアウトのとき、支払いは小切手でしてください。そうすれば、相手方の追跡が簡単になります。ホテルを出るとき、あなたはわたしを抱擁し、何度かキスをしてください。そしてタクシーに乗り、手を振って別れるんです」

「何度かキスをする理由は?」

「わたしたちが一緒にいるところの、しかも一目でだれだかわかる写真を、あなたの奥さまが雇った私立探偵に必ず撮らせる必要があるからです。ほかに質問はありますか、サー・ジャイルズ。あるのなら、ディナーの前にお願いします」

「実はあるんだ、ミス・ホルト。あなたはこういうことを何回ぐらいやっているのか、よかったら教えてもらえないかな」

「今週はあなたが三人目の紳士です。来週はすでに二件、仕事の予約が代理店に入っています」

「にわかには信じがたい話だが、わが国の離婚に関する法律が非文明的であることは率直に言って事実だ。政府は可及的速やかに新たな法律を立案すべきだな」

「わたしはそうならないことを願います」ミス・ホルトが言った。「だって、そうなったら、サー・ジャイルズ、わたしは失業してしまいますもの」

アレックス・フィッシャー

一九五四年―一九五五年

17

「あの男を本当に、どうしようもないまでに叩き潰してやりたいの」彼女が言った。「それ以上にわたしを満足させるものはないでしょうね」

「これは保証しますが、レディ・ヴァージニア、そのお手伝いをするためなら、私にできることは何でもやりますよ」

「そう言っていただいてよかったわ、少佐。一緒に何かをするのなら、お互いを信頼する必要があるものね。秘密はなしよ。だけど、あなたがこの任務にふさわしい人物であることを、やはり、証明してもらう必要があるわ。自分がそこまで適任だと考える理由を教えていただけないかしら」

「きっと、適任すぎるとお思いになるはずですよ、マイ・レディ」フィッシャーは応えた。「実は、バリントンと私のことはずいぶん昔まで遡《さかのぼ》るんです」

「それなら、何から何まで最初から、詳しく話していただけるかしら。どんなに些細に思われることも、一つ残らずお願いするわ」

「われわれ三人がセント・ビーズ校にいて、バリントンが港湾労働者の息子と仲よくなったのが、すべての始まりです」

「ハリー・クリフトンね」ヴァージニアが吐き捨てるように言った。

「バリントンは退学になるはずでした」

「なぜ？」

「売店《タック・ショップ》で万引きしていたのが露見したんです。しかし、あいつはまんまと処分を逃れました」

「どうしてそんなことができたの？」

「父親のサー・ヒューゴー——もう一人の犯罪者です——が、千ポンドの小切手を切ったんですよ。学校はその千ポンドで、クリケット代表チームのための観覧席を新設しました。というわけで、校長はジャイルズの一件に目をつぶり、バリントンはオックスフォードへ行くことができたというわけです」

「あなたもオックスフォード大学へ行ったの？」

「いえ、私は陸軍に行きました。しかし、お互いに異なる道を歩いていたにもかかわらず、その道はトブルクで交わっていました。同じ連隊に配属されたんです」

「彼はそこで名を上げたのよね、戦功十字章を授けられ、後には捕虜収容所を脱走して」

「あの戦功十字章は私が授けられるはずだったんです」腹立たしげに目を細くして、フィッシャーは言った。「あのとき、私は彼の部隊長で、敵軍への攻撃を統率する責任を負っていました。私はドイツ軍を包囲し、捕虜にしました。その結果、連隊長は戦功十字章でその手柄に報いるよう、私を推挙してくれたんです。ところが、バリントンの友人だったベイツ伍長が、私の戦功を列挙した文書に署名することを拒否しました。そのせいで、私は叙勲候補者名簿に名前が載るにとどまり、結局、バリントンが私の戦功十字章を手に入れたというわけです」

その日のことなら、ヴァージニアはジャイルズからも聞いていたが、フィッシャーの話はそれとは異なっていた。だが、どっちを信じたいかは明らかだった。「それからは、彼とは会っていないの？」

「ええ、会っていません。私は陸軍にとどまりましたが、昇進の機会をことごとくあいつに潰されていると気づいて、早期除隊することにしたんです」

「それで、いまは何をなさっていらっしゃるの、少佐？」

「株の仲買いを職業とし、同時に、ブリストル・グラマー・スクールの理事と、地元の保守党選挙区協会ブリストル港湾支部の事務局長も務めています。私が保守党に入ったのは、次の選挙で絶対にバリントンに勝たせないための役割を演じられるからなんです」

「ともかく、あなたには必ずその主役を演じてもらいます」ヴァージニアが言った。「なぜなら、庶民院に自分の議席を持ちつづけることがあの男の最優先事項だからです。次の選挙で労働党が勝ったらアトリーが閣僚にしてくれると、あの男は信じているんです」

「私の目の黒いうちは、そんなことは絶対にさせませんよ」

「そんな大袈裟《おおげさ》な覚悟は必要ないんじゃないかしら。だって、次の選挙で議席を失ったら再選の見込みはほぼないだろうし、それはたぶん、彼の政治生命が終わったことを意味するでしょうからね」

「それはおっしゃるとおりです」フィッシャーは言った。「しかし、指摘しておかなくてはなりませんが、大多数から支持されているのではないとしても、選挙区でのあの男の人気が、依然として、非常に高いことは否定できません」

「わたしが不倫の容疑であの男を訴えたら、その人気はどうなるかしらね」

「彼はすでに、そういうことになった場合の布石を打ちはじめています。世間があなたを悪く思わないようにするために、ブライトンで茶番劇を演じなくてはならなかったんだと、誰彼なしに触れ回っているんです。離婚に関する法律を変えるべきだという運動まで始めていますよ」

「でも、あの男が一年前からケンブリッジ大学の学生との情事に耽《ふけ》っていると知ったら、彼の選挙区民はどういう反応をするかしら？」

「離婚が成立したとたんに、だれも気にも留めなくなるでしょうね」

「だけど、裁判が落着せず、わたしが必死で和解を求めていることを彼らに知らせつづけたら……」

「その場合は、状況はまったく変わります」フィッシャーは言った。「だから、私を信頼してください。あなたが悲しく辛い立場にあることを必ず世間の耳に届かせるようにしますから」

「いいでしょう。ところで、あなたが選挙区協会ブリストル港湾支部の支部長になれば、少なからずわたしたちの長期的な目的の役に立つでしょうね」

「そうなったら最高ですよ。ただ、問題なのは、それだけ多くの時間を政治に割く余裕が私にないことです。何しろ、生活の糧《かて》を得なくてはなりませんのでね」フィッシャーは言った。卑屈に聞こえないように努力しなくてはならなかった。

「〈バリントン海運〉の重役になれば、その瞬間から、その心配はなくなるわ」

「どんなに望んだとしても、そんなことは起こり得ませんよ。私の名前が出たとたんに、バリントンが拒否権を行使するに決まっています」

「あの会社の株の七・五パーセントをわたしが持っている限り、あの男は何についても拒否権なんて行使できないわ」

「話がよくわからないんですが」

「それなら説明して差し上げましょうか、少佐。この半年、わたしはあの会社の株を白紙委任信託を通じて買いつづけ、いまの時点で全体の七・五パーセントの株を所有しているの。あの会社の社則を見ればわかるけど、株の七・五パーセントを所有する者は重役を指名できることになっているの。そして、あなた以上にわたしの代理をしてくれるにふさわしい人を、わたしは思いつかないでいるのよ」

「ありがとうございます。どこからどう感謝していいかわからないぐらいです」

「そんなの、とても簡単よ。短期的には、地元の保守党選挙区協会支部長になるためにすべての時間を割いてくださいな。そして、支部長になったら、ブリストル港湾地区の有権者の票を、次の選挙で、彼らが選んだいまの国会議員から確実に引き剝がすことに専念するんです」

「長期的には？」

「あなたが気に入るかもしれない計画があるんだけど、それはあなたが支部長になったときに話します。それまでは考えても意味のない計画だから」

「では、私はブリストルへ戻って、すぐにその作業にかかります。ですが、その前に、聞いておきたいことがあるんですが」

「どんなことかしら」ヴァージニアが言った。「何なりと訊《き》いてもらってかまいませんよ。だって、わたしたちはもうパートナーなんだから」

「この計画のために私を選んだ理由は何でしょう？」

「あら、そんなの簡単ですよ、少佐。反吐《へど》が出るぐらい嫌いな男がいるとすればたった一人、それはあなただって、いつだったかジャイルズが言っていたからよ」

「諸君」保守党選挙区協会ブリストル港湾支部長のビル・ホーキンズが、小槌《こづち》でテーブルを叩いた。「静粛に願います。まずは名誉ある事務局長であるフィッシャー少佐に、前回の理事会の議事録を読み上げてもらうことから、今回の委員会を始めたいと考えます」

「ありがとうございます、支部長。前回、一九五四年六月十四日の委員会では、次回総選挙で本選挙区において党を代表する可能性のある候補者のリストを送ってくれるようロンドンの党本部へ要請すべしと、私に対して指示がありました。数日後に正式な候補者リストが届き、私は今夜の委員会でその候補者たちを評価できるよう、それを本委員会の委員に回覧しました。

「今年の夏のバザーはオナラブル・ミセス・ハートリー－ブース治安判事の情け深い許可を得て、キャッスル・コームで開かれることが合意に達しました。それにつづいて、ラッフル籤《くじ》（番号付きの券を大勢の人に売り、当たった人に賞品を渡す籤。しばしば慈善目的の資金集めに使われる）の券をいくらで売るかの話し合いに移り、投票の結果、一枚を六ペンス、六枚を半クラウンで売ると決しました。そのあと、出納方のミスター・メイナードから、本委員会の銀行口座には総額四十七ポンド十二シリングの手元資金があるとの会計報告、さらに、いまだ年会費を納入していない党員全員に催告状を送った旨《むね》の報告がありました。そのほかに討議すべき議題はなく、委員会は十時十二分に閉会しました」

「ありがとうございました、少佐」ホーキンズが言った。「では、前回につづいての議題、すなわち、党本部が推薦している候補者のリストの件に移ります。みなさんには数日、そこに載っている名前を考量する時間があったはずですから、まずは包括的な話し合いをしてから、面接すべきだと考える候補者を最終的に絞ることにしましょう」

フィッシャーは党本部が送ってきた候補者リストをすでにレディ・ヴァージニアに見せ、自分たちの長期目的に最も役に立ってくれそうな人物について、意見の一致を見ていた。フィッシャーは椅子に深く坐り、候補者一人一人の長所と短所を指摘していく同僚委員たちの意見に注意深く耳を澄ました。彼とレディ・ヴァージニアが推している候補者が最有力でないことはすぐにはっきりしたが、少なくとも、その候補者ではだめだという者はいなかった。

「投票に移る前に、あなたの意見を聞かせてもらえますか、少佐？」

「ありがとうございます、支部長。みなさんは前回の選挙においてエブ・ヴェール（ウェールズ南東部の町、かつては炭鉱で知られた）で堂々と戦った、ミスター・シンプソンこそ面接するにふさわしいと考えておられる。私もその考えに同意するにやぶさかではありませんが、同時に、ミスター・ダネットも考慮対象にすべきだと信じています。なぜなら、彼の妻はこの選挙区出身の女性であり、それは選挙を戦う上でかなり有利だということです。サー・ジャイルズ・バリントンの現在の婚姻関係がどういう状態であるかを考えれば、尚更です」

「同感だ《ヒア・ヒア》」テーブルを囲んでいる何人かが賛意を口にした。

四十分後、グレゴリー・ダネットも最終候補者の仲間入りをした。そのほかには、前回の選挙をエブ・ヴェールで戦ったミスター・シンプソン、そして、地元の地方議員（勝つ見込みはなかった）、年齢が四十歳を超えている独身男性（これも勝つ見込みはなかった）、そして、お義理で付け加えられた女性（絶対に勝つ見込みはなかった）が含まれていた。いまやフィッシャーがしなくてはならないのは、ミスター・シンプソンが選ばれないよう、十分な理由を見つけることだけだった。

委員会が終わりに近くなり、もう話し合うべきことはないかとホーキンズが訊いた。

「一つ、報告すべきことがあります」フィッシャーは万年筆のキャップを締めながら言った。「ですが、そのことについては議事録に残さないほうが賢明だと考えます」

「いいでしょう、あなたの判断に従うのが最善だと信じます」ホーキンズがテーブルを見渡し、全員に異議がないことを確認した。

「先週、私はロンドンにいたのですが」フィッシャーは言った。「私が会員になっているクラブで、サー・ジャイルズ・バリントンに関する気掛かりな情報を、信頼できる筋から入手しました」とたんに、そこにいる全員が本気でフィッシャーを注視した。「みなさんもすでにご存じの通り、サー・ジャイルズはいま、不幸にも結婚生活が破綻した結果、離婚手続きを進めることを余儀なくされています。彼がブライトンへ何のために、何をしに行ったのかを知ったとき――私に言わせれば、そういうことを世間に知られるのはかなりの不面目のはずです――、私たちの大半は彼に同情しました。妻の評判を護るためだったとあれば尚更です。われわれはみな立派な大人であり、離婚に関する法律は何としても改正の必要があることもよくわかっています。しかし、それ以降、私たちは片方の側の話しか聞いていないとわかったのです。どうやら、サー・ジャイルズはケンブリッジ大学の若い学生と不倫をしているらしいのです。しかも、妻が懸命に和解しようと努力しているにもかかわらず、です」

「何たることだ。そうだとしたら、あの男はただの恥知らずだ」ビル・ホーキンズが言った。「議員を辞めさせられてしかるべきだろう」

「まったくその通りです、支部長。彼が保守党の候補であったら、事実、それ以外に選択の余地はなかったはずです」

テーブルを囲む全員がささやきを交わしはじめた。

「みなさんのことですから」ホーキンズが何度か小槌を鳴らして静粛を求めたあと、フィッシャーはつづけた。「この情報はこの部屋の内側だけにとどめておいていただけるものと信じている次第です」

「当然です」ホーキンズが応えた。「言われるまでもありません」

フィッシャーは確信して、椅子に背中を預けた——何時間もしないうちに、いまの話は地元の労働党上層部の複数の人間に届くに決まっている。そうなれば、選挙区の有権者の少なくとも半数の耳に、週末までには入ると保証されたも同然だ。

ホーキンズが閉会を宣言し、理事たちが通りの向かいにある地元のパブへと出ていったあと、出納方のピーター・メイナードがフィッシャーに忍び寄ってきて、内々で話ができないかと訊いてきた。

「いいとも」フィッシャーは答えた。「それで、どんな話なんだ?」

「きみも知っての通りだが、支部長はこれまでに何度か、次の総選挙の前にいまの職を辞することを明らかにしておられる」

「そう聞いているな」

「われわれのなかには、次の支部長は若い人がいいと考えている者がいる。それで、きみがどう思っているか、また、きみを推挙してもいいかどうか、それを聞いてくれと頼まれているんだ」

「ありがとう、ピーター。私が適任だと考えてくれている理事が過半数を超えているのなら、この負担の大きい仕事をすることを考慮するにやぶさかでないのはもちろんだ。だが、わかってもらえるだろうが、自分のほうが適任だと考えている委員が一人でもいれば、考えるまでもなくお断わりする」

〈バリントン海運〉から重役報酬としての最初の小切手が届いたとき、アレックス・フィッシャーはミッドランド銀行の口座を閉じ、通りの向かいのバークレイズ銀行に新たに口座を開いた。そこは〈バリントン海運〉の口座をすでに管理していて、保守党選挙区協会ブリストル港湾支部の口座についても同じだった。それに、ミッドランド銀行と違って、当座貸越し約定（銀行が預金者に与える、預金残高を超過しての引き出しを認める枠）を支配人が認めてくれた。

　翌日はロンドンへ行き、〈ギーブズ＆ホークス〉で取引を始めて、その場でスーツを三着、ディナー・ジャケットを一着、外套《がいとう》一着——すべて、黒だった——を新調し、採寸した。〈アーミイ＆ネイヴィ〉で昼食をとったあとは、〈ヒルディッチ＆キー〉へ立ち寄り、シャツを六枚、パジャマを二着、ドレッシング・ガウンを一着、そして、シルクのタイを一揃《ひとそろ》い、選んだ。勘定書にサインすると、今度は〈ジョン・ロブ〉で靴——黒と茶色のブローグ——を二足、時間をかけてフィッティングした。

「三カ月ほどでお渡しできるはずでございます、少佐」とフィッシャーは言われた。

　それからの四週間、フィッシャーは理事を一人残らずランチやディナーに誘い出し——そのかかりはすべて、ヴァージニアに請求された——、それが終わるころには、ほぼ全員がグレゴリー・ダネットを次の総選挙の候補者の二番手として見なしてくれているという自信を得た。そのうちの一人ないし二人は、ダネットを筆頭にしてもいいとまで考えていた。

ディナーのあとのブランディをピーター・メイナードと楽しんでいるとき、この出納方が一時的に財政困難になっていることを知った。翌日、フィッシャーはロンドンへ行き、レディ・ヴァージニアと密談した。そのあと、メイナードの一時的な財政困難が解消された。理事の一人は、いまやフィッシャーの債務者だった。

18

〈バリントン海運〉の重役に名を連ねてわずか数カ月のとき、フィッシャーはヴァージニアが興味をそそられるのではないかと思われるチャンスを見つけた。

重役になってからというもの、彼は重役会に皆勤し、すべての報告書に目を通し、採決でも必ず多数についた。というわけで、腹のなかで何かを企んでいるのではないかと疑われることは、いまのところなかった。

フィッシャーを重役に押し込んだ時点で、ジャイルズが不審を抱かないはずはないとヴァージニアは確信していたし、フィッシャーが代表している七・五パーセントの株の所有者を突き止めようとするのではないかと考えてもいた。それをされたとしても、白紙委任信託が所有しているということしかわからないはずだった。だが、ジャイルズの目は節穴ではなく、耳もちゃんと聞こえるのだから、そこから入ってくる情報を合わせれば、七・五という数字に辿り着くのは難しくなかった。

少佐は十分に礼儀正しく、重役会では滅多に発言せず、トラブルの原因にはなっていないと会長は明言したが、ジャイルズは納得していなかった。フィッシャーという人間が根本から変わり得るとは思えなかった。だが、遠くない将来に総選挙がありそうな気配で、与党保守党がさらに議席を増やすだろうと予想されているとき、また、ヴァージニアがあれほど離婚の根拠を与えてくれと自分のほうから懇願しているにもかかわらず、依然として離婚仮判決に同意の署名をしない理由が謎のままであるとき、フィッシャーのことは、解決すべき優先順位が一番低い問題だった。

「諸君」〈バリントン海運〉の会長が言った。「今日、私が行なう提案がわが社の歴史の転換点になるかもしれないと言っても、あながち大袈裟ではないかもしれない。わが社の副社長であるミスター・コンプトンによる斬新かつ大胆なこの計画を、私は百パーセント支持し、重役会の賛同を得たいと考える。すなわち、偉大なライヴァルである〈キュナード汽船〉と〈P&O（一八三七年創業のイギリス最大の海運会社、正式名称は〝ペニンシュラ・アンド・オリエンタル・スティーム・ナヴィゲーション・カンパニー〟）〉に遅れを取らないよう、戦後最初のわが社の客船を建造するという計画である。われらが創業者であるジョシュア・バリントンも、先手必勝のこの構想を、拍手をもって迎えてくれると信じたい」

フィッシャーはじっと耳を傾けていた。彼はサー・ウィリアム・トラヴァーズを尊敬するようになっていた。彼の目から見ても、ヒューゴー・バリントン——いまは亡き先代会長のことはだれも口にしなかったが——のあとを襲ったこの人物は、抜け目がなく、頭のいい経営者だったし、実業界からも金融界からも、信頼できる人物と認められていた。

「資本的支出（一会計年度を越えて利益をもたらす支出。具体的には、固定資産の取得、改良費）がわれわれの準備金を圧迫することは疑いがないけれども」サー・ウィリアムはつづけた。「銀行は問題なくわれわれを支持してくれるはずである。なぜなら、新造船の乗客率が四十パーセントしかなくても、五年以内に投資額を回収できるからである。諸君から質問があれば、喜んで答えさせてもらう」

「世間の潜在意識のなかには、いまも〈タイタニックの悲劇〉が消しがたく居坐っているとはお考えになりませんか？　新造の豪華客船での船旅を不安視することはないのでしょうか？」フィッシャーは訊いた。

「もっともな指摘だ、少佐」サー・ウィリアムが答えた。「しかし、〈キュナード汽船〉は最近になって、彼らの船団にさらに一隻を加える決定をしている。一九一二年のあの悲劇以降、豪華客船が関係する重大な海運事故は起こっていないし、〈キュナード汽船〉の今度の判断は、新しい世代の旅行者がそれを認識しはじめていることを強く示唆しているのではないだろうか」

「われわれの新造船は何年ぐらいで完成するのでしょうか」

「重役会の承認が得られれば、すぐにでも入札を募り、年末までに設計者を指名して、三年後には就航させたいと考えている」

フィッシャーは自分のしたくない質問を別の重役がしてくれるのを待った。

「推定費用はどのぐらいになるでしょう?」

「正確な数字をここで答えるのは難しい」サー・ウィリアムは認めた。「しかし、私は三百万ポンドの予算を組むことを許されている。そして、そこまではかからないだろうと考えている」

「そうであることを願いましょう」別の重役が言った。「そして、われわれの考えを株主に知らせる必要があります」

「そのとおりだ」サー・ウィリアムは言った。「来月の年次総会で報告し、同時に、わが社の利益予想がとても明るいものであり、株主に昨年と同額の配当を行なうべきでない理由を見つけられないことを伝えるつもりでいる。ただし、それをしたとしても、株主のなかにはこの方向転換を懸念する者がいるかもしれないし、資本的支出については言うまでもない。われわれはその可能性があること、その結果、わが社の株価が下がる恐れがあることを、われわれ重役会は覚悟しなくてはならない。しかし、われわれにはいかなる短期的財政困難をも補うだけの資産があることを金融界が認識すれば、わが社の株価が完全に回復するのは時間の問題でしかないはずである。ほかに質問は?」

「その新造船の船名と、社内での事業部名は、もう決まっているのでしょうか」

「事業部名は〈パレス・ライン〉、船名は〈バッキンガム〉を考えている。それによって、わが社は新たなエリザベス時代に積極的に関与することを伝えるんだ」

それに関して、重役会は満場一致で賛成した。

「もう一度説明してちょうだい」ヴァージニアが言った。

「サー・ウィリアムが今度の木曜に開かれる年次総会で、〈バリントン海運〉が海の上で〈キュナード汽船〉や〈P&O〉と張り合うために、推定三百万ポンドを投入して豪華客船を新造すると宣言するんです」

「わたしには、かなり大胆で想像力に富んだ一歩に聞こえるけど」

「あなた以外には、危なっかしく聞こえるでしょうね。なぜなら、株式市場の投資家というのは、ほとんどが大胆でもなければ想像力に富んでもいず、建造費用が増えるのではないか、客室の稼働率が十分でなくて資本的支出を回収できないのではないかと心配するものなんです。ですが、経理を注意深く調べれば、あの会社がいかなる短期的損失でも補えるだけの、あるいはそれ以上の現金を持っていることがわかるはずです」

「それなら、どうしてわたしが持っている株を売ることを奨めるの？」

「売ってから三週間以内に買い戻せば、大儲けできるからですよ」

「わからないわ、どうしてそうなるの？」

「ご説明しましょう」フィッシャーは言った。「株を買ったとき、三週間はその代金を支払う必要がありません。同様に、売ったときも三週間はその代金は入ってきません。その三週間のあいだは、一切金を支払うことなく取引ができるのです。われわれは内部情報を知っているわけですから、それを有利に使えるということですよ」

「それで、あなたは何を言おうとしているの?」

「〈バリントン海運〉の年次総会は今度の木曜の午前十時に、会長の年次報告で始まります。おそらく数時間以内に、現時点で四ポンドをわずかに超えている株価は、三ポンド十シリング近辺まで下がると思われます。その日、株式市場が九時に開いた瞬間に、あなたが持っている〈バリントン海運〉の七・五パーセントを売れば、そのせいで株価はさらに下がります。もしかすると、三ポンド以下まで下がるかもしれません。あなたは株価が底を打つのを待ち、それから市場へ戻って、とにかく売値より低い価格で買えるあいだに、七・五パーセントを買い戻すのです」

「そんなことをしたら、仲買人が不審を持ち、わたしたちのしていることを重役会に知らせるんじゃないの?」

「ある株を売った手数料が入り、それを買い戻した手数料が入る限り、彼らは何も言いませんよ。どっちにしても、損はしないわけだから」

「でも、わたしたちが損をする心配はないの?」

「それは会長の年次報告のあとで株価が上がったときだけです。なぜなら、売値より高い値段で買い戻さなくてはならないからです。しかし、率直に言って、三百万ポンドの蓄えを危険にさらすと会社が認めた直後ですからね、それはまずあり得ないでしょう」

「それで、その次にわたしは何をするの？」

「権限を与えてもらえるなら、香港《ホンコン》にいる知り合いの仲買人を通して、私があなたの代わりに取引を行ないます。そうすれば、あなたにも私にも足がつくことはあり得ませんからね」

「ジャイルズなら、わたしたちが何を企んでいるか見当をつけるんじゃないかしら。彼は馬鹿じゃないわよ」

「三週間後に、記録の上で七・五パーセントの株の所有者が変わっていなければ、気づかれる恐れはないでしょう。いずれにせよ、彼は当面、はるかに切羽詰まった問題で頭がいっぱいでしょうからね」

「たとえばどんな問題かしら？」

「聞いたところでは、彼はミス・グウィネッズ・ヒューズとの関係が発覚して、地元の労働党選挙区協会支部から信任されるかどうか危ういようですよ。どうやら投票で決まることになったらしく、もしかしたら次の総選挙に出馬できないという可能性もあるかもしれません。それもこれも、あなたがいまだに離婚書類に署名していないことが前提になっているのです」

「今回の調査はサー・ジャイルズ・バリントンとも、ミセス・ハリー・クリフトンとも、一切関係ないと保証してもらえますか、フィッシャー少佐。私は過去に双方の被雇用者でしたから、もし関係があるとなると、決して認められない利害の相反が生じることになりますが」

「私の調査はバリントン一族とは何の関係もない」フィッシャーは答えた。「地元の保守党選挙区協会が、ブリストル港湾地区の候補を最終的に二人に絞り込んだからに過ぎない。私は支部の事務局長として、近い将来において党に迷惑がかかるような過去が二人にないことを、絶対確実にしておきたいんだ」

「特定の何かを探しておられるわけですか、少佐？」

「きみは警察にいたことがあるわけだから伝手《つて》もあるだろう、二人の名前が警察の記録に載っているかどうかを突き止めてもらいたい」

「たとえば駐車違反などの軽微な罰金刑も含めてですか？」

「選挙運動期間中に労働党側が有利に使いそうなものは、一つ残らずだ」

「なるほど、わかりました」ミッチェルが応えた。「時間はどのぐらいもらえるのでしょう」

「選抜手続きには二カ月、もしかすると三カ月はかかるかもしれないが、何かわかったら、その時点で、なるべく早く知らせてくれ」と言って、二人の名前を記した紙を渡した。

ミッチェルはその名前を一瞥して紙をポケットにしまうと、黙って去っていった。

〈バリントン海運〉の年次総会が開かれる日の午前九時、フィッシャーは香港の公開されていない番号へ電話をした。耳に馴染んだ声が受話器の向こうから返ってくると、彼は言った。「ベニーか、フィッシャー少佐だ」

「元気ですか、少佐？　しばらく連絡がありませんでしたが」

「ちょっと事情があってな」フィッシャーは応えた。「今度、おまえさんがロンドンへきたときに説明する。ところで、いますぐに、私の代わりに売り注文を出してもらわなくてはならないんだ」

「何をいくら売るんです？　私のほうは準備万端ですよ」ベニーが言った。

「〈バリントン海運〉を二十万株、ロンドン証券取引所が開いた瞬間に、その時点の株価で売ってもらいたい」

ベニーが口笛を鳴らして応えた。「請け合いました」

「そして、売り注文を完了したら、今度はやはり二十万株を三週間のうちに買い戻してもらいたい。だが、それを始めるのは、株価が底を打ったとおまえさんが見切ったときだ」

「承知しました。だけど、一つだけ訊かせてください、少佐。この特別な馬に、私も少し賭けるべきでしょうかね？」

「それはおまえさんが決めることだ。だが、欲はかくなよ。なぜなら、これっさりで終わりじゃなくて、もっと大きく膨らむからだ」

フィッシャーは受話器を置くとペルメル街のクラブを出て、タクシーでサヴォイ・ホテルへ向かった。そのホテルの会議室で同僚の重役と合流したのが、会長が立ち上がって〈バリントン海運〉の株主に年次報告を始める、わずか数分前だった。

19

デイヴィス・ストリートのコンスティテューショナル・ホールは満員だった。通路や部屋の奥に立っていなくてはならないほどで、一人か二人、手続きがもっとよく見えるのではないかと期待して窓枠に腰掛けている党員もいた。

最終候補のネヴィル・シンプソンとグレゴリー・ダネットはすでに力のこもった演説を終えていたが、現時点では自分が内心で推しているダネットより、シンプソンのほうが優勢だとフィッシャーは感じていた。ロンドンの法廷弁護士で、ダネットよりいくつか年齢が上のシンプソンは、戦場の兵士としても高く評価されていたし、すでにエブ・ヴェールでアナイアラン・ベヴァンと選挙を戦い、その選挙区の保守党票を増やしていた。しかし、そのシンプソンを当惑させるに足る情報を、ミッチェルはフィッシャーにもたらすことに成功していた。

シンプソンとダネットは壇上にいて支部長を挟む形で坐《すわ》り、委員たちは会場の最前列に席を占めていた。今週初めに開かれた労働党の非公開の会合で、サー・ジャイルズ・バリントンが信任投票を生き延びたというニュースを聞いてフィッシャーは喜んだが、その理由は、ヴァージニア以外のだれにも明かさなかった。彼は公《おおやけ》にジャイルズに恥をかかせてやるつもりでいて、その場は薄暗い労働党の委員会室ではなく、衆人環視の選挙運動の最《さ》中《なか》でなくてはならなかった。しかし、その計画はダネットが保守党の候補にならなければ実現不可能で、しかも、依然として予断を許さなかった。

ホーキンズが立ち上がり、そこに集っている人々を穏やかな笑みを浮かべて見下ろすと、トレードマークになっている咳払いを一つして、忠実な党員たちに向かって口を開いた。

「質問を受け付ける前に、お知らせしておくことがあります。これが支部長としての私の最後の仕事になるということです。次の総選挙には、候補者と支部長をともに一新して臨むべきだと考えるからです。次期支部長については、私より若い人物が好ましいのではないでしょうか」そして一拍置き、だれかが思いとどまらせようと声を挙げてくれるかを待った。だが、声は挙がらず、彼は仕方なしに話を再開した。

「われわれはいま、次の選挙でわれらが大義を掲げて戦う人物を選ぶ、最終段階に入っています。これからみなさんに、どちらかが候補者になるはずの二人に直接質問をする機会を提供しましょう」

後方の席で長身の男が勢いよく立ち上がり、ビル・ホーキンズの指名を待ちもしないで口を開いた。

「支部長、二人の候補者に質問があります。もし次の総選挙で議席を得たら、選挙区に住むのでしょうか？」

シンプソンが先に反応した。「私は間違いなく選挙区に住まいを構えます。しかし、結局は庶民院で暮らすことになるのではないかとも思いますが」

その応答は、笑いと、まばらな拍手をもって迎えられた。

「私は先週、空いた時間を利用して不動産業者を訪ねました」ダネットが反撃に出た。「みなさんが私を選んでくれると予想しているからではなく、選んでくれることを願いながら、です」

それに対する拍手喝采を聞いて、これで形勢はどうやら五分になったようだ、とフィッシャーは手応えを感じた。

ホーキンズが三列目に坐っている女性を指名した。彼女はこういう集まりがあるときには絶対に質問をしないではいなかったから、それをさっさと片づけてしまおうと考えたのだ。

「お二人のうち、一方は成功した法廷弁護士、もう一方は保険仲買人ですが、選挙運動が追い込みの段階になったときに、この重要な激戦区に十分な時間を割いて専念できるのでしょうか」

「私が候補者に選ばれたら、今夜はロンドンへ戻りません」ダネットが言った。「寝ている時間以外は、ジャイルズ・バリントンを絶対かつ永久にこの選挙区から葬《ほうむ》り、私が議席を勝ち取るために全力を尽くします」

今回は拍手喝采が長くつづき、フィッシャーは初めて肩の力を抜いた。

「大事なのはどれだけの時間を費やすかではなく」シンプソンが反論した。「それをどのように使うかです。私はすでに手強《てごわ》い敵と総選挙を戦った経験があり、したがって、選挙戦とはどういうものであるかを知っています。重要なのは、早く学ぶことができ、学んだことを使ってジャイルズ・バリントンを倒し、保守党に議席をもたらす、それができる人物を選ぶことなのです」

シンプソンによって思惑を狂わせられる恐れが出てきたときは、ダネットに助けの手が必要になるかもしれない、とフィッシャーは思いはじめた。そのとき、ホーキンズが地元で名を知られた実業家を身振りで指名した。

「わが党の党首としてウィンストン・チャーチルのあとを襲うとすれば、だれがふさわしいとお二人は考えられますか？」

「そもそも党首の座が空く可能性があることにすら気づきませんでした」シンプソンが応え、笑いと、さらなる拍手によって迎えられた。それが収まったあと、彼はもっと真面目な口調になってつづけた。「この世紀で最も偉大な首相を、十分な理由もなしに交替させようと考えたら、われわれは愚かとしか言いようがないでしょう」

拍手喝采は耳をつんざかんばかりになり、ダネットは自分の声が聞こえるようになるまでにしばらくかかった。

「私の信じるところでは、ミスター・チャーチルは、そのときがきたらサー・アントニー・イーデン、名前も高く、評価も高い、われらが外務大臣を後継にしたいと明らかにされています。ミスター・チャーチルがそう考えているのであれば、私に異議はありません」

耳をつんざく拍手喝采にはまるでならなかった。

それから三十分、質問は途切れることなくつづき、フィッシャーはシンプソンが本命としての地歩を固めつつあるように感じた。しかし、最後の三つの質問が自分の推す候補者を手助けしてくれるという自信があった。すでに二人にはどういう質問をするかを言い含めてあり、最後には自分が質問することで支部長と話がついているというのが、その取り分けての根拠だった。

ビル・ホーキンズが時計を見た。

「時間から言って、質問を受け付けられるのはぎりぎり三人と考えます」そして、後ろのほうにいる、ずっと気づいてもらおうとしつづけていた男性を指さした。フィッシャーはにんまりした。

「いま提出されている新たな離婚に関する法案について、お二人はどうお考えですか?」

みんなが意表を突かれて息を呑む音が聞こえ、やがて、期待に満ちた静寂に変わった。この質問が壇上の二人の候補者ではなく、サー・ジャイルズ・バリントンを狙ったものではないかと疑わない者は、この会場にほとんどいなかった。

「私は離婚に関する現在の法律を強く嫌うものです。時代遅れで、明らかに改正する必要があります」法廷弁護士が答えた。「私としては、その問題が選挙期間中にこの選挙区を支配しないことを願うしかありません。なぜなら、私は噂やほのめかしに頼るのではなく、実力でバリントンを倒したいからです」

党本部がシンプソンを将来の閣僚と見なしているのも宜《むべ》なるかなだ、とフィッシャーは納得したし、その理由を理解するのも難しくはなかった。だが、それが地元の党員の聞きたい答えでないこともわかっていた。

ダネットが聴衆の反応を素速く判断して言った。「いまミスター・シンプソンが言われたことに、私もおおむね賛成するにやぶさかではありませんが、一方で、ブリストル港湾地区の有権者は、バリントン一族内部の状況を知る権利があると考えてもいます。しかも、投票に行ったあとではなく、その前に、です」

シンプソンのときには起こらなかった拍手喝采が起こり、ダネットの答えに好意的であることがわかった。

ホーキンズが最前列中央に坐っているピーター・メイナードを指さした。

「この選挙区にいるわれわれには、国会議員を求める以上に求めているものがあります」彼は用意した原稿を読んでいた。「それは、一体になること、チームになることです。総選挙の追い込みの段階で、あなた方の奥さんがあなた方を応援している姿を常にこの選挙区で見ることができると、お二人はわれわれに保証できるでしょうか？　なぜなら、われわれはレディ・バリントンの姿を一年も二年も、一度も見ていないからです」

メイナードは拍手喝采を受けた、最初の質問者になった。

「私の妻は」ダネットが二列目に坐っている、若い美人を手振りで示した。「選挙期間中、常に私のそばにいてくれます。事実、もし私を国会へ送り出してもらえたら、みなさんはたぶん、私よりコニーを多く見かけることになるでしょう」

フィッシャーはほくそ笑んだ。メイナードの質問がダネットの強みを強調し、それに負けず劣らず大事なことだが、シンプソンの弱みを際立たせていた。何しろ、フィッシャーはこの集まりへの招待状を送るとき、一方の封筒の宛名を〝ミスター・アンド・ミセス・ダネット〟としておきながら、もう一方の宛名は〝N・シンプソン殿《エスクワイア》〟としかしなかったのだ。

「私の妻はロンドン・スクール・オヴ・エコノミクスで教師をしていますが」シンプソンが言った。「ほとんどの週末と、大学が休みのあいだは、この選挙区を訪れる自由を持っています」フィッシャーはシンプソンから票が逃げていくのを感じ取ることができた。

「次の世代を教えることより大事な職業はあり得ないと、私はみなさんが同意してくださると確信しています」

そのあとに拍手がつづいたが、その勢いのなさは、ロンドン・スクール・オヴ・エコノミクスで次世代を教えるのが最も大事な仕事だとはまったく思っていない者がいることをほのめかしていた。

「最後に」ホーキンズが言った。「われらが事務局長、フィッシャー少佐が二人に質問があるそうです」

「今朝の〈デイリー・メール〉によると」フィッシャーは口を開いた。「おそらく事実ではないと思いますが」——二人の候補者がともに、従順に笑った——「ロンドンのフラム・セントラル地区も、その選挙区の最終候補の絞り込みを行ない、次の総選挙に打って出る可能性のある人物たちの面接をするとのことです。その最終候補のリストにあなた方のどちらかが載っているかどうか、そして、もし載っているのなら、今夜、私たちが投票に入る前に、その選挙区を撤退する意志があるかどうか、それを教えていただきたい」

「私はフラム・セントラルには立候補申請をしていません」ダネットが答えた。「昔から西部地方を代表して議席を得たいと考えていますし、妻もここで生まれて育っています。そして、私たちはここに一家を構えることを望んでいます」

フィッシャーはうなずいた。シンプソンがしばらく待たなくてはならないほどの拍手喝采がつづいた。

「私はフラム・セントラルの最終候補リストに載っています、少佐」シンプソンがようやく口を開いた。「そして、十分な理由もなく、いまいきなりそこから撤退するのは礼を失すると考えます。しかし、今夜、幸運にも私がここで選ばれれば、フラム・セントラルを辞退するに十分な、これ以上ないほどの理由ができるわけです」

なかなかうまく立て直すじゃないか、とフィッシャーはそれにつづく拍手喝采を聞きながら思った。だが、果たしてそれで十分かな？

ホーキンズが立ち上がった。「私と同じく、みなさんも二人の候補者に感謝しておられるに違いありません。お二人には、今夜、われわれのために貴重な時間を割いていただいただけでなく、このように素晴らしい貢献をしていただきました。このお二人であれば、どちらが立たれても、国会に議席を得られることは間違いありません。しかし、残念なことに、われわれが選べる候補者は一人なのです」まだ、拍手喝采が残っていた。「というわけで、これから投票に移ります。その前に、手順を説明させてください。まずみなさんに会場の前のほうへ出てきていただき、事務局長のフィッシャー少佐から投票用紙を受け取ってもらいます。そうしたら、あなたが適任と思われるほうの候補者の名前の横に×印をつけて、投票箱に入れてください。開票が終わり、事務局長と私が双方の得票数を改めて確認したあと——そう長くはかかりません——、ミスター・シンプソンとミスター・ダネットのどちらが、次の総選挙のブリストル港湾地区の候補者に決したかをお知らせします」

投票権を持っている三百人超の人々が整然と列を作ってフィッシャーから投票用紙を受け取った。最後の一人が投票を終えると、ホーキンズが係に命じて、投票箱をステージ裏の立入り禁止にしてある部屋へ運ばせた。

ホーキンズとフィッシャーが数分後にその部屋へ入っていくと、投票箱はすでに中央のテーブルに据えられて、係が見張りについていた。支部長と事務局長が向かい合っている二脚の椅子に腰を下ろすや、係は投票箱の鍵を外し、退出してドアを閉めた。

ドアが閉まるとすぐに、ホーキンズが立ち上がって投票箱を開け、投票用紙をテーブルの上にぶちまけた。そして、ふたたび腰を下ろしてフィッシャーに訊いた。「さて、どういうやり方がいいかな」

「あなたがシンプソンの票を、私がダネットの票を数えるということでどうでしょう」

ホーキンズがうなずき、二人は投票用紙を選り分けはじめた。フィッシャーにはすぐに明らかになったのだが、シンプソンが二十票から三十票の差で勝利しそうだった。辛抱して、そのときを待つしかなさそうだったが、それは間もなく訪れた。ホーキンズが投票箱を床に戻し、投票用紙が残っていないことを確認するために、腰を屈めて内側《なか》を覗き込んだのだ。ほんの数秒だが、フィッシャーがジャケットのポケットに手を入れ、午後のうちにダネットの名前の横に×印をつけておいた投票用紙を一握り、こっそりと取り出すには十分だった。鏡に向かって何度となく練習した成果か、その投票用紙を自分の前の投票用紙の山の横に並べるのは容易《たやす》かった。もっとも、それで勝利を確定できたかどうかはわからなかったが。

「それで」フィッシャーは顔を上げた。「シンプソンは何票でしたか」

「百六十八票だ」ホーキンズが答えた。「で、ダネットは？」

「百七十三票です」

ホーキンズが意外そうな顔をした。

「これほどの接戦だと、支部長、あとで揉めごとが起こらないよう、もう一度数え直すべきかもしれません」

「そうだな」ホーキンズが同意した。「今度は私がダネットの票を数えるから、きみはシンプソンの票を数えてくれ」

二人は席を入れ替わって、票を数え直した。

数分後、ホーキンズが言った。「ぴったりだったよ、フィッシャー。百七十三票だ」

「私のほうも同じです、支部長。シンプソンは百六十八票です」

「それにしても、これほどの数の党員がきているとは思わなかったな」

「後ろのほうで立っている者がずいぶんいたし」フィッシャーは言った。「何人かは通路に坐っていましたからね」

「なるほど、きっとそういうことなんだろう」ホーキンズが応えた。「だが、ここだけの話、私はシンプソンに投票したよ」

「私もですよ」フィッシャーは言った。「しかし、負けを認めるのが民主主義ですからね」

ホーキンズが笑った。「ともあれ、みんなが苛々《いらいら》しはじめる前に会場に戻って、結果を報告すべきだろうな」

「投票総数を明らかにして接戦だったことを教えるより、どちらが勝ったかを告げるだけにしたほうがいいかもしれませんね。だって、こうなったら、われわれは選挙区協会が選んだ候補を応援するしかないわけですから。もちろん、議事録には双方の正確な得票数を記録します」

「いい考えだ、フィッシャー」


「日曜の夜のこんな遅い時間に電話を差し上げて恐縮ですが、レディ・ヴァージニア、ちょっとしたことがありましてね、それを有利な材料にしてすぐに行動に移すのであれば、あなたの権威が必要なものですから」

「もう少しわきまえたほうがいいわね」眠そうな声が応えた。

「たったいま聞いたんですが、サー・ウィリアム・トラヴァーズ、〈バリントン海運〉の会長ですが――」

「ウィリアム・トラヴァーズが何者かぐらいは知っているわ」

「――二時間前に心臓発作で死にました」

「それはいいニュースなの？　それとも、悪いニュース？」いきなり覚醒した声が訊いた。

「疑問の余地のない、いいニュースです。なぜなら、メディアがそれを嗅ぎつけたとたんに、株価は間違いなく下がりますからね。だから、こんな時間に電話を差し上げたんです。私たちが動くとすれば、猶予はあと数時間しかありません」

「わたしの株をまた売りたいということね？」

「その通りです。この前の売買であなたがかなりの儲けを出し、同時にバリントン海運に損をさせたことは、いまさら改めて思い出してもらうまでもないと思いますが」

「でも、今度売ったとして、株価が上がる可能性はあるの？」

「株式を公開している会社の会長が死んだら、株価は一方へしか動かないんですよ、レディ・ヴァージニア。その死因が心臓発作であれば、尚更です」

「それなら、やってちょうだい。売りなさい」

20

絶対に遅刻はしないと妹に約束していたジャイルズは、中央棟の前に敷かれている砂利にタイヤを鳴らしてブレーキを踏み、愛車のジャガーをエマのモーリス・トラヴェラーの横に駐めた。彼女がすでにそこにいるとわかってうれしかったのは、〈バリントン海運〉の株の保有率はそれぞれ十一パーセントずつと同じであるにもかかわらず、エマのほうが会社の業績にははるかに大きな関心を持ってくれていて、スタンフォード大学の通信講義を受けはじめてからは、関心の度合いがさらに強くなっているからだった。彼女を指導した教授はピューリッツァー賞を二度も受賞していたが、ジャイルズはその名前をまったく覚えられなかった。

「サイラス・フェルドマンがあなたの選挙区の有権者だったら、絶対に名前を忘れることはないでしょうにね」と、エマは兄を馬鹿にした。

ジャイルズはその非難を否定する自信がなかった。

急いでジャガーを降りたジャイルズは、オールド・ジャックの住まいだったプルマン客車から子供の一団が出てくるのに気づいて微笑した。父のヒューゴーの時代にはまったく顧みられなかったその客車は、最近になって過去の栄光を取り戻し、あの偉大な人物を偲《しの》ぶ記念館になっていた。見学にやってくる小学生が引きも切らず、オールド・ジャックの戦功十字章を目の当たりにし、ボーア戦争の歴史的教訓を学んでいた。自分たちが第二次大戦の歴史的教訓を教えるのはいつのことだろう、とジャイルズは思った。

そして、建物へと走りながら考えた。エマはどうしても今夜、新しい会長に会う必要があると言って譲らなかったが、その理由は一体何だろう？　どうしてそれがそんなに重要なのか？　おれにとっては総選挙が近づいてきているときに？

ロス・ブキャナンについてのジャイルズの知識は、せいぜい〈フィナンシャル・タイムズ〉で読んでいる程度で、それほど多くもなかったし、深くもなかった。ブキャナンはフエテス・カレッジ（スコットランドのエディンバラにある、一八七〇年創立のパブリック・スクール）で経済学を学び、卒業研修生《グラデュエット・トレイニー》として〈Ｐ＆Ｏ〉に入社した。一介の研修生から努力して重役まで昇り、ついには副会長に指名された。次期会長と目されていたが、現会長の一族の一人がその地位は外部の人間には渡さないと決めたために、それは実現しなかった。

サー・ウィリアム・トラヴァーズのあとを引き継いでほしいとの〈バリントン海運〉重役会の招請を彼が受け入れ、それが発表されるや、会社の株はとたんに五シリング値上がりして、数カ月でサー・ウィリアムの死の前の水準に戻った。

ジャイルズはちらりと時計を見た。数分遅刻しているということもあったが、それだけではなく、今夜はさらに三つの集まりに顔を出さなくてはならなかったのだ。その一つに港湾労働者の組合のそれが含まれていて、相手は待たされるのを喜ばないはずだった。週四十八時間労働を公約に掲げ、組合員全員に二週間の完全有給休暇を保証すると訴えているにもかかわらず、彼らは自分たちの国会議員が彼の姓を戴《いただ》いた海運会社とつながっているのではないかと、依然として疑っていた。その議員が一年以上もこの建物に足を踏み入れていなかったとしても、である。

建物の外観を見ると、新しく塗り直されただけでなく、もっと多くの手入れがなされていることに気がついた。ドアを押し開けてなかに入ると、毛足の豊かなブルーとゴールドの絨毯が迎えてくれ、そこには新たな〈パレス・ライン〉の紋章が浮かび上がっていた。エレヴェーターに乗って、最上階のボタンを押した。いまのエレヴェーターは、昔のようにガレー船を漕《こ》ぐ奴隷もかくやとばかりに苦しげに、嫌々昇っていっているようには感じられなかった。降りた瞬間に、祖父のことが思い浮かんだ。会社を二十世紀へと牽引し、株を公開した、敬愛された会長だった。しかし、思いは避けようもなく父へと移ろっていった。祖父が会社を築くのに要した半分の時間で、父は会社を潰してしまいかねなかった。だが、最悪の思い出——これまでこの建物を避けてきた主な理由の一つ——は、ここで父が殺されたことだった。そのおぞましい事件の唯一の救いはジェシカであり、彼女はいまベルト・モリゾ校の三年生になっていた。ジャイルズは会長にならなかった最初のバリントンだったが、それは政治の世界を目指したからであり、そのきっかけは、彼がスクール・キャプテンをしていた年のブリストル・グラマー・スクールの卒業式で、ウィンストン・チャーチルに会ったことにあった。だが、そのジャイルズを本人も気づかないうちに保守党《ブルー》から労働党《レッド》へ転向させたのは、ドイツからの脱出を企てているときに殺された、親友のベイツ伍長だった。

会長室へ飛び込み、妹と派手に抱擁してからレイ・コンプトンと握手をした。彼はジャイルズの記憶にある限りの昔から、〈バリントン海運〉の副社長を務めていた。

ロス・ブキャナンと握手をしているときにジャイルズがまず気がついたのは、五十二歳という実年齢よりずいぶん若く見えることだった。しかし、〈フィナンシャル・タイムズ〉の記事を思い出してみると、ブキャナンは酒も煙草もやらず、週に三回はスカッシュで汗を流し、夜は十時三十分に就寝して、毎朝六時に起床していた。そういう自己管理は、政治家には到底不可能だった。

「ようやくお目にかかれましたね、サー・ジャイルズ」ブキャナンが言った。

「港湾労働者たちはジャイルズと呼んでいますよ。だから、会長もそう呼んでくれませんか」

笑いが弾け、ジャイルズの政治家としてのアンテナが感知していた、ほんのわずかな緊張さえも解き放った。ジャイルズはこれを、ブキャナンとの顔合わせを遅ればせながら実現させるための気の置けない非公式の集まりだろうと考えていたのだが、集っている面々の表情からすると、はるかに深刻な、急を要する何かがあるように感じられた。

「あまりいい話ではなさそうですね」ジャイルズはエマの隣りにどすんと腰を下ろして言った。

「残念ながら、そうなのです」ブキャナンが応えた。「選挙を間近に控えているあなたを煩わせるのは本意ではないのですが、何としても早急にお話ししておくべきだと考えたものですから。というわけで、さっそく本題に入ります。お気づきかもしれませんが、私の前任者が亡くなったあと、わが社の株価が急落しました」

「それは私も気がついていました」ジャイルズは応えた。「しかし、経営者の死後に株価が下がるのは、特に珍しいことではないのではありませんか？」

「普通であれば、あなたのおっしゃるとおりです。しかし、下落速度と下落幅が普通でなかったのです」

「でも、あなたが会長に就任されて、株価は完全に旧に復したようですが」

「確かに」会長が応えた。「ですが私は、自分が会長になったことだけがその理由ではないと考えています。サー・ウィリアムの死の直後の不可解な株価の下落にはそれ以外に理由があるのではないかとね。そういうことが起こったのはこれが初めてではないとレイが教えてくれたあとは、その思いがなおのこと強くなりました」

「その通りです、会長」コンプトンが言った。「わが社が客船を新造して新たな旅客航路事業に乗り出すと宣言したときも、今回とまったく同じ形で株価が下がりました」

「でも、わたしの記憶に間違いがなければ」エマが言った。「そのときも新高値に戻ったわね」

「確かにそうなんだが」ブキャナンが答えた。「完全に回復するのに何カ月もかかったし、会社の評判にもいい影響を与えませんでした。そういう変則的な動きを一度は受け入れられるとしても、二度重なると、偶発的なものではないかもしれないと疑って当然です。私には、今度はいつそういうことが起こるのかと、いつもびくびくしている暇はありませんし」そして、砂色の豊かな髪を掻《か》き上げた。「私はカジノではなく、公開株式会社を経営しているのです」

「その二つの現象が起こったのは、アレックス・フィッシャーが重役に名を連ねてからだとおっしゃろうとしているわけですね」

「フィッシャー少佐をご存じなのですか?」

「それはいまここで話すには長すぎるし、入り組みすぎていますよ。夜半までに港湾労働者の集まりに行くのを私が諦めれば別ですが」

「すべての針がフィッシャーの方向を指し示しているようなのですよ」ブキャナンが言っ

た。「二件とも、取引されたのは二十万株で、たまたま彼が代表保有しているわが社の株式のほぼ正確に七・五パーセントなのです。一回目は、年次総会でわが社が方針の変更を宣言するわずか数時間前、二回目は、サー・ウィリアムの時宜を得ない死の直後です」

「偶然にしてはできすぎているわね」エマが言った。

「さらによくないことに」ブキャナンが言った。「どちらの場合も、その株を売った仲買人が、三週間の猶予期間のあいだに、売ったときときっちり同じ株数の急落した株を買い戻して、クライアントにかなりの儲《もう》けを出させているのです」

「そして、そのクライアントがフィッシャーだと、あなたは考えていらっしゃるのね？」

エマが訊いた。

「いや、あいつに扱える額じゃないよ」ジャイルズは言った。

「私もそう考えます」ブキャナンが同調した。「彼はだれかの代わりにやっているに違いありません」

「そのだれかとは、レディ・ヴァージニア・バリントンじゃないかな」ジャイルズは推測した。

「私も同じことを思いました」ブキャナンがまたもや同調した。「そして、私はフィッシャーが裏にいることを証明できます」

「どうやって？」

「二件ともに、三週間の株の取引記録を調べさせたのです」コンプトンが答えた。「その結果、両方とも、香港《ホンコン》からベニー・ドリスコルという仲買人が注文を出していたことがわかりました。そして、これも突き止めるのにそんなに苦労はしないですんだのですが、ドリスコルはそう遠くない過去に、すんでのところでアイルランド警察の手を逃れてダブリンを脱出し、近い将来にエメラルド島（アイルランドの雅称）へ戻ることはまずないだろうと思われます」

「ここまで知ることができたのは、あなたの妹さんのおかげなのですよ」ブキャナンが言い、ジャイルズはびっくりしてエマを見た。「ミスター・デレク・ミッチェルを雇うよう、推薦してくださったのです。過去に妹さんの手助けをした人物で、彼にはわれわれの要請で香港へ飛んでもらいました。ミスター・ミッチェルはその島でギネスを出す一軒のバーを探り出すと、そこで一週間ほどを費やし、ギネスを何ケースか空にして、ベニー・ドリスコルの最大のクライアントの名前を突き止めてくれました」

「では、ようやくフィッシャーを重役会から追い出せるわけだ」ジャイルズは言った。

「残念ながら、ことはそう簡単ではありません」ブキャナンが言った。「わが社の株の七・五パーセントを代表している限り、彼には重役でいつづける権利があります。それに、フィッシャーが背任行為をしているという証拠は、香港にいる酔っぱらいの仲買人だけなのです」

「つまり、なす術《すべ》がないということですか」

「とんでもない」ブキャナンが否定した。「だから、あなたとミセス・クリフトンに大急ぎでお目にかかる必要があったのです。私の信じるところでは、フィッシャー少佐をやっつけるときがきたのです。彼の得意技を逆手に取ってね」

「私もあなたの仲間に入れてもらいましょう」

「わたしはあなたが何を考えていらっしゃるかを聞いてから、どうするか、態度を決めたいんですけど」エマが言った。

「もちろんです」ブキャナンが自分の前にあるファイルを開いた。「あなた方はそれぞれ十一パーセントずつ、わが社の株を持っておられる。それを合わせれば、二十二パーセントになります。つまり、圧倒的な筆頭大株主ということです。ですから、あなたたちお二人の同意がなければ、私は物事を進めるつもりはありません」

「われわれは確信しているのですが」レイ・コンプトンが補足した。「レディ・ヴァージニアの長期的な狙いは、わが社を窮地に追い込むことにあるのです。定期的にわが社の株に攻撃を仕掛け、ついには信用を失墜させようとしているのです」

「そして、彼女がそれをするのは、単に私への意趣返しが目的だと、あなた方は考えておられる?」ジャイルズは訊いた。

「わが社の内部にスパイを紛れ込ませている限り、彼女は攻撃すべきときを正確に知り得るわけです」ブキャナンがジャイルズの質問への答えを回避した。

「でも、そんな戦術に頼れば、彼女のほうが大金を失う恐れがあるんじゃないかしら」エマが訝った。

「ヴァージニアはそんなことは意にも介さないだろうな」ジャイルズは言った。「金銭的な損失なんかどんなに被っても、この会社とぼくを潰せるのなら、彼女は大満足するはずだ。ぼくより先に、お母さんがとうの昔に見通していたとおりだよ」

「さらによくないことに」会長が言った。「これまでの二度の攻撃で、彼女は七万ポンドを超す儲けを出していると推定されます。だから、われわれは早急に行動しなくてはなりません。次の攻撃が仕掛けられる前にね」

「それで、あなたにはどんな考えがあるんですか？」エマは訊いた。

「たぶん」コンプトンが言った。「フィッシャーは同じ作戦をもう一度繰り返せるような、われわれにとっての悪いニュースを待ちかまえているはずです」

「だから、われわれはそれをあの男に提供してやるのです……」ブキャナンがつづけた。

「でも、それがどうしてわたしたちを助けてくれることになるんですか？」エマはふたたび訝った。

「今回は、われわれがインサイダー・トレーダーになるからですよ」コンプトンが答えた。

「ドリスコルがレディ・ヴァージニアの七・五パーセントの株を市場に出した瞬間に、われわれが即座にそれを買うんです。そうすれば、株価は下がるのではなく、上がります」

「でも、それには大金が必要なのではないですか？」エマは言った。

「フィッシャーに間違った情報を与えれば、その心配は無用です」ブキャナンが答えた。

「あなたたちお二人の同意があれば、私はフィッシャーに、大真面目にこう吹き込むつもりです——いまやわが社はまさに存亡が問われかねないほどの財政危機にある、とね。そして、〈バッキンガム〉建造にかかる費用はすでに予算を二十パーセント超過しそうであり、したがって、今年度は利益を計上できないかもしれず、株主配当を行なえない恐れがある、と教えてやるのです」

「それをやったら」エマは言った。「フィッシャーがヴァージニアにアドヴァイスし、株を売って、値下がりしたその株を三週間の支払い猶予期間以内にすべて買い戻そうとするだろうと、あなた方はそう考えているのね」

「その通りです。しかし、その三週間のあいだ株価が上がりつづければ」レイ・コンプトンがつづけた。「レディ・ヴァージニアは自分の七・五パーセントを買い戻すのを渋る可能性があります。実際に買い戻されなければ、フィッシャーは重役の座を滑り落ち、われわれは彼とレディ・ヴァージニアを同時に排除することができるというわけです」

「この作戦を決行するにはどのぐらいの金が必要だと考えておられますか？」ジャイルズが訊いた。

「五十万ポンドの軍資金があれば鎧袖一触《がいしゅういっしょく》だと、私は自信を持っています」ノキャナンが答えた。

「決行の時期は?」

「次の重役会で、さきほど申し上げた知らせを内々に告げて、年次総会で株主に伝えないわけにはいかないだろうと指摘します」

「年次総会はいつなんですか?」

「それについて、あなたのアドヴァイスが必要なのですよ、サー・ジャイルズ。総選挙がいつになるか、見当はつきませんか?」

「事情通は五月二十六日と言っていますね。私も間違いなくその日のつもりでいます」

「確かなことは、いつわかりますか?」ブキャナンが訊いた。

「普通は、議会閉会のひと月ほど前に通告されます」

「結構です。では、私は重役会を――」ブキャナンが手帳をめくった。「――四月十八日に、年次総会を五月五日に開くことにしましょう」

「選挙期間の真っ最中に年次総会を開く理由は何ですか?」エマが訊いた。

「選挙区の支部長が絶対に出席できないと保証できるからですよ」

「支部長?」ジャイルズがこれまでよりもはるかに強い関心を示して訊いた。

「どうやら夕刊を読んでおられないようですね」レイ・コンプトンが〈ブリストル・イヴ

ニング・ポスト〉を手渡した。ジャイルズは見出しに目を落とした――〝かつてのトブルクの英雄、選挙区協会ブリストル港湾支部の支部長に就任。アレックス・フィッシャー少佐は満場一致で……〟

「あいつ、一体何を企んでいるんだ？」ジャイルズは訝った。

「あの男はあなたが選挙に落ちると踏んでいて、支部長になりたいのは、その晩に――」

「本当にそうなら、保守党が候補を選ぶに際して、あいつはグレッグ・ダネットではなく、ネヴィル・シンプソンを推したはずだ。なぜなら、シンプソンのほうが労働党の相手として、はるかに手強いことが証明済みだからだ。フィッシャーは何かを企んでいるに違いない」

「わたしたちは何をすればいいのかしら、ミスター・ブキャナン」そもそも会長が自分とジャイルズに会いたいと言ってきた理由を思い出して、エマは訊いた。

「五月五日に株式市場に売りに出されたわが社の株をすべて買い、それから三週間、買いつづける権限が必要なのです」

「どのぐらいの金額を失う可能性があるのかしら」

「その場合は、残念ながら、二万から三万ポンドといったところでしょうか。しかし、少なくとも今回はわれわれが戦いの日と場所を選んでいますから、最悪でもとんとん、結構儲かる可能性もあります」

「それでフィッシャーを重役の座から追い落とし、ヴァージニアの攻撃を封じることができるのなら、三万ポンドなんて安いものだな」

「フィッシャーを重役の座から追い落としたとして……」

「私には無理だからな」ジャイルズが即座に拒否した。「たとえ選挙に落ちても、それはできない」

「私の頭にあるのはあなたではありませんよ、サー・ジャイルズ。私としてはむしろミセス・クリフトンに重役になっていただけないかと思っているのですがね」


〝サー・アントニー・イーデン首相は本日午後四時、バッキンガム宮殿で女王陛下の拝謁を賜り、議会を解散して五月二十六日に総選挙を行なう許しを求めた結果、女王陛下は彼の要請をお認めになりました〟

「あなたの予想したとおりになったわね」と言って、ヴァージニアがラジオを消した。

「彼の代わりにだれを考えているか、哀れなミスター・ダネットにいつ教えるつもり？」

「タイミングがすべてですからね」フィッシャーは答えた。「日曜の午後まで待って、それから、会いにきてくれと要請するつもりです」

「どうして日曜の午後なの？」

「そのときに、ほかの委員にそこにいてほしくないからです」

「マキャヴェッリなら、あなたを自分の委員会の委員長にしたことを誇りに思うでしょうね」ヴァージニアが言った。

「マキャヴェッリはそもそも委員会を信用しませんよ」

ヴァージニアが笑った。「香港のわたしたちのお友だちにはいつ電話をするの？」

「ベニーには、年次総会の前の晩に電話をします。ブキャナンが開会を宣言する瞬間に売り注文を出すのが重要ですからね」

ヴァージニアがシガレット・ケースから〈パッシング・クラウド〉を取り出すと深く坐り直して少佐がマッチをするのを待ち、二口吸ってから言った。「同じ一日のうちに、すべてがこんなにきちんと収まるところに収まるなんて、何て偶然なのかしらね。そうは思わない、少佐？」

21

「ダネット、よくきてくれました。急に呼び出して申し訳ない。とりわけ、日曜の午後だというのに」

「どういたしまして、支部長。きっと喜んでもらえると思いますが、選挙の準備は至極順調ですよ。初期の統計は、千票以上の差をつけてわれわれが勝利するだろうと示唆《しさ》しています」

「あなたの予想が当たることを祈りましょう、ダネット、党のためにね。というのは、残念ながら、あまりいい話できてもらったわけではないのですよ。ともかく、坐《すわ》ってください」

候補者の顔に浮かんでいた明るい笑みが、怪訝そうな表情に変わった。「何が問題なんですか、支部長?」彼はフィッシャーの向かいに腰を下ろしながら訊《き》いた。

「何が問題かはよくわかっておられるのではないですか?」

ダネットが支部長を見つめて唇を嚙《か》みはじめた。

「あなたはこの選挙区から立候補したい旨の申請をされたとき、本支部に履歴書を提出されました」フィッシャーはつづけた。「そこに書かれていることが、どうやらすべて事実というわけではなかったようなのですよ」フィッシャーは戦場でここまで真っ青になった男を、一人しか知らなかった。「戦争中にどういう役割を果たしていたかを教えてくれと言われたことを思い出してください」そして、机の上に置いてあった履歴書を手に取り、声に出して読みはじめた。「『ラグビーで怪我をしてしまったために、傷病兵輸送部隊への配属を余儀なくされた』」

ダネットはまるで糸の切れた操り人形のように椅子の上で崩れ落ちた。

「最近わかったんですが、この記述はせいぜいよく言っても誤解を誘うもの、悪く言えば二枚舌です」ダネットが目をつぶった。「本当のところは、あなたは良心的兵役拒否者で、半年の刑に服した。傷病兵輸送部隊に入ったのは、釈放された直後です」

「しかし、それは十年以上も前のことだ」ダネットは必死の声で訴えた。「何の理由があって、いまさらそんなことをほじくり出すんですか」

「あなたの言い分を聞いてあげたいのは山々なんだが、ダネット、残念ながら、あなたと一緒にパークハースト刑務所に服役していた人物から手紙が届いたんです」フィッシャーはガス料金の請求書しか入っていない封筒を掲げてみせた。「この欺瞞に目をつぶったら、私はあなたの不誠実を許すことになる。そして、選挙期間中に真実が明るみに出たら、あるいはもっと悪いことに、議会に席を得てからそういうことになったら、私はその事実を以前から知っていたことを同僚に認めなくてはならなくなる。そうなれば、彼らは当然、私に支部長辞任を求めるでしょう」

「しかし、私はそれでも選挙に勝てます。あなたの後押しさえあればいいんです」

「そうだとしても、労働党がこの事実を知ったら、バリントンが地滑り的な大勝利を収めることになるでしょうね。いいですか、戦場へ出ることを忌避したあなたと違って、彼は戦功十字章を授けられているだけでなく、ドイツの捕虜収容所を脱走しているんですよ」

ダネットがうなだれ、声を殺して泣き出した。

「取り乱さないで、紳士らしくしたほうがいいですよ、ダネット。名誉ある撤退の道は、いまだ開かれているんです」

ダネットが顔を上げた。そこに一瞬、希望の色がよぎった。フィッシャーは選挙区のレターヘッドのついた、白紙のメモ用紙をダネットのほうへ押しやり、万年筆のキャップを外した。

「書いてくれませんか、私も協力しますから」そして、万年筆を渡した。

「親愛なる支部長」フィッシャーの口述を、ダネットが渋々書き取りはじめた。「まことに残念ではありますが、私は来《きた》るべき総選挙に保守党候補として出馬することを――」フィッシャーはそこで言葉をいったん切り、そして、つづけた。「――健康上の理由で辞退せざるを得なくなり、その旨を申し出るものであります」

　ダネットが顔を上げた。

「奥さんはあなたが良心的兵役拒否者だと知っておられるんですか？」

　ダネットが首を横に振った。

「それなら、そのままにしておくほうがいいのではないですか？」フィッシャーはしたりげな笑みを浮かべてそう言うと、口述を再開した。「選挙が間近に迫っているこの時期に本支部にこのような迷惑をかけることは本当に申し訳なく――」そして、ふたたび言葉を切り、ダネットが震える手でつっかえつっかえ文字にするのを待ってから口を開いた。「――同時に、だれであれめでたく私に代わることになる候補者に最大の幸運がもたらされることを願うものであります。敬具……」最後にダネットが署名するまで、フィッシャーは口を開かなかった。

　彼はメモ用紙を手に取って文面を慎重に検め、満足すると、それを封筒に収めて、ふたたびダネットのほうへ押しやった。「〝支部長殿、親展〟とだけ書いてください」

　ダネットは言われたとおりにして、自分の運命をついに受け入れた。

「実に残念ですよ、ダネット」フィッシャーは万年筆にキャップを締めながら言った。「あなたのことは本当に気の毒に思います」そして、封筒を机の最上段の引き出しにしまって鍵をかけると、立ち上がってダネットの肘をつかんだ。「しかし、あまり気を落とさない方がいい。私があなたにとってどうするのが最善かを、常に、心から考えていたと、いずれ、必ずやわかってもらえるはずです」ダネットをゆっくり出口へ案内しながら、フィッシャーは付け加えた。「できるだけ早く選挙区を離れるのが賢明かもしれませんね。うるさい記者どもに嗅ぎつけられたくはないんじゃないですか？」

ダネットの顔に怯えが走った。

「それから、グレッグ、あなたに頼まれるまでもなく、私はこの件に関して固く口を閉ざしますから、ご心配なく」

「ありがとうございます、支部長」ダネットが言い、部屋を出てドアを閉めた。

フィッシャーは机に戻ると受話器を上げ、目の前のメモ用紙に書いてある番号をダイヤルした。

「ピーターか、アレックス・フィッシャーだ。日曜の午後に煩わせて申し訳ないが、ちょっと問題が生じて、至急きみと相談しなくてはならない。ディナーのときにでもと思っているんだが、時間を取ってもらえないだろうか」

「みなさん、非常に残念なお知らせをしなくてはなりません。実は昨日の午後、グレゴリー・ダネットが私を訪ねてきて、残念ながら来るべき総選挙において、この選挙区から立候補することを辞退せざるを得なくなったと申し出たのです。それで、みなさんに急ぎ集まってもらったというわけです」

委員のほぼ全員が同時に話しはじめた。そして、同じ言葉が繰り返されつづけた——

「なぜ?」

フィッシャーはみんなが口を閉ざすのを辛抱強く待って、その質問に答えた。「実は、ダネットはこの委員会を欺いていたのです。昨日、彼はそれを告白しました。つまり、戦時中、傷病兵輸送部隊にいたというのは嘘で、本当は良心的兵役拒否者として、半年の刑に服していたのです。彼はそのときのパークハースト刑務所の同房者の一人にメディアが接近していることを噂で知り、立候補を辞退する以外にないと考えたというわけです」

ふたたび全員が口を同時に開き、意見や質問が次々に発せられて、以前にも増して喧《やかま》しくなった。だが、フィッシャーは今度も、声が収まり、そのときがくるのを辛抱強く待った。余裕綽々《しやくしやく》だった。すでに台本は出来上がっていて、次のページに何が書いてあるかわかっているのだ。

「あなたがたを代表して、辞退を認める以外に選択肢はないと、私はそう感じました。そして、彼にはお互いに同意の上で、できるだけ早く選挙区を離れてもらうことにしました。寛容すぎたとみなさんが思われないといいのですが」

「残された時間は多くないが、その間《かん》にどうやったら新しい候補者を見つけられるのでしょうか?」ピーター・メイナードがきっかけを作った。

「私もまず、それを思いました」フィッシャーは言った。「それで、すぐさま党本部へ電話をしました。どうすればいいか指示を求めたかったのですが、日曜の午後とあって、仕事をしている職員は多くありませんでした。それでも、法務部と話して、一つだけわかったことがありました。あなたたちが重要だと思われるかもしれないことです。つまり、五月十二日、今度の木曜ですが、それまでに候補者の調整ができなければ、選挙法の定めるところによって、わが選挙区は選挙に参加する資格を失い、候補者を立てられなくなるのです。そしてそれは、バリントンの地滑り的大勝利を確実にするということでもあります。何しろ、敵が自由党の候補者だけになるわけですから」

テーブルを囲む者たちはほとんど興奮状態になっていたが、フィッシャーはそれも織り込み済みだった。彼らが落ち着きと秩序らしきものを取り戻すのを待って、フィッシャーはつづけた。「次の候補者として、私はネヴィル・シンプソンを考えました」

何人かの委員の顔に、希望の笑みが浮かんだ。

「ですが、残念ながら、彼はすでにフラム・セントラルに取られてしまって、この選挙区からの候補者となることを辞退する旨の書類にもサインしています。それで、党本部から送られてきた元々の候補者リストを渉猟してみたのですが、これはと思われる候補者はすでにほかの選挙区に確保され、残っているのは、率直に言って、到底バリントンの敵にはなり得ない連中ばかりでした。というわけで、みなさんにお任せするしかないだろうと思うのです」

数本の手が勢いよく上がり、フィッシャーはあたかも最初に目が合ったからだとでもいうように、メイナードを指名した。

「今日は党にとって悲しい日ですが、支部長、あなたのこれまでの対応を見る限り、この微妙な状況にそれ以上にうまく対処できた人間がいたとは、私は思いません」

テーブルの周囲を賛同のつぶやきが覆った。

「そう言ってもらえるのはありがたいけれども、ピーター、私はこの組織にとって最善だと思うことをしただけです」

「私の考えを述べるしかないとすれば、支部長」メイナードがつづけた。「そのときにはこう言うでしょう――いま、われわれの前に出来《しゅったい》した問題を考えれば、ダネットの代役をしてくれるよう、あなたを説き伏せることは可能だろうか、と」

「いや、それはあり得ない」フィッシャーはやめてくれと言わんばかりに激しく手を振った。「あなたたちなら、私よりはるかにあなたたちを代表するにふさわしい人物を見つけられるに決まっているでしょう」

「しかし、この選挙区を、あるいは、われわれの敵となる候補者を、あなた以上に知っている人間はここにはいないんですよ、支部長」

さらに何人かが同じような思いを口にするのを許したあと、支部の書記長が言った。

「私もピーターと同意見だ。確かに、これ以上時間を無駄にする余裕は私たちにはありません。結論を先送りすればするほど、バリントンを喜ばせることにしかならないでしょう」

委員の大半がその考えを受け入れたと確信してフィッシャーが頭《こうべ》を垂れると、それを合図にメイナードが立ち上がった。「アレックス・フィッシャー少佐を来るべき総選挙における、ブリストル港湾地区の保守党候補者として招請することを提案します」

その提案を支持する者がだれかいるだろうか、とフィッシャーはこっそりと様子をうかがった。書記長も異を唱えなかった。

「賛成の方」メイナードが訊いた。テーブルの周囲で、すぐさま何本かの手が挙がった。メイナードは最後の手がようやく、渋々ながらも多数に加わるのを待って宣言した。「提案は満場一致で支持されました」そのあとに、大きな拍手がつづいた。

「まったく思いもかけなかったことでありますが」フィッシャーは言った。「みなさんが私に寄せてくださった信頼を謹んで受けさせていただきます。なぜなら、みなさんもご承知の通り、私は常に党を一番最初に置いてきましたし、自分がこうなることなど夢にも思っていませんでした。しかし、安心してください」彼はつづけた。「今度の選挙では力の限りを尽くしてバリントンを挫き、ブリストル港湾地区を代表して保守党が庶民院へ返り咲くことを約束します」あらかじめ原稿を準備して読み上げるわけにはいかないので、何度も下稽古《したげいこ》をした演説だった。

委員全員が立ち上がり、大きな拍手を始めた。フィッシャーは頭を下げて、にやりと笑みを浮かべた。家に帰ったらすぐにヴァージニアに電話をして、ミッチェルへのささやかな報酬が、その価値にふさわしい投資どころかそれ以上の好結果をもたらしたことを教えよう。それもこれも、シンプソンであれ、ダネットであれ、党に迷惑がかかるような過去がないかを、あの男に調べさせたおかげなのだ。今度こそバリントンに屈辱を味わわせてやる。いまや、その自信もある。しかも、戦場でだ。

「ベニーか、フィッシャー少佐だ」

「いつ連絡をもらってもうれしいですよ、少佐。しかも、お祝いを言うほうがいいと小鳥が教えてくれているときは殊更《ことさら》ね」

「ありがとう」フィッシャーは応えた。「だが、電話をしたのは、そのことではないんだ」

「もう注文をうかがう準備はできていますよ、少佐」

「以前と同様の取引をしてもらいたい。だが今回は、おまえさん自身が少しばかり儲けようとしても、それをだめだという理由はないな」

「よほど自信があるようですね、少佐」ベニーは言ったが、返事がないので付け加えた。

「では、バリントンの株を二十万株、売るんですね」

「そうだ」フィッシャーは確認した。「だが、今度もタイミングがすべてだぞ」

「注文を出す日時さえ教えてもらえば大丈夫ですよ、少佐」

「五月五日、〈バリントン海運〉の年次総会の日だ。だが、午前十時以前に取引が成立していることが大事だ」

「大船に乗った気で任せてもらって大丈夫です」一瞬の間を置いて、ベニーが付け加えた。

「それで、選挙の日までに取引全体を完了するんですね？」

「その通りだ」

「一つの石で二羽の鳥を殺すには打ってつけの日ですね」

ジャイルズ・バリントン

一九五五年

22

夜半を過ぎた直後に、ジャイルズの電話が鳴った。こんな時間にわざわざかけてくるとすれば、それは一人しかいなかった。

「おまえは眠らないのか、グリフ？」

「保守党の候補が選挙の準備期間中に立候補を辞退したときはな」代理人が応えた。

「何だって？」ジャイルズはいきなり目が覚めた。

「グレッグ・ダネットが立候補を辞退した、理由は健康上の問題だ。だが、本当はそんなことじゃなくて、もっと大きな問題に違いない。だって、アレックス・フィッシャーが代わりに立候補すると言うんだからな。ともかく、少し眠る努力をしてくれ。明日の七時にはオフィスにきてもらって、対応策を練らなくちゃならない。率直なところ、これはアメリカ人が言うところの、まったく違う種類のボール・ゲームになってしまったぞ」

しかし、ジャイルズは眠らなかった。フィッシャーが何か企んでいるのではないかとしばらく前から疑ってはいたが、いま、その答えがわかった。あいつは、最初から候補者になるつもりだったに違いない。ダネットは生贄《いけにえ》の羊に過ぎなかったんだ。

　自分がわずか四百十四票差を守らなくてはならないという事実、そして、保守党が議席を増やすだろうという世論調査の予測を踏まえて、ジャイルズはすでに厳しい戦いの覚悟を強いられていた。いま、その戦いの相手となるのが、自分が生き延びるためなら部下を墓場へ送ることも厭《いと》わない、事実、グレゴリー・ダネットを墓場へ送ったばかりの男だった。


　翌朝、ハリーとエマがバリントン・ホールへ赴いたとき、ジャイルズは朝食をとっているところだった。

「これから三週間は、ランチもディナーもなしで」ジャイルズは新たなトーストにバターを塗りながら言った。「硬い舗道で靴底をすり減らしつづけ、有権者と数え切れないほど握手をしつづけることになるんだ。頼むから、お二人さん、おれの邪魔をしないでくれよ。妹と義理の弟が筋金入りの保守党員だなんてことを、だれであろうと思い出してもらいたくないからな」

「わたしたちも現場に出るわ。自分の信じる大義のために働くわよ、外に出てね」エマが言った。

「それでもぼくには充分だよ」

「フィッシャーが保守党の候補者になったと聞いた瞬間に、ぼくたちは会費を全額納入して労働党の党員になったんだ」ハリーが言った。「そのうえに、おまえさんの選挙資金として寄付までしたよ」

ジャイルズは食事の手を止めた。

「これから三週間、ぼくたちは夜も昼も、おまえさんのために働くよ。もしそうすることで確実にフィッシャーを負かすことができるのなら、投票が締め切られるそのときまで、休むつもりはない」

「でも」と、エマが言った。「わたしたちが長いあいだ貫いてきた主義を一時的にとはいえ脇へ置いてあなたを応援するためには、一つ二つ、条件を呑んでもらう必要があるの」

「そんなことだろうと思っていたよ」ジャイルズは自分のカップにたっぷりとコーヒーを注いだ。

「これから選挙が終わるまで、マナー・ハウスでわたしたちと一緒に暮らしてほしいの。さもないと、あなたの世話をするのはグリフ・ハスキンズだけになり、フィッシュ・アンド・チップスばかり食べて、ビールを飲み過ぎ、選挙事務所の床で寝るに決まっているもの」

「まあ、そういうことになるだろうな。だけど、前もって言っておくが、その日のうちには絶対に帰ってこないぞ」

「いいわよ。ジェシカを起こさないようにしてくれさえすれば、問題はないわ」

「よし、それなら決まりだ」ジャイルズは一方の手にトーストを、もう一方の手に新聞を持って立ち上がった。「今夜、会おう」

「食事が終わらないうちにテーブルを立たないの」エマが母親そっくりの口調でたしなめた。

「お母さんは選挙を戦う必要がなかったからな」ジャイルズが笑って妹に思い出させた。

「きっと最高の国会議員だっただろうな」ハリーが言った。

「その見方に否《いな》やのある者はいないよ」そう言い残して、ジャイルズはトーストを持ったまま部屋を飛び出した。

デンビーと短く言葉を交わしたあと、家を出てジャガーの前に立つと、エマとハリーが後部座席に坐っていた。

「そこで何をしてるんだ？」ジャイルズは運転席に腰を下ろすと、エンジンをかけながら訊いた。

「仕事よ」エマが答えた。「これからヴォランティアの申し込みをするとしたら、そこへ行く足が必要でしょ？」

「わざわざ念を押すまでもないとは思うが」ジャイルズはジャガーを幹線道路へ出しながら言った。「一日十八時間働いて、給料はなしだぞ」

二十分後にジャイルズの選挙対策本部に着いて、エマとハリーが強く印象づけられたことに、老若男女《ろうにゃくなんにょ》、姿形も大きさもさまざまな、無数とも思われるほどの数のヴォランティアが、あちこちからやってきて、あちこちへ出ていっていた。ジャイルズは二人を代理人のオフィスへ連れていき、グリフ・ハスキンズに紹介した。

「ヴォランティアが二人増えることになった」と、ジャイルズは言った。

「アレックス・フィッシャーが保守党《トーリィ》の候補者になってからというもの、普通じゃ考えられないような人々がわれわれの応援に駆けつけてくれていますよ。わが陣営へようこそ、クリフトン夫妻。それで、お二人のうちどちらかでも、過去に選挙運動をした経験がおありですか?」

「いや、一度もないですね」ハリーが答えた。「保守党の応援すらしたことがありません」

「では、ついてきてください」グリフはエマとハリーを連れて大部屋へ戻ると、長いトレッスル・テーブルの前で足を止めた。その上に、クリップボードがずらりと並べられていた。「このクリップボードの一つ一つに、選挙区のそれぞれの地区や街区が割り当てられています」彼はそう説明すると、クリップボードを一つと、赤と緑と青の鉛筆を一揃い、二人に渡した。

「今日はあなた方にとって運のいい日ですよ」グリフがつづけた。「何しろ、行ってもらうのがウッドバイン団地ですからね。あそこは労働党の金城湯池《きんじょうとうち》の一つなんです。では、やり方を説明しましょう。この時間に玄関をノックすると、その家の主婦が応対に出てくることが多いはずです。なぜなら、夫は仕事に行っていますからね。男が応対に出たら、たぶん失業中なんです。ということは、労働党に投票してくれる可能性が高いということです。ですが、だれが応対に出てこようと、あなたたちはこう言わなくてはなりません。『おはようございます、私はジャイルズ・バリントンの』――サー・ジャイルズという言い方は絶対にだめです――『代理でお伺いしたのですが、来《きた》るべき五月二十六日木曜日には』――日付を強調してください――『労働党の候補者である彼に投票していただけないでしょうか』ここからは、少し頭を使ってもらう必要があります。もし応対に出た相手が『自分はずっと労働党を応援してきているんだ、だから、当てにしてもらって大丈夫だよ』と言ったら、その人の名前に赤鉛筆で印をしてください。もし応対に出たのが年寄りなら、投票所へ行くための車を手配する必要があるかどうかを訊いてください。必要だという答えが返ってきたら、その人の名前の横に〝車〟と書いてください。『昔は労働党を支持していたんだが、今回はどうかわからないな』と言われたら、その名前に緑で印を付けてください。これは〝だれに投票するか未定〟を意味します。数日以内に、地元議会の議員がその人を訪問します。政治の話はしないんだとか、思案中だとか、まだ決めていないとか、何であれそういうような返事が返ってきたら、その人は保守党支持者ですから、名前に青鉛筆で印をしてください。それから、くれぐれもそういう連中を相手にして時間を無駄にしないように。わかりましたか？」

　エマもハリーもうなずいた。

「この戸別訪問の結果が決定的に重要なんです」グリフがつづけた。「どうしてかというと、投票日当日、われわれは赤鉛筆の印がついている有権者全員を再訪問し、彼らが投票に行ったことを確認して、まだ投票していなければ、今日が投票日だと思い出させ、必ず投票所へ行かせるようにするからです。少しでも投票しようかどうか迷っているように感じられたら、緑の印を付けて、〝未定〟とします。なぜそうするかというと、われわれが最も望まないのは、その有権者が労働党以外の支持者だった場合に、投票日だということを思い出させたり、もっと悪いのは、車で投票所へ連れていったりすることだからです」

　若いヴォランティアが走り寄ってきて、グリフに一枚の紙を渡して訊いた。「これはどうすればいいですか？」

　グリフがそのメッセージを読んで答えた。「とっとと失《う》せろと言ってやれ。この男は有名な保守党支持者で、きみの時間を無駄にさせようとしているだけだ。ところで」グリフがエマとハリーに目を戻して話をつづけた。「だれであれあなたたちを玄関先で一分以上引き留めようとして、いま一つ納得できないからもう少し説明してくれとか、労働党の政策についてもっと詳しく話し合いたいとか、候補者のことをもっとよく知りたいという有権者は、やはりあなたたちに時間を無駄にさせようとしている保守党支持者です。その場合は、失礼しますとだけ言って、次の家へ向かうように。では、頑張ってください。クリップボードに記載されている家を全部回ったら、戻ってきて、私に報告してください」

「おはようございます、〈バリントン海運〉グループの会長のロス・ブキャナンです。わが社の年次総会へようこそおいでくださいました。みなさんの椅子の上に、わが社の年度報告書が置いてあるはずです。いくつかの重要な点をご説明申しあげます。今年度の利益は前年度の十万八千ポンドから十二万二千ポンドへ増加しました。これは十二パーセントの増益を意味します。わが社最初の豪華客船の設計者を決め、彼らは六カ月以内に自分の案を提出することになっています。

「株主のみなさんに保証しますが、見込みがあるとわれわれが確信するまで、このプロジェクトは絶対に開始されることはありません。それを踏まえた上で、今年度の株主配当を五パーセントに上げることができるだろうという、喜ばしい報告をさせていただきます。次年度においてわが社の成長が継続し得ないと考える理由を、私は見出せないでいます。それどころか、さらに加速するのではないかとさえ考えています」

拍手が起こり、ブキャナンはその間を利用して演説原稿のページをめくって、次に話すべきことを確認した。顔を上げると、きっと夕刊の第一版に間に合わせたいのだろう、経済記者が二人、急いで会場を出ていくのが見えた。会長は重要な点についてはすでに明らかにし、これからは株主向けに詳しい説明を始めるのだろうと見切ったかのようだった。

ブキャナンは演説を終えると、四十分間レイ・コンプトンと二人で質問に答えつづけた。総会がようやくお開きになったとき、ブキャナンはかなりの満足を覚えた。おしゃべりをしながら会場をあとにする株主のほとんどが笑顔だったからである。

ホテルの会議場の演壇を降りると、秘書が駆け寄ってきて知らせた。「香港から至急の電話がかかってきていて、会長の部屋へおつなぎするのをホテルの交換手が待っています」


最初の戸別訪問を完了して労働党選挙対策本部へ戻ったとき、エマもハリーも疲労困憊していた。

「どうでした?」その結果をプロの目で確かめながら、グリフが訊いた。

「悪くありませんでしたよ」ハリーは言った。「ウッドバイン団地が何であれ判断材料になるなら、今度の選挙は楽勝でしょうね」

「そうだといいんですがね」グリフが応じた。「あの団地は労働党の牙城ですが、明日はアーケイジャ・アヴェニューへ行ってもらいます。そうすれば、われわれの敵がどんなに手強いかがわかると思いますよ。家へ帰る前に、今日あなたが受け取った最高の返事を掲示板に貼っておいてください。勝者にはキャドバリー社のミルク・トレイ・チョコレートが進呈されます」

エマがにやりと笑った。「ある女性がわたしにこう言ったの。『夫は保守党に入れるけど、わたしは昔からサー・ジャイルズを支持しているんです。あなたが何をするにせよ、夫にだけは黙っていてください』ってね」

グリフが苦笑した。「それは取り立てて珍しいことでもありませんよ。それから、エマ、忘れないでください。あなたの一番重要な仕事は、候補者にきちんと食事を取らせ、十分に眠らせることですからね」

「ぼくはどうなんだ?」とハリーが言ったとき、ジャイルズが慌ただしく入ってきた。

「あなたに興味はありません」グリフがハリーに言った。「投票用紙に書かれるのはあなたの名前じゃありませんからね」

「今夜はいくつの集会に行かなくちゃならないんだ?」それがジャイルズの発した最初の質問だった。

「三つだ」グリフが答え、メモも見ないでつづけた。「七時にハモンド・ストリートのYMCA、八時にカノン・ロードのスヌーカー・クラブ、九時にワーキング・メンズ・クラブ。どれ一つとして遅刻はだめだからな。それから、今日じゅうにはうちに帰って、ちゃんと寝るんだぞ」

「グリフはいつ眠るのかしら」いま起こった危機に対処するためにグリフが急いで出てい

ったあとで、エマは訝《いぶか》った。

「あいつは眠らないんだ」ジャイルズがささやいた。「吸血鬼なんだよ」

ロス・ブキャナンはホテルの部屋へ入ると、すでに鳴り出している電話の受話器を取った。

「香港からの電話をおつなぎします、サー」

「こんにちは、ミスター・ブキャナン」空電音に邪魔されながら、スコットランド訛りの声が言った。「サンディ・マクブライドです。まさにあなたの予想通りになったことをお知らせしようと思いましてね。しかも、ほとんど寸分違わずにね」

「それで、仲買人の名前は？」

「ベニー・ドリスコルです」

「やはりそうだったか」ブキャナンは言った。「詳しく教えてもらおうか」

「ロンドン証券取引所が開いて間もなく、ティッカー・テープ（株価などを自動的に印刷する装置から出てくる紙テープ）が動き出して、バリントン株が二十万株、売りに出されたことを知らせました。そして、その二十万株をすべて、あなたの指示通りに、私が買いました」

「買い値は？」

「四ポンド三シリングです」

「それ以降、売り注文は出ているのか？」

「多くはありません。実際のところ、あなたが年次総会で行なった素晴らしい業績報告を受けて、売り注文より買い注文のほうが多くなっています」

「それで、いまの株価は？」電話の向こうでティッカー・テープがかたかたと情報を吐き出す音が聞こえた。

「四ポンド六シリングです」マクブライドが答えた。「いまのところ、そのあたりで落ち着いているようです」

「よし」ブキャナンは言った。「四ポンド三シリング以下に下がるまでは、これ以上買わないでくれ」

「わかってますとも、サー」

「これから三週間、少佐は夜も眠れない日がつづくことになるぞ」

「少佐って？」マクブライドが訊き返したが、ブキャナンはすでに受話器を置いていた。

アーケイジャ・アヴェニューはグリフが言ったとおり、保守党にがっちり固められていた。が、エマもハリーも収穫無しでは選挙対策本部へ帰らなかった。

クリップボードを確かめたグリフが、怪訝な顔で二人を見た。

「あなたの規則に厳密に従って」ハリーは言った。「少しでも疑わしければ、緑の鉛筆で印をつけたんです。つまり、〝未定〟ということです」

「もしこの通りだとしたら、世論調査の予想よりはるかに接近していることになるな」グリフが言ったとき、ジャイルズが〈ブリストル・イヴニング・ポスト〉を手に、息せき切って飛び込んできた。

そして、その第一版を代理人に渡して言った。「この一面を読んだか、グリフ?」

グリフは見出しを読み、新聞をジャイルズに返して言った。「無視するんだ。何も言わず、何もしない。それがおれのアドヴァイスだ」

エマがジャイルズの肩の後ろから見出しを覗いた。〝フィッシャー、バリントンに討論を申し込む〟。「面白そうじゃないの」

「面白いかもしれないが、それを受けたら、ジャイルズはただの馬鹿ですよ」

「どうして?」ハリーは訊いた。「だって、ジャイルズのほうが弁論についてははるかに優れているし、政治家としての経験も豊かでしょう」

「そうかもしれませんが」グリフが応えた。「敵に足がかりを与えるのは禁物です。ジャイルズは現職ですからね、向こうの土俵に敢えて上がって、危険を冒す必要はありません」

「それはそうだが、あいつが何を言いつづけているか、おまえさんも読んだだろう」ジャイルズが言った。

「フィッシャーごときのことで、なぜおれが時間を無駄にしなくちゃならないんだ」グリフは言った。「どうせ何も起こらないのに」

ジャイルズはグリフの意見を無視し、声に出して記事を読みはじめた。「〝もし五月二十六日に港湾地区選出の庶民院議員でありつづけたいのなら、バリントンは多くの疑問に答えなくてはならない。私は彼のことをよく知っているので確信しているが、トブルクの英雄であれば私の申し込みに尻込みするはずはない。五月十九日、すなわち今度の木曜にコルストン・ホールにおいて、私は有権者のみなさんからのどんな質問にも喜んで答えるつもりでいる。壇上には三つの椅子が用意されるが、もしサー・ジャイルズが現われなかったら、有権者は自分たちの結論を自《おの》ずと引き出すことができるはずである」

「三つの椅子？」エマは訝った。

「自由党の候補者が現われるからですよ。だって、失うものはないんだから。フィッシャーはそれをわかっているんです」グリフが答えた。「しかし、私のアドヴァイスは変わりません。あんなやつは無視するんです。明日は別の見出しが躍るでしょうが、そのときにはそして、新聞を指さした。「フィッシュ・アンド・チップスでも包んでやればいいんです」

ロス・ブキャナンが会長室で〈ハーランド・アンド・ウォルフ〉からの直近の報告書に

目を通しているとき、秘書がブザーを鳴らしてきた。

「香港のサンディ・マクブライドから電話がかかっていますが、おつなぎしますか？」

「たのむ」

「おはようございます、サー。お知らせしておくほうがいいと思ったんですが、ベニー・ドリスコルから数時間おきに電話があって、〈バリントン海運〉の株を持っていないか、しつこく訊いてきています。私の手元には依然として二十万株がそっくり手つかずで残っていて、株価は上昇をつづけています。どうしますか？　いくらか売りますか？　その指示をお願いします」

「三週間の猶予期間が終わり、新たな信用取引が始まるまでは売らない。それまでは、われわれは買い手であって売り手ではない」


ジャイルズは翌日の〈イヴニング・ポスト〉の見出しを見て、もはやフィッシャーとの直接対決は避けられなくなったと覚悟した。〝ブリストル主教、選挙討論会の司会を引き受ける〟。今度はグリフも第一面の記事をより注意深く読んでいった。

ブリストル主教、ライト・リヴェレンド・フレデリック・コッキン師は、次の木曜、すなわち五月十九日午後七時にコルストン・ホールで行なわれる選挙討論会の司会を務めることに同意した。保守党候補者のアレックス・フィッシャー少佐、自由党候補者のミスター・レジナルド・エルズワージーはすでに参加を表明している。労働党の候補者であるサー・ジャイルズ・バリントンは、いまだ出欠を明らかにしていない。

「おれの考えはいまも変わらない、無視すべきだ」グリフが言った。

「だけど、この一面の写真を見てみろよ」ジャイルズは新聞を代理人の手に押し戻した。

グリフが見ると、そこにはコルストン・ホールの壇上の、だれも坐っていない椅子にスポットライトが当たっている写真が載っていて、その上のキャプションはこうなっていた

――〝サー・ジャイルズは現われるだろうか？〟

「もちろん、おまえさんだってわかるだろう」ジャイルズは言った。「おれが出ていかなかったら、あいつらは言いたい放題だぞ」

「出ていったら、あいつらの思うつぼだ」グリフが間を置いた。「しかし、どっちを取るかを決めるのはおまえさんだ。それでも出ていくというのなら、この状況をおれたちに有利なように変える必要がある」

「どうやって？」

「見出しを変えるために、明日の朝七時に記者発表をする」

「その内容は？」

「内容はこうだ――〝喜んで討論会の招請に応じる。なぜなら、保守党が価値を置く政策がどんなものであるかを白日の下に晒《さら》し、同時に、ブリストルの人々に議会で自分たちを代表するにふさわしい人物を決めてもらう好機だからである」

「おまえさんが心変わりした理由は何なんだ？」

「直近の戸別訪問の結果を見てきているんだが、それによると、現状ではおまえさんが千票以上の差で負けそうなんだよ。というわけで、おまえさんはもはや本命ではなく、いまや挑戦者なんだ」

「やってはいけないことが何かあるか？」

「おまえさんの女房がやってきて最前列に陣取り、最初の質問をすること。そして、おまえさんの恋人がやってきて、彼女の横面《よこつら》をひっぱたくことだな。そういうことになったら、おまえさんは〈ブリストル・イヴニング・ポスト〉の心配をする必要はない。なぜなら、イギリスじゅうの新聞の一面を飾ることになるからだ」

23

ジャイルズは盛大な拍手喝采のなか、自分の席に戻った。ホールをほとんど埋め尽くした聴衆への演説はほぼ最高の出来であり、演説の順番が最後だったことも有利に働いた。

候補者は三人とも三十分早く着き、まるで最初のダンスの授業を待つ小学生のようにそわそわしていたが、司会を務める主教がようやく三人を集めて、討論会の手順を説明した。

「まず、それぞれに最初の演説をしてもらいます。ただし、時間は八分以内です。七分を過ぎたら、ベルを一度鳴らします」そして、実際にベルを鳴らしてみせた。「八分を過ぎたら、今度は二度鳴らします。それが、持ち時間が尽きたという合図です。三人全員の演説が終わったところで、討論会の開始を告げ、聴衆からの質問を受け付けます」

「答える順番はどうやって決めるのですか？」フィッシャーが訊いた。

「籤引きです」主教がポケットから藁《わら》を三本握り締めて取り出し、三人に一本ずつ引くよう促した。

フィッシャーが引いた藁は短かった。

「では、あなたが先頭打者と決まりました、フィッシャー少佐」主教が宣言した。「二番手がミスター・エルズワージー、あなたです。そして、サー・ジャイルズ、あなたに殿《しんがり》をつとめてもらいます」

ジャイルズは笑顔でフィッシャーに言った。「運が悪かったな、オールド・チャップ」

「何を言ってる、おれは先陣を切りたかったんだ」フィッシャーが強弁し、主教でさえ意外そうに片眉を上げた。

主教が先導して三人が壇上に姿を現わしたのが午後七時二十五分、その夜、会場の全員が一人残らず拍手をしたのは、このときが最初で最後だった。ジャイルズは席に着くと、満員の聴衆を見下ろした。ざっと目算したところ、千人以上が三つ巴の戦いを観戦にきていた。

三党がそれぞれ二百人の支持者を動員していることはジャイルズも知っていた。だとすると、四百人強はまだだれに投票するとも決めていない人々ということになる。この前の選挙でジャイルズを勝たせてくれた票数と、ほぼ同じだった。

午後七時三十分、主教が開会の手続きを始めた。まず三人を紹介し、それから、フィッシャーに皮切りの演説を要請した。

フィッシャーはゆっくりとステージの前のほうへ出ていくと、用意した原稿を演台に置き、マイクロフォンを軽く叩いて音が入っているかどうかを確かめた。発せられる言葉は終始不安げで、一度も原稿から顔を上げず、明らかに失敗を恐れている様子だった。

　残り一分を知らせるベルを主教が鳴らすと、しゃべり方が速くなり、そのせいで言葉がつっかえるようになった。八分の演説をするよう言われたら、七分の演説を準備するのが鉄則だということを、ジャイルズは教えてやりたいぐらいだった。締めくくりの最中に中断させられるより、時間を余して終わるほうがはるかにいい。にもかかわらず、席に戻ったフィッシャーは支持者からの長い拍手に報われた。

　ジャイルズが驚いたのは、自分の番になって自由党の考えを述べるために立ち上がったレグ・エルズワージーが、演説原稿どころか、集中して話すべき項目を記した備忘メモすら持っていないことだった。そして演説ではなく、地元の問題について話しただけで、残り一分のベルが鳴ったとたんに途中で切り上げて席へ戻ってしまった。エルズワージーはジャイルズがあり得ないと考えることを成し遂げていた。フィッシャーの引き立て役になったのである。それでも聴衆の五分の一は、自分たちのチャンピオンに依然として喝采を送っていた。

　ジャイルズも二百人の支持者の温かい拍手に迎えられて立ち上がったが、それ以外の聴衆の多くは両手を膝に置いたままだった。それは庶民院で与党席に呼びかけるたびに受ける仕打ちで、すでに慣れっこになっていることでもあった。彼は演台の横に立った。メモに目を走らせるのは、たまに必要な場合だけだった。

まずは政権を握っている保守党がどういう失敗をしているかを明らかにし、労働党が政権の座についたらいかなる政策を実行するか、その概要を説明した。それから地元の問題に移り、さらには自分たちが経費を負担して道路舗装政策を推し進めるという自由党の考えも何とか持ち出して、満員の聴衆の爆笑を誘うことに成功した。演説が終わったときには、少なくとも聴衆の半分が拍手喝采してくれた。この時点で討論会が終われば、勝者は一人しかいないはずだった。

「では、三人の候補者がみなさんの質問を受け付けます」主教が手続きを進めた。「それについては、礼儀をわきまえ、整然とした形での質疑をお願いするものです」

ジャイルズの支持者の三十人が手を高く突き出し、勢いよく立ち上がった。全員がジャイルズを助け、ほかの二人の候補者を挫くべく周到に計算された質問を準備していた。唯一問題があるとすれば、その三十人と同時に、同じように断固として手を上げた者が六十人いることだった。

三つの政党の支持者がどこに固まっているかを主教は抜け目なく把握していたから、どこの党員でもない一般聴衆のなかから巧みに質問者を選んだ。ブリストルに駐車料金メーター導入についてメーターを導入するのをどう考えるかというようなことを知りたがる人々である。料金メーター導入については、自由党の候補が輝くチャンスだった。配給制度をやめることについては、三人の候補とも異論がなかった。鉄道の電化を促進してはどうかという提案は、どの政党も〝イエス〟と答える理由を持たなかった。

しかし、最終的には自分に向かって矢が放たれるとジャイルズはわかっていたし、それが絶対に急所に当たらないようにしなくてはならなかった。そのとき、ついに矢が弓を離れる音が聞こえた。

「この前の議会の開会中、自身の選挙区を訪れるより頻繁にケンブリッジを訪れておられたようですが、その理由を説明していただけますか、サー・ジャイルズ?」長身で細身の、中年の男が訊いた。どこかで知っている男のようにジャイルズには思われた。

ジャイルズは束の間動かず、気持ちを立て直した。そして腰を浮かせた瞬間、フィッシャーがいきなり立ち上がった。間違いなく質問に驚いたのではなかった。会場にいる全員に見当がつくぐらい、その質問者が何をほのめかしているかは明らかだった。

「この会場にいらっしゃるみなさんに保証します」フィッシャーが言った。「私はほかのどの町で費やすより、はるかに長い時間をブリストルで費やします。よその町にどんな気晴らしがあろうとも、です」

ジャイルズが見下ろす先の聴衆は、みんながきょとんとした顔をしていた。フィッシャーが何のことを言おうとしているのか、皆目わからないようだった。

つづいて、自由党の候補者が立ち上がった。彼もまた、何のことだかわからないでいるらしく、こう言っただけだった。「私はオックスフォード大学の卒業生ですから、必要がない限り、もう一つの町へ行くことは絶対にありません」

何人かが笑った。

二人の敵に反撃の材料を与えてもらったジャイルズは、立ち上がってフィッシャーと向かい合った。

「フィッシャー少佐にお尋ねしたい。もし彼がほかのどの町で費やすより長い時間をブリストルで費やすつもりだとすると、今度の木曜の選挙に勝っても、ロンドンへ行って庶民院の議席に坐らないということになりませんか？」

ジャイルズは笑いと拍手が鎮《しず》まるのを待って、付け加えた。「わざわざ保守党候補に思い出してもらう必要はないと確信していますが、エドマンド・バークはこう言っています。『私はブリストルの人々をウェストミンスターで代表するために選ばれたのであって、ウェストミンスターの人々をブリストルで代表するために選ばれたのではない』それでこそ真の保守党人であり、私は心底から、全面的に、彼に同意するものであります」鳴り止《や》まない拍手喝采のなか、ジャイルズは腰を下ろした。質問に本当に答えていないのはわかっていたが、何とか逃げおおせたという気がしていた。

「もう一人だけ、質問を受け付ける時間があるようです」主教が会場の中程から少し後ろの、列の真ん中当たりに坐っている女性を、中立だと確信して指さした。

「三人の候補者の全員にお訊きします。奥さまは今夜、どこにいらっしゃるのでしょうか？」

　フィッシャーは腕組みをして椅子に背中を預け、エルズワージーは怪訝な顔をした。ついに主教がジャイルズを見て促した。「今度はあなたが最初に答えていただけますか」

　ジャイルズは立ち上がり、まっすぐにその女性を見つめた。

「妻と私は」彼は口を開いた。「離婚手続きの最中にあります。何事もなければ、近い将来に落着するはずです」

　腰を下ろすと、ぎこちない静寂がつづいた。

　エルズワージーが弾かれたように立ち上がって言った。「残念ながら認めなくてはならないのですが、私の場合、自由党の候補者になってからというもの、一緒に出かけてくれる女性をどうにも見つけられないでいました。いわんや、結婚してくれる女性などとんでもないことでした」

　笑い声と温かい拍手が轟いた。エルズワージーは緊張を和らげる手助けをしてくれたのかもしれないと、ジャイルズは一瞬考えた。

　フィッシャーがゆっくりと立ち上がった。

「私の恋人は」とフィッシャーが言い、ジャイルズは意表を突かれた。「今夜、この最前列に坐っています。これからの選挙期間中、ずっと私のそばにいてくれるのです。ジェニー、立って、みなさんに挨拶してくれないか」

若い美人が立ち上がり、聴衆のほうへ顔を向けて手を振った。拍手喝采がそれを迎えた。

「あの女の人、どこかで見たことがあるような気がするんだけど」エマはささやいた。が、ハリーはフィッシャーに完全に気を取られていた。彼はいまや席を離れていて、明らかに何かを言おうとしていた。

「私は今朝、レディ・バリントンから手紙を受け取りました。みなさんも関心をお持ちになるかもしれないので、その内容をお知らせしておこうかと思います」

今夜、三人の候補者の誰一人としてもたらし得なかった完全な静寂が、会場全体に落ちた。ジャイルズは椅子に浅く腰掛けた。フィッシャーがジャケットから一通の手紙を取り出し、ゆっくりと広げて読み上げはじめた。

「親愛なるフィッシャー少佐、あなたは保守党のために勇敢に選挙戦を戦っていらっしゃるのでしょうね。そのことに賛嘆の意を表わしたくて、この手紙を書いています。もしわたしがブリストル市民なら、迷うことなくあなたに一票を投じるでしょう。なぜって、あなたが断然優れた、最高の候補者なんですもの。庶民院の議席を得られるのを楽しみにしています。かしこ　ヴァージニア・バリントン」

会場は大騒ぎになり、自分が一時間かけて築き上げたものが、たったの一分で雲散霧消してしまったことにジャイルズは気がついた。フィッシャーが手紙を畳んで内ポケットにしまい、席へ戻って腰を下ろした。主教が会場に秩序を取り戻そうと雄々しくも奮闘する

のだ。

　グリフが正しかったことが証明された。絶対に敵に足掛かりを与えるべきではなかったのを尻目に、フィッシャーの支持者は歓声を挙げつづけ、ジャイルズの支持者は絶望を顔に浮かべるばかりだった。


「例の株だが、いくらかでも買い戻せたのか？」

「いや、まだです」ベニーは答えた。「いまだに値が上がりつづけているんですよ。その背景には、年次総会で報告された利益が予想より多かったことと、今度の選挙で保守党が議席を増やしそうだという予測があるようです」

「いまの株価は？」

「四ポンド七シリングあたりですね。それに、近い将来に下がるとも思えません」

「われわれはどのぐらいの損をしそうなんだ？」

「われわれ？　いや、われわれじゃありませんよ」ベニーは言った。「あなただけですよ。レディ・ヴァージニアはまったく損はしません。元々払った金よりもはるかに高い値で、すべての株を売ってるんですからね」

「しかし、彼女がその株を買い戻さなかったら、私は重役でいられなくなるんだぞ」

「その株を買い戻すとすれば、かなり余分に金を使うことになる。おれが思うに、彼女はそんなことは喜ばないんじゃないですか」ベニーは何秒か待ち、返事がないので付け加えた。「明るい面も見ようじゃありませんか。来週のいまごろは、あなたは庶民院議員でしょう」

翌日の地元の二紙は、現職議員が読みたいとは言えない記事を載せた。ジャイルズの演説にはほとんど触れず、輝くばかりの笑みを浮かべたヴァージニアの写真がでかでかと一面を飾っていて、フィッシャーに宛てた彼女の手紙のコピーがその下に印刷されていた。

「ページをめくるなよ」グリフが言った。

ジャイルズは即座にページをめくり、最新の世論調査を見た。それは保守党《トーリイ》がさらに二十三の議席を増やし、与党の地位をより確かなものにするだろうと予測して、ブリストル港湾地区は労働党寄りではあるけれども、保守党に食われる可能性がある八番目の地区に挙げられていた。

「所属政党に逆風が吹いているとき、それに影響を受けないで勝ち上がれる候補者はそんなに多くない」ジャイルズが記事を読み終わったとたんに、グリフが言った。「真に優れた現職なら千票を上積みする価値があり、ろくでもない敵対候補者が千票を失う可能性はあると思う。だが、その余分な二千票で十分かどうかは、おれにはわからない。しかし、そうだとしても、最後の一票を求めて木曜の夜の九時まで戦うのをやめることにはならない。だから、絶対に気を抜かないでもらいたい。通りへ出て、動くものなら何とでも握手をするんだ。ただし、フィッシャーはだめだぞ。あいつと出くわしたら絞め殺してしまえ。おれが許す」

「バリントンの株だが、いくらかでも買い戻せたのか？」

「残念ながら、まだです。四ポンド三シリング以下にまったくならないんですよ、少佐」

「そして、私は重役の座を失うというわけだ」

「これはバリントンが周到に企んだことじゃないんですかね」ベニーが言った。

「どういう意味だ？」

「あなたたちの株が市場に出た瞬間に買いに入ったのはサンディ・マクブライドで、この三週間というもの、あいつが買いまくっているんですよ。あいつがバリントンの仲買人だということは、もはや周知の事実です」

「あのくそったれか」

「バリントンの連中はあなたが介入すると見ていたに決まっています。でも、悪いことばかりじゃないでしょう。だって、レディ・ヴァージニアは最初の投資で七万ポンドを超す儲けを手にしたんですから。だから、あなたは彼女に貸しを一つ作ったんじゃないですか」

選挙戦の最終週、ジャイルズはこれ以上は無理だというぐらい票の獲得に励んだ。ときとして、岩を山頂へ押し上げるシジフォスになったような気がしたとしても、である。

投票日前日の朝、ジャイルズが選挙対策本部へ戻ってみると、グリフが落ち込んでいた。そんなグリフを見るのは初めてだった。

「ゆうべ、選挙区じゅうの郵便受けにこれが入れられていた。一万枚だ。まだ見ていない者がいるんじゃないかと、念には念を入れたというわけだ」

レディ・ヴァージニアの写真の下にフィッシャーに宛てた彼女の手紙を載せた、〈ブリストル・イヴニング・ポスト〉のコピーだった。そのコピーの下に、こう書かれていた――〝人格高潔で誠実な人物にわれわれを代表してもらいたいと考えるなら、フィッシャーに一票を〟。

「あいつはただの糞《くそ》だが」グリフが言った。「ずいぶん高いところからおれたちの頭の上に落ちてきた糞だ」そう付け加えたとき、最初に本部へやってきたヴォランティアの一人が朝刊を抱えて入ってきた。

ジャイルズは椅子に崩れ落ちて目をつぶった。しかしその直後、たぶん笑っているのだろうと思われるグリフの声が聞こえた。実際、笑っていた。目を開けたジャイルズに、〈デイリー・メール〉が差し出された。「接戦だぞ、マイ・ボーイ。だが、少なくとも戦線離脱はしなくてすむらしい」

ジャイルズはすぐにはわからなかったのだが、第一面に載っている美人は〈ザ・ベニー・ヒル・ショウ〉のスターに選ばれたばかりのジェニーという娘で、この大きな幸運をつかむ前にしていた仕事のことを芸能担当記者に話していた。

「日給十ポンドで、毎日、保守党の候補者と選挙区をめぐり、その人の恋人だってみんなに触れてまわっていたんです」

それがフィッシャーに関してとてもいい写真だとは、ジャイルズは思わなかった。

〈デイリー・メール〉の第一面を見た瞬間、フィッシャーは声に出して悪態をついた。三杯目のブラック・コーヒーを飲み干し、選挙対策本部へ向かおうと立ち上がったまさにそのとき、朝の郵便物が玄関マットに落ちる音が聞こえた。どんな手紙も今夜まで待たなくてはならなかったから最初は無視するつもりだったが、〈バリントン海運〉の紋章のある一通が目に留まった。腰を屈めて拾い上げ、キッチンへ戻った。開封すると、二枚の小切手が入っていた。一枚はフィッシャー本人宛で、〈バリントン海運〉の四半期分の重役報酬の千ポンドが支払われるというものであり、二枚目は一年分の配当、七千三百四十一ポンドを支払うというものだった。二枚目の小切手は本来ならレディ・ヴァージニア宛であるべきだが、これもまた〝アレックス・フィッシャー少佐〟宛になっていた。それはつまり、フィッシャーを〈バリントン海運〉の重役にしてくれている七・五パーセントの株の持ち主がヴァージニアであることをまだだれも知らないということなのだが、その七・五パーセントの株はもはや存在していなかった。

夕刻に帰宅したら七千三百四十一ポンドの小切手を作り、レディ・ヴァージニアへ郵送する手筈を整えることにした。彼女に電話をするには早すぎるだろうかと思いながら、時計を見た。八時を何分か過ぎたところだった。これからテンプル・ミーズ駅へ行き、列車を降りて仕事場へ向かう有権者を迎えることになっていた。きっと、もう起きているだろう。フィッシャーは受話器を取ると、キングストンの番号をダイヤルした。

何度か呼出し音が鳴ったあとで眠そうな声が応え、フィッシャーは危うく受話器を戻しそうになった。

「どなた?」ヴァージニアが不機嫌に訊いた。

「アレックス・フィッシャーです。あなたが持っておられたバリントンの株をすべて売ったことと、それによってあなたが七万ポンドを超える儲けを手に入れられたことをお知らせしようと思いましてね」感謝の言葉を待ったが、返ってくる気配がなかった。「その株を買い戻すつもりがおありですか?」フィッシャーは訊いた。「何しろ、私が重役になって以来、あなたはかなりの見返りを得ておられますからね」

「あら、それはあなたも同じでしょう。わざわざそれを思い出させて差し上げなくちゃならないのかしら？　でも、わたしの将来の計画に多少の変更が生じたの。そして、そこにはもうバリントンの株は含まれていないのよ」

「しかし、七・五パーセントを買い戻さないと、私は重役でいられなくなりますよ」

「そんな話で大事な睡眠時間をいつまでも削られるのはお断わりよ、少佐」

「そうだとしても、状況を考えれば……」

「状況を考えれば、何なの？」

「ささやかなボーナスを考えてもらってもいいのではないかと」フィッシャーは七千三百四十一ポンドの小切手を見て応えた。

「ささやかって、どのぐらいなのかしら？」

「そうですね、五千ポンドぐらいでしょうか」

「考えさせてもらうわ」声が途切れ、電話を切られたのではないかとフィッシャーが不安になりはじめたとき、ようやくヴァージニアが言った。「考えさせてもらったわ、少佐、そして、お断わりすることに決めました」

「それなら、せめて融資でも……」必死の口調にならないようにしなくてはならなかった。

「ばあやに教えてもらわなかった？　〝借り手にも貸し手にもなるな〟って？　もちろん、教えてもらっていないわよね。だって、あなたにはばあやがいなかったんだもの……」

ヴァージニアは姿勢を変えると、ベッドの脇《わき》を三度、音を立てて叩いた。「あら、メイドが朝ご飯を運んできたみたい。というわけだから、そろそろさよならを言わなくちゃ、少佐。それから、わたしがさよならを言うときは、本当にさよならをするときなの」

回線が切れる音が聞こえた。フィッシャーは七千三百四十一ポンドの自分宛の小切手を見つめ、ベニーの言葉を思い出した――「あなたは彼女に貸しを一つ作ったんじゃないですか」

24

　投票日当日、ジャイルズは朝の五時に目を覚ました。眠れないというだけが理由ではなかった。

　階下《した》へ下りていくと、デンビーがブレックファスト・ルームのドアを開けて挨拶した。

「おはようございます、サー・ジャイルズ」まるで、毎日が総選挙のようだった。

　ジャイルズはダイニングルームへ行くと、深皿にコーンフレイクと果物を盛った。今日の予定を確認していると、ドアが開いて、洒落たブルーのブレザーにグレイのフランネルのズボンという服装のセバスティアンが入ってきた。

「セブ、いつ帰ってきたんだ？」

「ゆうべ遅くだよ、ジャイルズ伯父さん。ほとんどの学校が投票所になるんで、臨時休校なんだ。それで、実家へ帰って伯父の手伝いをしてもいいかって頼んだんだ」

「どんな手伝いがしたいんだ？」と訊いたとき、デンビーが卵とベーコンの皿をジャイルズの前に置いた。

「伯父さんが勝てるんなら、何だってするよ」

「そういうことなら、しっかり聞いてくれ。投票日、党は選挙区内に八つの委員会を設置する。そのすべてにヴォランティアが配置される。そのなかには、十回以上も選挙を経験している者もいる。彼らの役目は、担当の地域を回って、だれに投票したかを確認することだ。すべての地区、街区、横丁、袋小路のどこにわれわれの支持者が住んでいるか、一つ残らず印をつけてわかるようにしてある。同時に、各投票所で出口調査をし、投票をすませた有権者の名前を確認するのも彼らの仕事だ。われわれの最大の問題は、投票をすませた有権者のリストを委員会へ持ち帰ることだ。そのためには、まだ投票していない有権者を追跡しつづけ、今夜九時に投票が締め切られるまでに彼らを投票所へ行かせつづけなくてはならない」ジャイルズはつづけた。「大体の傾向としては、われわれを支持してくれている有権者の多くは、投票所が開く午前八時から十時のあいだに投票する。そのあと、保守党の支持者が投票所に現われ、それが午後四時までつづく。だが、そのあと、有権者が仕事から戻ってくる時間が、われわれにとって決定的に大事なんだ。なぜなら、帰宅途中で投票しなかった有権者をもう一度連れ出して投票所へ行かせるのはほとんど不可能だからだ」そう付け加えたとき、エマとハリーが入ってきた。

「グリフはおまえさんたち二人に、今日、何をしろと言った？」ジャイルズは訊いた。

「わたしは委員会室に配置されたわ」エマが答えた。

「おれは労働党支持者の家を巡回して投票へ行くよう説得し」ハリーが言った。「足が必要なら、投票所まで車で連れていく役を仰《おお》せつかったよ」

「くれぐれも忘れないでくれよ」ジャイルズは念を押した。「有権者の多くは、この四年のあいだに家族の結婚式や葬式がない限り、車に乗るのはこの前の選挙以来だからな。それから、エマ、配置されたのはどこの委員会室だ？」

「ウッドバイン団地で、ミス・パリッシュの手伝いをするよう言われたわ」

「そいつは喜んでもいいだろうな」ジャイルズは言った。「ミス・パリッシュは伝説なんだ。投票所へ行くのを忘れたりしたら、大の男が命の危険を感じるぐらいだからな。ところで、セブが志願してきたから、おまえさんたちの足として使ってくれ。仕事の内容はすでに説明済みだ」

　エマが息子を見て微笑した。

「そろそろ出かけなくちゃならない」ジャイルズが勢いよく立ち上がり、焼いたベーコン二枚を黒パン二枚のあいだに挟んだ。

　行儀が悪いとたしなめられるのは母のエリザベスだけだろう、とエマは諦めた。その母でさえ、投票日は例外として認めるかもしれない。

「今日、時間はわからないが、すべての委員会室に顔を出すことになっているから」ジャイルズが歩き出しながら言った。「あとで行くよ」

デンビーが玄関の外で待っていた。

「煩わせて大変申し訳ないのですが、サー、この屋敷の使用人を、今日の午後の四時から四時半までの三十分、休ませてやってはいけないでしょうか？」

「何か特別な理由があるのか？」

「投票に行かせてやりたいのですが、サー」

ジャイルズはばつの悪さを顔に表わし、小声で訊いた。「何票だ？」

「あなたさまに六票、未定が一票でございます」ジャイルズは意外に思って片眉を上げた。

「新しくきた庭師でございます、サー。身の程知らずな考えを持っていて、自分は保守党だと思っているようでございます」

「それなら、一票差で負けないように祈ろう」そう応えて、ジャイルズは玄関を飛び出した。

ジェシカが車道に立って、ジャイルズのためにドアを開けてくれていた。毎朝のことだった。「一緒に行っちゃだめ？　ジャイルズ伯父さま？」

「今回はだめだ。でも、次の選挙では必ずきみにそばにいてもらうと約束するよ。私のガールフレンドだとみんなに触れて歩くんだ。そうすれば、地滑り的大勝利間違いなしだ」

「何かお手伝いできることはないの？」

「ない……いや、あるぞ。新しくきた庭師を知ってるかい？」

「アルバートのこと？　ええ、とてもいい人よ」

「どうやら保守党に投票するつもりらしい。今日の午後の四時までにその考えを変えられるかどうか、やってみてくれないか」

「わかった、必ず考え直させるわ」ジェシカの声を聞きながら、ジャイルズは運転席に坐った。


　午前七時になる直前、ジャイルズは造船所の入口の前に車を駐めた。そして、朝番でやってくる者たちが出勤時刻を記録する前にその全員と握手をし、夜番を終えて退勤する全員と握手をした。驚いたことに、彼らの多くが話をしたがっていた。

「今度はがっかりさせませんよ、旦那」

「当てにしてもらっていいですよ」

「これから、この足で投票に行きますよ」

　夜番の親方のデイヴ・コールマンが退勤時刻を記録すると、ジャイルズは彼を脇へ連れていき、労働者たちがこんなに熱心に自分を支持してくれる理由を知っているかと訊いた。

「あいつらの多くは、あなたがいつまでも夫婦間の問題にかかずらっているのをよしとしていない」ぶっきらぼうなことで有名なコールマンが答えた。「でも、あの高慢なフィッシャー少佐を嫌ってもいるんです。何としても願い下げだというぐらいにね。あの男にだけは議会で自分たちの不満を代表してほしくないと思っているんですよ。個人的なことを言えば」彼は付け加えた。「ここへ顔を出す勇気さえあれば、おれはあの男をもう少しは尊敬したでしょうね。組合にも少数ではあるけれども、保守党の支持者はいるんです。にもかかわらず、それがだれかをあの男は知ろうともしないんですからね」

〈W・D&H・O・ウィリス〉の煙草工場を訪れたときは、そこで受けた反応に気を強くしたし、〈ブリストル航空機会社〉で労働者たちに会ったときも、やはり同じ思いをした。しかし、投票日には、どの候補も自分が優勢だと考えるのだ。自由党の候補者であろうとも、それは例外ではない。

最初の委員会室を訪ねたのは、十時を少し過ぎたころだった。地元の委員長によれば、自分たちにわかっている支持者の二十二パーセントがすでに投票をすませていて、それは一九五一年、すなわち、ジャイルズが四百十四票差で勝ったときと同じだった。

「保守党はどうなんだろう」ジャイルズは訊いた。

「十六パーセントだ」

「五十一年の選挙と較べたら？」

「一パーセント上がっている」委員長が認めた。

八つ目の委員会室に着いたのは、午後四時を過ぎた直後だった。ミス・パリッシュがチーズとトマトのサンドウィッチの皿を一方の手に、ミルクの入った大きなグラスをもう一方の手に持って、入口で待っていた。彼女はウッドバイン団地で冷蔵庫を持っている、数少ない住人の一人だった。

「どうです?」ジャイルズは訊いた。

「ありがたいことに、十時から四時のあいだは雨でした。でも、いまは陽が出ています。神は社会主義者ではないかという気がしはじめていますよ。でも、この五時間でわたしたちが失ったものを埋め合わせるなら、まだやるべきことはたくさんあります」

「あなたはこれまで、選挙結果に関して間違ったことは一度もないでしょう。今回の予想はどうですか?」

「本当のことを言ってもいいんですか?」

「お願いします」

「僅差過ぎて予想できません」

「そういうことなら、仕事に戻りましょう」ジャイルズは部屋を歩きまわり、手助けをしてくれている者の一人一人に感謝の言葉をかけた。

「あなたの家族は予想外の活躍をしてくれていますよ」ミス・パリッシュが言った。「だって、保守党なんでしょ?」

「エマは何に対しても掌《てのひら》を返せるんです」

「彼女は優秀よ」ミス・パリッシュが言い、ジャイルズはたったいま投票所から知らされた、出口調査の数字をカンヴァス・シートに書き写している妹を見守った。「でも、スーパースターは若きセバスティアンね。彼が十人いたら、わたしたちが負けることはあり得ないでしょう」

　ジャイルズは微笑した。「それで、その若者はいま、どこにいますか？」

「投票所へ向かっているか、ここへ戻ろうとしているかでしょう。あの子はじっとしていることが我慢できないみたいですね」


　実はセバスティアンはじっとしていた。投票集計係が最新の投票者リストを渡してくれるのを待っているのだ。それを受け取ったら、ミス・パリッシュのところへ戻る。そうすると、そのたびに〈フライ〉のミルク・チョコレートとタイザーで報いてくれるのだった。もっとも、母はときどきいい顔をしなかったが。

「問題は」集計係がたったいま投票を終えた友人に言った。「ついそこの、二一番地のミラー一家だ。六人が六人とも、道路を渡るだけのことすらしようとしない。保守党政府への不満を言いつづけているにもかかわらずだ。もし六票差でわれわれが負けたら、だれを責めるかは明白だな」

「ミス・パリッシュにお出まし願えばいいんじゃないのか？」友人が言った。

「彼女にはやることが山ほどある。とてもあそこまで足を運ぶ余裕はない。おれが自分で行ってもいいんだが、ここを離れられないしな」

セバスティアンはわれ知らず踵《きびす》を返して通りを渡り、気がつくと二一番地の前に立っていた。が、ノックをする勇気を掻き集めるのに少し手間取ったし、玄関を開けた男の大きさを見たときには、危うく逃げ出しそうになった。

「何の用だ、小僧？」男が吼《ほ》えた。

「ぼくは保守党候補のフィッシャー少佐の代理です」セバスティアンはとびきりのパブリック・スクールの訛りで言った。「今日、あなたに支持してもらえるのではないかと、少佐は期待しています。大接戦になりそうなものですから」

「とっとと失《う》せろ、さもないと、その耳を引っぱたくぞ」セバスティアンの顔の前で、ミスター・ミラーが力任せに玄関を閉めた。

セバスティアンは通りを渡って投票所に戻ると、集計係から最新の数字を受け取った。そのとき、二一番地の玄関が開いてミスター・ミラーがふたたび姿を現わすと、五人を引き連れて通りを渡ってきた。セバスティアンはその六票を付け加えてから、委員会室へ駆け戻った。

ジャイルズは午後六時に造船所へ戻り、退勤する昼番の労働者と、出勤してくる夜番の労働者を迎えた。

「一日じゅう、ここに立ってたんですか、旦那?」一人がからかった。

「そんな気がしているよ」ジャイルズは応じながら、別の一人と握手をした。

出勤してくる労働者の一人か二人がジャイルズの姿に気づき、すぐさま踵を返して最寄りの投票所へ向かった。一方、退勤する者たちは群れになって一つの方向へ歩いていたが、目指しているのは近くのパブではなかった。

六時三十分、労働者が一人残らず出勤するか帰宅するかすると、ジャイルズは過去の二度の選挙と同じく、最初にやってきた市内へ帰る二階建てバス《ダブルーデッカー》に飛び乗った。

そしてすぐに二階へ上がり、数人の乗客を驚かせながら握手をして回った。一階の乗客との握手をすませると、次の停留所で急いで降りて、反対方向へ向かう次のバスに乗り換えた。それから二時間半、そうやってバスに乗ったり降りたりを繰り返し、九時を一分過ぎるまで握手をしつづけた。

最後のバスを降りると、停留所に腰を下ろした。選挙に勝つためにできることは、もう何もなかった。


遠くで鐘が一回鳴り、ジャイルズは時計を見た。九時三十分。そろそろ動かなくては。もうバスはないだろうと判断し、町の中心へ向かってゆっくりと歩き出した。開票が始まる前に、夜気に頭をはっきりさせてほしかった。

そろそろ地元の警察が選挙区じゅうの投票箱を回収し、市庁舎へ運び込もうとしているころで、それが終わるまでに一時間以上はかかるはずだった。すべての投票箱が運び込まれ、確認と再確認が行なわれたうえで、市書記であり、選挙管理官でもあるミスター・サム・ウェインライトが投票箱を開けるよう命じて開票が始まる。翌日の午前一時前に開票結果が確定したら、それは奇跡と言ってよかった。

サム・ウェインライトは陸であれ海であれ速さの記録を破るよう運命づけられた男ではなく、〝ゆっくりと、しかし、確実に〟が墓碑銘になるに違いなかった。ジャイルズは十年前からこの市書記と地元の問題に対処してきたが、彼がどの党を支持しているか、いまだにわからなかった。ひょっとすると、そもそも投票していないのではないか。わかっているのは、これがウェインライトの最後の選挙だということだった。この年末に退職することになっていた。ジャイルズの私見では、彼に匹敵する後任が見つかれば、町は運がいいとしか言いようがなかった。ベンジャミン・フランクリンの後任としてフランス駐在公使となったトマス・ジェファーソンの言葉を借りるなら、だれかがウェインライトのあとを襲うかもしれないが、彼の代わりになり得る人物などいるはずがない。

市庁舎へと歩くジャイルズに手を振ってくれる通行人が一人か二人いたが、それ以外は無視を決め込んでいた。ジャイルズは自分の人生を考えはじめた。ブリストル港湾地区選出の庶民院議員でなくなったらどうしようか？　二週間後には三十五回目の誕生日がやってくる。実際のところは大した年齢ではないが、戦争が終わってブリストルに帰ってきて以来、やってきた仕事は一つしかない。それに正直なところ、ほかにできる仕事が多くあるとも思えない。未来永劫の議席確保を保証されていない国会議員にとって、それは常につきまとう問題だった。

思いはヴァージニアへ移っていった。半年前に一枚の紙切れにサインしてくれさえすれば、おれの人生ははるかに簡単になったはずなのに。しかし、いまにしてみれば、彼女にはそもそもそんなつもりはなかったのだ。ずっと前から、そのほうがおれに最大の辱《はずかし》めを与えることができると考えて、選挙が終わるのを待つつもりだったに違いない。フィッシャーを〈バリントン海運〉の重役に押し込んだのが彼女であることも、いまや疑いの余地はない。それどころか、おれを倒して、代わりに庶民院議員になれるとフィッシャーに思わせるように仕向けた可能性だって考えられる。

彼女はいま、おそらくはロンドンの自宅にいて、選挙の結果が知らされるのを待っているのだろう。だが、実は、本当に関心があるのは一つの議席だけだ。バリントン一族を屈服させる長期計画の一つとして、ふたたび〈バリントン海運〉の株に攻撃を仕掛ける準備を進めているのだろうか？　だが、間違いなくロス・ブキャナンとエマのなかでは、ヴァージニアはすでに打ち破るべき敵と見なされているはずだ。

ヴァージニアに目が眩《くら》んでいるだけだという事実を最終的にわからせてくれたのはグレ

イスだった。そしてそのあと、彼女はその話を一度も持ち出していない。グウィネッズを紹介してくれたことも、グレイスには感謝しなくてはならない。ブリストルへきて、おれが議席を獲得する手助けをしたいと、グウィネッズは熱心に言ってくれた。だが、一緒に選挙運動をしているところを目抜き通りで見られたら、それによって得をするのはフィッシャーだけだということを、真っ先にわかってもらわなくてはならなかったのも彼女だった。

ケンブリッジのグウィネッズに毎朝の電話を欠かさなかったが、夜、自宅へ戻ってきてからは我慢した。いつでも起こしてくれてかまわないと言ってくれてはいたが、帰宅するのはほとんど夜半を過ぎてからで、さすがに気が引けた。今日、もし負けたら、明日の午前中にケンブリッジへ車を飛ばし、グウィネッズにさまざまな悩みや問題を打ち明けて、重荷を共有してもらおう。勝ったら、午後に彼女と会い、勝利を分かち合うのだ。選挙の結果がどうあれ、彼女を失うつもりはない。

「幸運を祈ってますよ、サー・ジャイルズ」通りすがりの声が現実の世界へ引き戻してくれた。「きっと勝てると信じています」ジャイルズは自信ありげな笑顔を返したが、内心はそうでもなかった。

いまや、巨大な市庁舎がぼんやりと正面に浮かび上がっていた。建物の屋根の両端にそれぞれ一体ずつ高く留まっている一角獣《ユニコーン》が、一歩ごとに大きくなった。

開票を手伝うために志願したヴォランティアが、すでに位置に着いていた。この仕事は大変な責任があると見なされ、地元議会の議員や党の上級職員が担当するのが普通だった。過去四回の選挙と同じく、今回もミス・パリッシュが六人の労働党投票検査人を率い、ジャイルズの知るところでは、ハリーとエマもその六人に選抜されているはずだった。

「セバスティアンも加えようと思ったんだけど」ミス・パリッシュはジャイルズに言っていた。「年齢が足りなかったのよ」

「それを聞いたら、あいつはがっかりするでしょうね」ジャイルズは応えた。

「ええ、がっかりしたわ。でも、入場許可証を渡したから、ここで行なわれることのすべてをバルコニーから見ることができますよ」

「ありがとう」

「感謝は無用です」ミス・パリッシュが言った。「心残りがあるとすれば、選挙期間の初日からあの子に手伝ってもらえなかったことね」

ジャイルズは深呼吸をして、市庁舎の階段を上った。結果がどっちへ転ぼうと、自分を支持してくれた多くの、勝利でのみ報われる人々に感謝を忘れてはいけない。ローズでセンチュリーを記録したときに言われた、オールド・ジャックの言葉がよみがえった――「いい勝者にはだれでもなれる。負けたときにどう振る舞うかで、偉大な男かどうかが決まるんだ」

25

グリフ・ハスキンズは市庁舎のロビーをうろうろしていた。そのとき、ジャイルズがやってくるのが見えた。二人は何週間も会っていなかったかのような握手をした。

「もしおれが勝ったら」ジャイルズは言った。「おまえさんには――」

「おれを感傷的にさせないでくれ」グリフがさえぎった。「おれたちにはまだ仕事が残ってるんだ」

二人はスウィング・ドアを抜けて、メイン・ホールに入っていった。普段は千もの座席で埋め尽くされているのだが、いまは二十四脚のトレッスル・テーブルが列をなし、その両側に椅子が並べられていた。

市書記であり、選挙管理官でもあるサム・ウェインライトは両手を腰に当て、足を踏ん張って、ステージの中央に立っていた。その彼がホイッスルを鳴らして、ゲームの開始を告げた。鋏が持ち出されて封が切られ、投票箱が開けられてひっくり返され、三人の名前が書かれた数千枚の小さな細長い紙が、投票集計係の前のテーブルに吐き出された。

彼らの最初の仕事は、集計が始められるよう、投票用紙を三つに分類して束にすることだった。テーブルの一方の端にフィッシャーの票が、もう一方の端にバリントンの票が集められ、エルズワージーの票を探すのにはもう少し時間がかかった。

ジャイルズもグリフも神経質に会場を往《い》きつ復《もど》りつし、投票用紙の束から、どちらかが明らかにリードしているかどうかを推定しようとした。集計会場を一巡りしてみたが、二人とも、どちらが優勢か判別できなかった。ウッドバイン団地の投票箱の票の束を見たら、ジャイルズが楽勝のように思われ、しかし、アーケイジャ・アヴェニューの各投票所から集められた票を見れば、勝者は確かにフィッシャーだと思われた。もう一度一巡りしたが、依然として優劣はわからなかった。何らかの確信をもって唯一予想できるのは、最終的には自由党が第三位になるだろうということだった。

会場の反対側でいきなり歓声が上がり、ジャイルズは顔を上げた。フィッシャーが姿を現わしたのだ。代理人と、数人の重要な支持者をともなっていた。そのなかには、討論会の夜に見た顔があった。気づかないわけにはいかなかったが、フィッシャーはシャツを新しいものに着替え、洒落たダブルのスーツを着て、どこから見てもすでに国会議員だった。投票集計係の一人か二人と言葉を交わしてから会場巡りを始めたが、バリントンと絶対に鉢合わせしないよう用心を怠らなかった。

ジャイルズとグリフはミス・パリッシュ、ハリー、そして、エマをともなって、ゆっくりと通路を往復しつづけ、投票用紙が十枚ずつ束ねられ、それが十束になると、赤、青、あるいは黄色の太いゴムバンドでくくられていくのを慎重に見守った。ゴムバンドの色が違うのは、だれの票かすぐにわかるようにするためだった。最終的に、百票の束は五つずつ、まるで閲兵場の兵士のように整然と並べられた。

投票検査人はそれぞれの列を手に取り、十枚ではなく九枚ではないか、あるいは十一枚になっていないかを確認していったが、さらに重要なのは、百枚のはずが百十枚になっていないか、あるいは九十枚になっていないかを確かめることだった。もし間違いが起こっている可能性がある場合には、ミスター・ウェインライトか、彼の代理の一人の立ち会いの下での数え直しを要求することができた。軽い気持ちでやっていい仕事では絶対にない、とミス・パリッシュは労働党の投票検査人に釘を刺していた。

開票が始まって二時間後、状況をどう思うかとささやいたジャイルズに対して、グリフはわからないと肩をすくめるしかなかった。一九五一年の選挙のこの時間には、たとえわずか数百票差だとしてもジャイルズが勝利するという確信があったし、実際にジャイルズにそう答えることもできた。だが、今夜はそうはいかなかった。

投票集計係はきちんと並べられた百票の束を五つ所定の場所に置くと、すぐに手を挙げて、集計作業が完了して結果を確認してもらう準備ができたことを市書記に知らせた。ようやく最後の手が挙がると、ウェインライトがホイッスルをふたたび鋭く吹き鳴らして言った。「もう一度、すべての束を一つ一つ確認し直してください」そして、付け加えた。「候補者と代理人はステージへ戻って、私のところへきてください」

ジャイルズとグリフが一番先に階段を上がり、フィッシャーとエルズワージーが一歩違いでつづいた。ステージ中央のテーブルは、そこで行なわれていることが全員にはっきり見えるようになっていて、投票用紙の薄い束が一つ置かれていた。せいぜい十二、三枚というところだな、とジャイルズは推定した。

「みなさん」ウェインライトが告げた。「ここにあるのは無効ではないかと見なされた票です。選挙法によって、私――私一人――が、これらの票のどれを有効と見なすか、あるいは見なさないかを最終的に決めなくてはなりません。ですが、あなた方には、私のいかなる決定にも異議を唱える権利があります」

ウェインライトは投票用紙の前に立つと、眼鏡を押し上げて投票用紙を見つめた。フィッシャーの名前の前の四角い枡《ます》に×印が記されていたが、名前の上に〝神は女王陛下を救《ゴッド・セイヴ・ザ・》いたまう《クィーン》〟と書き殴られてもいた。

「明らかに私に投じられた票だ」ウェインライトが意見を述べる前に、フィッシャーが言った。

ウェインライトがジャイルズを見、エルズワージーを見た。二人がともにうなずいたので、その投票用紙はウェインライトの右側に置かれた。次の投票用紙はフィッシャーの名前に前の枡に、×印ではなくて✓印が入っていた。

「これも間違いなく私に投票されたものだ」フィッシャーが決めつけた。ジャイルズとエルズワージーはふたたびうなずいた。

　ウェインライトがその投票用紙をさっきのフィッシャーの票の上に重ねた。それを見て保守党候補はにんまりと笑みを浮かべたが、それは長くつづかなかった。それからの三票はバリントンの枡に✓印が入っていたからである。

　次の投票用紙は三人の名前が×印で消されて、代わりに〝デスパレート・ダン（漫画の主人公）に一票〟と書いてあった。それについては、全員が無効と認めた。次の投票用紙はエルズワージーの枡に✓印が付いていて、自由党候補への票と認められた。八票目は〝絞首刑を廃止せよ〟と訴えていて、即刻無効票の仲間入りをさせられた。九票目はバリントンの枡に✓印が入っていて、フィッシャーもそれを認める以外になかった。ここまでは四票対二票でジャイルズがリードしていて、残りはわずか二票だった。次の投票用紙にはバリントンの枡に✓印が付いているだけでなく、フィッシャーの名前の横に〝絶対拒否《ネヴァー》〟と大文字で記されていた。

「それは無効票に決まっている」フィッシャーが言った。

「これを無効と見なすのであれば」ウェインライトが応えた。「〝ゴッド・セイヴ・ザ・クイーン〟も同様に扱わなくてはなりません」

「確かに、そうでなくては筋が通らない」エルズワージーが言った。「だとすれば、両方とも無効にするほうがいい」

「私もフィッシャー少佐に同意します」ジャイルズは言った。結果として、リードは四対二から四対一に広がった。フィッシャーは抵抗したそうな顔をしたが、何も言わなかった。

全員が最後の投票用紙を見た。ウェインライトの頬が緩んだ。

「私が生きているうちには、恐らくあり得ないでしょうな」と言って、彼は〝スコットランド独立〟と走り書きされた投票用紙を無効票に加えた。

ウェインライトは投票用紙をもう一度、一枚ずつ検めてから宣言した。「四票をバリントン候補の得票、一票をフィッシャー候補の得票、一票をエルズワージー候補の得票と決します」そして、その数字をノートに書き留めてから言った。「ありがとうございました、みなさん」

「これが今夜の最後の勝利にならないことを祈ろうじゃないか」ステージを下りてミス・パリッシュと彼女が率いる投票検査人のところへ引き返しながら、グリフがつぶやいた。

ウェインライトはステージの前へ戻ると、またもやホイッスルを鳴らした。彼の代理たちがすぐさま通路を往復しはじめ、それぞれのテーブルの最終的な票数を書き留めると、それをステージへ運んでウェインライトに渡した。

ウェインライトはメモされた得票数を注意深く確認したあとで、その数字を大きな集計機に入れていった。唯一、彼が現代世界に触れるときだった。ボタンを押していき、三人の最終得票数を書き留めると、それを一瞬考量したあとで、ふたたび候補者をステージへ呼んだ。そして、結果を告げ、ジャイルズの要求に同意した。

ミス・パリッシュはフィッシャーが支持者に向かって親指を立ててみせるのに気づき、何だろうと眉をひそめたが、すぐに自分たちが負けたのだと悟った。バルコニーのほうへ顔を上げると、セバスティアンが彼女に向かって激しく手を振っていた。手を振り返し、もう一度目をステージへ戻すと、ウェインライトがマイクロフォンをつくところだった。それを合図に、会場に期待の静寂が落ちた。

「私はブリストル港湾地区選挙管理官として、三名の候補者の最終得票数を以下の通りに発表するものです——

サー・ジャイルズ・バリントン　一万八千七百十四票

ミスター・レジナルド・エルズワージー　三千四百七十二票

アレックス・フィッシャー少佐　一万八千九百八票」

フィッシャー陣営で歓声が爆発し、拍手が湧《わ》き起こって、いつまでも鳴り止まなかった。秩序が回復されるのを待って、ウェインライトが付け加えた。「現職から数え直してほしいとの要求があり、私はその要求を認めるものであります。投票集計係は、三人の得票を慎重の上にも慎重を期し、絶対に間違いがないように数え直してください」

投票集計係が十枚ずつの束を確認し、再確認し、百枚ずつの束を確認し、再確認し、最終的に五百枚を確認し、再確認したあと、ふたたび手を挙げて、二度目の仕事が完了したことを告げた。

ジャイルズは天を見上げ、胸の内で祈った。セバスティアンが狂ったように手を振っているのが見えるだけだったが、グリフの一言でわれに返った。

「スピーチを考えておいたほうがいいだろうな」グリフは言った。「市書記と彼の部下と、おまえさんのために働いてくれた人々に感謝するのを忘れてはだめだし、フィッシャーが勝った場合にとりわけ大事なのは、度量のあるところを見せることだからな。何のかんの言ったって、次の選挙は必ずあるんだから」

自分にとって次の選挙があるかどうか、ジャイルズはよくわからなかった。そう言おうとしたとき、ミス・パリッシュが慌てた様子でやってきた。

「お邪魔をしてごめんなさい」彼女は言った。「でも、セバスティアンがあなたに気づいてもらいたいらしいの」

ジャイルズとグリフがバルコニーを見上げると、セバスティアンが手摺《てす》りから身を乗り出し、自分のところへきてくれとほとんど懇願していた。

「一体何事なのか、行って確かめてもらえませんか」グリフがミス・パリッシュに頼んだ。

「私とジャイルズは新秩序の準備をしなくてはなりませんから」

ミス・パリッシュがバルコニーへ上っていくと、セバスティアンが階段を上がりきったところで待っていた。そして彼女の腕を取り、手摺りのところへ引っ張っていって、会場の真ん中を指さした。「三列目の端に坐っている、緑のシャツを着た男の人が見えるでしょう」

ミス・パリッシュは言われたほうへ目を凝らした。「あの人がどうかしたの？」

「インチキをしていたんです」

「その根拠は何？」ミス・パリッシュは冷静に話すよう努力しなくてはならなかった。

「あの人は市書記の代理の人に、フィッシャーが五百票を獲得したと報告しました」

「ええ、その通りよ」ミス・パリッシュは応えた。「彼の前には百票の束が五つ並んでいるわ」

「それはわかっています」セバスティアンが言った。「でも、そのうちの一つは、一番上にフィッシャーに投票した用紙が載っているだけで、その下の九十九枚はジャイルズ伯父さんに投票した用紙なんですよ」

「本当に間違いないの？」ミス・パリッシュは訊《き》いた。「ミスター・ウェインライト自らがその投票用紙を確かめてくれとグリフが頼んで、あなたが間違っていたとわかったら

「……」

「絶対に間違いありません」セバスティアンは昂然と言い切った。

ミス・パリッシュは依然として確信がなさそうだったが、それでも、何年ぶりかでほとんど走り出していた。階段を下りると、自信ありげな顔をして見せようとしながらグリフとエマと話しているジャイルズのところへ急いだ。そして、セバスティアンの主張を話して聞かせたが、まさかという表情が返ってきただけだった。四人全員がバルコニーを見上げると、セバスティアンは依然として、必死の形相で緑のシャツの男を指さしていた。

「わたし、セバスティアンの言っていることを信じるのは全然難しくないと思う」エマが言った。

「なぜ?」グリフが訊いた。「あの男がジャイルズの票の上にフィッシャーの票を載せるのを、その目で見たんですか?」

「いいえ。でも、この前の木曜の討論会のとき、あの男を見ているんです。この前の議会が開会中にブリストルより頻繁にケンブリッジを訪れた理由は何かと、ジャイルズに訊いた男です」

ジャイルズはその男をもっとよく観察しようと目を凝らした。そのあいだにも、会場で次々と手が挙がり、数え直し作業の完了が近いことを知らせていた。

「きみの言うとおりだと思う」ジャイルズは言った。

グリフは何も言わずにその場を離れ、急いでステージへ戻ると、二人だけで話ができないかとウェインライトに頼んだ。

代理人の主張を聞くや、ウェインライトはすぐにセバスティアンを見上げ、その視線を三列目のテーブルの端に坐っている投票集計係へ向けた。

「到底看過できない申し立てですが、子供の言い分に基づいたものですからね」ウェインライトがセバスティアンに目を戻してためらった。

「彼は子供ではありません」グリフは食い下がった。「若者です。いずれにしても、あなた自らが票を確認していただきたい。これは公式な要求です」

「それはつまり、結果がどうあれ、あなたが責任を取るということですよ」件《くだん》の集計係をもう一度見てからウェインライトが言い、それ以上は言葉を発することなく代理を二人呼んで、一切の説明なしで命じた。「ついてきてください」

三人はステージを下り、三列目のテーブルの端へ直行した。ジャイルズとグリフが一歩遅れてつづいた。ウェインライトは緑のシャツの男を見下ろして言った。「私にその席を譲ってもらえませんか、サー。サー・ジャイルズの代理人から、私自身があなたの票を確認するよう要請があったものですから」

男がゆっくり立ち上がって脇にどくと、ウェインライトはそこに腰を下ろし、目の前のテーブルに置かれているフィッシャーの五百票を検めはじめた。

最初の百票の束を手に取り、青のゴムバンドを外して、一番上の投票用紙を見た。その百票がすべてフィッシャーに投票されたものだと確認するのに時間はかからなかった。二つ目の束も、三つ目の束も、結果は同じだった。そのころには、いまだに自信ありげなのは、バルコニーから見下ろしているセバスティアン一人になっていた。

四つ目の束の一番上の投票用紙をめくったウェインライトが目にしたのは、バリントンの名前の枡に×印がついている投票用紙だった。残りをゆっくりと、慎重に調べていった結果、九十九枚すべてがバリントンに投票されたものと判明した。最後に五つ目の束を確認したが、それはみなフィッシャーの票だった。

だれも気づかなかったが、保守党の候補者が、テーブルの端を囲んでいる小グループのところへやってきていた。

「何か問題でも?」と、フィッシャーが訊いた。

「問題があったとしても、すべて私が処理できることになっています」ウェインライトは応え、代理の一人を見て命じた。「警察を呼んで、この紳士をこの建物から連れ出してもらってください」

そして秘書と言葉を交わすと、ステージへ戻って集計機の後ろへ回り、代理が読み上げるそれぞれの数字を、時間をかけて、もう一度打ち込んでいった。最後にボタンを押し、三人の候補者が得た新たな数字を打ち込み、最終的に納得すると、候補者全員をステージに呼び戻した。修正された得票数を知らされたジャイルズは、今回は数え直しを要求しなかった。

ウェインライトがマイクロフォンの前に立ち、数え直した得票数を、それまでそこに残ってさまざまな憶測を口にし合っていた聴衆に知らせた。

「……それぞれの候補の総得票数は以下の通りであると宣言します――

サー・ジャイルズ・バリントン　一万八千八百十三票

ミスター・レジナルド・エルズワージー　三千四百七十二票

アレックス・フィッシャー少佐　一万八千八百九票」

今度は労働党の支持者が喚声を爆発させ、ウェインライトは数分かかってようやく会場を静めると、フィッシャー少佐から数え直しの要求があったことを告げた。

「三度目になりますが、集計係は慎重に候補者の得票数を数え直してください。そして、得票数を修正する場合には、すぐに私の次席に報告してください」

ウェインライトは机に戻ると、持ってくるよう頼んでいた参考書を秘書から受け取り、『マコーリーの選挙法』を何ページかめくって、その日の午後に印を付けておいた部分を見つけた。選挙管理官の役目についての自分の理解に間違いないことを彼が確認している一方で、フィッシャーの投票検査人たちは通路を忙しく往復しながら、二回目に数え直されたバリントンの投票用紙をすべて見せろと要求していた。

それにもかかわらず、四十分後、ウェインライトは二度目の数え直しの結果に何らの間違いがなかった旨を宣言することができた。フィッシャーはすぐさま、再度の数え直しを要求した。

「残念ですが、その要求を認めるわけにはいきません」ウェインライトが却下し、マコーリーの参考書通りのことを正確に付け加えた。「三度、それぞれ独立した形で集計されたわけですが、どの場合も数え間違いはありませんでした」

「しかし、そんな無茶苦茶な言い分はないだろう。図々しいにもほどがある」フィッシャーが吼えた。「数え間違いがなかったのは二回だけだ。思い出してもらいたいが、一回目の集計は私の完全な楽勝だったんだぞ」

「集計は三回行なわれ、三回とも数え間違いはありませんでした」ウェインライトは繰り返した。「一回目の集計で、あなたの同僚が残念な過ちを犯されたことをお忘れなく」

「私の同僚だって?」フィッシャーが反論した。「それは私という人格に対するいわれのない誹謗《ひぼう》だ。私はあの男など一度たりとも見たことはない。いまの発言を撤回して数え直しを認めなければ、私は明朝、弁護士と相談するしかないだろう」

「それは私にとって何よりも残念なことです」ウェインライトは言った。「なぜなら、地元党組織の支部長であると同時にこの選挙区の庶民院候補になることになっていた人物と一面識もないなどと、ピーター・メイナード市会議員が証人席に坐って無理な釈明されるのを聞きたくないからです」

フィッシャーは顔を真っ赤にし、憤懣やるかたないといった態《てい》でステージをあとにした。

ミスター・ウェインライトは席から立ち上がり、ゆっくりとステージの前へ進み出ると、マイクロフォンをつついて音が入っていることを確かめるという自分にとっての最後の作業を終えてから、咳払いをして宣言した。「私はブリストル港湾地区選挙管理官として、それぞれの候補者の総得票数が以下の通りに確定したことを報告します——

サー・ジャイルズ・バリントン　一万八千八百十三票
ミスター・レジナルド・エルズワージー　三千四百七十二票
アレックス・フィッシャー少佐　一万八千八百九票

したがって、サー・ジャイルズ・バリントンが次期ブリストル港湾地区選出庶民院議員に選出されたことを、ここに宣言するものであります」

ブリストル港湾地区選出次期庶民院議員はバルコニーを見上げ、セバスティアン・クリフトンに深々と頭を下げた。

セバスティアン・クリフトン

一九五五年―一九五七年

26

「われわれを選挙に勝たせてくれた男に乾杯！」グリフが叫んだ。部屋の中央のテーブルで一方の手にシャンパンのグラスを、もう一方の手に葉巻を持って身体を揺らし、ほとんど足元がおぼつかないぐらいに酔っていた。

「セバスティアンに！」笑いと拍手喝采のなか、全員が声を合わせた。

「これまでにシャンパンを飲んだことがあるか？」よろめきながらセバスティアンのところへやってきたグリフが訊いた。

「一度だけだけど、あるよ」セバスティアンは認めた。「友だちのブルーノの十五歳の誕生祝いのときにね。あいつのお父さんが、ぼくたちを地元のパブへ夕食に連れていってくれたんだ。だから、これが二杯目なんじゃないかな」

「いいか、よく聞け」グリフが言った。「それに慣れるんじゃないぞ。晩飯にシャンパンを飲むなんてのは金持ちのやることだ。おれたち労働者階級は」そして、セバスティアンの腕を取って付け加えた。「せいぜい年に二杯も飲めればいいところだ。しかも他人《ひと》の金でな」

「でも、ぼくは金持ちになるつもりなんだ」

「なぜおれは驚かないんだろうな？」グリフが言い、自分のグラスにシャンパンを注ぎ直した。「その場合、おまえはブルジョア社会主義者にならなくちゃだめだ。これは神のみぞ知るところだが、わが党にはそういう連中が結構いるんだ」

「ぼくは労働党支持者じゃないよ」セバスティアンはきっぱりと言った。「保守党に議席を独占してもらいたいと思ってる。ただし、ジャイルズ伯父さんの議席だけは別だけどね」

「それなら、是非ともブリストルに住んでくれなくちゃな」グリフが言ったとき、次期庶民院議員がゆっくりとやってきた。

「その可能性は高くないな」ジャイルズが言った。「両親から聞いたところじゃ、あの二人はこいつに高い望みを持っているんだ。ケンブリッジ大学の奨学生になってほしいのさ」

「まあ、ブリストルじゃなくてケンブリッジだとしても、たぶん、セバスティアン、おまえさんは結局、ここにいる伯父さんのことをいまのわれわれよりよく知ることになるはずだ」

「飲み過ぎだぞ、グリフ」ジャイルズが代理人の背中を軽く叩いた。

「負けていたら、こんなものじゃすまなかっただろうよ」グリフがグラスのシャンパンを飲み干して言った。「それから、糞保守党はいまでも多数派で、さらに議席を増やしているという事実を忘れないようにすることだ」

「明日、多少なりともしゃんとして学校へ行くつもりなら、セブ、われわれはそろそろ引き上げたほうがよさそうだ。この二時間のあいだにおまえがどれだけ多くの校則を破ったか、神のみぞ知るところだしな」

「帰る前に、ミス・パリッシュに挨拶してもいいかな」

「ああ、もちろんだ。私は飲み物代を払いに行くから、そのあいだに挨拶してこい。もう選挙は終わったからな、私が飲み物代を払っても問題はないんだ」

セバスティアンはヴォランティアのグループのあいだを縫って歩いていった。彼らのなかには、風に揺れる枝のようにふらふらになっている者がいるかと思えば、意識を失っているのか、単に動けないだけなのか、テーブルに突っ伏している者もいた。ミス・パリッシュは部屋の反対側のアルコーヴで、空になった二本のシャンパンのボトルを友に坐っていた。ようやくたどり着いてみると、果たしてセバスティアンだとわかるかどうかすら、まったく怪しい状態だった。

「ミス・パリッシュ、あなたのチームに加わるのを認めてもらって、本当にありがとうございました。あなたのおかげで、ずいぶん多くを学ぶことができました。あなたがわがビーチクロフト・アビー校の先生でないのがとても残念です」

「身に余る褒め言葉だわね、セバスティアン」ミス・パリッシュが言った。「でも、残念ながら、わたしは間違った世紀に生まれたの。女性が独立した男子校で教師の席を提供されるには、まだ長い時間がかかるでしょう」そして、ようやくといった様子で立ち上がると、セバスティアンをしっかりと抱擁した。「頑張るのよ、セバスティアン。ケンブリッジ大学の奨学生になれるのを祈っていますからね」

「自分は間違った世紀に生まれたってミス・パリッシュは言っていたけど、あれはどういう意味なのかな？」マナー・ハウスへ帰る車のなかで、セバスティアンはジャイルズに訊いた。

「簡単に言うと、彼女の世代の女性は、相応の職業に就く機会を与えられなかったんだ」ジャイルズは答えた。「彼女は偉大な教師になっただろうし、大勢の教え子は彼女の知恵と良識から多くを得られたはずなんだけどな。実際のところ、われわれは世界大戦で二世代にわたって男子を失い、本来ならふさわしい地位を得る機会を与えられるべき女子を二世代にわたって失っているんだ」

「よくわかったよ、ジャイルズ伯父さん、でも、あなたはそれをどうするつもりなの？」

ジャイルズが笑った。「労働党が選挙に勝っていたら、もっともっと多くのことができたはずだ。なぜなら、たぶん明日には、私が閣僚になっていたからだ。だけどいまのところは、ふたたび野党側の議席の最前列でいつもの仕事をすることに甘んじなくてはならないというわけだ」

「ぼくのお母さんも同じ問題に苦しめられることになるのかな」セバスティアンは訊いた。

「だって、とても優秀な国会議員になるはずだもの」

「いや、それはないだろう。もっとも、彼女が国会議員になりたがっているようには、私には見えないけどね。残念ながら、彼女は政治なんて愚行にも、政治家なんて愚行をなす者にも容赦がない。そして、それが彼女の資質の一部なんだ。まあ、最終的にはわれわれみんなを驚かせてくれるような気はしているがね」

ジャイルズはマナー・ハウスの前に車を停めるとエンジンを切り、人差し指を唇に当てた。「静かにするんだぞ、ジェシカを起こすようなことはしないと、おまえのお母さんと約束してるんだ」

二人して忍び足で砂利の上を歩き、ジャイルズはそうっと、音がしないことを祈りながら玄関のドアを開けた。廊下を半分ほど行ったとき、彼女が見えた。最後の残り火も消えかかった煖炉の前の椅子に丸くなり、熟睡していた。優しく抱き上げて、階段を上がった。セバスティアンは先に行って彼女の寝室のドアを開け、ジャイルズがベッドに下ろして毛布を掛けてやった。ジャイルズが部屋を出てドアを閉めようとしたとき、声がした。「わたしたち、勝ったの？　伯父さま？」

「ああ、勝ったよ、ジェシカ」ジャイルズはささやいた。「四票差でね」

「そのうちの一票はわたしのおかげよ」ジェシカが長い欠伸《あくび》をしてから言った。「だって、アルバートに思い直させて、あなたに投票させたのはわたしですもの」

「そういうことなら、二票分の価値がある」セバスティアンは言った。しかし、その理由を説明する前に、ジェシカはまた眠ってしまった。


翌朝、ジャイルズが朝食に姿を現わしたのは、昼食と言ったほうがいいかもしれないぐらいの時間だった。

「おはよう、おはよう、おはよう」と繰り返しながらテーブルを回り、戸棚から皿を取り出すと、三つ並んだ銀の保温皿の蓋を開けて、スクランブルド・エッグ、ベーコン、そして、ベイクド・ビーンズを、まるでいまも小学生であるかのように山盛りによそった。そして、セバスティアンとジェシカのあいだに腰を下ろした。

「お母さんがいつも言ってるけど、保温皿から料理を取るのは、オレンジのフレッシュ・ジュースを一杯飲んで、ミルクをかけたコーンフレイクを食べてからでなくちゃだめなんですってよ」ジェシカが言った。

「そして、それは正しい」ジャイルズは応えた。「だけど、お気に入りのガールフレンドの隣りに坐るのが待ちきれないんだよ」

「わたし、伯父さまのお気に入りのガールフレンドなんかじゃありません」ジェシカが言い、これまでに彼を黙らせるのに苦労した、保守党のどの首相よりも効果的にジャイルズを沈黙させた。「お母さんから聞きました、あなたのお気に入りのガールフレンドはグウィネッズなんでしょ？　まったく、政治家ってほんとに口から出任せを言うんだから！」エマを真似して付け加え、真似されたエマを噴き出させた。

ジャイルズは安全地帯へ移動しようと、セバスティアンを見て訊いた。「今年はレギュラーの十一人になれそうか？」

「チームがどんな試合にも勝とうとするんなら、それはあり得ないね」セバスティアンが答えた。「だって、無理だよ。もっと勉強のほうに時間を割いて、上に進めるチャンスが何であれあるなら、教育一般証明試験で八以上の評価は確実に得られるようにならなきゃいけないいんだもの」

「そうなったら、グレイス叔母さんが喜ぶぞ」

「彼の母親は言うまでもなくね」エマが新聞から顔を上げずに言った。

「上に進めたら、科目は何を選ぶんだ？」ジャイルズは依然として安全地帯へ逃れようとした。

「現代文学にしたいんだ。第二志望は数学にするけどね」

「ともあれ、おまえがケンブリッジ大学の奨学生になれたら、父親とおれ《アイ》を凌ぐことになるな」

「それを言うなら、父親とおれ《ミー》よ」エマが訂正した。

「でも、ぼくのお母さんとグレイス叔母さんを凌ぐことにはならないよ」

「確かにな」ジャイルズは認め、沈黙して、マーズデンがバリントン・ホールから届けてくれた朝の郵便物に集中することにした。横長の白い封筒を開けて、一枚の文書を取り出した。半年前から待っていたものだった。それを二度読み、嬉しさのあまり実際に飛び上がった。全員が食事の手を止めてジャイルズを見つめた。ようやくハリーが訊いた。「女王陛下から入閣の要請でもあったのか？」

「まさか。でも、それよりはるかにいい知らせだ」ジャイルズは答えた。「ヴァージニアがようやく離婚書類にサインした。おれはついに自由の身だ！」

「ぎりぎりになったからサインしたんじゃないかしらね」エマが〈デイリー・エクスプレス〉から顔を上げて言った。

「どういう意味だ？」ジャイルズは訊いた。

「今朝のウィリアム・ヒッキーのコラムに、彼女の写真が載ってるの。妊娠七カ月ぐらいにわたしには見えるわね」

「父親がだれかは書いてあるのか？」

「いいえ。でも、腕を組んで一緒に写真に写っているのは、アレッツォ公爵よ」エマが新聞を兄に渡した。「彼は自分が世界一幸せな男だとみんなに知ってもらいたいようね」

「気の毒だが、世界で二番目に幸福な男だよ」ジャイルズは言った。

「それはつまり、もう二度とレディ・ヴァージニアと口をきかなくてすむということ？」ジェシカが訊いた。

「そのとおりだ」ジャイルズは答えた。

「やった！」ジェシカが歓声を上げた。

ジャイルズは二通目の封筒を開け、出てきた小切手の数字を確認して、祖父のサー・ウォルター・バリントンに、そして、そこに名前が記されているロス・ブキャナンに、コーヒー・カップを挙げた。

兄が小切手をかざすのを見て、エマはうなずき、口だけを動かして伝えた。「わたしのところにも届いたわ」

しばらくしてドアが開き、デンビーが入ってきた。

「お邪魔して申し訳ありません、サー・ジャイルズ、ドクター・ヒューズが電話でお待ちでございます」

「彼女に電話しようと思っていたところなんだ」ジャイルズは言い、朝の郵便物を手にして出口へ向かった。

「その電話なら、おれの書斎で取ればいい」ハリーが言った。「そうすれば、だれにも邪魔されずにすむだろう」

「ありがとう」ジャイルズはほとんど走るようにして部屋を出た。

「さて、われわれもそろそろ出かけたほうがいいようだぞ、セブ」ハリーは言った。「今夜、間に合うように学校へ戻ろうと、いまでも思っているんならな」

セバスティアンは簡単なキスをすることを母親に許してから、二階へ上がってスーツケースに荷物をまとめた。しばらくして下りていくと、デンビーが玄関を開けて待っていた。

「では、行ってらっしゃいませ、マスター・セバスティアン。夏休みにまたお目にかかれるのを楽しみにしております」執事が言った。

「ありがとう、デンビー」と応えて、セバスティアンは車道《ドライヴ》へ飛び出した。ジェシカが助手席のドアを開けて立っていた。妹をしっかり抱擁してから、父親の隣りの座席に乗り込んだ。

「絶対に、八科目全部で八以上を獲得するのよ」ジェシカが言った。「そうすれば、わたしの兄がどんなに頭がいいか、みんなに言いふらせるでしょ?」

27

総選挙に立候補した伯父の手伝いをしたいからと二日の休暇を取った少年が、数日後にビーチクロフト・アビー校へ戻ってきたときには別の若者になっていたことを認めたのは、校長のドクター・バンクス－ウィリアムズが最初のはずだった。

セバスティアンの寮監のミスター・リチャーズはそれを、セバスティアンにとっての〝ブリストルへの道における聖パウロ〟の悟りのようなものと形容した。なぜなら、学年末試験に備えて猛勉強を始めるために戻ってきたときのセバスティアンは、語学と数学の天分を頼みに楽をして何とか合格ラインを越えていた以前とは違って、それでは満足しなくなっていたからである。彼は生まれて初めて、持って生まれた才能では劣る仲間、ブルーノ・マルティネスやヴィク・コーフマンと同じく、一生懸命の努力をしはじめた。

試験結果が学校の掲示板に張り出されたとき、その三人全員が六学年で新年度を迎えることをだれも驚かなかった。もっとも、ケンブリッジ大学の奨学生になるための特別選抜グループに加えられたときには意外に思う者はいないではなかったが、そのなかにグレイス伯母は含まれていなかった。

　セバスティアンの寮監は、クリフトン、コーフマン、マルティネスが、最終学年のあいだ学習室を共有することに同意した。しかし校長には、セバスティアンは二人の友人に負けず劣らず勉強に打ち込んでいるように見えるけれども、自分としては、彼がいつか昔の彼に戻ってしまう懸念をいまだ拭えないでいると報告していた。セバスティアンがビーチクロフト・アビー校の最終学年でいるときに、彼の将来を形作ることになる四件の出来事が起こらなければ、寮監の懸念は杞憂に過ぎなかったことが証明されたかもしれない。

　最初の出来事は新学年が始まってすぐ、ブルーノが彼の父親との夕食にセバスティアンとヴィクを招待したことから始まった。試験の出題者に勝利したお祝いをしようというのである。セバスティアンは喜んで招待に応じ、またシャンパンを飲めるのを心待ちにしていたのだが、土壇場になってお祝いは中止になってしまった。ブルーノの説明では、予定を変えなくてはならない何かがあったとのことだった。

「変わったのはたぶん予定じゃなくて、あいつの父親の頭のなかだろう」ブルーノが聖歌隊の練習に行ったあとで、ヴィクが言った。

「何を言おうとしてるんだ?」セバスティアンは予習の手を止めて友人を見た。

「おまえもいずれわかると思うが、つまりこういうことだよ。ミスター・マルティネスはおれがユダヤ人だと知り、ブルーノはおれ抜きでお祝いをするのを拒否した。だから、お祝い自体をしないことにしたんだ」

「あいつがお祝い自体を取りやめたのはよく理解できるよ。だって、コーフマン、おまえはうじうじしてて優柔不断で、面白くないからな。だけど、おまえがユダヤ人だからって、そんなことを気にするやつなんかいるのか？」

「おまえが思ってるより、はるかに大勢いるよ」ヴィクが応えた。「憶えてないか？　ブルーノは十五歳の誕生パーティにおまえを招待しただろう。あのときあいつは、お客《ゲスト》は一人しか呼べないから、今回は我慢してくれとおれに言った。次はおまえを呼ぶからってな。おれたちユダヤ人は、ああいうことは忘れないんだ」

「それでも、おまえがユダヤ人だってだけで、ミスター・マルティネスがディナーを中止にするとは思えないけどな」

「そりゃ、セブ、おまえはそうだろうさ。だけど、それはおまえの両親がきちんと教育を受けた文明人だからに過ぎない。そういう教養人は生まれや人種で人を判断しないし、子供にもそういう偏見を持たせないようにする。それを気づかれないようにしながらな。だけど、残念ながら、おまえのような人間は多数派じゃない。この学校でさえそうなんだ」

セバスティアンは反論したかったが、その問題についてのヴィクの口はまだ閉ざされなかった。

「ユダヤ人は自分たちの同胞をナチが大量に虐殺したと騒ぎ過ぎると考えている連中がいることもわかってる。だけど、ドイツの強制収容所で実際に何が行なわれていたかが次々と明るみに出ているんだぞ？　いったいだれがおれたちを非難できるんだ？　ヤブ、おれは三十歩先からでも、反ユダヤ主義者を嗅ぎつけられる。そして、おまえの妹が同じ問題に直面しなくてはならなくなるのは時間の問題だ」

セバスティアンは思わず笑いを爆発させた。「ジェシカはユダヤ人じゃない。ちょっとボヘミアン的なところはあるかもしれないが、ユダヤ人じゃない」

「断言してもいいが、セブ、彼女はユダヤ人だ。おれは一度しか会ってないけれども、わかるんだ」

セバスティアンを黙らせるのは難しかったが、ヴィクは何とかそれをやりおおせた。

二つ目の出来事が起こったのは夏休みで、そのときセバスティアンは父と書斎にいて、学年末のレポートを検討しているところだった。ハリーの机の上の大きな家族写真をちらりと見た瞬間、ある一つのことが気になった。写真の母はマナー・ハウスの芝生の上で、父とジャイルズ伯父と腕を組んでいた。きっと十二歳、もしかすると十三歳かもしれない母は、レッド・メイズ校の制服姿だった。セバスティアンは一瞬、ジェシカだと思った。それほどよく似ていた。もちろん光の当たり具合でそう見えているだけなのかもしれない。だがそのとき、ドクター・バーナードの施設を訪ね、妹として考えられるのはジェシカしかいないと主張した自分に、父も母も拍子抜けするほどあっさりと同意してくれたことが思い出された。

「上出来だ」セバスティアンのレポートを読み終えた父が言った。「ラテン語を落としたのは残念だが、校長先生にはそれなりの理由があるはずだ。それに、おまえがこのまま一生懸命勉強をつづければケンブリッジ大学の奨学生になれる可能性は十分にあるというのがドクター・バンクス－ウィリアムズの見方だ。私も異論はない」そして、微笑した。「バンクス－ウィリアムズはあまり物事を大袈裟に言う男ではないが、終業式《スピーチ・デイ》の日にちょっと話したところでは、次の学期のどこかでおまえが彼の母校を訪問できるよう手配してくれると言っていた。なぜなら、自分につづいてピーターハウス学寮《カレッジ》で学んでほしいと思っているからだそうだ。言うまでもないが、彼自身、あの学寮の奨学生だったんだ」

セバスティアンは依然として写真を見つめていた。

「聞いてるのか？」父親が訊いた。

「お父さん」セバスティアンは小声で言った。「ジェシカのことだけど、そろそろ本当のことを話してもらえないかな」そして、目を写真から父親へ移した。

ハリーは息子のレポートを脇へ押しやると、束の間思案してから坐り直し、セバスティアンの祖父がオルガ・ペトロフスカによって命を絶たれた経緯から始めて、会長室でバスケットに入れられた少女が見つかったこと、その子がブリッジウォーターのドクター・バーナードの施設にいることをエマがどう手を尽くして突き止めたかまで、すべてを明らかにした。説明が終わったとき、セバスティアンには一つだけ疑問が残っていた。

「それで、ジェシカにはいつ本当のことを話すの？」

「毎日、それを自問しているよ」

「でも、どうしてこんなに長いあいだ伏せつづけているの？」

「友だちのヴィク・コーフマンから、彼が毎日どんな経験をしているかを聞いたとおまえは言ったよな。なぜジェシカに黙っているかというと、そういう経験をあの子にさせたくないからだ」

「でも、いまお父さんが話してくれたことをジェシカがたまたま、しかもいきなり知ったら、あいつははるかに辛い思いをするはずでしょう」セバスティアンは言った。

息子にこう訊かれて、ハリーは愕然とした。

「ぼくから話してもいいかな？」

ハリーは信じられない思いで十七歳の息子を見つめた。子供はいつ大人になるんだろう？「だめだ」彼はようやく答えた。「それはお母さんと私の責任においてやらなくてはならないことだ。だが、そうすべき適切な時期をいまだ見つけられないでいるんだ」

「そうすべき適切な時期なんて、この先いくら待ったってないんじゃないかな」セバスティアンは懐疑的だった。

最後にそれと同じ言葉を聞いたのがいつだったか、ハリーは思い出そうとした。

三つ目の出来事は、セバスティアンが初めて恋をしたときに起こった。だが、相手は女性ではなく、ケンブリッジの町で、しかも一目惚れだった。あれほどの美と、気むずかしさと、性的で蠱惑《こわく》的な魅力をまとめて持ち合わせているものに、生まれて初めて遭遇したのだった。ビーチクロフト・アビー校へ戻るためにケンブリッジに背を向けるころには、そこを優等で卒業して、黄金の葉の上に自分の名前を印刷させずにはいないとまで決意していた。

ケンブリッジから戻るや、これまで存在していることも知らなかったほどの時間を勉強に充《あ》てた。その結果、不可能は可能に変えられると証明されるかもしれないと、校長までが考えるようになった。だが、セバスティアンは二人目の恋人に出会った。それが最後の出来事の原因だった。

しばらく前からルビーの存在に気づいてはいたが、本当に彼女を意識したのは、ビーチクロフト・アビー校での最後の学期だった。そのときだって、ポリッジの深皿が盆に載せられるのを待っているあいだに彼女の手が触れなかったら、そんなことにはならなかったかもしれない。セバスティアンはたまたまだろうと考え、翌日も同じことが起こらなかったら、思い出しもしなかったに違いない。

その日、セバスティアンは一杯目をだれよりも多くルビーがよそってくれたにもかかわらず、お代わりをする列に並んだ。二杯目を受け取ってテーブルへ戻ろうとしたとき、ルビーが小さな紙切れを握らせた。それを読んだのは、朝食を終えて、学習室で一人になったときだった。

〝五時にスコール・レーンで会える？〟

スクール・レーンに立ち入ることは禁止されていて、それはセバスティアンもよくわかっていた。もし現場を押さえられたら、校長から鞭打ちの刑を受けずにはすまないだろう。だが、危険を冒す価値はあるように思われた。

放課後を告げるベルが鳴ると、セバスティアンはこっそり教室を抜け出した。校庭を何周もして時間を稼ぎ、それから木の柵を乗り越えて急な坂をよたよた下ると、そこがスクール・レーンだった。十五分遅刻したが、ルビーは木の陰から姿を現わし、まっすぐに歩いてきた。まるで別人だった。エプロンを着けていず、白のブラウスに黒のプリーツ・スカートに着替えているというだけでなく、髪を下ろしていたからでもあった。それに、口紅をさしているところを見るのも初めてだった。

そうたくさん話題が見つかるわけではなかったが、それでも、一回目に会ってからは週に二度、ときには三度、会うようになった。しかし、時間は三十分と限られていた。二人とも、夕食の六時までには帰らなくてはならないからだった。

二度目に会ったとき、セバスティアンは何回もキスをした。唇を開いて舌を触れ合わせるとどんな感覚が呼び覚まされるかを、ルビーはそのときに教えてくれた。だが、木の陰に隠れてできることと言えば、彼女の身体を探っていろいろな部分を見つけようとするぐらいが関の山で、それから先へはなかなか進めなかった。しかし、学期が終わる二週間前、ブラウスのボタンを外して胸に手を置いてもいいとルビーが言っていた。一週間後、セバスティアンはブラジャーのホックの位置を探り当てた。試験が終わったら間もなくして、学校と〝童貞〟の二つを同時に卒業することになりそうだった。

すべてが暗転したのは、そのときだった。

28

「停学ですか？」

「きみがそれ以外の選択肢を残してくれなかったんだよ、クリフトン」

「ですが、今学年が終わるまで、あとたったの四日ではないですか」

「停学にしなかったら、きみがその四日のあいだに何をしでかすか、知っているのは天のみだからな」

「それにしても、そんな厳しい罰を受けなくてはならない理由は何でしょうか」

「それはきみ自身がこれ以上ないほどよくわかっているはずだ。だが、この数日のあいだにきみがどれだけの校則を破ったか、教えてほしいというなら喜んで教えよう」

ついこの前のルビーとのことを思い出して、セバスティアンは危うく頬が緩むところだった。

ドクター・バンクス－ウィリアムズは俯《うつむ》き、この少年を校長室へ呼び出す前に急いで書いたメモを確認していたが、しばらくしてふたたび口を開いた。

「学年度が終わるまで一週間足らずであること、きみが最終試験をすべて受け終わっていることを考えれば、クリフトン、昔の観覧席で煙草を吸っていたぐらいなら、私だって目をつぶったかもしれない。あるいは、きみのベッドの下からビールの空き瓶が何本か出てきたという程度なら不問に付さなかったとも限らない。だが、今回の無分別な行動は、そう簡単に目こぼしできるものではない」

「今回の無分別な行動、ですか？」セバスティアンは繰り返した。校長の当惑が面白かった。

「明かりを消した勉強室で、食堂のメイドと一緒にいるのを見つけられたではないか」

彼女が食堂のメイドではなく、明かりがついていれば問題にはならなかったのかとセバスティアンは訊《き》きたかった。だが、そんなことを口走ったらますます面倒なことになりかねないし、ケンブリッジ大学の一般奨学生になれなかったら、すなわち、ビーチクロフト・アビー校が一世代以上かかってようやく達成できそうな名誉がおじゃんになってしまったら、停学どころか、退学だって十分にあり得ることもわかっていた。しかし、この停学を不名誉から名誉の印へどうやったら逆転できるかを、セバスティアンは早くも考えはじめていた。ルビーはささやかな見返りと引き替えに身体を許してもいいと明言し、セバスティアンは喜んで彼女の条件を呑んだ。その結果、その日の消灯時間が過ぎたら窓をよじ登って勉強室へくることに彼女が同意したのだ。セバスティアンは女性の裸を見るのは初めてだったが、ルビーが窓をよじ登るのが初めてでないことはすぐにわかった。そのとき、校長がセバスティアンを現実に引き戻した。

「きみに聞いておかなくてはならないことがある、男と男としてだ」ドクター・バンクス－ウィリアムズが言った。普段より大袈裟な口調にも聞こえた。「きみの返事が私の判断に影響を及ぼす可能性は十分にある。つまり、ケンブリッジ大学の入学担当教員に、きみの奨学金を撤回するよう助言するかどうかという判断だ。もしそういうことになれば、ビーチクロフト・アビー校のわれわれ全員にとって、途方もなく悲しいことになる。だが、私の最大の責任は、この学校の評判を保つことにある」

セバスティアンは拳を握り締めて冷静を保とうとした。停学は停学、ケンブリッジの奨学生云々はまったく問題が別じゃないか。彼はそこに立ち尽くし、校長の話の続きを待った。

「これから訊くことに答えてもらいたい。時間をかけてもいいから、クリフトン、よく考えるんだ。なぜなら、きみの将来を左右しかねない質問だからだ。コーフマン、あるいは、マルティネスは、きみの――」校長が言い淀んだ。適切な言葉を探しているのが見え見えだったが、結局、さっきと同じ言葉を繰り返した。「〝無分別な行動〟において、何らかの役割を果たしたのか？」

セバスティアンは口元が緩みそうになるのを懸命にこらえた。ヴィクター・コーフマンの口から〝パンティ〟という言葉が発せられると考えるなど最下級生が聞いたって笑って取り合わないだろうに、まして、ルビーから衣類と言われているものを剝ぎ取ると考えるなんて論外もいいところだ。

「誓ってもいいですが、校長先生」セバスティアンは答えた。「ヴィクターはぼくの知る限り、煙草を吸ったことも、ビールを飲んだことも、一度もありません。女性については、寮母《マトロン》の前で着替えをするのも恥ずかしがるぐらいです」

校長が笑みを浮かべた。それは返ってきてほしいと思っていた答えが返ってきたことを明らかに示すもので、事実だと信じているということでもあった。

「マルティネスはどうなんだ？」

親友を助けるとすれば、今度は当意即妙に頭を働かせなくてはならなかった。ブルーノは入学したばかりのときの寮の枕投げ合戦で味方してやって以来、ずっと一緒だった。彼が差別される理由があるとすれば〝移民《ジョニー・フォーリナー》〟だということしかなかったが、生まれた国がクリケットを知らないこともそこに付け加えられていた。セバスティアンはクリケットが大嫌いだったから、それは二人の結びつきをさらに強くすることにしかならなかった。ブルーノがときどき煙草を吸っているのは知っていたし、試験が終わった直後に、地元のパブで二人してビールを飲んだこともあった。彼がルビーの申し出を受け入れるにやぶさかでないこともわかっていた。わからないのは、校長がどこまで知っているかだった。それに、ブルーノも九月にケンブリッジ大学に席を提供してもいいと言われていた。セバスティアンは彼の父親に二度しか会ったことはなかったが、自分のせいでその息子がケンブリッジ大学へ行けなくなるような事態は何としても避けたかった。

「マルティネスはどうだと訊いているんだがね」ドクター・バンクス－ウィィリアムズが少し口調を強くして繰り返した。

「ブルーノは、先生もご存じに決まっているでしょうが、敬虔なローマ・カトリック教徒です。そして、ぼくは何度も聞かされましたが、一緒にベッドに入る最初の女性は自分の妻だと決めています」そこまでは――最近ではその考えをそう声高には口にしなくなっているとしても――、ともあれ事実だった。

　校長が思案げにうなずき、セバスティアンは逃げおおせられたかと一瞬考えたが、それはこう付け加えられるまでに過ぎなかった。「喫煙と飲酒についてはどうなんだ？」

「休暇のときに、一度試したことがあるそうです」セバスティアンは認めた。「ですが、気持ちが悪くなっただけで、ぼくの知る限りでは、それ以降は手を出していないはずです」ゆうべまでは、と危うく付け加えそうになった。校長は納得していないようだった。

「酒については、シャンパンを一杯飲むのを一度だけ見たことがあります。でも、それはあいつがケンブリッジ大学に席を提供してもいいと言われた後のことで、あいつのお父さんも一緒でした」

校長には黙っていたが、実はあの夜、ミスター・マルティネスに赤のロールス－ロイスで学校まで送ってもらい、セバスティアンはボトルを一本くすねて勉強室へ持ち込んで、消灯後にブルーノと二人で空にしていた。だが、父の刑事小説をしっかり読み込んでいたセバスティアンにしてみれば、罪を犯した人間が調子に乗って同じことをしゃべりすぎ、そのせいで自らを窮地に追い込む場合がしばしばあるのを先刻承知だった。

「質問に正直に答えてくれたことに感謝するよ、クリフトン。友人のことをあれこれ訊かれて答えるのは、そう簡単なことではない。告げ口の好きな者はいないからな」

そのあとに長い沈黙がつづいたが、セバスティアンはそれを破らなかった。

「コーフマンに関しては、彼を煩わせる理由は明らかにないようだ」校長がついに口を開いた。「だが、マルティネスとは話をして、ビーチクロフト・アビーの最後の数日のあいだに校則を破ることがないよう注意する必要があるだろう」

セバスティアンは微笑した。汗が一滴、鼻を伝った。

「しかし、きみについてはすでに父上に手紙を書いてある。きみが何日か早く実家に帰る理由を説明する手紙だ。だが、きみが率直に話してくれたこと、悔いているのが明白であることを考慮して、停学処分についてはケンブリッジ大学の入学担当教官に伝えないでおくことにする」

「ありがとうございます、サー」セバスティアンは心底ほっとして礼を言った。

「これからすぐに勉強室へ戻って荷物をまとめ、学校を出る用意をしなさい。寮監にはすでに伝えてあるから、ブリストルへの旅の手配をしてくれているはずだ」

「ありがとうございます、サー」セバスティアンは俯いた。にやりと笑みが浮かぶのを見られるわけにいかなかった。

「コーフマンともマルティネスとも会わないで校門を出るように。それから、もう一つ、クリフトン、校則は今学年度が終わる日まで適用されるからな。それまでに一度でも校則を破ったら、ケンブリッジ大学への推薦を考え直すのを躊躇《ためら》わないぞ。わかったかね？」

「よくわかりました」セバスティアンは応えた。

「この経験からきみが何かを学んでくれたことを祈ろうじゃないか、クリフトン、将来、きみのためになる何かをな」

「はい、わかりました」セバスティアンがふたたび応えると、校長は机の向こうで立ち上がり、手紙を差し出した。

「実家に着いたらすぐに、この手紙を父上に渡すように」

「必ず渡します」セバスティアンは手紙をジャケットの内ポケットに収めた。

ドクター・バンクス－ウィリアムズが握手の手を差し出し、セバスティアンはその手を握ったが、それほど力を込める気にはなれなかった。

「幸運を祈るぞ、クリフトン」校長が言ったが、本心かどうかは疑わしかった。

「ありがとうございます、サー」セバスティアンは校長室を出ると、静かにドアを閉めた。

ドクター・バンクス-ウィリアムズはふたたび椅子に腰を下ろした。セバスティアンと話した結果は満足のいくものだった。かくも不快な事件にコーフマンが関与していなかったことに、驚きはしなかったが安堵していた。コーフマンの父親がビーチクロフト・アビー校の理事であり、ロンドンのシティで最も尊敬されている金融機関の一つ、コーフマン銀行の会長であれば、尚更だった。

それに、マルティネスの父親との関係が悪くなるのは何としても避けたかった。息子をケンブリッジ大学へ行かせてくれれば、学校の図書館の要請に対して一万ポンドの寄付をしてもいいようなことを、最近になって匂わせていたからだ。ドン・ペドロ・マルティネスがどうやって富を築いたのかはまるで知らなかったが、授業料であろうと臨時に必要になった費用であろうと、請求したらすぐに納入してくれていた。

一方、クリフトンは入学式の日に校門をくぐった瞬間から問題児だった。ドクター・バンクス-ウィリアムズは少年の両親の事情を知っていたから、すべてを考慮して彼を理解しようとしたが、学校の忍耐にもさすがに限りがあった。事実、クリフトンがケンブリッジ大学の一般奨学生になる見込みがなかったら、とうの昔に、躊躇なく退学処分にしていただろう。あと数日であの少年が卒業してくれると思うと嬉しかった。ようやく厄介払いができるというものだ。あとは、彼が同窓会に入らないことを祈るだけだ。

「同窓会か」彼は声に出して言い、とたんに思い出した。今夜、ロンドンで毎年恒例の夕食会が予定されていて、その席で、十五年のあいだ校長として務めた、最後の学年末報告をすることになっていた。後任に選ばれたウェールズ人のことはあまり好きではなかった。ボウ・タイもせず、おそらくは一度注意しただけでクリフトンを赦してやる種類の男だった。

演説の原稿はすでに秘書がタイプし、校長が目を通して推敲《すいこう》できるよう、机の上に置いてくれていた。ドクター・バンクス－ウィリアムズは実はもう一度読み返したかったのだが、クリフトンに対処しなくてはならなかったために時間がなくなっていた。ぎりぎりまで推敲するとすれば、ロンドンへの列車のなかで目を通し、自分の手で書き直すなり、削るなり、書き加えるなりするしかないだろうと思われた。

ドクター・バンクス－ウィリアムズは時計を見ると、演説原稿をブリーフケースに入れ、校長用住居になっている上階へ上がった。ディナー・ジャケット、ズボン、糊《のり》の利《き》いたワイシャツ、ボウ・タイ、替えの靴下、そして、洗面用具は、妻が荷造りをすませてくれていた。すでに同窓会長には明言していたが、毎年の夕食会でのホワイト・タイと燕尾服着用をやめるかどうかが採決に持ち込まれたときには、断固反対票を投じるつもりだった。

妻に車で送ってもらって、パディントン行きの急行が到着するほんの数分前に駅に着いた。一等車の往復切符を買い、急いで跨線橋《こせんきょう》を渡って一番向こうのプラットフォームへ向かった。そこでは機関車がたったいま停車して、乗客を吐き出そうとしていた。プラットフォームについてもう一度時計を見ると、出発まで四分あった。彼は赤旗を緑の旗に替えようとしている駅員にうなずいた。

「みなさん、どうぞ乗車なさってください」駅員が叫び、ドクター・バンクス－ウィリアムズは一番前の一等車両へ向かった。

一等車に乗り込んで隅の座席に腰を下ろすと、もうもうたる煙草の煙だけが迎えてくれた。唾棄《だき》すべき習慣だった。最近〈タイムズ〉の記者が、〈グレート・ウェスタン鉄道〉は一等車の乗客のために禁煙車両を大幅に増やすべきだと主張していたが、諸手を挙げて賛成したかった。

ブリーフケースから演説原稿を取り出し、膝の上に置いた。顔を上げたとき、煙草の煙の切れ間から、車両の反対側に坐っている彼が見えた。

29

セバスティアンは吸っていた煙草を慌てて消し、急いで立ち上がって頭上の棚のスーツケースをひったくると、物も言わずに一等車から逃げ出した。校長は何も言わなかったが、それでも見つめられていることは痛いほどわかっていた。

重たいスーツケースを持って客車をいくつか通り抜け、最後尾の三等車にたどり着くと、満員の車内に何とか潜り込んだ。そして、窓の向こうを見つめながら、この窮地を何とか脱する方法はないか考えようとした。

一等車へ引き返し、国会議員で伯父のサー・ジャイルズ・バリントンと何日かロンドンで過ごすつもりなのだと弁明してみてはどうだろう。だが、ロンドンへ行く理由をどうするかが問題だった。何しろ、まっすぐブリストルの実家へ帰って、手紙を父に渡すよう言われているのだから。実はセバスティアンの両親はいま、エマが商学部を最優等で卒業するので、その式に出席するためにロサンジェルスへ行っていて、週末までイギリスにいなかった。

それならどうして最初にそれを言わなかったのかと詰問する、校長の声が聞こえるようだった。それに、寮監のミスター・リチャーズからブリストル行きの切符を渡されたはずではなかったのか、と。セバスティアンは学期の最後の日にブリストルへ戻るつもりでいた。そうすれば、両親が土曜日に帰ってきても、何も知られずにすむ。一等車で煙草を吸ってさえいなければ、すべてはうまくいったかもしれない。だが、学年が終わる日までに校則を破ったらどうなるかは、あらかじめ警告されていた。それなのに、学年が終わるまでどころか、校門を出て一時間足らずだというのに、早くも三つも校則を破っていた。だが、ふたたび校長に会うとは想像もしていなかったのだ。

もう卒業生だからしたいようにしていいはずだと言いたかったが、そうしたところでどうなるものではないこともわかっていた。のみならず、一等車へ戻ったら、三等車の切符しか持っていないことが校長にばれる恐れがあった。それは実は、学期が始まるときと終わるとき、つまり、学校へ戻るときと実家へ戻るとき、いつもやっていたことだった。

とりあえず一等車の隅の席に坐り、通路をはっきり見通せるようにしておく。車掌が反対側の入口に姿を現わすのが見えたら、こっそり席を立って一番近いトイレに隠れる。〝空き〟の表示のままにしておくために鍵はかけない。車掌が次の車両へ移ったら、一等車へ戻る。あとはそのまま坐っていればいい。列車は目的地までどこにも停まらないから、その検札を逃れれば、不正乗車《キセル》が発覚することはあり得ない。一度だけ、念を入れて二度目の検札にやってきた用心深い車掌に、三等切符で一等車に乗っていることがばれて咎められたが、そのときはすぐに泣きながら謝り、両親が使うのはいつも一等車なので三等車が存在することすら知らなかったのだと言い訳して、何とか見逃してもらったことがあった。しかし、当時は十一歳に過ぎず、いまは十七歳で、そんな言い訳が通用することはまずあり得ない。

執行猶予の撤回は免れないと覚悟し、九月にケンブリッジ大学に入学できないことも受け入れて、セバスティアンはいま、パディントン駅へ着いたらどうするかを考えはじめた。

首都へ向かって走る列車のなかで、ドクター・バンクス－ウィリアムズは演説原稿に目を通すどころではなかった。

捜し出して、説明を要求すべきだろうか？　寮監がブリストル行きの三等切符を渡したのはわかっている。だとすれば、クリフトンはロンドン行きの一等車で何をしていたのか。単に乗るべき列車を間違えただけなのか？　いや、それはあり得ない。あの少年の場合、絶対にロンドン行きとわかった上でこの列車に乗っている。見つかると思っていなかっただけなのだ。いずれにせよ、彼は煙草を吸っていた。しかも、学年が終わる日まで校則が適用されるとあれほどはっきり通告されたにもかかわらず、だ。あれから一時間と経たないうちに、私の言葉を平然と無視したわけだ。もはや情状酌量はあり得ない。クリフトンは私に選択の余地を残してくれなかった。

明朝の朝礼で、クリフトンを退学処分にしたと報告しよう。そのあとでピーターハウス学寮《カレッジ》の入学担当教員に電話をし、さらにクリフトンの父親にも電話をして、新年度が始まる九月にクリフトンがケンブリッジ大学へ行かない理由を説明するのだ。何しろ、校長としてはビーチクロフト・アビー校の名誉を考えなくてはならない。この十五年というもの、ビーチクロフト・アビーの名を高からしめるために、一時《いっとき》も疎《おろそ》かにすることなく努力をしてきたのだ。

ドクター・バンクス－ウィリアムズは演説原稿をめくり、クリフトンがなしえた偉業に関する部分を見つけると、一瞬躊躇ったあとで、自分が書いたその文言を線を引いて削除した。

セバスティアンはパディントン駅に着いたときのことを考えていた。真っ先に降りるべきか、それとも、いちばん最後まで待つべきか。いや、それは大した問題ではない。とにかく、校長と鉢合わせさえしなければいいのだ。

いちばん最初に降りることにして、到着の十二分前から座席に浅く腰かけ直し、すぐに立てるようにしておいてから、ポケットのなかにいくら入っているかを確かめた。一ポンド十二シリングと六ペンス。いつもよりずいぶん多かったが、そう言えば、寮監のミスター・リチャーズが、預かっていた小遣いを全額返してくれたのだった。

そもそもは何日かロンドンに滞在してからブリストルへ帰り、校長の手紙はだれにも渡さないつもりだった。いま、ポケットからその手紙を取り出した。宛名は〝Ｈ・Ａ・クリフトン殿《エスクワイア》〟、〝親展〟と付け加えられていた。セバスティアンは車内を素速くうかがい、だれにも見られていないことを確かめてから封を切った。そして、校長の書いた文面を一度読み、もう一度読んだ。客観的かつ公平な内容で、驚いたことに、ルビーについては一切言及がなかった。素直にブリストル行きの列車に乗って実家へ帰り、アメリカから戻ってきた父親にこの手紙を渡しさえすれば、状況はまったく違っていたかもしれない。セバスティアンは内心で臍《ほぞ》を噛んだ。それにしても、校長はそもそもこの列車で何をしているのか？

手紙をポケットにしまうと、ロンドンでどうするかを考えることに集中しようとした。完全にほとぼりが冷めるまでブリストルに帰らないほうがいいだろうし、それにはしばらく時間がかからないとも限らない。一ポンド十二シリングと六ペンスでいつまで生き延びられるかだが、まあ、いずれわかるだろう。

乗降口に立ち、列車が完全に停まりもしないうちにドアを開けてプラットフォームへ飛び降りると、重たいスーツケースが許してくれる限りの全速力で改札口へ走り、集札係に切符を渡して人混みに紛れた。

ロンドンへは一度しかきたことがなく、そのときは両親が一緒だったし、車が待っていて、あっという間にスミス・スクウェアの伯父のタウン・ハウスへ連れていってくれた。ジャイルズ伯父はロンドン塔へ連れていって戴冠用宝玉《クラウン・ジュウエルズ》を見せてくれ、次に〈マダム・タッソーの館《やかた》〉へ行って、エドマンド・ヒラリー卿やベティ・グレイブル、オーストラリアのクリケット選手のドン・ブラッドマンの蠟人形を鑑賞させてくれたあと、リージェント・パレス・ホテルでお茶としっとりしたロールパンをご馳走してくれた。翌日は庶民院を見学し、ウィンストン・チャーチルが最前列の議員席《ベンチ》でしかめ面《つら》をしているのを見ることができた。セバスティアンが驚いたことに、チャーチルはずいぶん小さかった。

ブリストルへ帰るとき、ロンドンへ戻ってくるのが待ちきれないとセバスティアンは伯父に言った。そしていま、戻ってきた。今回は迎えの車もなかったし、ジャイルズ伯父を訪ねる危険を冒すとしても、万策尽き果てたあとの最後の最後の手段でなくてはならない。だが、今夜はどこへ泊まろうか。

駅の人混みを縫って歩いていると、だれかがぶつかってきて、危うく転びそうになった。見ると、若い男が謝ろうともしないで、急いで立ち去ろうとしていた。

駅を出てみると、そこはヴィクトリア朝様式のテラスハウスが肩を寄せ合って建ち並ぶ通りで、そのうちの何軒かの窓には〈ベッド&ブレックファスト〉の看板が出ていた。セバスティアンはドア・ノッカーが一番きれいに磨かれていて、窓台に並んだ植木箱が一番整然としている一軒を選んだ。花柄のナイロンのハウスコート（女性が家庭で着る、長くてゆったりしたくつろぎ着）を着た端整な顔立ちの女性がノックに応えて現われ、客になるかもしれない相手に歓迎の笑顔を向けた。そこに立っているのが学校の制服を着た若者だとわかって驚いたとしても、それを表わすことはなかった。

「いらっしゃいませ」彼女は言った。「宿をお探しですか、サー？」

「ええ」セバスティアンは〝サー〟と呼ばれてびっくりした。「一晩泊まりたいんですが、料金はいくらでしょう」

「朝食付きで一泊四シリング、一週間なら一ポンドです」

「一晩だけでいいんですが」セバスティアンは言った。いつまでロンドンにいることになるかわからないのだから、朝になったらもっと安い宿を探したほうがいい。

「もちろん、結構ですとも」彼女は応え、スーツケースを引き取ると、廊下を歩き出した。

女性がスーツケースを運ぶのを見るのは初めてだったが、セバスティアンが自分でやるからとか何とか言おうとしたときには、彼女はすでに階段の半ばに達していた。

「わたしはミセス・ティベットです」彼女が名乗った。「でも、常連のお客さまにはティビーと呼んでもらっているんですよ」そして、二階の踊り場にたどり着くと、付り加えた。「七号室へどうぞ。裏側だから、朝、車の音で起こされる心配はないはずです」

生まれてこのかた車の音で起こされたことのないセバスティアンには、何のことだかわからなかった。

ミセス・ティベットが七号室の鍵を開け、脇へどいて、客を部屋へ入れた。ビーチクロフト・アビー校の勉強室より狭かったが、経営者と同じくきちんとこぎれいで、シングル・ベッドにはきれいなシーツが掛けられ、隅に洗面台があった。

「バスルームは廊下の突き当たりです」セバスティアンが訊《き》く前に、ミセス・ティベットが教えてくれた。

「気が変わりました、ミセス・ティベット」セバスティアンは言った。「一週間、泊めてもらうことにします」

ミセス・ティベットがハウスコートのポケットから鍵を取り出し、それを渡す前に言った。「それなら、一ポンドですね。前払いでお願いします」

「もちろんです」セバスティアンは応え、ズボンのポケットに手を入れた。が、空っぽだとわかっただけだった。別のポケットを探し、さらに別のポケットを探した。金のある気配はどこにもなかった。ついに膝を突き、スーツケースを開けて、狂ったように衣類のあいだを探した。

ミセス・ティベットは両手を腰に当てて立ち、その顔にもはや笑顔はなかった。セバスティアンは虚しく衣類を掻き回していたが、とうとう諦めてベッドに崩れ落ちた。ミセス・ティベットがバンクス－ウィリアムズ校長より同情心の強い人であることを祈るしかなかった。

バンクス－ウィリアムズ校長は〈リフォーム・クラブ（ロンドンのペルメル街にあるクラブ。一八三二年に第一回選挙法改正法の支持者が結成した）〉にチェックインして部屋に入ると、手早く風呂を使って、ディナー・ジャケットに着替えた。洗面台の上の鏡でボウ・タイが歪んでいないことを確かめ、主催者と合流するために階段を下りた。

同窓会長のニック・ジュッドが階段の下で待っていて、自分の賓客をレセプション・ルームへ案内した。そこのバーで、委員会のメンバーが待っていた。

「何を飲みますか、校長先生？」同窓会長が訊いた。

「では、ドライ・シェリーを」

ジュッドの次の言葉がドクター・バンクス－ウィリアムズを動揺させた。「まずはあなたにお祝いを言わせていただこう」飲み物の注文をすませた同窓会長が言った。「今年度、わが校はピーターハウス学寮《カレッジ》へ奨学生を送り出したと言うではありませんか。しかも、最上位で。校長としてのあなたの掉尾《ちょうび》を飾るにふさわしい見事な業績です」

ドクター・バンクス－ウィリアムズは何も言わなかったが、演説原稿から削除した三行を復活させなくてはならないことはわかった。クリフトンを退学処分にしたことを知らせるのは、いまである必要はない。いずれにせよ、あの少年は奨学生の座をすでに勝ち得ているわけだし、明日の朝、ケンブリッジ大学の入学担当教員に知らせるまで、それは変わらないのだ。

残念なことに、クリフトンの偉業に言及したのは同窓会長だけではなく、校長が学年末報告を行なうために立ち上がったときには、明日の朝になったら自分が何をするつもりでいるか、この集まりに知らしめる理由を見つけられなくなっていた。最上位で奨学生の座を勝ち得たことを報告したときには、驚くほど長いあいだ拍手がつづいた。

演説は好評をもって迎えられ、ドクター・バンクス－ウィリアムズが着席すると、委員が次々にテーブルの上座へやってきて、彼がつつがなく退職できるよう願ってくれた。そのおかげで、ビーチクロフトへ戻る最終列車に危うく乗り遅れるところだった。一等車の座席に腰を下ろすやいなや、思いはセバスティアン・クリフトンへ戻っていった。そして、明日の朝礼での訓話に使う言葉をいくつかメモしはじめた――〝基準〟、〝品位〟、〝名誉〟、〝規律〟、そして、〝尊敬〟が頭に浮かび、列車がビーチクロフトに着いたときには、第一稿が完成していた。

集札係に切符を渡してほっとしたことに、遅い時間にもかかわらず妻が迎えにきて、車のなかで待っていてくれた。

「どうでした？」夫がドアを閉めるより早く、妻が訊いた。

「状況を考えれば、演説は好評だったと言っていいと思う」

「状況を考えればって、どういうことでしょう？」

自宅へ帰り着くころには、ロンドン行きの列車で不幸にもクリフトンと遭遇した顚末《てんまつ》を、夫はすべて妻に話していた。

「それで、どう対応するつもりなんですか？」玄関の鍵を開ける夫に妻が訊いた。

「彼は私に選択肢を残してくれなかった。クリフトンを退学処分にしたこと、したがって、残念ではあるが、九月にケンブリッジの学生になることはできなくなったことを、明日の朝礼で明らかにするつもりだ」

「それは少し厳格すぎるんじゃありませんか？」ミセス・バンクス－ウィリアムズが言った。「だって、ロンドン行きの列車に乗るべき十分な理由が彼にあったのかもしれないでしょう」

「それなら、私を見たとたんに車両を出ていったのはなぜだね？」

「ロンドンまでずっとあなたと一緒にいたくなかったのかもしれませんよ、マイ・ディア。だって、あなたはほんとに人を畏怖させかねませんからね」

「だが、忘れないでもらいたいな。私は彼が煙草を吸っているところも見ているんだ」妻の言い分を無視して、夫は言った。

「どうしていけないんですか？　学校内で吸っていたわけではないでしょう。それに、もうあなたの保護下《イン・スタトウ・ピュピラッリ》にはないんですよ」

「学年が終わる日まで校則は適用されると、私ははっきり言い渡したんだ。校則を破ったらどういう結果が待っているかも含めてだ」

「寝る前にお飲みになりますか、マイ・ディア?」

「いや、やめておこう。今夜はよく眠る努力をしなくてはならない。明日は簡単にはすまないだろうからな」

「それはあなたにとってですか? それとも、クリフトンにとってですか?」妻が訊き、明かりを消した。


セバスティアンはベッドの端に腰掛けて、今日あったことをすべてミセス・ティベットに打ち明けた。一切隠し事はせず、校長が書いた手紙まで出して見せた。

「実家へ帰ったほうがいいとは思わない？　だって、ご両親がお帰りになって、そのときにあなたがいなかったら、とても心配なさるわよ。それに、校長先生があなたを絶対に退学処分にすると決まったわけでもないでしょう」

「信じてください、ミセス・ティベット、校長はもう決めていて、朝礼でそれを発表するに決まっています」

「それでも、実家へ帰るべきね」

「両親を失望させた以上、それはできません。ぼくがケンブリッジ大学へ進むことを、両親はそれはそれは望んでいたんです。絶対に赦してもらえませんよ」

「それはどうかしらね」ミセス・ティベットが言った。「昔、わたしの父はよく言っていたわ。もし問題が生じたら、それを抱えて一晩眠ることだって。早まった決断は後悔する結果になりかねないって。物事は朝のほうが明るく見えるって」

「でも、ぼくには眠るところもありませんよ」

「馬鹿をおっしゃい」ミセス・ティベットがセバスティアンの肩に腕を回した。「今夜はここで寝てもいいのよ。でも、お腹を空かしたままじゃだめ。荷物をほどいたら、キッチンへいらっしゃい。わたしと一緒に食事をしましょう」

30

「三番テーブルなんですけど、ちょっと困っているんです」ウェイトレスが突き破らんばかりの勢いでドアを開けてキッチンへ戻ってきた。

「何を困ってるの、ジャニス？」ミス・ティベットが大きなフライパンに卵を二つ割り落としながら訊いた。

「言葉が通じないんです」

「ああ、そうだった、フェレル夫妻でしょ？　あの人たちはフランス人じゃないかしらね。でも、一《アン》と二《ドウ》、そして、卵《ウフ》だけ聞き取れれば大丈夫よ」ジャニスは納得した様子がなかった。「それと、ゆっくり話すの」ミセス・ティベットが付け加えた。「大きな声を出しちゃだめよ。英語を話せないからって、あの人たちが悪いわけじゃないんだから」

「ぼくが話しましょうか」セバスティアンは食事の手を止めて言った。

「あなた、フランス語を話せるの？」ミセス・ティベットがフライパンを焜炉にかけながら訊いた。

「ええ」

「それなら、お願いしようかしら」

セバスティアンはキッチンのテーブルを立つと、ジャニスと一緒に食堂へ戻った。九つのテーブルすべてが埋まっていて、ジャニスは部屋の奥の隅のテーブルにいる中年のカップルのほうへ歩いていった。

「おはようございます」セバスティアンはフランス語で言った。「よろしければ、ご注文をうかがいましょう」

びっくりしたカップルがきょとんとした顔でセバスティアンを見、男のほうがスペイン語で言った。「スペイン人なんだがね」

「おはようございます、お客さま。よろしければ、ご注文をお訊きします」セバスティアンはスペイン語に切り替えた。ジャニスはフェレル夫妻がセバスティアンと話し終えるのを待っていた。「少々お待ちください」セバスティアンは言い、キッチンへ引き返した。

「それで、フランス人のお友だちは何をお望みだったのかしら?」ミセス・ティベットがさらに二つ、卵を割りながら訊いた。

「フランス人じゃなくて、スペイン人でした」セバスティアンは応えた。「注文は、軽くトーストした黒パンを何枚か、三分茹《ゆ》でた卵を二つ、そしてブラック・コーヒーを二杯です」

「それだけ？」

「いえ、スペイン大使館への行き方を知りたいそうです」

「ジャニス、コーヒーとトーストをお願い。わたしは卵を引き受けるから」

「ぼくはどうしましょうか」セバスティアンは訊いた。

「玄関ホールのテーブルに電話帳があるから、スペイン大使館を調べてちょうだい。そのあとで地図を見つけて、行き方を教えてあげて」

「ところで」セバスティアンは六ペンス硬貨をテーブルに置いた。「これをもらったんですけど」

「あなたの最初のチップね」ミセス・ティベットが微笑した。

「自分で稼いだ初めてのお金ですよ」セバスティアンは言い、テーブルの上の硬貨を押しやった。「これで、返さなくちゃならないのは三シリング六ペンスになりましたよね」そして、それ以上は何も言わずにキッチンを出ると、玄関ホールのテーブルの電話帳でスペイン大使館を調べ、地図でその場所を見つけて、フェレル夫妻にチェシャム・プレイスへの行き方を教えた。数分後にキッチンへ戻ってきたときには、六ペンス硬貨がもう一枚増えていた。

「この調子がつづいたら」ミセス・ティベットが言った。「あなたを共同経営者にしなくちゃならなくなりそうね」

セバスティアンはジャケットを脱いでシャツの袖をまくると、流しの前に立った。

「今度は何をするつもりなの？」

「皿洗いです」セバスティアンは答え、湯が出るほうの蛇口を捻った。「料金を払えない客はそうするんじゃないんですか？　映画だとそうですよ？」

「きっと、それも生まれて初めてでしょ？」ミセス・ティベットが言い、ベーコンの薄切りを焼いたものを二枚、目玉焼き二個の隣りに添えた。「一番テーブルへお願い」ジャャニス。ヨークシャーからいらっしゃっているラムズボトム夫妻よ。あの人たちの言葉もわたしにはわからないの」ジャニスがキッチンを出ていき、ミセス・ティベットはさらにつづけた。「ところで、セバスティアン、ほかにもしゃべれる言葉があるの？」

「ドイツ語、イタリア語、フランス語、そして、ヘブライ語です」

「ヘブライ語？　あなた、ユダヤ人なの？」

「違います。でも、学校の友だちに一人、ユダヤ人がいて、化学の授業中にヘブライ語を教えてくれているんですよ」

　ミセス・ティベットが笑った。「やっぱり、できるだけ早くケンブリッジへ発《た》つべきね。だって、ここで皿洗いなんかしてはいけない人だもの」

「ケンブリッジへは行きません」セバスティアンは改めて宣言した。「でも、それはだれでもない、ぼくが悪いんです。ただ、イートン・スクウェアへ行って、友だちのブルーノ・マルティネスの実家を訪ねてみようと思っているんです。金曜の午後に帰ってくるはずなので」

「いい考えね」ミセス・ティベットが言った。「きっと彼も、もう知ってるでしょうからね、あなたが本当に退学処分になったか、それとも……ええと、もう一つは何でしたっけ?」

「停学です」セバスティアンが答えたとき、ジャニスがきれいに何もなくなった皿――コックにとって、最高の名誉だった――を二枚持ってキッチンへ飛び込んできたと思うと、それをセバスティアンに渡して、すぐに茹卵の皿を二枚手に取った。

「五番テーブルよ」ミセス・ティベットが念を押した。

「九番テーブルのお客さまがコーンフレイクスのお代わりです」ジャニスが言った。

「それなら食料貯蔵室から新しい箱を持ってきなさい。少しは機転を利かせたらどうなの、まったく」

皿洗いが終わったときには十時をわずかに過ぎていた。「次は何でしょう」セバスティアンは訊いた。

「ジャニスは食堂を掃除して、明日の朝食のテーブルを準備するわ。わたしはキッチンの片づけよ。十二時にお客さまのチェックアウトが終わったら、シーツを交換し、ベッドを作り、植木箱に水をやるの」

「それで、ぼくは何をすればいいんでしょう」セバスティアンはまくった袖を下ろしながら訊いた。

「バスでイートン・スクウェアへ行って、お友だちが金曜に帰ってくるかどうかを確かめていらっしゃい」セバスティアンはジャケットを着た。「でも、その前にあなたのベッドをきちんと作って、部屋を片づけてちょうだいね」

セバスティアンは苦笑するしかなかった。「まるで母親みたいな口調になりはじめてますよ」

「褒め言葉だと受け取らせてもらうわ。一時前には必ず帰ってくるのよ。ドイツからのお客さまが見えることになっていて、あなたの助けが必要になるかもしれないから」セバスティアンは出口へ向かった。「これが必要でしょ」ミセス・ティベットが二枚の六ペンス硬貨を返してくれた。「ここととイートン・スクウェアのあいだを徒歩で往復するというのなら話は別だけど？」

「ありがとうございます、ミセス・ティベット」

「ティビーよ。あなたはもう常連扱いだわ」

セバスティアンは受け取った硬貨をポケットにしまい、彼女の両頬にキスをした。ミセス・ティベットは初めて何も言わなかった。

セバスティアンは彼女が立ち直って軽口を叩く前にキッチンを出ると、階段を駆け上がり、ベッドを作って部屋を片づけてから、玄関ホールへ下りて地図を調べた。驚いたことに、イートン・スクウェアの綴《つづ》りは、不品行――家族はそれを絶対に口にしなかったが――を理由にジャイルズ伯父の入学を拒否した、あの学校とは異なっていた。

玄関を出る前にジャニスが、三六番のバスをスローン・スクウェアで降りて、そこから歩くのだと教えてくれた。

玄関を出てドアを閉めてから真っ先に気づいたのは、びっくりするほど大勢の人間が、ありとあらゆる方向へ、しかもブリストルの人々とはまったく違う速度で歩いていることだった。バスの停留所で列に並んで赤い二階建《ダブルーデッカー》てバスが何台かやってきては去っていくのを見送ったあと、〈三六番〉と表示したバスに乗った。二階へ上がって最前列に席を占めた。眼下を過ぎていくすべてをしっかりと見たかった。

「どちらまで?」車掌が訊いた。

「スローン・スクウェアです」セバスティアンは答えてから頼んだ。「着いたら教えてもらえませんか」

「二《タ》ペンス《ペンス》です」

バスはマーブル・アーチを過ぎ、パーク・レーンを下って、ハイド・パーク・コーナーを曲がっていった。セバスティアンは目に入るものすべてに心を奪われながらも、目的地に着いたらどうすればいいかを考えようとした。わかっているのはブルーノの実家がイートン・スクウェアにあることだけで、番地も知らなかった。そこが狭い広場であることを願うばかりだった。

「スローン・スクウェア！」車掌が叫び、バスはW・H・スミス書店の前に停まった。

セバスティアンは急いで二階から階段を下り、歩道に立った。目印を探して見回すと、ジョーン・プロウライトが「椅子」に出演したロイヤル・コート・シアターが目に留まった。地図を確認し、その劇場の前を通り過ぎて右へ曲がった。ほんの二百ヤードはどでイートン・スクウェアのはずだった。

そこにたどり着くと、足取りをゆるめて、ドン・ペドロの赤いロールスーロイスを探した。が、どこにも見当たらなかった。よほど運がよくない限り、ブルーノの実家を探し当てるには何時間もかかりそうだった。

歩道を歩いているうちに、そこに並ぶ家々の半分がアパートに改造され、それぞれのドアベルの横に住人の名前が記されているのがわかった。残りの半分は一戸建てのままで、住人の名前は明らかにされていず、真鍮のドア・ノッカーがついているか、〝勝手口〟と記されたドアベルがあるだけだった。セバスティアンの感じでは、ブルーノの父親は他人と玄関を共有するタイプの人ではなかった。

セバスティアンは一番地の階段を上がって〝勝手口〟のドアベルを押した。間もなくして黒のロング・コートにホワイト・タイの執事が現われた。セバスティアンはバリントン・ホールのマーズデンを思い出した。

「ミスター・マルティネスの家を探しているんですが」セバスティアンは慇懃《いんぎん》に尋ねた。

「そういう名前の紳士はここにはお住まいではありません」執事が応え、それならどこに住んでいるか心当たりはないかと訊き直す隙《ひま》も与えずにドアを閉めた。

それから一時間、「ここには住んでいない」から門前払いに至るまで、あらゆる拒絶を経験した。そろそろ二時間が経とうとしたとき――そのころにはもう広場の奥のほうまできていたが――それまでに何度も繰り返してきた同じ質問に対して、あるメイドが質問で応えた。「赤いロールス‐ロイスを運転する、外国の紳士のことですか?」

「そうです、その人です」セバスティアンはほっとした。

「それなら四四番地だと思いますよ。二軒向こうです」メイドが右側を指さした。

「本当にありがとうございます」セバスティアンは礼を言うと、きびきびと四四番地へ移動して階段を上がり、深呼吸をしてから真鍮のノッカーを二度、ドアに打ちつけた。

しばらくしてドアが開き、がっちりした体格の大男が現われた。身長は優に六フィートを超えていて、執事というよりボクサーのようだった。

「ご用件は?」男が訊いた。セバスティアンの知らない訛《なま》りがあった。

「こちらはブルーノ・マルティネスの実家でしょうか」

「あなたは?」

「セバスティアン・クリフトンと言います」

男の口調がいきなり変わった。「ああ、あなたのことならブルーノさまから聞いています。ですが、いまはいらっしゃいません」

「いつ帰ってくるか、おわかりでしょうか」

「ミスター・マルティネスの話では、金曜の午後だったように思います」

セバスティアンはこれ以上質問しないことにして、礼を言うにとどめた。「ありがとうございました」大男が素っ気なくうなずき、叩きつけるようにしてドアを閉めた。それとも、あれが普通の閉め方なのだろうか？

セバスティアンはスローン・スクウェアのほうへ走り出した。ドイツ人の客がくるまでに帰り着いて、ミセス・ティベットの手助けをしたかった。パディントン方面行きの最初のバスに乗り、プレイド・ストリート三七番地へ戻るやキッチンへ飛び込んで、ミセス・ティベットとジャニスに合流した。

「何かわかった、セブ？」セバスティアンが腰を下ろす間もなく、ミセス・ティベットが訊いた。

「何とかブルーノの実家を見つけることができましたよ」セバスティアンは意気揚々と答えた。「それに――」

「イートン・スクウェア四四番地ね」ミセス・ティベットがソーセージとマッシュポテト

の皿を彼の前に置いて言った。

「どうして知ってるんですか?」

「電話帳にマルティネス名義の番号が一つだけ載っているの。わたしがそれを思い出したときには、あなたはもう出かけてしまっていたのよ。それで、お友だちがいつ帰ってくるかはわかったの?」

「ええ、金曜の午後です」

「それなら、あと二日はあなたをここに縛りつけておけるわね」セバスティアンが当惑していると、ミセス・ティベットが付け加えた。「よかった、それなら安心だわ。さっき話したドイツ人のお客さまの滞在予定が金曜の午後までなの。だから、あなたが――」そのとき玄関にしっかりとしたノックがあり、彼女の話を中断させた。「きっと、ミスター・クロルと彼のお友だちたちよ。わたしと一緒にきて、セブ、あの人たちの言葉をあなたが理解できるかどうか確かめましょう」

セバスティアンは渋々ソーセージとマッシュポテトに別れを告げ、ミセス・ティベットのあとを追った。彼女が玄関を開けるのに危うく間に合った。

それからの四十八時間、セバスティアンは睡眠を取るどころではなく、スーツケースを運び上げたり下ろしたり、タクシーを呼んだり、飲み物を運んだり、そして一番大事な仕事であるドイツ語の質問――「ロンドン・パラディウム（一九一〇年開設の劇場）へはどう行けばいいのか」から「いいドイツ料理のレストランを教えてくれないか」まで、さまざまかつ無数の質問が浴びせられた――を通訳する合間に、しばらくうとうとするしかなかった。ミセス・ティベットはその質問の大半に答えるのに、地図もガイドブックも必要としなかった。木曜には――ミスター・クロルたちが宿泊する最後の夜だった――セバスティアンは答えられない質問をされて赤くなり、ミセス・ティベットが助け舟を出してくれた。

「ソーホーのウィンドミル・シアターの前へ行けば、女の子はよりどりみどりだって、そう教えてあげなさい」

　ドイツ人たちが深々と頭を下げた。

　金曜の午後にチェックアウトするとき、ヘル・クロルはセバスティアンに一ポンド札を握らせ、心からの握手をした。セバスティアンはその一ポンドをミセス・ティベットに渡そうとしたが、彼女はそれを断わってこう言った。「それはあなたのものよ。あなたの働きぶりを考えれば、それでも少ないくらいだわ」

「でも、ぼくは宿賃をまだ払いきっていませんよ。きちんと支払いを済ませなければ、ぼくの祖母なら――彼女は昔、ブリストルのグランド・ホテルの支配人をしていたんですが――、もういいなんて絶対に言わないはずですけどね」

　ミセス・ティベットがセバスティアンを抱擁した。「幸運を祈っているわ、セブ」そして、ようやく抱擁を解くと、一歩下がって付け加えた。「ズボンを脱ぎなさい」

　セバスティアンはヘル・クロルにストリップ劇場の場所を訊かれたときよりはるかに当惑した。

「アイロンをかけてあげると言っているのよ。そのままじゃ、仕事をしてきたばかりなのが見え見えだし、それはお望みじゃないでしょ?」

31

「いらっしゃるかどうかわかりませんが」セバスティアンが決して忘れることのできない男が言った。「確かめてみましょう」

「セブ！」そのとき、大理石の廊下に声がこだました。「会えて本当に嬉しいよ、オールド・チャップ」ブルーノが親友と握手しながら付け加えた。「噂が本当だったら、二度と会えないんじゃないかと悲観していたんだ」

「どんな噂なんだ？」

「カール、エレナに客間へお茶を運ばせてくれ」

ブルーノがセバスティアンをなかに入れた。ビーチクロフト・アビーでは常にセバスティアンが主導的立場にあってブルーノは従順な部下だったが、いまは立場が逆転していた。セバスティアンは客として主人役のブルーノに従って廊下を歩き、客間へ入った。自分はかなりいい、ひょっとすると贅沢と言っていい環境で育ってきたとセバスティアンは昔から考えていたが、客間に足を踏み入れた瞬間に、出迎えてくれたものを見て仰天せざるを得なかった。小さな国の王なら度肝を抜かれるのではないかとさえ思われたし、絵画も、調度も、絨毯さえも、博物館にあってもおかしくないようなものばかりだった。

「どんな噂だ?」セバスティアンはソファに浅く腰掛けると神経質に繰り返した。

「いま話すよ」ブルーノが言った。「でもその前に、どうしてあんなに突然学校からいなくなったのか、その理由を教えてくれないか。ついさっきまでおれやヴィクと一緒に勉強室にいたと思ったら、次の瞬間には消えてしまうなんて、どういうことなんだ」

「次の日の朝礼で、校長は何も言わなかったのか?」

「ああ、一言も言わなかった。だから、よけいに謎めいたことになってるんだ。もちろん、みんなが憶測や推測をしてるけど、寮監もバンクス-ウィリアムズも石のように口を閉ざしたままだ。だから、どれが事実で、どれが作り話なのか、だれにもわからないんだよ。一度、寮母に訊いてみた。あそこでは、彼女が知らないことは何一つないからな。だけど、おまえの名前が出たとたんに、まったく彼女らしくないことに、必ず貝のように口を閉ざしてしまうんだ。ヴィクは最悪の事態じゃないかと恐れてるけど、あいつの場合、いつだって十分な根拠があってのことじゃないからな。あいつはおまえが退学になったと確信していて、もう会えないと半ば決めつけてる。でも、おれはあいつに言ってるんだ、三人ともケンブリッジで再会するんだってな」

「残念ながら、それは無理だ」セバスティアンは応えた。「ヴィクの言ってるとおりだよ」そして、この週の早い時期に校長に呼ばれて以降に起こったことを、打ち明けた。親友がケンブリッジに行けなくなったと知って、ブルーノはショックを露わにした。

　セバスティアンの話を聞き終えると、ブルーノが言った。「だから、おれも水曜の朝礼のあとで校長室へ呼ばれたんだな」

「どんな罰を喰らったんだ?」

「鞭打ちの刑を受け、監督生を解任されて、今度無分別なことをしたら停学処分にすると警告された」

「おれも停学だけですんだかもしれなかったんだ」セバスティアンは言った。「ロンドン行きの列車で煙草を吸っているところを見つかりさえしなかったらな」

「ブリストルへ帰ることになっていたんだろう、どうしてロンドンなんかへ行こうとしたんだ」

「金曜までロンドンでうろうろして、学年が終わる日に実家へ帰るつもりだったんだ。両親ともアメリカへ行っていて、帰ってくるのが明日なんだよ。だから、知られる心配はないはずだったんだ。あの列車で校長と鉢合わせしなかったら、うまくいったに違いないんだ」

「でも、今日のうちにブリストルへ帰ったら、いまでも両親に知られなくてすむんじゃないのか?」

「もうだめだよ」セバスティアンは言った。「いいか、校長はこう言ったんだぞ」そして、ジャケットの襟を引っ張りながら、ドクター・バンクス－ウィリアムズの口調を真似た。「『それまでに一度でも校則を破ったら、ケンブリッジ大学への推薦を考え直すのを躊躇わないぞ。わかったかね？』とな。それなのに、校長室を出て一時間もしないうちに、三つも校則を破ったんだ。しかも、校長の目の前でだ！」

メイドが銀の盆に、ビーチクロフト・アビーでは一度もお目にかかったことのない食べ物を、盆が重たがるのではないかと思われるほどたっぷり載せて運んできた。

ブルーノが焼きたてのマフィンにバターを塗りながら言った。「お茶を飲んだらすぐに、おまえが泊まっているゲストハウスへ行って荷物を引き取るんだ。今夜はここに泊まればいい。そして、これからどうすればいいかを考えよう」

「だけど、お父さんの許可を得なくていいのか？」

「学校から帰る道々、父に言ったんだ。セブが罰を受けてくれなければ、おれは九月にケンブリッジへ行けないことになっただろうってな。そうしたら、おまえはそんな友だちを持って運がいい、できれば一度会って、直接礼をしたいという返事が返ってきたよ」

「もしバンクス－ウィリアムズがおまえを先に呼び出していたら、おまえだっておれと同じことをしたはずだよ」

「そんなことはどうでもいいよ、セブ。校長はおまえを先に呼び出した。おかげで、おれは鞭打ちの刑だけですみ、ヴィクは罰を免れた。あいつだって危ういところだったんだ。何しろ、ルビーともっと親密に知り合えるんじゃないかと希望を持っていたんだからな」

「ルビーか」セバスティアンは繰り返した。「彼女がどうなったか、知ってるか?」

「おまえと同じ日に姿が消えたよ。もう二度と会うことはないだろうとコックが言ってた」

「それでも、おれがケンブリッジ大学へ戻るチャンスはあると、おまえはいまでも考えているのか?」

沈黙が訪れた。

「エレナ」ブルーノが大きなフルーツケーキを運んできたメイドに言った。「ぼくの友だちが荷物を取りに、いったんパディントンへ戻る。運転手に送り迎えをするよう頼んでくれ。それから、彼がここへ帰ってくるまでに客用寝室を使えるようにしておいてもらいたい」

「申し訳ありません。運転手はオフィスからお帰りになるお父さまをお迎えに、たったいま出かけてしまいました。お戻りになるのはディナーの直前になるかと思いますが」

「それなら、タクシーを呼んでくれ」ブルーノが言った。「その前に、セブ、うちのコックが作ったフルーツケーキの味を見てくれないか」

「おれはバス代だって十分にないんだぞ。タクシー代なんてとんでもないよ」セバスティアンはささやいた。

「おれが使ったことにして、親父《おやじ》に請求が行くようにするさ」ブルーノがケーキ・ナイフを手にしながら言った。


「それは素晴らしいニュースだわね」セバスティアンが午後の出来事をすべて打ち明けると、ミセス・ティベットが喜んだ。「でも、ご両親に電話をしてあなたがどこにいるか知らせるべきだという、わたしの考えはいまも変わらないわよ。だって、ケンブリッジ大学に行けないと決まったのかどうか、あなたはいまでもはっきり確認できていないんでしょ？」

「ルビーが馘《くび》になり、ぼくの寮監はその話をするのを拒否しています。自分の意見を言わずには気がすまない寮母までが、固く口を閉ざしているんです。断言できますよ、ミセス・ティベット、ぼくはケンブリッジ大学へは行けないんです。いずれにしても、両親は明日までアメリカから帰ってきません。だから、連絡したくてもできないんです」

ミセス・ティベットは自分の意見を胸に秘めつづけた。「ともかく、ここを引き上げるのなら」彼女は言った。「早く荷物をまとめなさい。そうすれば、部屋が空くでしょ？もう三人もお客さまをお断わりしているのよ」

「できるだけ早くやります」セバスティアンはキッチンを出ると、階段を駆け上がって、自分が使っていた部屋へ入った。荷物をスーツケースにまとめ、部屋をきちんと片づけてから階下《した》へ下りると、ミセス・ティベットとジャニスが玄関ホールで待っていた。

「忘れられない一週間だったわ、本当よ、決して忘れないでしょうね」と言って、ミセス・ティベットが玄関を開けてくれた。「ジャニスもわたしも、死ぬまで憶えているわ」

「ぼくが回想記を書くとしたら、ティビー、あなたの章を丸まる一つ作りますよ」セバスティアンは言い、三人は一緒に歩道に下りた。

「でも、そのはるか前に、わたしたちのことなんか忘れてしまうんでしょうね」ミセス・ティベットが寂しそうに言った。

「それは無理ですね。ここはぼくの第二の実家になるんです、いまにわかりますよ」セバスティアンはジャニスの頰にキスをし、ティビーを長いあいだ抱擁した。「あなたこそ、あまりあっさりとぼくを切り捨てないでくださいね」そう付け加えて、セバスティアンは待たせていたタクシーに戻った。

ミセス・ティベットとジャニスが手を振って見送るなか、タクシーはイートン・スクウエアへと走り出した。ミセス・ティベットはもう一度セバスティアンに言いたかった——〝お願いだから、お母さまがアメリカから帰っていらしたらすぐに電話をしてあげてちょうだい〟。けれども、言っても無駄だということもわかっていた。

「ジャニス、七号室のシーツを替えるのよ」タクシーが突き当たりを右に曲がって見えなくなると、ミセス・ティベットはすぐに家へ戻った。セバスティアンが母親に連絡しないのなら、自分がするつもりだった。

その夜、ブルーノの父親は二人をリッツ・ホテルへ連れていって、ディナーを振る舞ってくれた。またシャンパンを飲み、初めて牡蠣《かき》を食べた。ドン・ペドロ――そう呼ぶようにと言い張って譲らなかった――は、セバスティアンが責めを一人で引き受け、息子がケンブリッジ大学へ行けなくなるのを防いでくれたことに何度も感謝して、「いかにもイギリス人らしい男らしさだ」と繰り返した。

ブルーノは黙って料理をつつき、滅多に会話に加わらなかった。父親を前にして、午後に見せていた自信は跡形もなくなったかに見えた。しかし、その夜の最大の驚きは、ブルーノにはディエゴとルイスという二人の兄がいるとドン・ペドロが明らかにしたことだった。ブルーノの口からその話が出たことはなかったし、彼らがビーチクロフト・アビー校を訪ねてきたことも一度もないはずで、いま、セバスティアンはその理由を訊きたかったが、親友が俯いたままだったので、二人きりになるのを待つことにした。

「二人とも、私の会社で仕事を手伝ってくれているんだ」ドン・ペドロが言った。

「どういう事業をなさっているんですか？」セバスティアンは無邪気に訊いた。

「貿易だよ」ドン・ペドロは答え、それ以上の説明をしなかった。

ドン・ペドロが若い賓客には初体験になるキューバの葉巻を勧め、ケンブリッジ大学へ行かないとなったいま、これからどうするつもりなのかと訊いた。「仕事を探さなくちゃならないと思います」セバスティアンは慌てて咳き込みながら答えた。

「百ポンドを現金で稼ぎたくはないかな？　実は、ブエノスアイレスで仕事があるんだが、きみにもできることだ。私のためにやってくれないか。月末にはイギリスへ戻ってこられるんだが」

「ありがとうございます、サー。気を遣っていただいてとても嬉しいのですが、ぼくは一体何をするんですか？　だって、百ポンドは大金じゃないですか」

「今度の月曜に私と一緒にブエノスアイレスへ行き、何日か私の客として滞在して、そのあと、荷物と一緒に〈クイーン・メアリー〉でサウサンプトンへ帰ってもらう。それだけだ」

「でも、なぜぼくなんですか？　そんな簡単な仕事なら、あなたの会社の人にやらせればすむんじゃありませんか？」

「その荷物というのは、わが一族の家宝なんだよ」ドン・ペドロがすかさず答えた。「それで、スペイン語と英語が両方できて、しかも信頼できる人間が必要なんだ。ブルーノが窮地に立たされそうになったときに何をしてくれたかを知ったいま、きみこそが打ってつけだと確信しているんだ――」そして、ブルーノを見て付け加えた。「これが私流の感謝の表わし方かもしれないな」

「ありがとうございます、サー」セバスティアンはもう一度礼を言った。自分の幸運が信じられなかった。

「では、十ポンドを前払いしておこう」ドン・ペドロがポケットから財布を出した。「残りの九十ポンドは、きみがイギリスへ戻った日に払う」そして、五ポンド札を二枚財布から抜いて、テーブル越しに押しやった。これまでにセバスティアンが手にした最高金額だった。「週末はブルーノと二人で楽しんだらどうだね？　だって、それはきみが稼いだ金なんだからな」

ブルーノは何も言わなかった。

最後の客への応対が終わるやいなや、ミセス・ティベットはまだ洗いものが終わっていないジャニスにあたかも初めてその指示を出すかのように、食堂を片づけて明日の朝食のためにテーブルを整えておくよう念を押してから、自分は二階へと姿を消した。オフィスへ行って明日の朝の買い物のリストを作るのだろうとジャニスは想像したが、実はそうではなく、ミセス・ティベットはただ机に向かって電話を睨みつけていた。そして、ついにウィスキーをグラスに注ぐと――普段は最後の客が寝てしまうまで、滅多にそんなことはしなかった――、ぐいと呷《あお》ってから受話器を取った。

「電話番号案内をお願いします」彼女は交換台に告げ、別の声が返ってくるのを待った。

「お探しの方のお名前は？」その声が訊いた。

「ミスター・ハリー・クリフトン」ミセス・ティベットは告げた。

「その方のお住まいは？」

「ブリストルです」

「住所はおわかりになりますか？」

「わかりません。でも、有名な作家です」ミセス・ティベットは言った。彼を知っているように聞こえてほしかった。しばらく待たされて、回線が切れたのではないかと疑いはじめたころに声が戻ってきて言った。「その方は電話帳に番号を載せていらっしゃいません。したがって、マダム、お気の毒ですが、おつなぎすることができません」

「でも、緊急の用件なんです」

「残念ですが、マダム、あなたがイギリス女王でもおつなぎできないのです」

ミセス・ティベットは受話器を置くと、ミセス・クリフトンと連絡を取る方法がほかにないだろうかとしばらく思案した。やがてジャニスが頭に浮かび、キッチンへとって返した。

「あなたがいつも読んでるペーパーバックだけど、あれはどこで買ってるの？」彼女はジャニスに訊いた。

「駅です。ここへくる途中で買うんです」ジャニスが洗いものをつづけながら答えた。ミセス・ティベットは焜炉の掃除をしながら、ジャニスの答えを考えた。そして、満足できる形で仕事を終えると、エプロンを外してきちんと畳んでから、買い物籠を手にして宣言した。「買い物に行ってくるわ」

彼女は玄関を出ると、いつもの朝と違って右に曲がらなかった。右に曲がるときは、最高級のデンマークのベーコンを売っている肉屋、どこより新鮮な果物を求められる八百屋、オーヴンから出したばかりの焼きたてが手に入るパン屋――そういうときでも、買うのは値段が相応の場合だけだった――を目指すのだが、今日はそうではなく、左へ曲がってパディントン駅のほうへ歩いていった。

財布をしっかりと握り締めているのは、ロンドンへ着いていくらも経たないうちに盗まれたと、幻滅した客に嫌になるほど頻繁に聞かされていたからだった。最近の例はセバスティアンだ。あの子は年の割には成熟しているけれど、それでも、まだ世間知らずなのだ。

道を渡り、駅へ急ぐ通勤者の群れに混じりながら、ミセス・ティベットはいつになく神経質になった。これまで一度も本屋に足を踏み入れなかったのは、それが理由かもしれなかった。十五年前のイースト・エンドの空襲で夫と、まだ赤ん坊だった息子を殺されて以来、本を読んでいる時間はほとんどなかった。あの子が生きていれば、セバスティアンと同じ年頃のはずだった。

住むところを失ったティビーは、新しい餌場《えさば》を見つけなくてはならなくなった鳥のように西へ移住した。そして、〈セイフ・ヘイヴン〉という、〝安全な避難場所〟を意味するゲストハウスで雑用係の仕事を得た。三年後にウェイトレスになり、経営者が死んだときに繁盛しているとは言い難いそのゲストハウスを引き継いだのだが、それは融資した金を返済してくれる人間――だれでもよかったのだ――を銀行が必要としていたからにほかならなかった。

危うく破産しそうになっていた一九五一年、彼女は英国祭（一九五一年―五二年にロンドンのテムズ川南岸で催された人博覧会百周年記念祭）に救われた。百万もの人々がロンドンを訪れ、ゲストハウスが初めて利益を出すことを可能にしてくれた。以降、利益はそう大きくはないとしても毎年数字が大きくなりつづけ、債務も完済して、いまやだれの指図も受けずに商売ができるようになった。経営を安定させるためには常連客を作る必要があった。通りがかりの客だけを相手にしていたのでは絶対に長続きしないことは、この仕事を始めて早々に学んでいた。

ミセス・ティベットはいきなり白昼夢に耽るのを打ち切り、駅を見回して、〈W・H・スミス〉の看板を探した。眺めていると、年季が入っているらしい旅行者が忙しそうに出入りしていた。その大半は半ペニーで朝刊を買うだけだったが、店の奥へ行って書棚を見て回る者もいた。

ミセス・ティベットは思い切って足を踏み入れた。が、店の真ん中で立ち往生し、ほかの客の邪魔になるばかりだった。奥のほうで木の台車で運んできた本を書棚に移している女性に気づき、そこへ行ったものの、仕事を中断させる勇気がなかった。

その女性店員が顔を上げて、慇懃に訊いた。「何かご用でしょうか？」

「ハリー・クリフトンという作家をご存じかしら」

「もちろんです」女性店員が答えた。「とても人気のある作家の一人ですから。お探しの作品はもう決まっていらっしゃいますか？」ミセス・ティベットは首を横に振った。「それなら、当店が置いている作品からお選びになってはいかがでしょう」店員はミセス・ティベットを促して店のもう一方の側へ歩いていき、〈犯罪〉と表示されている売り場で足を止めた。〝ウィリアム・ウォーウィック・ミステリー〟が、きちんと一列に積み上げられ、ところどころにできている隙間が、その作家がいかに人気があるかを物語っていた。

「それから、言うまでもありませんが」店員がつづけた。「囚人の日記も、プレストン卿の手になる『世襲の原則』という伝記もあります。これはクリフトン－バリントンの相続問題をとても面白く描いたものです。きっと憶えておいでですよね？　何週間も新聞を賑《にぎ》わしましたから」

「ミスター・クリフトンの小説で、あなたがお薦めの作品はどれかしら」

「どの作家であれ、その質問を受けたときには」店員が答えた。「いつもこう申しあげているんです。第一作からお読みになるほうがいいと思いますよ、ってね」そして、『ウィリアム・ウォーウィックと盲目の目撃者』を棚から取り出した。

「もう一つの、世襲がどうとかいう伝記だけど、それを読んだら、クリフトン一族のことがもっと詳しくわかるのかしら」

「わかります。それに、どんな小説にも負けないぐらい、ページをめくりつづけたくなるはずです」そして伝記の棚へ行ってその作品を取り出し、『ウィリアム・ウォーウィックと盲目の目撃者』と一緒に差し出した。「三シリングになります、マダム」

ゲストハウスへ帰ったのは昼食の時間直前だった。ジャニスは買い物籠が空っぽなのを見て驚き、ミセス・ティベットがオフィスへ閉じこもってしまって、玄関がノックされても、お客さまだと声をかけなければ下りてこなかったときにはもっと驚いた。

レグ・プレストンの『世襲の原則』を読み通すのには二日と二晩かかったが、巻を置いたときには、これまでに足を踏み入れたことのないもう一つの場所を訪ねなくてはならないと覚悟していた。書店へ入るより、はるかに神経質になって緊張するに決まっているところだった。

月曜の朝、セバスティアンは早々に朝食に下りていった。ブルーノの父親が仕事に出かける前に話がしたかったのだ。

「おはようございます、サー」彼は朝食のテーブルに着きながら挨拶した。

「おはよう、セバスティアン」ドン・ペドロが応え、読んでいた新聞を置いた。「どうだ、考えは決まったかね？　私と一緒にブエノスアイレスへ行ってくれるか？」

「ええ、決まりました、サー。まだ間に合うのであれば、是非ご一緒させてください」

「間に合うとも」ドン・ペドロが言った。「私がここへ帰ってくるまでに準備を整えておいてくれればいいだけのことだ」

「出発は何時ですか？」

「五時ごろになるかな」

「準備を整えて、お待ちしています」セバスティアンが言ったとき、ブルーノが入ってきた。

「喜べ、セバスティアンが私と一緒にブエノスアイレスへ行ってくれるそうだ」ドン・ペドロが腰を下ろした息子に言った。「彼は月末にロンドンへ戻ってくるから、そのときは頼んだぞ」

　ブルーノが何か言おうとしたとき、エレナが入ってきて、テーブルの中央にトーストの山を置いた。

「朝食はどうなさいますか、サー？」エレナがブルーノに訊いた。

「茹卵を二つだ」

「ぼくも同じものを」セバスティアンは同調した。

「そろそろ出かけなくちゃならん」ドン・ペドロがテーブルの上座から立ち上がった。「ボンド・ストリートで約束があるんだ」そして、セバスティアンを見て付け加えた。「五時には必ず出発できるように、荷物をまとめて準備を終えておいてくれよ。潮を逃す余裕はないからな」

「待ちきれませんよ、サー」セバスティアンは言った。心底から興奮している口調だった。

「行ってらっしゃい、お父さん」ブルーノが部屋を出ていく父親に声をかけた。そのあとはまったく口を開かず、玄関が閉まる音が聞こえてようやくテーブルの向こうで顔を上げると、親友に言った。「おまえ、本当に正しい決断をしたという自信があるのか？」

ミセス・ティベットは震えが止まらなかった。とてもやり通せるとは思えなかった。その日の朝、朝食のテーブルに着いた客は、茹ですぎた卵と焦《こ》げたトースト、ぬるいお茶を口にするはめになり、結局、その責めはジャニスが負わされた。だが、ジャニスにしてもどうしようもなかったのだ。何しろこの二日というもの、ミセス・ティベットは買い物に行かず、したがって、パンは古くなり、果物は熟しすぎ、ベーコンは使い果たしてなくなっていたのだから。最後の客が不満たらたらで朝食室を出ていってくれたとき、ジャニスはようやくほっとした。一人など、料金の支払いを拒否したほどだった。

具合でも悪いのではないかとキッチンへ戻ってみたが、ミセス・ティベットは影も形もなかった。一体どこへ行くところがあるのだろう、とジャニスは訝った。

実はミセス・ティベットは、一四八番のバスでホワイトホールへ向かっていた。果たしてやり通せるかどうか、いまだにわからないままだった。相手が面会に同意してくれたとしても、何と言えばいいのか？　そもそもわたしなどの出る幕ではないのではないか？そのことに頭を奪われていたせいで乗り過ごし、ウェストミンスター・ブリッジを渡ってしまってからようやくバスを降りた。しばらく時間をかけて徒歩でテムズ川を渡ったが、それは観光客のように川の上り下りの景色を愛《め》でるためではなかった。

パーラメント・スクウェアまでいくあいだに、何度も考えが変わりそうになった。そこへ着いたら着いたで足が前へ進むのを嫌がるようになり、それでも何とか庶民院の入口までやってきたが、足を止めた瞬間、ロトの妻のように塩の柱になった。

そこにいた門衛は古参で、初めてウェストミンスター宮殿を訪れて威圧されてしまった人々の対処に慣れているらしく、凍りついた像と化しているミセス・ティベットに笑顔で訊いた。「どうなさいました、マダム？」

「国会議員に面会するにはここでいいんでしょうか？」

「約束していらっしゃいますか？」

「いえ、していません」ミセス・ティベットは応えた。門前払いを喰わされたほうがいいような気分だった。

「大丈夫ですよ、多くの人はそうなんです。目当ての国会議員がここにいて、時間さえあれば大丈夫です。よかったら、あの列に並んでください。私の同僚がお手伝いします」

ミセス・ティベットは階段を上がってウェストミンスター・ホールを通り過ぎ、静かな長い列に並んだ。一時間以上並んで先頭に出るころになって、ジャニスに行き先を告げていないことを思い出した。

中央ロビーへ案内され、そこからは係員が受付へ連れていってくれた。

「こんにちは、マダム」当直の事務官が言った。「どなたに面会でしょう？」

「サー・ジャイルズ・バリントンです」

「選挙区の方ですか、マダム？」

いまからでも逃げ出せるかもしれない、というのが最初に頭に浮かんだ思いだった。

「いいえ、個人的なことです。でも、どうしてもお目にかかりたいのですけど」

「わかりました」事務官が驚いた様子もなく応えた。「お名前を教えていただけますか、面会カードに記入しますので」

「ミセス・フローレンス・ティベットです」

「住所は？」

「プレイド・ストリート三七番地、パディントンです」

「それで、サー・ジャイルズと面会なさりたい用件はどういうことでしょう？」

「彼の甥御《おいご》さんの、セバスティアン・クリフトンのことです」

事務官は面会カードの記入を終えると、それを議会付き送達吏に渡した。

「どのぐらい待たなくてはならないのでしょうか？」彼女は訊いた。

「議員がここにいさえすれば、普通は割とすぐに返事があるはずです。お待ちいただくあいだ、あそこへお坐りになってはいかがでしょう」事務官が弧を描いている中央ロビーの壁際に並んだ、緑のベンチを指さした。

送達吏は長い廊下を足早に下院へ向かい、議員ロビーへ入ると、面会カードを同僚の一人に渡した。カードを受け取った同僚は、それを議場へ届けた。議場はピーター・ソーニクロフト大蔵大臣の発表――スエズ危機の終焉によってガソリンの配給制を解除する――を聞こうとする議員で満員だった。

送達吏はいつもの席に坐っているサー・ジャイルズ・バリントンを見つけ、三列目の端にいる議員に面会カードを渡した。そこからゆっくりとしたリレー・ゲームが始まり、その列にいる議員の一人一人が面会カードに書いてある名前を確かめてから隣りの議員へ渡していって、ようやくサー・ジャイルズ・バリントンの手に届いた。

そのとき、外務大臣がそれまでの質問に答え終わり、ブリストル港湾地区選出議員はカードをポケットにしまうと、議長の目を引こうと勢いよく立ち上がった。

「サー・ジャイルズ・バリントン」議長が指名した。

「外務大臣にお尋ねする。その大統領声明はイギリス産業にいかなる影響を与えるとお考えでしょうか。とりわけ国防分野におけるわが国の産業に関してですが」

ミスター・セルウィン・ロイドがふたたび立ち上がり、送達箱の縁を握って答弁した。

「議員閣下にお答えします。私はわが国のワシントン駐在大使と常に連絡を取り合っていますが、彼が確言するところでは……」

ミスター・ロイドが最後の質問に答え終わった四十分後、ジャイルズはポケットの面会カードのことをすっかり忘れていた。

何人かの同僚とティー・ルームにいて、財布を出した拍子にカードが床に落ちたときには、一時間ほどが経っていた。それを拾って面会者の名前を見たが、ミセス・ティベットなる女性に心当たりはなかった。裏返してメッセージを読んだ瞬間、弾かれたように立ち上がるとティー・ルームを飛び出し、彼女がいまも待っていてくれることを祈りながら、中央ロビーまで一度も足を止めることなく走りつづけた。当直事務官の机にたどり着くと、ミセス・ティベットを呼んでくれるよう頼んだ。

「お気の毒ですが、サー・ジャイルズ、そのレディならしばらく前にお帰りになりました。戻って仕事をしなくてはならないとのことでしたが」

「しまった」ジャイルズは面会カードを裏返して住所を確かめた。

32

「パディントンのプレイド・ストリートだ」ジャイルズは議員出入り口の前に停まっているタクシーに乗り込んだ。「もう遅れているんだ。飛ばしてくれ」

「まさかスピード違反をしてもいいとはおっしゃいませんよね、旦那？」運転手はそう言いながら正門を出ると、パーラメント・スクウェアへ入っていった。

スピード違反でも何でもしてくれとジャイルズは言いたかったが、我慢した。ミセス・ティベットが庶民院をあとにしてしまったとわかるや、すぐに義理の弟に電話をして、見知らぬ女性から謎めいた伝言を受け取ったことを告げた。ハリーの最初の反応は次のロンドン行きの列車に飛び乗りたいというものだったが、ジャイルズはそれはやめたほうがいいと諫めた。結局は何でもない、ただの人騒がせかもしれないし、いずれにせよ、セバスティアンがブリストルへ向かっている可能性もあるんだから、と。

ジャイルズはタクシーの後部座席に浅く腰掛け、信号が常に青であってくれることを願いながら運転手を急《せ》かしつづけた。たとえ数ヤードでも先へ行けそうなら、車線変更をさせずにはいられなかった。この二日というもの、ハリーとエマはどれほどの心配をしただろうと、それが頭から離れなかった。ジェシカには話しただろうか？　話しているとすれば、あの娘《こ》はマナー・ハウスの階段のてっぺんに坐って、セバスティアンが帰ってくるのを不安に駆られながら待っているに違いない。

タクシーを三七番地の前で止めた運転手は、国会議員がパディントンのゲストハウスを訪ねる理由は何だろうと訝らざるを得なかった。しかし、それは彼の知ったことではなかったし、この紳士がたっぷりチップをはずんでくれたとあっては尚更だった。

ジャイルズはタクシーを飛び降りると玄関へ走って、ノッカーを何度もドアに打ちつけた。ややあって、若い女性が玄関を開けて言った。「申し訳ありません。もう満室なんです」

「いや、部屋を探しているのではなくて」ジャイルズは言った。「会いたい人がいるんだ――」そして、もう一度面会カードに目を走らせた。「ミセス・ティベットという女性なんだが」

「それで、あなたはどなたですか？」

「サー・ジャイルズ・バリントンだ」

「少しお待ちいただけますか、サー。彼女に知らせてきますから」若い女性はそう言ってドアを閉めた。

歩道に立って待っているあいだ、セバスティアンはずっとここ、パディントン駅からわずか百ヤードのところにいたのだろうかという思いが頭をもたげた。二分ほど待たされたあと、ふたたびドアが勢いよく開いた。

「申し訳ありません、サー・ジャイルズ」ミセス・ティベットは自分が悪いことでもしたかのように謝った。「ジャニスがあなたを存じ上げなかったものですから。どうぞ、お入りください」

ジャイルズが坐り心地のいいハイーバックの椅子に腰を落ち着けるや、ミセス・ティベットがお茶を勧めた。

「いや、結構です」ジャイルスは辞退した。「あなたはセブについて何か知っておられるのでしょうか。私に知らせたいこととか？　あの子の両親がひどく心配しているのですよ」

「ご心配は当然ですとも。本当にお気の毒に思います」ミセス・ティベットが言った。「あの子には何度も言ったんですよ、お母さまに連絡なさいってね。でも——」

「でも？」ジャイルズは先を促した。

「長い話になるんですけど、サー・ジャイルズ、できるだけ手短にお話しします」

十分後、セバスティアンを見たのは、彼がタクシーでイートン・スクウェアへ戻るときが最後で、それ以降、連絡はないということを明らかにしていた。

「では、あなたの知る限りでは、彼はイートン・スクウェア四四番地の、ブルーノ・マルティネスという友人のところにいるんですね」

「その通りです、サー・ジャイルズ。でも――」

「ありがとうございました。本当に恩に着ます」ジャイルズは立ち上がりながら、財布を取り出した。

「そんな、わたしは何もしていませんよ」ミセス・ティベットが手を振って断わった。

「わたしはセバスティアンのためにすべてをしたのであって、あなたのためではありません。でも、一つだけアドヴァイスさせていただけるなら……」

「もちろんです、何でしょう？」ジャイルズは坐り直した。

「あの子はご両親がひどく腹を立てておられるのではないかと心配しています。ケンブリッジ大学へ進むチャンスを自らだめにしてしまったわけですから。それで――」

「しかし、彼はケンブリッジの席を失ってはいませんよ」ジャイルズはさえぎった。

「それはわたしが今週聞いたなかで、一番いいニュースです。早くあの子を見つけて、それを教えてやってください。ご両親が怒っていらっしゃると思っているうちは、あの子は実家へ戻ろうとしないでしょうから」

「この足でイートン・スクウェア四四番地へ向かいます」ジャイルズはふたたび腰を上げた。

「お帰りになる前に」ミセス・ティベットは依然として動こうとしなかった。「一つ、お教えしておいたほうがいいと思います。実は、あの子は友だちをかばうために、罪を一人でかぶったんです。そのおかげで、ブルーノ・マルティネスはセバスティアンと同じ罰を免れたんです。ですから、叱るよりも、よくやったと褒めてやるべきではないかと思うんです」

「あなたはゲストハウスの経営者にしておくには勿体ない人だ、ミセス・ティベット——わが国の外交団に加わるべきでしたよ」

「まあ、口がお上手ですこと、サー・ジャイルズ。ほとんどの議員さんと同じようにね。もっとも、これまでに一人もお目にかかったことはありませんけど」彼女が認めた。「でも、これ以上あなたをお引き留めするわけにはいきません」

「もう一度お礼を言います、ミセス・ティベット」セバスティアンを捕まえて、すべてが落ち着くところへ落ち着いたら」ジャイルズは三度《みたび》立ち上がった。「庶民院へ招待しますから、お茶をご一緒させていただけませんか」

「お心遣いに感謝します、サー・ジャイルズ。でも、一週間に二日も休む余裕はありません」

「では、来週にしましょうか」ジャイルズは玄関を開けながら言い、二人は歩道へ下りた。

「車でお迎えに上がります」

「ありがとうございます」ミセス・ティベットが応えた。「でも――」

「〝でも〟はなしです。セバスティアンは三七番地の前で足を止めて幸運でした。本当に運がよかった」


電話が鳴ったとき、ドン・ペドロは歩いているところだったが、すぐには受話器を取らず、まずはドアが閉まっていることを確かめた。

「ブエノスアイレスとの国際電話がつながりました、サー」

回線がつながる音が聞こえ、声が言った。「ディエゴです」

「いいか、よく聞くんだぞ。すべては順調にいっている。われらが〈トロイの木馬〉も含めてだ」

「それはつまり、〈サザビーズ〉が同意したということですか――？」

「例の彫刻は、今月末に、彼らのオークションにかけられることになった」

「だったら、すぐにも秘密の運び屋が必要になりますね」

「その役目に打ってつけのやつが見つかったようだ。ブルーノの学校の友だちなんだが、そいつが仕事を必要としていて、スペイン語が達者ときてる。なおいいことに、伯父が庶民院議員で、父方だか母方だかの祖父が貴族なんだ。つまり、イギリス人が名門と見なす一族の出で、それはおれたちの仕事をやりやすくこそすれ、邪魔には絶対にならないはずだからな」

「そいつは自分が選ばれた理由を知ってるんですか?」

「知らない。何であれ秘密にしておくのが一番だ」ドン・ペドロは言った。「そうすれば、この作戦の最初から最後まで、われわれに不審の目が向けられることはない」

「で、そいつはいつ、ブエノスアイレスに着くんです?」

「今夜、おれと一緒に船に乗る。そして、おれたちが何を企んでいたかをだれかが気づくはるか前に、何事もなくイギリスへ帰り着いてもらう」

「ブルーノの友だちってことですが、そんながきにこれほどの大仕事をやらせて大丈夫なんでしょうね?」

「年齢《とし》以上にしっかりしてるし、やばいことにもびびらないところがあるんだ」

「それなら、確かに打ってつけかもしれませんね。それで、ブルーノにも何か役を振ってあるんですか?」

「いや、あいつは知ってることが少なければ少ないほどいい」

「そうですね」ディエゴが同意した。「あなたたちがこっちへ着く前に、おれのほうでしておくことがありますか?」

「荷物を積み込む準備を整えて、イギリスへ戻る〈クイーン・メアリー〉の予約を忘れるな」

「例の紙幣はどうします?」

ドン・ペドロが思案していると、ドアが低くノックされた。振り返ると、セバスティアンが入ってくるところだった。

「邪魔をしたのでなければよかったんですが、サー」

「いや、そんなことはないよ」ドン・ペドロは受話器を戻すと、いまやジグソー・パズルの最後のピースになった若者に微笑した。


ジャイルズは手近なところにある公衆電話の前でタクシーを停めようかと考えた。とりあえずハリーに電話をして、セバスティアンの足取りがわかったから捕まえに向かっているところだと知らせてやろうか。しかし、思い直した。電話をするのは、セバスティアンの顔をこの目で見てからにしよう。

パーク・レーンはバンパーとバンパーが触れ合わんばかりのひどい渋滞で、運転手は隙間をこじ開けてまで車線変更する気はないらしく、黄色信号を無視するなどもってのほかといった態度だった。ジャイルズは深呼吸した。何分か遅くなったとしても、大きな違いはないだろう。そう思って自分を宥《なだ》めているとき、タクシーがハイド・パーク・コーナーを回った。

ようやくイートン・スクウェア四四番地の前に着くと、ジャイルズはメーターに記録されているとおりの料金を払い、階段を上がっていって玄関をノックした。大男が現われ、ジャイルズを見て、あたかも待っていたかのような笑みを浮かべた。

「何かご用でしょうか、サー」

「甥のセバスティアン・クリフトンを探している。彼は友だちのブルーノ・マルティネスと一緒にここに滞在していると理解しているんだがね」

「確かにご滞在でいらっしゃいます、サー」執事が慇懃に応えた。「ですが、三十分ほど前に、連れだってロンドン空港へお発ちになりました」

「搭乗便はわかるかな?」

「申し訳ないのですが、存じておりません、サー・ジャイルズ」

「では、行き先は?」

「それもうかがっておりません」

「ありがとう」何年もクリケットで先頭打者をつとめたジャイルズは、相手がのらりくらりと打たせまいとしているときには、こっちも強引に打ちにいかないほうがいいことを学んでいた。玄関が閉められると、歩道へ戻って改めてタクシーを探した。黄色く輝いている表示を見つけて手を振ると、そのタクシーはすぐにUターンしてくれた。

「ロンドン空港へ行ってくれ」ジャイルズは急いで後部座席に乗り込み、行き先を指示した。「四十分で行ってくれたら、メーターの金額の倍を払おう」タクシーが動き出したそのとき、四四番地の玄関が開いて、一人の若者が階段を駆け下りながら、狂ったように手を振った。

「止まれ！」ジャイルズは叫び、タクシーがタイヤを鳴らして急停車した。

「どっちなんです、旦那！」

ジャイルズがウィンドウを開けると、若者が駆け寄ってきた。

「ブルーノ・マルティネスです」若者が名乗った。「行き先は空港じゃありません。〈サウス・アメリカ〉っていう船に乗るためにサウサンプトンへ向かっているんです」

「その船の出港時刻はわかるか？」ジャイルズは訊いた。

「今夜の九時ごろ、最後の潮をつかまえて出港するはずです」

「ありがとう」ジャイルズは言った。「セバスティアンに知らせて――」

「お願いです、それはやめてください、サー」ブルーノが懇願した。「それから、あなたがどうされるにせよ、ぼくが教えたってことは父には言わないでください」

二人とも気づかなかったが、四四番地の窓の奥から何者かが見つめていた。

セバスティアンはロールス－ロイスの後部座席でドライヴを楽しんでいたが、バタシーで停まったときには意外に思った。

「ヘリコプターに乗ったことはあるかな？」ドン・ペドロが訊いた。

「いいえ、サー。飛行機にも乗ったことがありません」

「ヘリコプターなら二時間短縮できる。私と仕事をすれば、〝時は金なり〟の意味がすぐにわかるようになるだろう」

ヘリコプターは空へ舞い上がり、右へ旋回すると、サウサンプトンへと南下しはじめた。セバスティアンの眼下では夕方の交通渋滞が始まっていて、車の列がみみずのようにのろのろとロンドンから出ていこうとしていた。

「四十分でサウサンプトンへ行くのは無理ですよ、旦那」運転手が言った。

「それはそうだ」ジャイルズは応えた。「だが、〈サウス・アメリカ〉が出港する前に桟橋まで連れていってくれたら、やはりメーターの金額の二倍を奮発しようじゃないか」

運転手がまるでサラブレッドをゲートから解き放つかのように、一気にタクシーを発進させた。そして、渋滞を克服しようと最善を尽くし、近道を使い、ジャイルズがあることも知らなかった脇道を抜け、対向車線へ入り、その車線の赤信号が青になったとたんに本来の走行車線へ戻るという荒技まで駆使してくれた。しかし、ウィンチェスター・ロードに入るまでには、それでも一時間以上かかった。しかも、そこでは道路工事が片側車線を延々と塞いで行なわれていて、結局一車線しか使えなかったし、スピードを出すわけにもいかなかった。ジャイルズがウィンドウ越しに見ても、その工事がはかばかしく進展しているようには思えなかった。

たびたび時計を見て時間を確かめたが、着々と進みつづけるのは秒針だけで、九時前に桟橋に着く望みは一分ごとに薄くなっていった。何分かでも出港が遅れてくれないかとジャイルズは祈ったが、潮を逃す余裕が船長にないこともわかっていた。

後部座席にもたれて、ブルーノの言葉を考えた――「あなたがどうされるにせよ、ぼくが教えたってことは父には言わないでください」。セバスティアンが詳しいことを彼から聞き出せなかったとしても、不思議はないかもしれない。ふたたび時計を見た。午後七時三十分。ロンドン空港へ向かったという話にしても、執事たる者があんな簡単な間違いを犯すものだろうか？　七時四十五分。いや、あれは絶対に間違いなんかではない。なぜなら、あの執事はおれがあの屋敷の玄関に姿を現わそうとしているのを知るはずがないにもかかわらず、〝サー・ジャイルズ〟と呼んだではないか。それとも……。八時。それに、「連れだってロンドン空港へお発ちになりました」と言ったよな。連れだってと言うからには、少なくとも、もう一人いることになる。ブルーノの父親か？　八時十五分。ジャイルズがどの疑問にも満足のいく答えを見つけられないでいると、タクシーがいきなりウィンチェスター・ロードを降りて港のほうへ向かいはじめた。八時三十分。ジャイルズはすべての疑いをとりあえず脇へ置き、〈サウス・アメリカ〉が錨を上げる前に自分が桟橋に着くことができたら何をしなくてはならないかを考えはじめた。八時四十五分。

「もっと急いでくれ！」ジャイルズは要求したが、運転手はすでにアクセルを限界まで踏み込んでいるに違いなかった。ついに巨大な定期船が見えてきて、その姿は一分ごとに大きくなってきた。間に合ったかもしれないという気になりかけたそのとき、恐れていた音が聞こえた。三回、大きく長く、霧笛が鳴った。

「時間と潮を待たせることはだれにもできませんよ」運転手が言った。ここまで生きてきて、いまのいままでジャイルズが持ち得なかったかもしれない名言だった。

タクシーは〈サウス・アメリカ〉の横で停まった。しかし、乗客用のタラップはすでに格納され、舫《もや》い綱も解かれていた。いま、巨大な定期船はゆっくりと桟橋を離れ、外洋へ旅立とうとしていた。

ジャイルズは絶望感にとらわれながら、船を河口域へ導いている二艘のタグボートを見つめた。蟻が象を安全な場所へ誘っているかのようだった。

「港長《こうちょう》事務所だ！」ジャイルズは思わず叫んだが、それがどこにあるかがわからなかった。運転手は二度車を止めてどっちへ行けばいいかを訊いたあとで、いまもすべての明かりがついているオフィス棟の前にたどり着いた。

ジャイルズはすぐさまタクシーを降りると、港長事務所へ飛び込んだ。ノックもしなかった。なかには三人の男がいて、驚いてジャイルズと向かい合った。

「だれだ？」金モールがほかの二人の同僚より多い、港湾当局の制服を着た男が詰問した。

「サー・ジャイルズ・バリントンだ。私の甥があの船に乗っているんだ」ジャイルズは窓の向こうを指さした。「彼を下船させる方法はないだろうか？」

「ある、とは言えないでしょうね、サー。船長が船を停めて、その甥御さんをわれわれの水先案内船に乗り移らせてくれれば別ですが、それは考えにくいと思いますよ。しかし、やってみることはできます。甥御さんの名前を教えてください」

「セバスティアン・クリフトンだ。まだ未成年だから、彼を下船させる権限を両親から私が託されている」

港長はマイクロフォンを手にすると、コントロール・パネルのノブを調整しながら、船長を呼び出そうとしはじめた。

「あまり期待されても困るんですが」港長が言った。「船長と私は海軍仲間でしてね。ですから……」

「こちら、〈サウス・アメリカ〉。船長だ」まったくのイングランド人の英語が返ってきた。

「ボブ・ウォルターズだ、船長。問題が起きた。おまえさんにできる範囲でいいから、力になってもらえればありがたい」港長は言い、サー・ジャイルズの要求を伝えた。

「通常であれば喜んで頼みを聞くところだが、ボブ」船長が言った。「船主が船橋におられるんで、許可を得なくてはならない」

「ありがとう」港長とジャイルズが同時に言い、そのあとで回線が切れた。

「何であれ、あなたが船長の決定を覆せる状況というのはあるのかな?」船長からの返事を待っているあいだに、ジャイルズは港長に訊いた。

「あるとしても、船が河口域にいるあいだに限られます。いったん北側の灯台を過ぎてしまえば、そこはもうイギリス海峡と見なされて、私の管轄権外になります」

「しかし、船が河口域にいるあいだは、あなたが船長に命令できるわけだろう」

「それはその通りですが、サー、よろしいですか、あれは外国船籍の船なんです。ですから、私としては外交問題になるようなことはしたくないんです。というわけで、明らかに犯罪行為が行なわれていると確信できない限り、船長の決定を覆すつもりはありません」

「いつになったら返事が返ってくるんだ」何分かが過ぎてジャイルズが訝ったとき、不意にインターコムが空電音を響かせた。

「すまない、ボブ。もう防波堤が近くなっているし、間もなくイギリス海峡に出ようとしているから、要求には応えられないと船主が言っているんだ」

ジャイルズは港長からマイクロフォンをひったくった。「私はサー・ジャイルズ・バリントンだ。船主と話をさせてくれ。直接交渉をしたい」

「お気の毒ですが、サー・ジャイルズ」船長が応えた。「ミスター・マルティネスはすでに船橋を降りて、船室へ戻られました。これ以降、絶対に邪魔をするなと厳命されているのです」

ハリー・クリフトン

一九五七年

33

セバスティアンがケンブリッジ大学の奨学生の座を勝ち得たと聞いたとき以上の誇りを感じることはあり得ないだろうとハリーは思っていたが、それは間違っていた。妻が階段を上がって壇上に立ち、スタンフォード大学のウォレス・スターリング学長から最優等《スマ・クム・ラウド》と認められて商学部の卒業証書を受け取るのを見守っていると、息子のときに勝るとも劣らない、誇らかな思いが押し寄せてきた。

フェルドマン教授は自分自身にも教え子にも、不可能なほどに高い基準を設定していた。しかし、エマに対しては、自分が長い年月のあいだに乗り越えてきたのと同じ、さらに高いレヴェルを求めていた。それを達成するためにエマがどれだけの犠牲を払ったか、ハリーはだれよりもよく知っていた。

エマは自分より先に卒業証書を受け取った学生たちと同じように濃紺のフードを肩に掛け、温かい拍手に包まれて階段を下りると、喜びも露わに角帽《モーター・ボード》を宙に放り上げた。学生としての日々が過去のものになった印だった。三十六歳のイギリスのレディがこういう振舞いを、しかも人前でするのを、愛する母親はどう思うだろうかと、エマ自身はそれしか考えられなかった。

ハリーは妻から商学研究の権威へ目を移した。学長と席を一つしか隔てずに坐っているサイラス・フェルドマンは、自分の秘蔵っ子に対する思いを隠そうともしなかった。真っ先に立ち上がって拍手を始め、いちばん最後に腰を下ろした。ハリーはこれまでもしばしば驚いたのだが、どうしてそうなるのかはよくわからないけれども、妻はピューリッツァー賞を受賞した大学教授から企業の会長まで、自分の意思に従わせることができた。まさに彼女の母親がそうだったように。

今日の娘を見たら、エリザベスはとても誇りに思ったに違いない。だが、その誇りもおれの母にはかなわないはずだ。おれの母のメイジーは人生の辛酸を舐め尽くしたあとで、ついに自分の名前の後ろに〝ＢＡ（文学士）〟の二文字を付け加えられるようになったのだから。

前夜、ハリーとエマはフェルドマン教授と、長く患っている彼の妻のエレンと食事をした。その間《かん》、フェルドマンはエマから目を離すことができず、自分が個人的に監督するからスタンフォードへ戻って博士号を取ってはどうかとまで示唆した。

「わたしの可哀相な夫はどうすればいいんでしょう」エマがハリーの腕を取って訊いた。

「二年間、きみなしで暮らすことを学んでもらうしかないな」フェルドマンは胸の内を隠そうともしなかった。まっとうなイングランドの男なら、大抵はフェルドマンの鼻に拳を叩き込んだかもしれないし、ミセス・フェルドマンほど忍耐力のない妻であれば、前の三人の妻がそうしたのと同じく、当然のこととして離婚手続きを始めたかもしれない。ハリーは苦笑するにとどめ、ミセス・フェルドマンは気づかない振りをするにとどめた。

ハリーはエマの提案に同意して、式のあと、まっすぐにイギリスへ帰ることにした。ビーチクロフトから戻ってくるセバスティアンを、マナー・ハウスで迎えてやりたいというのが彼女の考えだった。あの子はもう生徒《スクールボーイ》じゃないのよね、とエマは感慨深げだった。わずか三カ月後には大学生になるんだわ。

卒業式が終わるや、エマは芝生の上を歩きまわって祝賀の雰囲気を楽しみ、仲間の卒業生と互いに自己紹介をしたりした。大西洋を隔てていたとはいえ、彼らもエマと同じく長く孤独な時間を勉強に費やした同志で、いま初めて顔を合わせたのだった。あちこちで配偶者の紹介や、家族の写真の見せ合いや、住所の交換が行なわれた。

六時、ウェイターが椅子を畳みはじめ、きれいに平らげられた料理の皿に空になったシャンパンのボトルが積み上げられるようになると、ハリーはホテルへ戻ろうと提案した。

フェアモント・ホテルへ戻るタクシーのなかでも、荷物をまとめているあいだも、空港へ向かうタクシーの車中でも、ファーストクラスのラウンジで搭乗便を待っているあいだも、エマはしゃべりづめにしゃべりつづけた。そして、機内に入って席に着き、シート・ベルトを締めるやいなや目をつぶり、あっという間に深い眠りに落ちた。

「あなた、ほんとに中年の話し方になりつつあるわね」ロンドン空港から、マナー・ハウスまでの長い車の旅が始まると、エマが言った。

「実際、中年だよ」ハリーは応えた。「年齢だって三十七歳だ。それもそうだけど、若い女性から〝サー〟付けで呼ばれるようになっては如何《いかん》ともしがたいな」

「でも、わたしは自分が中年だとは思えないんだけど」と言って、エマが地図を見た。

「次の信号を右よ。そうすればグレート・バス・ロードに入るわ」

「それはきみの人生が始まったばかりだからだ」

「どういう意味？」

「文字通りの意味さ。きみは大学を卒業したばかりで、〈バリントン海運〉の重役にもなった。その二つが、きみの人生をすっかり新しく始めさせてくれたんだ。だって、現実を見てみろよ。二十年前だったら、大学を卒業することだって、重役になることだって、絶対にあり得なかったんだからな」

「それが現実になったのは、わたしの場合はたまたまだわ。サイラス・フェルドマンとロス・ブキャナンが開明的な男性で、女性を同等に遇する時代がきたときに、それを受け入れる度量があったからよ。それに、わたしと同じく会社の株を十一パーセント持っているジャイルズが、自分が重役になることにこれっぽっちも関心がないことも忘れないでちょうだい」

「そうだとしても、仕事ぶりが認められれば、重役会はロスの例に倣《なら》って、きみを会長に推すにやぶさかでないと考えるようになるかもしれないぞ」

「冗談でしょう。優秀な女性が無能な男に代わるチャンスを与えられるまでには、まだ何十年もかかるわよ」

「まあ、せめてジェシカにはそれが当てはまらないですむことを祈ろうじゃないか。あの子が学校を出るころには、人生の唯一の目的が料理を習って相応の男と結婚することでなくなっていてほしいものだ」

「あなた、それがわたしの人生の唯一の目的だったと思ってるの?」

「そうだったのなら、両方とも失敗したことになるぞ」ハリーは言った。「それに、きみは十一歳のときにぼくを選んだんだろう。そいつを忘れてもらいたくないな」

「十歳よ」エマが訂正した。「だけど、あなたはそうと気づくまでに、さらに七年を要したわ」

「いずれにせよ」ハリーは言った。「ぼくたち二人がオックスフォード大学へ行き、グレイスがケンブリッジ大学へ行ったというだけで、ジェシカが同じ道を希望すると決めつけるべきではないんじゃないか」

「決めつけるわけがないでしょう、だって、あの子にはあれだけの才能があるのよ。セブがケンブリッジの奨学生になったことをジェシカがすごいと思ってるのはわたしも知っているわ。でも、あの子のお手本はバーバラ・ヘプワースと、メアリー・カサットという女性なの。前者は彫刻家で、後者は画家よ。だから、あの子の将来にどんな選択肢があるかをわたしは考えてきているわ」エマが地図に目を戻した。「半マイルほど行ったら右折して。レディングの標識があるはずよ」

「きみたち二人は、ぼくの知らないところでどんな将来の設計図を描いてるんだ？」

「ジェシカは十分に優秀だし、美術の先生も保証してくれているわ。学校はロイヤル・カレッジ・オヴ・アートか、スレイド・スクール・オヴ・ファイン・アートへ入学申請をしたいみたいね」

「ミス・フィールディングはスレイドの卒業生じゃなかったか？」

「そうよ。そして、ジェシカは十五歳だけれども、美術においてはスレイドを卒業したときの自分よりもすでにはるかに優れていると、常々わたしに思い出させてくれているわ」

「彼女はおもしろくないんじゃないかな」

「いかにも男性が言いそうなことね。でも、ミス・フィールディングはジェシカが才能を十分に発揮するのを見ることにしか関心がないの。本当よ。レッド・メイズ校からロイヤル・カレッジへ進んだ、最初の女子になってほしいと思っているのよ」

「そうなれば、実に二人目の最初だな」ハリーは言った。「セブがビーチクロフト・アビー校で最初のケンブリッジ大学の奨学生になったわけだからな。しかも、一番でだ」

「一九二二年以来、初めてよ」エマが訂正した。「次のロータリーを左折して」

「きみが〈バリントン海運〉最初の女性重役になると聞いたら、彼らは大喜びするだろうな」ハリーは妻の指示に従ってハンドルを操りながら言った。「ところで、よもや忘れてはいないと思うけど、来週、ぼくの新作が出版されるんだ」

「それで、その新作の宣伝に関心のありそうなどこかへ連れ出されるわけ?」

「金曜日に〈ヨークシャー・ポスト〉で昼食付きの講演会をすることになってる。何でも、チケットが売れすぎて、会場を地元のホテルからヨーク競馬場に変更しなくちゃならなかったそうだ」

エマが身を乗り出し、夫の頰にキスをした。「おめでとう、マイ・ダーリン!」

「残念ながら、チケットが売れすぎたのはぼくとは関係ない。もう一人、講演者がいるんだ」

「そのライヴァルの名前を教えてちょうだい。だれかに頼んで、彼を殺してもらうから」

「彼女の名前なら、アガサ・クリスティーだ」

「それはつまり、ウィリアム・ウォーウィックがついにエルキュール・ポワロの挑戦者として認められたということ?」

「残念ながら、まだだ。だけど、ミス・クリスティーはすでに四十九作の小説を書いていて、一方のぼくはまだ五冊目を完成させたに過ぎないんだからね」

「あなたが四十九冊の小説を書いたら、そのころには追いつけるかもしれないわね」

「その場合、ぼくはとても運がいいということになるだろうな。それで、今度の作品をベストセラー・リスト入りさせるためにぼくが全国行脚《あんぎゃ》をするあいだ、きみは何をしようと企んでいるんだ？」

「月曜に会長室へ会いに行くって、ロスに伝えてあるわ。〈バッキンガム〉の肂造を勧めないよう説得するの」

「だけど、どうして？」

「いまや、旅行客は急速に飛行機に肩入れしはじめているわ。そんな時代に、豪華客船の建造に大金を投資すべきではもはやないのよ」

「きみの考えもわからないではないが、ぼくはいまでも、飛行機より船でニューヨークへ行くほうがいいいな」

「だから、あなたは中年なのよ」エマが夫の腿を叩いた。「それから、ジャイルズにも約束してあるの。バリントン・ホールへ立ち寄って、彼とグウィネッズが週末に戻ってきても不都合がないよう、マーズデンに万端怠りなく準備させるからってね」

「マーズデンなら準備以上のことをするだろう、きみが心配する必要はないんじゃないか？」

「彼は来年六十歳なのよ。引退を考えていることを、わたしは知っているの」

「彼の代わりを見つけるのは簡単じゃないぞ」ハリーは言った。車は〝ブリストル〟の文字がある最初の標識を通り過ぎた。

「彼が辞めたあとは執事はいらないというのが、グウィネッズの考えなの。二十世紀が後半に入ったいま、そろそろジャイルズにとっての正念場がやってくると言っているわ」

「それで、彼女の頭には何があるんだ？」

「次の選挙では労働党が政権を取るはずで、ジャイルズが入閣するのはほぼ間違いないから、そうなったときに十分に仕事ができるよう、彼に準備をさせておきたいということよ。そこには、使用人にあまやかされることは含まれていないの。ジャイルズを支えてくれる使用人として彼女が欲しているのは、将来的には、市民だけなの」

「ジャイルズはグウィネッズと出会って運がよかったな」

「そろそろあの可哀相な女性にプロポーズする潮時じゃないかしらね」

「まさにその通りなんだが、ヴァージニアにつけられた心の傷が癒《い》えていなくて、次の一歩を踏み出す準備がいまだに少しもできていないんじゃないのかな」

「それなら、早くそれを克服すべきね。だって、グウィネッズほど優秀な女性はそう滅多には現われないわよ」そう言って、エマが地図に目を戻した。

ハリーは大型トラックを追い越した。「セブがもう生徒じゃないなんて、いまだにしっくりこないな」

「帰ってきた最初の週に、あの子のために何かしてやる？　あなた、何か考えてる？」

「明日、カウンティ・グラウンドで行なわれるグロスターシャーとブラックヒースの試合を一緒に観戦に行こうかと思ってる」

エマが笑った。「そんな対戦ばかり見せていたら、勝つより負けるほうが多いチームを応援するような性格になってしまうわよ」

「それから、来週のどこかの夜に、オールド・ヴィク・シアターへみんなで行けるかもしれない」ハリーは妻のからかいを無視して付け加えた。

「演目は何？」

「『ハムレット』だ」

「演じるのは？」

「ピーター・オトゥールという若い俳優だ。セブに言わせると、やばい《ジ・イン・シング》役者らしい。〝やばい〟が何を意味しているのか、ぼくにはわからないけどね」

「夏のあいだ、ずっとセブがいてくれるなんて、何て素敵なんでしょう。ケンブリッジへ行ってしまう前に、パーティを開いてやるべきかもしれないわね。女の子と知り合う機会を作ってやるのよ」

「そんなことをしなくても、女の子に割く時間ならたっぷりあるさ。ぼくが思うに、政府が徴兵制をやめるのは大変な損失だぞ。セブはいい士官になるし、自分以外の男たちのために責任を負うことのできる男に仕立て上げてくれるはずだからね」

「あなたは中年じゃないわ」エマが言った。車は車道《ドライヴ》へ入りはじめていた。「間違いなく前史時代の人よ」

ハリーは笑いながらマナー・ハウスの前に車を停め、ジェシカが階段のてっぺんに坐って自分たちを待ってくれているのを見て嬉しくなった。

「セブはどこ?」というのが、車を降りてジェシカを抱擁したエマの最初の質問だった。

「昨日、学校から帰ってこなかったの。もしかしたら、バリントン・ホールへ直行して、ジャイルズ伯父さまのところに泊まったんじゃないかしら」

「ジャイルズはロンドンにいると思っていたんだが」ハリーは言った。「そういうことなら、電話をして、二人がディナーにこられないか訊いてみよう」

ハリーは階段を上がって屋敷に入ると、玄関ホールの電話の受話器を取って地元の番号をダイヤルした。

「帰ってきたぞ」ジャイルズの声が応えると、ハリーは報告した。

「お帰り、ハリー。アメリカは楽しかったか?」

「最高だったよ。もちろんエマの独擅場《どくせんじょう》でね、どうやらフェルドマンは彼女を五番目の妻にしたいらしい」

「ふむ、それについてははっきりした利点がいくつかあるな」ジャイルズが言った。「たとえば、あの男の場合、付き合いが長くつづくことは絶対にないし、カリフォルニアだから な、最終的には穏やかな決着をみるだろうというところだ」

ハリーは笑った。「ところで、セブはそっちにいるのか？」

「いや、きてない。実はしばらく見ていないんだ。だが、遠くへ行っていることはあり得ないから、学校へ電話してみたらどうだ？　まだ向こうにいるのかもしれない。どこにいるかわかったら、もう一度電話をくれないか。おまえに教えたいニュースがあるんだ」

「わかった」ハリーは応えて受話器を置くと、自分の電話帳に書き留めてある校長の番号を確かめた。

「心配ないよ、ダーリン。きみがいつも思い出させてくれているとおり、あいつはもう生徒じゃないんだからね」ハリーはエマが不安そうな顔をしているのに気づいて言った。

「どうせ大したことじゃないさ、すぐにわかるよ」そして、ビーチクロフト一一七番をダイヤルすると、相手が出るのを待ちながら、妻を抱き寄せた。

「ドクター・バンクス－ウィリアムズです」

「校長先生ですか、ハリー・クリフトンです。学校が休暇に入っているのに煩わせて恐縮ですが、私の息子のセバスティアンの所在をご存じないかと思ったものですから」

「いや、知りませんね、ミスター・クリフトン。今週初めに停学処分にして以来、会っていませんからね」

「停学処分とおっしゃいましたか？」

「残念ながらそういうことです、ミスター・クリフトン。不幸なことに、それ以外に選択の余地がほとんどなかったのですよ」

「しかし、息子は停学を喰らうような何をしでかしたんでしょう」

「喫煙を含めて、いくつかの小さな校則違反です」

「何か重大な校則違反も犯したんでしょうか？」

「勉強室で食堂のメイドと酒を飲んでいたところを見つかったのです」

「それが停学処分に該当するとお考えになった？」

「それだけなら、学年度の最終週ということもあり、目をつぶることもできたかもしれません。しかし、運の悪いことに、二人とも服を着ていなかったのです」

ハリーは笑いを圧《お》し殺した。ありがたいことに、電話の向こう側の声はエマに聞こえなかった。

「翌日、私のところへ出頭してきた彼に、寮監とも相談して慎重に考慮したけれども、停学処分にするしかないという結論に至った旨を通告しました。そのうえで、手紙を預け、あなたに渡すよう言いました。しかし、その手紙は明らかにあなたに届いていないようですね」

「それにしても、息子はどこにいるか、心当たりはありませんか？」ハリーは訊いた。初めて不安が頭をもたげた。

「ありません。ただ、寮監がテンプル・ミーズ駅行きの三等切符を彼に渡したこと、もう彼と会うことはないだろうと私が考えたこと、しかし、その日の午後、同窓会のディナーに出席するために乗ったロンドン行きの列車に、驚いたことに彼も乗っていたことはお教えできますが」

「ロンドンへ向かっている理由を息子にお尋ねになりましたか？」

「そうしていたはずです」校長が素っ気なく答えた。「彼が私を見たとたんに車両から逃げ出さなければね」

「なぜ息子は逃げ出したんでしょう？」

「たぶん、煙草を吸っていたからだと思います。停学処分を通告したとき、学年度が終わらないうちに何であれ一つでも校則を破ったら、今度は退学処分を免れないと警告してありましたからね。そうなったら、私がケンブリッジ大学の入学担当教員に報告して試験成績優秀者奨学生の資格を辞退することは、彼もよくわかっていたはずです」

「それで、ケンブリッジ大学へは報告されたのですか？」

「いえ、しませんでした。それについては、私の妻に感謝なさるべきです。妻が私に助言してくれなかったら、彼が退学処分を受け、ケンブリッジ大学へも進めなくなっていたことは間違いありませんからね」

「煙草を吸っていたと言っても、それは学校内でも何でもないでしょう」

「列車で出くわしたときに彼が破っていた校則は、それだけではないのですよ。三等車の切符で一等車に乗っていたんです。そのとき、彼は切符を買い直せるだけの金を持っていませんでした。それに、寮監にはブリストルへ帰ると嘘をついていました。ほかの校則違反はともかくとしても、その一事をもって私は確信したのです。彼は私の母校へ送り込むに値しないとね。情けをかけたら私自身が一生後悔することになっただろうと、いまも疑いの余地なく思っています」

「そして、それが息子を見た最後なのですね?」ハリーは訊いた。冷静さを失わないよう努力しなくてはならなかった。

「そうです。そして、二度と見たいとは思いません」と言ったきり、校長が受話器を置いた。

ハリーは校長が言ったことをエマに報告したが、食堂のメイドとのことだけは省くことにした。

「でも、あの子はどこに行くところがあるのかしら?」と、エマが心配した。

「まずはジャイルズにもう一度電話をして、この事態を知らせるのが先決だ。そのあとで、これからどうするかを考えよう」ハリーはもう一度受話器を取ると、時間をかけて、校長が言ったことをほとんどそのまま繰り返した。

　ジャイルズがしばらく黙っていたあとで言った。「列車でバンクス－ウィリアムズと出くわしたあと、セブが何を考えたかを推測するのは難しくないんじゃないかな」

「そうかな、おれには見当もつかないが」ハリーは悲観的だった。

「あいつの身になって考えてみるんだよ」ジャイルズが言った。「許可無しにロンドン行きの列車に乗り、そのうえ煙草を吸っているところを見られたんだから、退学処分は絶対に免れず、ケンブリッジ大学入学も認められなくなると考えるに違いないだろう。あいつは実家へ戻っておまえやエマと顔を合わせるのを怖がっているんだと、おれは思うがね。そのぐらいはおまえでもわかるんじゃないのか？」

「そうだとしても、それはもはや問題じゃない。あいつを見つけて知らせてやらなくちゃならないんだ。これからロンドンまでまっすぐ車を走らせたら、スミス・スクウェアに泊めてもらえるか？」

「お安いご用だが、それをしても意味はないんじゃないか、ハリー？　おまえはエマと一緒にマナー・ハウスにいるべきだ。ロンドンへはおれが行けばいい。そうすれば、ロンドンとブリストルの両方を見ることができるだろう」

「しかし、おまえはグウィネッズと週末を過ごすんだろう？　よもや忘れているわけじゃあるまい」

「おまえのほうこそまさか忘れているわけじゃあるまいが、セブはいまでもおれの甥っ子だ」

「ありがとう」ハリーは言った。「ロンドンへ着いたら、すぐに電話する」

「ところで、おれに知らせるニュースがあると言ってたよな？」

「大したニュースじゃない。セブを見つけるほうがはるかに重要だ」

ジャイルズはその日の夜に車を駆ってロンドンへ発ち、スミス・スクウェアに着いた。家政婦に確認したところ、セバスティアンから連絡は入っていなかった。

ジャイルズはそれをハリーに知らせると、すぐにロンドン警視庁《スコットランドヤード》の警視監に電話をした。警視監はこれ以上ないほど同情的だったが、ロンドンでは毎日十人を超える子供たちの失踪が報告されていて、その大半がセバスティアンよりはるかに年下なのだと指摘した。八百万の人口を抱える都市では、干し草の山で一本の針を探すに等しいのだ、と。しかし、ロンドン警視庁管轄内のすべての警察管区に注意を喚起すると約束してくれた。

その夜、ハリーとエマは遅くまで起きていて、セバスティアンの祖母のメイジー、叔母のグレイス、ディーキンズ、ロス・ブキャナン、グリフ・ハスキンズ、果てはミス・パリッシュにまで電話をし、セバスティアンから連絡がなかったかどうかを確かめた。翌日、ハリーは何度もジャイルズと話したが、何らの情報も得られなかった。干し草の山で一本の針を探すようなものなんだ、とジャイルズは警視監の言葉を繰り返した。

「エマは大丈夫か？　耐えられなくなってるんじゃないか？」

「あまり大丈夫とは言えないな。一時間が過ぎるごとに、最悪の事態を恐れるようになってる」

「ジェシカは？」

「慰めようもないぐらい悲しみに沈んでる」

「何かわかったら、すぐに電話する」

次の日の午後、ジャイルズは庶民院からハリーに電話をし、セバスティアンについての情報を持っているからと面会にきてくれたパディントンに住んでいる女性に会いにいくことを告げた。

ハリーとエマは電話のそばを動かず、一時間もしたらジャイルズから電話があるのではないかと期待しつづけた。が、その電話がかかってきたのは夜の九時を過ぎた直後だった。

「あの子は無事で元気だって、お願いだからそう言って」エマはハリーの手から受話器をひったくって叫んだ。

「あの子は無事で元気だよ」ジャイルズが応えた。「だけど、残念ながら、それが唯一のいい知らせなんだ。あいつはいま、ブエノスアイレスへ向かってる」

「何ですって？　どういうこと？」エマは訊いた。「どうしてセブがブエノスアイレスへ行きたがるの？」

「それがわからないんだ。わかっているのは、〈サウス・アメリカ〉という船に、ペドロ・マルティネスという男と一緒に乗っていることだけだ。そのマルティネスというのは、セブの同級生の父親なんだ」

「ブルーノね」エマは言った。「彼も一緒に乗ってるの？」

「いや、それはないと思う。イートン・スクウェアの彼の家で、おれが本人と会ってるからね」

「これからすぐにロンドンへ車を走らせるわ」エマは言った。「そうすれば、明日の朝一番にブルーノに会えるでしょ？」

「状況を考えると、それは賢いとは言えないと思う」ジャイルズは否定的だった。

「なぜ？」エマはほとんど詰問口調だった。

「理由はいくつかあるが、なかでも大きなのは、内閣官房長官のサー・アラン・レドメインから電話があったことだ。明日の十時に、われわれ三人でダウニング街一〇番地へきてほしいというんだが、偶然とは思えないいんだ」

34

「こんにちは、サー・アラン」ジャイルズは妹夫婦をともなって内閣官房長官室へ入った。

「紹介しましょう、妹のエマと、義弟のハリー・クリフトンです」

サー・アラン・レドメインは二人と握手をし、ミスター・ヒュー・スペンサーを紹介した。

「ミスター・スペンサーは大蔵副大臣だが」サー・アランが説明した。「同席の理由は間もなく明らかになるはずです」

五人は部屋の中央の円形テーブルを囲んで腰を下ろした。

「私の認識では、この集まりは到底看過し得ない、深刻な事柄について相談するために招集されたものです」サー・アランが言った。「しかし、話し合いを始める前に申し上げておきたいのですが、ミスター・クリフトン、私はウィリアム・ウォーウィックの熱狂的と言ってもいいぐらいのファンなのですよ。しかし最新作はいま、ベッドの妻の側《そば》にあって、彼女が最後のページをめくるまで、口惜《くちお》しいことに私は読むことを許されないのです」

「ありがとうございます、サー」

「では、なぜこんなに急にあなた方においでいただかなくてはならなかったのか、その理由を説明することから始めましょう」サー・アランが口調を改めた。「クリフトンご夫妻に保証しておきますが、ご子息の安全については、われわれはお二人と同等の関心を持って最善を尽くすつもりでいます。あなた方の関心と私どもの関心が同じものではないかもしれないとしても、です。政府の関心は」と、彼はつづけた。「ドン・ペドロ・マルティネスなる人物に集中しています。ありとあらゆることに手を出していて、いまや私どもは彼専用のファイリング・キャビネットを持っているぐらいです。ミスター・マルティネスはアルゼンチン国籍を有し、現在はイートン・スクウェアに居住し、シリングフォードにカントリー・ハウスを一軒、クルーズ船を三隻、ウィンザー・グレート・パークのガーズ・ポロ・クラブの厩舎に馬を数頭、アスコット競馬場にボックス席を持っています。社交シーズンには必ずロンドンへきて、友人知己の大きな輪を造り上げてもいます。そして、そういう人々の全員が、彼のことを牧畜貴族だと信じているのです。もっとも、それも当然で、アルゼンチンに三十万エーカーの大草原《パンパス》を所有し、そこで約五十万頭の牛を育てています。それだけでもかなりの利益が出ているのですが、実は牧畜業者は表向きの看板に過ぎず、その裏では、さまざまな非合法活動に手を染めているというわけです」

「たとえば、どういう種類のものなんでしょう?」ジャイルズは訊いた。

「はっきり言えば、サー・ジャイルズ、あの男は国際的ないかさま師なんですよ。聖歌隊員のように見えるモリアーティ教授（シャーロック・ホームズの宿敵）といったところでしょうか。申し訳ないが、ミスター・マルティネスについて私が知っていることをもう少しお話しさせてください。そのあと、あなたが抱かれるかもしれない質問に喜んでお答えします。初めて彼と出くわしたのは一九三五年です。当時の私は陸軍省付きの特別補佐官をしていて、彼がドイツと商売をしていることを発見しました。彼は親衛隊全国指導者だったハインリッヒ・ヒムラーと親密な関係にあって、われわれの知るところでは、ヒトラーとも少なくとも三回は会っていました。戦争中に莫大な富を築いたのですが、それはドイツに不足している原材料を何であれ売りつけたからです。しかも、イートン・スクウェアに住んでいながら、です」

「どうして逮捕しなかったんです？」ジャイルズが訊いた。

「そのほうがわれわれの目的に適《かな》っていたからだよ」サー・アランが答えた。「われわれとしてはイギリスでの彼の連絡員《コンタクト》を何としても突き止めて、やつらが何を企んでいるかを知らなくてはならなかったのだ。戦争が終わって以降、マルティネスはアルゼンナンへ戻って牧畜業者として商売をつづけた。事実、連合国軍がベルリンを占領してからは一度もそこへ足を踏み入れていなかったのだが、イギリスへは定期的にやってきていた。しかも、息子三人をみな、イギリスのパブリック・スクールへ送り込み、娘はいま、ローディーン校（一八八五年創立の女子パブリック・スクール）に在籍している」

「話の腰を折って申し訳ありませんが」エマが訊いた。「いまお話しになっていることと、セバスティアンはどう関係しているのでしょう」

「先週までは、ミセス・クリフトン、何の関係もありませんでした。イートン・スクウェア四四番地をいきなり訪れ、友人のブルーノに勧められて、そこに滞在するまではね」

「私は二度ほどブルーノに会ったことがあるが」ハリーは言った。「なかなか魅力的な若者だと思っていたんですがね」

「その通りです」サー・アランが応えた。「そして、それはあるイメージをマルティネスに付け加える役にも立っているわけです。イギリスを愛するしっかりした家庭人だというイメージをね。しかし、あなた方のご子息はドン・ペドロ・マルティネスにふたたび出会ったために、わが司法当局が数年前から展開している作戦に図らずも巻き込まれてしまったのです」

「ふたたび、とは？」ジャイルズが訝った。

「一九五四年六月十八日」サー・アランがメモを見て答えた。「マルティネスはブルーノの十五歳の誕生日を祝おうと、セバスティアンを〈ビーチクロフト・アームズ〉というパブに招待したのです」

「マルティネスはそんなに厳重に監視されているんですか」ジャイルズが訊いた。

「最高レヴェルの監視下に置いている」サー・アランは自分の前の書類から茶封筒を選び出し、そこから五ポンド紙幣を二枚取り出して、テーブルに置いた。「金曜の夜、ミスター・マルティネスは、この二枚の紙幣をあなた方のご子息に渡しました」

「でも、それはセバスティアンが生まれてこのかた、手にしたことのない大金です」エマが言った。「あの子の一週間のお小遣いは半クラウンに過ぎないんですから」

「それだけの金額をもってすれば、若者の顔を自分のほうへ向けさせるには十分以上だと、マルティネスはわかっているのでしょう。そして、セバスティアンが大きな隙を見せたと見てとったと同時に切り札を出し、一緒にブエノスアイレスへ行かないかと誘ったのですよ」

「マルティネスが息子に渡したという二枚の紙幣ですが、それは不特定のものでしょう？　どうやってあなた方の手に入ったんです？」ハリーは訊いた。

「これは不特定の紙幣ではないんです」大蔵副大臣が初めて口を開いた。「われわれは八年前から、警察が信頼できる筋と呼んでいる情報源からもたらされる情報の結果として、一万枚を超えるその紙幣を集めてきているのです」

「信頼できる筋とは何なんです？」ジャイルズが強い口調で訊いた。

「ベルンハルト・クリューガー少佐という名前を聞いたことはないかな？　ナチの親衛隊員だが？」スペンサーが訊き返した。

それにつづく沈黙が、だれもその名前を聞いたことがないと言っていた。

「クリューガー少佐は頭がよくて機転のきく男でした。親衛隊に加わる前はベルリンの警察官で、実は、最終的な肩書きは通貨偽造対策班の班長でした。イギリスがドイツに宣戦布告したあと、彼はヒムラーを説得し、ナチスがイギリスの経済を混乱させることは可能だと信じ込ませたのです。そのためには完璧な五ポンド偽造紙幣をイギリスに溢れさせればよく、その五ポンド偽造紙幣を作るには、自分が所長をしているザクセンハウゼンの強制収容所から、最高の技術を持つ印刷工、銅板製作工、修正工を選び出すのを認めてもらうだけでいいのだ、とね。しかし、彼の最大の大当たりは、天才的紙幣偽造者のサロモン・スモリアノブを獲得できたことでした。ベルリン警察時代、クリューガーが逮捕して刑務所送りにできたのがせいぜい三度という男です。そのスモリアノブが加わるや、クリューガーのチームは約二千七百万枚、額面で言えば一億三千五百万ポンドの五ポンド紙幣の偽造が可能になったのです」

ハリーは呆気《あっけ》に取られるしかなかった。

「一九四五年、連合国軍がベルリンへ進撃しつつあるとき、ヒトラーは印刷機を破壊するよう命じ、私たちも実際に破壊されたものと信じて、疑いもしませんでした。しかし、ドイツが降伏する何週間か前、ドイツ–スイス国境を越えようとして逮捕されたクリューガーのスーツケースに、偽造五ポンド紙幣がぎっしり詰まっていたのです。彼は二年間、ベルリンのイギリス占領区域の刑務所で過ごしました。

「もしイングランド銀行が警鐘を鳴らして、クリューガーが持っていた紙幣は本物だと知らせてくれなかったら、われわれは彼への関心を失っていたかもしれません。当時のイングランド銀行総裁の主張は、イギリスの五ポンド紙幣を偽造できる能力を持つ者は地球上に存在せず、そうでないと信じるべき理由は一切ないというものでした。われわれはクリューガーを尋問し、どのぐらいの数の紙幣が流通しているかを聞き出そうとしたのですが、情報を引き出すことができないでいるあいだに、あの男はドン・ペドロ・マルティネスを取引材料にして、巧みに自分の釈放交渉を始めたのです」

スペンサーは一息入れて水で喉を湿らせたが、その間《かん》、声を発する者はいなかった。

「七年の刑期を三年に短縮して釈放することで交渉はまとまったのですが、そのためにクリューガーは、以下のことをわれわれに明らかにしなくてはなりませんでした。すなわち、戦争末期、マルティネスはヒムラーと取引をし、二千万ポンドの偽造五ポンド紙幣をドイツからこっそり持ち出して、何らかの方法でアルゼンチンへ移したあと、さらなる指示を待つことになった、ということをです。シャーマン戦車からソヴィエトの潜水艦まで、何だろうとドイツへ密輸していた男にとっては、偽造紙幣を密《ひそ》かに運び出すことなど難しくはなかったはずです。

「そして、刑期をさらに一年短縮するという条件で教えてくれたのが、ヒムラーはナチ上層部の数人――おそらくはヒトラー自身も含めて――を慎重に選抜し、死という運命から逃れるために何とかしてアルゼンチンへたどり着いて、イングランド銀行の金で残りの人生を生きることを望んでいたという事実です。

「しかし、ヒムラーとその仲間たちがアルゼンチンに現われないとはっきりわかったとき」スペンサーはつづけた。「マルティネスは自分が二千万ポンド分の偽札を持っていて、それをどうにかして処分してしまわなくてはならないと気づいたのです。しかし、それは簡単な任務ではありません。当初、私はクリューガーの言っていることは自分の命を守るための丸っきりの作り話だと信じて、まったく取り合いもしませんでした。しかし、ある年月が経つと、マルティネスがロンドンにいるとき、あるいは息子のルイスがモンテ・カルロでルーレット・テーブルに着いているとき、必ず市場に偽造五ポンド紙幣が登場するようになり、しかも、その数が増えていきはじめたのです。それで、ようやくあの話は現実で、それがいま問題になって出てきているのだと気づいたというわけです。それが改めて証明されたのが、セバスティアンがサヴィル・ロウのスーツを買ってあの五ポンド札の一枚を遣い、店員が偽札だと指摘しなかったときでした」

「つい二年前のことですが」サー・アランがあとを引き受けた。「私はイングランド銀行の対応についてミスター・チャーチルに苦言を呈しました。ミスター・チャーチルは天才特有の単純さで、可及的速やかに新紙幣を流通させるよう命じたのです。言うまでもないことですが、新紙幣の流通は一朝一夕にできることではありません。しかし、イングランド銀行は新紙幣の発行を計画していることを公にしました。それはつまり、莫大な額面を持つ偽造紙幣を処分する時間がなくなりつつあることを、マルティネスに教えてやることでもあったのです」

「イングランド銀行のいかさま師どもは」スペンサーが腹立ちを抑えられないといった様子で、ふたたび口を開いた。「一九五七年十二月三十一日までに旧五ポンド紙幣を銀行へ持ってくれば、新五ポンド紙幣と交換すると宣言しました。そうなったら、マルティネスがやらなくてはならないのはたった一つ、イングランド銀行が喜んで本物の紙幣に取り替えてくれるあいだに、自分がアルゼンチンに持っている偽造紙幣をこっそりイギリスへ持ち込むことなのです。この十年以上のあいだにマルティネスが処分し得た偽造紙幣は五百万から一千万ポンドのあいだのどこかだろうと私は推定していますが、そうすると、まだ八百万ポンド、もしかすると九百万ポンドはアルゼンチンに隠してあることになります。イングランド銀行の意向を変える術《すべ》はないとわかった瞬間に、われわれは昨年度の予算にある条項を、マルティネスの任務を困難にするためだけの目的で付け加えました。その結果、この前の四月、千ポンド以上を現金でイギリスに持ち込むことは非合法になりました。そして、マルティネスは最近になって身をもって知ったはずですが、彼も、彼の協力者も、税関が彼らの荷物を隅々まで精査しない限り、ヨーロッパのいかなる国の国境も越えられなくなっているのです」

「ですが、それはセバスティアンがブエノスアイレスで何をしようとしているかの説明になっていませんよ」ハリーは言った。

「われわれには、ミスター・クリフトン、あなたのご子息がマルティネスの罠にかかっていると信じる理由があるのです」スペンサーが応えた。「彼はドン・ペドロに利用されて、残りの八百万ポンドをイギリスへ密かに持ち込むことになっているはずです。ただ、その方法と、持ち込まれる場所がわからないのですよ」

「だとしたら、セバスティアンはとんでもなく危険な状況にあるのではないですか？」エマはまっすぐにサー・アランを見つめて訊いた。

「その答えは、イエスでもあり、ノーでもあります」サー・アランが答えた。「マルティネスが自分をブエノスアイレスへ連れていきたがっている本当の理由をご子息が知らない限り、何であれ危害が及ぶ恐れはまったくありません。しかし、ブエノスアイレスにいるあいだに、だれから聞いても聡明で機転のきくご子息のことですから、たまたまであれ本当のことに気づかれるやもしれません。その場合には、われわれはすぐさま、躊躇なく、ご子息の身柄をわが大使館に確保して安全措置を講じます」

「あの子が船を降りた瞬間にそうしてもらえないのはなぜでしょう？」エマは訊いた。

「わたしたちにとっては、だれかの一千万ポンドより息子のほうがはるかに大事なんですけど」そして、支持を求めてハリーを見た。

「それをすると、彼の企みをわれわれが知っていることがばれてしまうからです」スペンサーが答えた。

「でも、セブが犠牲になる危険があるじゃないですか。先の動きが読めないチェス盤の上のポーンのように」

「ご子息が状況を知らないでくれているあいだは、それはあり得ません。ご子息の助けなしであれだけの大金を移動させようとは、マルティネスは間違いなく思わないはずなのです。ですから、やつの密輸手段を突き止める鍵がご子息なのです」

「あの子は十七歳ですよ」エマが絶望的な声で言った。

「あなたのご主人が殺人容疑で逮捕されたとき、あるいは、サー・ジャイルズが戦功十字章を授与されたときより、そんなに若いというわけでもないでしょう」

「夫や兄の場合とは、状況がまるで違うでしょう」エマが反論した。

「敵は同じです」サー・アランが応じた。

「セブは力になれるのであればそうしたいと考えるでしょうし、それは私たちもわかっています」ハリーはエマの手を取って言った。「しかし、問題はそういうことではないんです。いくら何でも危険が大きすぎます」

「もちろん、あなたのおっしゃるとおりです」サー・アランが応えた。「ご子息が下船した瞬間に身柄を保護しろとどうしてもおっしゃるのであれば、私は即座にその命令を発するでしょう。しかし」そして、エマがそうしてくれと言う前に付け加えた。「われわれはある作戦を考えています。あなた方の協力がなくては成功し得ない作戦なのですが」

彼はさらなる抵抗があるだろうと待ち受けたが、クリフトン夫妻もサー・ジャイルズも沈黙したままだった。

「〈サウス・アメリカ〉がブエノスアイレスへ到着するのは五日後です」サー・アランはつづけた。「私どもの作戦が成功するためには、あの船が入港する前に、ブエノスアイレスのイギリス大使にメッセージを届けなくてはなりません」

「それなら、大使に電話をすればいいのではないですか？」

「残念ながら、そう簡単にはいかないのですよ。ブエノスアイレスの国際電話の交換台には十二人の女性がいるのですが、その全員がマルティネスから給料をもらっています。電報についても同じです。彼女たちの任務は、マルティネスが関心を持つかもしれない情報なら何でも拾い上げることなのです。政治家についての情報、銀行家についての情報、実業家についての情報、そして、警察の情報まで含まれています。彼はそれを最大限に利用して、さらなる金儲けができるわけです。電話でマルティネスの名前を口にしただけで交換手は警戒し、数分以内に息子のディエゴにご注進に及ぶに決まっています。実を言うと、それを逆手に取ってマルティネスに偽情報をつかませたことが何度かあるのですが、今回はその手は使えません。危険すぎますからね」

「サー・アラン」スペンサーが提案した。「クリフトンご夫妻にわれわれの考えをお教えして、どうされるかを決めてもらったらどうだろう」

35

彼はロンドン空港へ歩いていくと、まっすぐに〈乗務員以外立入り禁止〉の表示へと向かった。

「おはようございます、メイ機長」当直係官がパスポートを検めて言った。「今日のフライトはどちらまでですか、サー？」

「ブエノスアイレスだよ」

「無事の運航をお祈りします」

荷物の検査が終わると、税関を抜けて十一番ゲイトへ直行した。立ち止まるな、きょろきょろするな、人目を引くなというのが、作家を相手にするよりスパイを相手にするのに慣れている、匿名の男から与えられた指示だった。

エマがようやく渋々ながらも同意してくれて〈脱出作戦〉に協力できるようになってからの四十八時間は、あっという間に、めまぐるしく過ぎていた。それ以降、かつての最先任上級曹長の言葉を借りるなら、足が地面についていたことは一度もなかった。

ＢＯＡＣの機長の制服の採寸に一時間、偽造パスポート用の顔写真の撮影に一時間、偽の履歴──一度離婚し、子供が二人いることも含めて──の説明を受けるのに三時間、現在のＢＯＡＣの機長の仕事についての講義に三時間、ブエノスアイレスの土地鑑を頭に入れるのに一時間が費やされ、さらに、サー・アランが会員の〈アセーニアム・クラブ〉でディナーをともにしながら、まだ優に十を超して残っている疑問に答えてもらわなくてはならなかった。

眠れるはずのない夜を過ごすためにスミス・スクウェアのジャイルズの屋敷へ戻ろうとクラブを出る直前、サー・アランから分厚いファイルとブリーフケース、そして、鍵を一本渡された。

「ブエノスアイレスへ着くまでにこのファイルに書かれているすべてを頭に叩き込み、向こうへ着いたら、大使に渡してください。彼が破棄することになっています。ホテルは〈ミロンガ〉を予約してあります。ブエノスアイレス駐在大使のミスター・フィリップ・マシューズが、土曜の午前十時に大使館でお待ちしています。そのときに、ミスター・セルウィン・ロイド外務大臣の手紙も渡してください。あなたがアルゼンチンへきた理由が認《したた》められています」

十一番ゲイトに着くと、まっすぐに案内係のデスクへ行った。

「おはようございます、機長」彼女はパスポートを開きもしないうちに挨拶した。「快適なフライトを祈っています」

そのあと、滑走路を横切ってタラップを上り、だれもいないファーストｰクラスの客室に入った。

「おはようございます、機長」魅力的な若い女性が挨拶した。「上級客室乗務員のアナベル・キャリックです」

制服と規律正しさが、軍に戻ったような気分にさせてくれた。だが、今度の敵はあのときとは違っている。それとも、サー・アランが言ったとおり、同じなのだろうか？

「席へご案内します」

「ありがとう、ミス・キャリック」彼は客室乗務員のあとについてファーストｰクラスの後ろのほうへ向かった。二人掛けの席だったが、隣りに乗客がこないことはわかっていた。サー・アランはそういう配慮を怠る人物ではなかった。

「前半の飛行行程は七時間ほどになるかと思われます」客室乗務員が言った。「離陸前にお飲み物をお持ちしましょうか、機長？」

「水を一杯もらおうか」彼は制帽を脱いで隣りの席に置くと、ブリーフケースを自分の席の下に入れた。離陸するまで開けてはならないし、何を読んでいるかをだれにも知られてはならないと、しっかり釘を刺されていた。マルティネスの名前はファイルに一度も出てくることがなく、彼を指す場合は〝対象〟とだけ書かれているにもかかわらず、である。

しばらくして最初の乗客が姿を現わしはじめ、二十分が経つころには、自分の席を見つけ、荷物を頭上の棚に格納し、コートやあるいはジャケットを脱ぎ、腰を落ち着け、シャンパンのグラスを手にし、シート・ベルトを締め、新聞や雑誌を選び、「こちらは機長です」というアナウンスを待っていた。

ハリーはもし万一飛行中にこの便の機長の具合が悪くなり、ミス・キャリックが駆け寄ってきて操縦を交替してくれと頼んできた場合を思って苦笑した。実はイギリスの商船には乗ったことがあり、アメリカの陸軍にいたこともあるけれども、空軍にいたことはないのだと機長の制服を着た男が白状したら、彼女はどんな反応をするだろうか？

機は滑走路へのタキシングを開始したが、ハリーは自分が宙に浮き、機長がシート・ベルトの着用サインを消すのを待ってから、ブリーフケースの鍵を開けた。そして、分厚いファイルを取り出すと、まるで試験勉強をするかのように、その内容を読み込んでいった。

まるでイアン・フレミングの小説を読んでいるようで、違っているのは自分がジェイムズ・ボンドの役を振り当てられているところだけだった。ページをめくるにつれて、マルティネスの人生が明らかになっていった。夕食のためにいったんファイルを置いたときには、エマの言うとおりだったと考えざるを得なくなっていた。セバスティアンとこの男を関わらせつづけるべきではなかった。あまりに危険が大きすぎる。

しかし、息子の身に危険が迫っていると感じたら、どんな場合でも次の便で、隣りにセバスティアンを坐らせてロンドンへ戻る、とエマに約束してもあった。窓の向こうに目をやった。本来ならハリーはその朝、南へ飛ぶのではなく、ウィリアム・ウォーウィックと一緒に、小説の宣伝ツアーで北へ向かうことになっていた。〈ヨークシャー・ポスト〉主催の昼食付き講演会でアガサ・クリスティーに会うのを楽しみにしていたのだが、実際にはドン・ペドロ・マルティネスと遭遇しないよう願いながら南下しているのだった。

ファイルを閉じてブリーフケースに戻し、席の下に置き直すと、浅い眠りに漂い込んだ。しかし、そのときも〝対象〟は頭から離れなかった。〝対象〟は十四歳で学校をやめ、肉屋の徒弟になった。数カ月後には馘《くび》になり（理由はわかっていない）、身につけた技術は動物の解体の仕方だけだった。失業して数日のうちに、けちな犯罪に手を染めはじめた。窃盗、強盗、スロットマシンを破壊しての現金の略奪などなど。その結果、逮捕されて六カ月の刑を宣告された。

刑務所ではフアン・デルガドと同房だった。デルガドは娑婆《しゃば》より鉄格子の向こうにいるほうが何年か長いというけちな犯罪者で、〝対象〟は刑期を終えるとデルガドの一味に加わり、あっという間に腹心中の腹心に成り上がった。デルガドがまた逮捕されて刑務所へ戻ると、版図が縮小しはじめた彼の帝国の維持を〝対象〟が引き受けることになった。そのときの彼はいまのセバスティアンと同じ十七歳で、犯罪者としての人生がそこで決まったかのようだった。だが、運命が思いがけない方向へ舵を切ったのは、国際電話の交換手をしているコンスエラ・トーレスと恋に落ちたときだった。しかし、コンスエラの父親は地元の政治家で、ブエノスアイレス市長を目指していたこともあり、ちんぴら風情《ふぜい》を義理の息子にはしたくないと娘に明言した。

コンスエラは父の助言を無視して〝対象〟と結婚し、南アメリカの順番に正しく従って、まず男の子を三人、最後に女の子を一人と、合わせて四人の子供をもうけた。〝対象〟は最終的にコンスエラの父親の尊敬を勝ち得たのだが、それは市長選に勝利するために必要な資金を調達してやったからだった。

新市長が市庁舎の主《あるじ》になるや、公共事業の契約は一件の例外もなく〝対象〟の手を経由することになり、必ず二十五パーセントの〝手数料〟が上乗せされた。しかし、間もなく地元政治にもコンスエラにも飽きて、関心をよそに広げはじめた。ヨーロッパの戦争は中立を主張できる者に無限の機会を与えてくれると気づいたのだ。

〝対象〟は本来はイギリス贔屓だが、ささやかな富を巨大なそれに変える機会を提供してくれたのはドイツだった。

ナチ政権は物資を供給してくれる味方を必要としていて、〝対象〟は二十二歳のとき初めてベルリンを訪れ、まったく何もないところから交渉を始めたのだが、二カ月後に出国するときには、イタリアのパイプラインからギリシャの石油タンカーまで、ありとあらゆる注文を受けていた。取引を成立させようとするときには、自分がハインリッヒ・ヒムラー親衛隊全国指導者と非常に近しい友人であり、ヘル・ヒトラー本人にも何度か会っていることを相手に知らしめることを忘れなかった。

それからの十年、〝対象〟は飛行機、船、列車、バスのなかで、一度など馬の引く荷車の上で眠りながら世界じゅうを巡り、ドイツの果てしない要求に応えつづけた。

ヒムラーと会う回数はさらに頻繁になった。戦争末期、連合国の勝利が確実視され、ライヒスマルクが暴落すると、親衛隊全国指導者はザクセンハウゼンの印刷機から出てきたばかりの手の切れるようなイギリスの五ポンド紙幣で、現金で支払いをしはじめた。〝対象〟はその紙幣を国境を越えてジュネーヴの銀行に持ち込み、スイス・フランに替えていった。

戦争が終わるかなり前、〝対象〟の富は一気に増えた。だが、それは連合国軍がドイツの首都を攻撃する射程距離内に入ったとき、ヒムラーが〝対象〟にとって最大最高の好機を申し出てくれたからだった。二人は取引成立の握手をし、〝対象〟は二千万ポンド相当の偽造五ポンド紙幣を自分が所有するUーボートに積み込むと、ヒムラーの側近の若い中尉を一人連れてドイツを逃れた。その中尉が祖国《ファーターラント》の土を踏むことは二度となかった。

ブエノスアイレスへ帰り着くや、〝対象〟は業績不振に喘《あえ》ぐ銀行を五百万ペソで買い、自分の二千万ポンドを金庫に隠すと、生き延びたナチ上層部がブエノスアイレスに現われて、以降の人生を保証してくれる金を受け取りにくるのを待った。

大使は執務室の奥の隅で、テレックスからかたかたと音を立てながら吐き出されるティッカー・テープを見下ろしていた。
ロンドンから直接のメッセージが届きつつあった。しかし、外務省の指令はすべてがそうであるように、これもまた行間を読み取る必要があった。なぜなら、周知の事実なのだが、道路をわずか百ヤード上ったところで、アルゼンチンの秘密情報機関も同時にこのメッセージを傍受しているからである。

イングランド・クリケット・チームの主将《キャプテン》、ピーター・メイが、今週土曜日一時に、ローズにおけるテスト・マッチで先頭打者として打席に入る。その試合のチケットを当方は二枚持っており、メイ主将がそちらと合流できることを願っている。

大使はにやりと頬をゆるめた。テスト・マッチが行なわれるのは木曜の午前十一時三十分と決まっていることや、先頭打者がピーター・メイでないことは、イギリスの生徒《スクールボーイ》でも知っていることであり、大使も例外ではなかった。だが一方で、イギリスはクリケットをする国と不和になったことはなかった。

「以前にお目にかかったことがあるんじゃないかな、オールド・チャップ」

ハリーは急いでファイルを閉じ、顔を上げた。明らかに交際費で生きているらしい中年の男が、ハリーの隣りの空席のヘッドレストを片手で握り締め、もう一方の手に赤ワインのグラスを持って立っていた。

「いや、そんなことはないと思いますよ」ハリーは言った。

「確かに会ってるはずだ、誓ってもいい」男が言い張り、ハリーを覗き込んだ。「いや、もしかしてだれかと間違えてるのかな？」

男は肩をすくめると、最前列の自分の席へよろよろと戻っていった。ハリーは安堵の吐息を漏らした。もう一度ファイルを開いてマルティネスの履歴を読みつづけようとしたとき、男が回れ右をして、ゆっくりと引き返してきた。

「あんた、有名人じゃないか？」

ハリーは笑ってみせた。「それは絶対にあり得ませんよ。見ておわかりのとおり、私はＢＯＡＣのパイロットで、しかも十二年前からそうなんです」

「だったら、ブリストルの出身じゃないか？」

「違います」ハリーは成り代わったばかりの人物の履歴を思い出した。「生まれはエプソム、いまはイーウェルに住んでいます」

「あんたがだれに似ているか、もうちょっとで思い出せそうなんだが」男はふたたび自分の席へと引き返した。

　ハリーはファイルを開いたが、男は三度もロンドン市長になったディック・ホイッテントンよろしく、やはり三度目を試みようとしていて、ハリーは一行たりと読み進めることができなかった。今回、男はハリーの制帽をどかすと、隣りに崩れ落ちるように腰を下ろした。「あんた、ひょっとして、本を書いてないか？」

「書いていません」ハリーは口調まで強めて、きっぱりと否定した。そのとき、ミス・キャリックがカクテルのグラスを載せた盆を持って現われ、ハリーは眉を上げて、〝何とかしてくれ〟という表情だとわかってくれることを祈りながら彼女を見た。

「あんたを見てるとブリストル出身の作家を思い出すんだが、腹の立つことに、名前が出てこないんだ。あんた、ほんとにブリストルの出身じゃないのか？」そして、しげしげとハリーを見て、その顔に葉巻の煙を盛大に吐きかけた。

　ミス・キャリックがコックピットのドアを開けるのが見えた。

「パイロットってのは、きっと面白い人生なんだろうな――」

「こちらは機長です。この先、乱気流で揺れることが予想されます。乗客のみなさまには、席へお戻りになって、シート・ベルトを着用していただくようお願いいたします」

　ミス・キャリックがふたたび客室に姿を現わし、まっすぐにファーストクラスの客室へ向かってきた。

「お邪魔をして申し訳ございませんが、お客さま、機長からの要請で乗客のみなさまには――」

「ああ、わかっている」男は立ち上がったが、その前にもう一度、ハリーのほうへ向かって盛大に葉巻の煙を吐いた。「あんたがだれに似ているか、もうちょっとで思い出せそうなんだがな」そして、のろのろと自分の席へ戻っていった。

36

ブエノスアイレスまでの後半の飛行行程で、ハリーはファイルの〝対象〟、すなわちドン・ペドロ・マルティネスに関する部分を読み切った。

戦後、〝対象〟はアルゼンチンにとどまり、現金の山の上に坐っていた。ヒムラーはニュルンベルクで裁判が始まる前に自殺し、彼が腹心と見なしていた六人には死刑判決が下され、さらに十八人が刑務所送りになって、そこにはベルンハルト・クリューガー少佐も含まれていた。ドン・ペドロの玄関をノックし、残りの人生を生きるための金を請求した者は一人もいなかった。

さらにページをめくると、そこからはマルティネスの家族に関する情報がまとめられていた。ハリーは少し休んでから、その部分にとりかかった。

マルティネスには四人の子供がいた。最初の子のディエゴは熱くなっている暖房用ラジエーターに新入生を縛りつけたかどでハロー校を退学処分になり、教育一般証明試験もへったくれもないまま生まれた国へ戻って父と合流して、三年後には犯罪という学校を優等で卒業した。ディエゴはサヴィル・ロウ仕立てのピン－ストライプのダブルのスーツを着ていたが、もし父親が数え切れないほどの判事や警察官、政治家を金で取り込んでいなければ、人生の大半を囚人服で過ごしているはずだった。

次男のルイスはある夏、リヴィエラで休暇を過ごしているあいだに、ませたことに少年からプレイボーイに変身した。いまは、起きている時間のほとんどをモンテ・カルロのルーレット・テーブルに貼《は》りついて過ごし、父親の偽造五ポンド紙幣をよその国の金に換えるべく博打に耽《ふけ》っていた。

調子のいいときはモナコ・フランが洪水のようにジュネーヴのドン・ペドロの口座に流れ込んだが、マルティネスはそれでも、カジノのほうが自分より多くの収益を上げていることに腹を立てていた。

三男のブルーノは父親に似ているところはいい意味で少なく、父親の欠点よりは母親の資質のほうをはるかに多く引き継いでいた。しかし、そうであるにもかかわらず、マルティネスは九月にケンブリッジ大学へ進む息子がいることを、ロンドンの友人たちに嬉々として自慢して飽きなかった。

四人目の子供であるマリア－テレサについては、いまもローディーン校にいて、休暇はいつも母と過ごしていることぐらいしか、ほとんどわかっていなかった。

ミス・キャリックがディナーの準備にきたのでファイルの読み込みを中断したが、食事をしているあいだ、あの面倒くさい男がまたやってくるのではないかと気にせずにいられなかった。

戦後の数年間、マルティネスは自分の銀行の資産を増やすことに力を入れていた。家族農業友好銀行は、土地はあるけれども金がない顧客の口座を運用していた。マルティネスのやり方は乱暴だが効率的だった。その農民の土地の価値が融資金額を上回っている限り、相手が貸してほしいというだけの金を満額、しかし、法外な利子で貸し付けるのである。

そして、借り手が四半期の返済ができなくなると、抵当権の失効通知を送りつけ、九十日以内に全額返済するよう要求した。それができなければ――借り手のほとんどがそうだった――、その土地に関する不動産譲渡証書が銀行に没収され、マルティネスがすでに蓄えている富に付け加えられた。だれであれ不満を訴える者のところにはディエゴが出向き、その男の顔の形を変えた。弁護士を雇うより、はるかに安上がりで効率がよかった。

マルティネスがロンドンで懸命に造り上げている、寛容な牧畜貴族というイメージを損なう可能性があるとすれば、それはたった一つ、妻のコンスエラがようやく父親の見立ては正しかったという結論に達し、ついに離婚の申し立てをしたことだった。手続きはブエノスアイレスで行なわれたから、そのことについてロンドンで訊かれたときには、妻は可哀相なことに癌で死んだと嘘をつき、社交界では不名誉な疵《きず》と見なされかねない問題を同情に変えた。

市長再選を目指したコンスエラの父親が選挙に敗れると――マルティネスは敵対候補を応援した――、コンスエラはブエノスアイレスから数マイルの村に引っ込んで暮らすようになった。毎月の一定の金額はマルティネスから支払われたが、首都へ何度も買い物に行けるほどではなく、海外旅行などあり得なかった。その上に悲しいのは、三人いる息子の一人しか連絡をしてこようとせず、その息子はいま、イギリスにいるという事実だった。

一人だけ、いまハリーが読んでいるファイルに記載されていて、マルティネス一家でない人物がいた。カール・ラミレス、マルティネスが執事兼雑用係として雇っている男である。アルゼンチンのパスポートを持っているけれども、カール・オットー・ルンズドルフに恐ろしくよく似ていた。一九三六年にベルリンで開催されたオリンピックのドイツ代表レスリング・チームの一員で、後に親衛隊中尉となり、拷問を専門にしていたという人物である。ラミレスの身分証明書類はマルティネスの偽造五ポンド紙幣と同様、本物そっくりにできていて、恐らく同じところで造られたものだろうと思われた。

ミス・キャリックがディナーの盆を片づけ、メイ機長にブランディと葉巻を勧めた。ハリーはそれを丁重に辞退したが、その前に、乱気流を発生させてくれたことの礼を言った。

ミス・キャリックがにやりと笑みを浮かべた。

「機長が予想したほどひどい乱気流では全然なかったようですね」彼女がさっきの笑みを浮かべたままで言った。「機長からの伝言ですが、もしあなたがホテル・ミロンガにお泊まりなら、ＢＯＡＣのバスに同乗なさらないかとのことです。そうすれば、ミスター・ボルトンにつきまとわれずにすみますしね」――ハリーは片眉を上げた――「あの方はブリストルの出身で、以前にどこかであなたと会ったことがあると、絶対の確信を持っておいでなのですよ」

ハリーは自分の左手に一度ならず、ミス・キャリックの視線が走るのに気づかないわけにいかなかった。そこには結婚指輪を外した跡が、くっきりと白く残っていた。ピーター・メイ機長は二年ちょっと前に妻のアンジェラと離婚していて、彼女とのあいだには子供が二人あった。一人は十歳のジムで、エプソム・カレッジへ進みたがっていた。サリーは八歳で、自分のポニーを所有していた。ハリーはいま、二人の子供が実在することを証明するための写真まで持っていた。万に一つも結婚していることが露見しないよう、出発直前に結婚指輪を外してエマに預けたのだが、それも、彼女が最後まで嫌がったことの一つだった。

「ロンドンからの指示で、明朝十時に、ピーター・メイ機長なる人物と会うことになった」大使は言った。

秘書が予定表に書き込みながら訊いた。「メイ機長の履歴をご覧になる必要がありますか？」

「いや、その必要はない。そもそも彼が何者なのかも、なぜ外務省が私に会わせたがっているのかも、皆目わからないんだからな。ともかく、彼が到着したら、すぐに私のところへ案内するように」

ハリーは最後の乗客が降りるのを待って乗務員と合流し、彼らにくっついてそのまま税関を通り抜けると、空港を出て、路肩で待っているミニバスへ向かった。

運転手にスーツケースを荷物格納庫へ入れてもらい、バスに乗り込むと、ミス・キャリックの笑顔が迎えてくれた。

「いいかな?」ハリーは訊いた。

「もちろんですよ」彼女が答え、ハリーが坐れるよう隙間を作ってくれた。

「ピーターだ」ハリーは握手をしながらファーストネームを教えた。

「アナベルです。アルゼンチンへは何をしにいらっしゃったんですか?」彼女が訊いているうちに、バスは市内へと入っていった。

「兄のディックがこっちで仕事をしているんだ。ずいぶん長いこと会っていないんで、四十歳の誕生日を祝ってやろうと思ってね」

「お兄さまがこっちにいらっしゃるんですか?」アナベルがまたにやりと笑みを浮かべた。

「どんなお仕事をなさっていらっしゃるのかしら」

「機械技師だよ。五年前からパラナ・ダムのプロジェクトに関わっている」

「聞いたことがありませんけど」

「それは無理もないよ。どことも知れないところのど真ん中なんだから」

「それなら、ブエノスアイレスへ出ていらっしゃったらちょっとしたカルチャー・ショックを受けられるでしょうね。だって、ここは世界でも最も国際的な都市の一つですもの。わたしの大のお気に入りの立ち寄り先なんですよ」

「今回はどのぐらいここにいるのかな？」ハリーは訊いた。つい最近できたばかりの家族についての知識が尽きる前に、話題を変えたかった。

「四十八時間です。ブエノスアイレスのことはご存じですか、ピーター？　もしご存じないのなら、きっと興奮されると思いますよ」

「実は知らないんだ。ここは初めてなんだよ」ハリーは言った。ここまで話してきていることは完璧だぞ。集中力を失うなとサー・アランが警告していただろう、口が滑るのは気が緩んだときなんだ。

「それなら、普段はどういう航路を飛んでいらっしゃるんですか？」

「大西洋横断航路だ――ニューヨーク、ボストン、そして、ワシントン」それは外務省の匿名の男が決めてくれた航路だった。ハリーが新作の宣伝ツアーで訪れたことがあるというのが、その理由だった。

「それも面白そうですね。でも、ここにいらっしゃるあいだに、ナイトライフを試さない手は絶対にありませんよ。アルゼンチンの人たちのナイトライフを見たら、アメリカ人のそれなんて保守的に見えるに決まってますから」

「どこか、兄を連れていくのにお勧めの店はあるかな？」

「〈リサルド〉には最高のタンゴ・ダンサーが揃っていますけど、料理は〈マジェスティック〉が一番でしょうね。もっとも、わたしは行ったことがありませんけど。乗務員の溜まり場はインデペンデンシア通りの〈マタドール・クラブ〉です。ですから、時間をもてあますようなら、お兄さまと二人でそこへいらっしゃったらどうでしょう。わたしたち、歓迎しますよ」

「ありがとう」ハリーが応えたとき、バスがホテルの前に止まった。「もしかするとお言葉に甘えるかもしれない」

ハリーはアナベルの荷物をホテルまで運んでやった。

「このホテルは安くて、それはそれは快適なんですよ」チェックインしながら、アナベルが言った。「というわけですから、お風呂を使うときも、水がお湯になるのを待つのが嫌なら、夜遅く最後に、あるいは朝一番に入ることをお薦めしますね」彼女はそう付け加え、ハリーと一緒にエレヴェーターに乗った。

ハリーはアナベルを残して四階で降りると、明かりの貧しい廊下を歩いて四六九号室の前に立った。部屋に入ってみると、室内も廊下よりましとは言えなかった。大きなダブル・ベッドは真ん中がへこんでいたし、蛇口からは茶色の水がちょろちょろと滴るだけで、タオル掛けには洗面用のものが一枚あるきりだった。そして、バスルームは廊下の突き当たりにあるという告知がなされていた。ハリーはサー・アランの言葉を思い出した――「マルティネスや彼の一味が、訪れようなどとは絶対に考えもしないホテルを予約しておきました」。その理由がいまわかった。このホテルはおれの母を支配人にしなくちゃだめだ、それも、できることなら昨日のうちにそうしておいてほしかった。

ハリーは機長の制帽を脱ぐと、ベッドの端に腰を下ろした。エマに電話をして、どんなに会いたいと思っているかを教えたかったが、サー・アランから誤解のしようがないくらいはっきり釘を刺されていた――「電話も、ナイトクラブも、観光も、買い物も禁止です。大使を訪ねる時間までは、ホテルを一歩たりとも出ないでください」。仕方なしに両脚をベッドに上に投げ出し、頭を枕《まくら》につけた。セバスティアンのこと、エマのこと、サー・アランのこと、マルティネスのこと、〈マタドール・クラブ〉のことを考えていると……メイ機長は眠りに落ちた。

37

目が覚めて真っ先にしたのは、ベッドの脇の明かりをつけて時間を確認することだった。午前二時二十六分。腹立たしいことに、服も脱いでいなかった。

ほとんど転がり落ちるようにしてベッドを出ると、窓のそばへ行って町を見下ろした。車の音が響き、明かりが輝き、いまだ眠ろうとする気配もなかった。カーテンを閉めると、服を脱いでベッドに戻った。すぐに眠りに戻れるのではないかと期待したが、そうはいかなかった。マルティネス、セブ、サー・アラン、エマ、ジャイルズ、そしてジェシカまでが次々と頭に浮かんで、目は冴えるばかりだった。リラックスして忘れてしまおうとすればするほど、彼らは執拗に絡みついてきた。

午前四時三十分、ついに眠るのを諦めて、風呂を使おうかと考えた。とたんに眠りに襲われた。ふたたび目を覚まし、ベッドを飛び出してカーテンを引くと、最初の朝の光が町を覆いはじめていた。時計を見ると午前七時十分だった。旅の垢を落としてさっぱりしたかった。熱い風呂にゆっくり浸かろうと考えると、思わず頬が緩んだ。

ドレッシング・ガウンを探したが、このホテルは薄いバスタオルと小さな石鹸《せっけん》を備えるのがやっとらしかった。廊下へ出てバスルームを目指した。が、ドアハンドルに〈使用中〉の札がかかっていて、なかから水が跳ねる音が聞こえた。このまま、ここで待つことにした。そうすれば、だれかに先に並ばれることもない。二十分ほどしてようやくドアが開いたとき、ハリーは二度と会わなくてすむことを願っていた男と鉢合わせするはめになった。

「おはよう、機長」男がハリーの前に立ちふさがったままで言った。

「おはようございます、ミスター・ボルトン」ハリーは応え、脇をすり抜けてバスルームへ入ろうとした。

「まあ、そう慌てなくてもいいじゃないか、オールド・フェロウ」ボルトンが言った。

「浴槽が空になるまで十五分はかかるし、湯を入れ直すのにさらに十五分かかる」黙っていれば、ボルトンも察して立ち去るのではないかと期待したのだが、そうはならなかった。

「あんたのそっくりさんは」しつこくて鬱陶《うっとう》しい男が言った。「探偵小説を書いている。奇妙なのは、その探偵の名前はウィリアム・ウォーウィックだと思い出せるのに、不愉快にも作者の名前が思い出せないことなんだ。喉まで出かかっているんだけどな」

浴槽から湯が抜け切る音がごぼごぼと聞こえ、ボルトンは不承不承に脇へどいてハリーを通した。

「本当に喉まで出かかってるんだ」ボルトンが廊下を引き返しながら繰り返した。ハリーはバスルームのドアを閉めて鍵をかけたが、蛇口を捻ったとたんにドアがノックされた。

「どのぐらいかかりますか？」

何とか浸かれるぐらいに湯が溜まるころには、ドアの向こうで話す声が聞こえた。二人、あるいは三人か？

石鹸は両脚を洗ってしまうと形がなくなり、タオルは爪先を拭くとびしょびしょになった。バスルームのドアを開けると、不機嫌な顔の宿泊客が列を作っていた。ここに並んでいる最後の一人が朝食に下りてこられるのは何時になるのだろうと考えそうになって、危うく思いとどまった。ミス・キャリックの言ったとおり、夜中に目が覚めたときに風呂に入ってしまうべきだったのだ。

部屋へ戻ると、急いで髭を剃って着替えた。飛行機を降りてから何も食べていなかった。部屋を出て鍵をし、エレヴェーターで一階へ下りると、ロビーを突っ切ってブレックファスト・ルームへ向かった。入っていって最初に目に入ったのは、ミスター・ボルトンが独りでテーブルにつき、トーストにマーマレードを塗っている姿だった。ハリーはくるりと踵《きびす》を返して逃走した。ルーム・サーヴィスを利用する気になりかけたが、それは長くつづかなかった。

大使と面会するのは十時、大使館までは歩いても十分か十五分しかかからないことは、メモを読んでわかっていた。出かけてカフェを探すぐらいの時間的余裕はあったが、サー・アランが繰り返した警告の一つが邪魔をした――「不必要に姿をさらさないでください」。それでも、ちょっとだけ早く出て、ゆっくり目的地へ向かうことにした。ほっとしたことに、ミスター・ボルトンの姿は廊下にも、エレヴェーターにも、ロビーにもなく、何とか遭遇を免れてホテルを出ることができた。

右へ三街区、それから左へ二街区行けば、観光ガイドブックによれば五月広場に出るはずだった。十分後、それが正しかったことが証明された。広場を取り囲むたくさんの旗竿に、ハリーにはその理由がまるでわからなかったが、英国国旗《ユニオン・ジャック》が翻っていた。

信号を持たないことを誇りとしている町で通りを渡るのは簡単ではなかったが、何とかやりおおせると、コンスティトゥシオン通りを下りつづけ、ちょっと足を止めてエストラーダなる人物の銅像を眺めた。教えられたところによると、二百ヤード歩きつづければ、イギリス大使館の紋章をいただいた両開きの鍛鉄の門に行き着くはずだった。

最初に大使館の前に立ったのが九時三十三分。街区を一周して戻ってきたときが九時四十三分。もう一度、さらにゆっくり歩いて、九時五十六分。ついに門をくぐり、玉石敷きの中庭を突っ切って階段を十二段上がると、大きな両開きの扉を警備の兵士が開いてくれた。その兵士がつけている徽章がこの前の戦争で同じ戦域にいたことを示していて、テキサス・レンジャーズのハリー・クリフトン中尉としては立ち止まって言葉を交わしたかったが、今日すべきことではなかった。受付へ歩いていくと、若い女性が前へ出てきて訊いた。「メイ機長でいらっしゃいますか?」

「そうです」

「大使の専属秘書のベッキー・ショウです。すぐに執務室へご案内するよう言いつかっています」

「ありがとう」ハリーは言った。彼女はハリーを案内して赤い絨毯を敷いた廊下を歩いていき、突き当たりまでくると荘重な両開きのドアを静かにノックして、返事を待たずに入室した。自分が訪ねてくることを大使は知らないのではないかというハリーの心配は杞憂に過ぎなかったと証明された。

執務室は広くて上品で、大使は弧を描いている大きな窓を背にして机に向かっていた。エネルギーを感じさせる、小柄で顎の張ったイギリス大使が立ち上がり、きびきびとハリーのところへやってきた。

「ようこそ、メイ機長」大使は力のこもった握手をした。「コーヒーでもいかがです？ジンジャー・ビスケットもありますが?」

「ジンジャー・ビスケットもちょうだいします」ハリーは応えた。

大使がうなずくと、秘書がすぐに退出してドアを閉めた。

「さて、率直なところを申し上げなくてはならないのだが、オールド・チャップ」大使が坐り心地のよさそうな二対の椅子へハリーを案内しながら言った。そこからはいくつもの花壇で咲き誇る薔薇と、手入れの行き届いた芝生を見ることができて、まるでホーム・カウンティーズ（ロンドンを取り巻く諸州、特にエセックス、ケント、サリー、ハートフォードシャー）にいるかのようだった。「なぜあなたがここへ見えたのか、私にはまるでわかっていないのです。もっとも、内閣官房長官が至急会ってほしいというのですから、重要な用件に違いないことは明らかですがね。彼はだれにも時間を無駄にさせる男ではありませんから」

ハリーはジャケットのポケットから封筒を取り出し、預かっていた分厚いファイルと一緒に大使に渡した。

「こういうものを受け取るのは珍しいことなのですよ」大使が封筒の裏の紋章を見て言った。

ドアが開き、ベッキーがコーヒーとビスケットの載った盆を持って戻ってくると、それを二人のあいだに置いた。大使は外務大臣からの手紙を開いてゆっくりと読んでいき、ベッキーが退出してから口を開いた。

「ドン・ペドロ・マルティネスについては、私はすべてを知り尽くしていて、新たに教えてもらうことはないと思っていましたが、あなたはそれが間違いであることを証明されようとしているようですね。最初から話してもらえませんか、メイ機長」

「私は実はハリー・クリフトンなんです」彼は名乗り、コーヒーを二杯とビスケットを六枚口にするあいだに、自分がホテル・ミロンガに滞在している理由、息子に電話をしてすぐにイギリスへ戻るべきだと知らせられない理由を説明した。

大使の返事はハリーを驚かせた。「ご存じですか、ミスター・クリフトン？　もし外務大臣がマルティネス暗殺を指示したら、私は大いに喜んでその命令を実行するでしょう。あの男は見当もつかないほど大勢の命を奪ってきているのですよ」

「私が恐れているのは、息子がその犠牲者の一人に付け加えられるのではないかということです」

「何であれ、私が関与した以上、その心配は無用です。私の見るところ、いま何よりも先になすべきは、ご子息の安全を確保することです。そして、その次が――サー・アランは負けず劣らず重要だと考えているはずですが――、それだけの大金をどうやって税関の日をごまかしてイギリスへ持ち込もうとしているかを突き止めることです。サー・アランは明白に――」大使は手紙に目を走らせた「――その方法を突き止められるのはまさにご子息しかいないと、そう信じています。どうでしょう、客観的に見て公平な評価でしょうか？」

「公平な評価だと考えますが、サー、マルティネスに知られることなく私と話せない限り、息子がそれをやり遂げるのは不可能です」

「わかっています」大使が椅子に背中を預け、目を閉じて、深く祈りを捧げるかのように両手の指を合わせた。「実は考えがあるのです」大使が目を閉じたままで言った。「金で買えないものをマルティネスに与えてやるのです」

そして勢いよく立ち上がると窓際へ直行し、芝生のほうを見つめた。そこでは大使館の職員が数人、ガーデン・パーティの準備に忙しかった。

「マルティネスとご子息がブエノスアイレスに到着するのは明日だとおっしゃいましたね？」

「〈サウス・アメリカ〉が入港するのは、サー、明朝六時ごろのはずです」

「きっとご存じだと思いますが、マーガレット王女が間もなくここを公式訪問されることになっているのです」

「それで、五月広場にイギリス国旗があんなに盛大に翻っているわけですか」

大使が微笑した。「王女がわれわれと一緒にいらっしゃるのはわずか四十八時間ですが、ハイライトは月曜の午後に王女に敬意を表して大使館で催されるパーティで、そこにはブエノスアイレスの有名人士が招待されます。明白な理由でマルティネスはもちろん招待されていませんが、彼がいかに招待されたがっているかは、一度ならずそういう素振りを見せていることからも、まったく疑いの余地はありません。ですが、私のこの計画を成功させるためには、いますぐ、速やかに動き出さなくてはなりません」

大使は急いで机へ戻ると、その下についているボタンを押した。間もなく、ミス・ショウがメモ・パッドと鉛筆を持ってふたたび姿を現わした。

「ドン・ペドロ・マルティネスに、月曜のロイヤル・ガーデン・パーティの招待状を送る」秘書は驚いたかもしれないが、それをおくびにも出さなかった。「同時に、手紙も送りたい」

大使は目を閉じた。明らかに手紙の文面をまとめようとしているのだった。

「親愛なるドン・ペドロ。私は大いなる――いや、〝格別な〟にする――喜びをもって、わが大使館のガーデン・パーティへの招待状を同封するものであります。そのパーティにおいて、私どもはマーガレット王女殿下の臨席を賜るという格別の――違う、〝格別の〟という言葉はもう使ってしまったからな――特別の名誉を授かることになります。改行。ご承知いただけると思いますが、この招待は貴殿ご自身、そして、同伴者お一人に向けてのものであります。助言などと大それたことをするつもりは毛頭ありませんが、貴殿のスタッフのなかに出席が可能なイギリス国民がおられるなら、王女殿下はそのほうがよりふさわしいとお考えになるやもしれません。ご来臨を楽しみにしております。敬具。十分に気取った文面だと思うが、どうだろう？」

「結構だと思います」ミス・ショウがうなずいた。ハリーは口を閉ざしていた。

「それから、ミス・ショウ、それをタイプしてくれたらすぐに署名するので、手紙と招待状を至急マルティネスのオフィスへ届けさせてもらいたい。明日の朝、彼が出勤したときに机の上にあるようにするんだ」

「日付を入れるほうがよろしいでしょうか、サー」

「よく気がついてくれた」大使が言い、卓上カレンダーを一瞥した。「ご子息がイギリスを発たれたのはいつでしょう、メイ機長？」

「六月十日の月曜です、サー」

大使がもう一度カレンダーを見た。「日付は七日にしてくれ。届くのが遅れたのは郵便システムのせいにすればいい。遅配は日常茶飯事だし、みんながやっていることだ」そして、秘書が退出するまで口を閉ざした。

「さて、ミスター・クリフトン」大使が席へ戻りながら言った。「私の作戦を説明させてもらいましょうか」


翌日の朝、セバスティアンがマルティネスとともに〈サウス・アメリカ〉のタラップを降りるのをハリーは自分の目で見たわけではないが、大使の秘書が確認してくれていた。そのあと、彼女はホテルにいるハリーにメモを届けて、二人がブエノスアイレスにやってきたことを改めて告げ、明日の午後二時、ガーデン・パーティに出席することになっている最初の招待客がやってくる丸まる一時間前に、ルイス・アゴテ医院の隣りの脇出入り口から大使館にきてくれるよう要請した。

　ハリーはベッドの端に腰掛け、マルティネスはトゥイード川の鮭より早く餌に食いつくと大使は言ったが、それが正しいかどうかが証明されるだろうかと考えた。彼自身、一度だけ釣りをしたことがあったが、鮭に完全に無視されただけだった。

「この招待状はいつ届いたんだ?」ドン・ペドロ・マルティネスは金縁のカードを高く掲げて声を張り上げた。

「昨日、大使直属の職員が直接届けてきました」秘書が応えた。

「こんなに遅くなって招待状を送るとは、イギリス人らしくないな」マルティネスが不審げな声を出した。

「大使の専属秘書から謝罪の電話があって、郵送した招待状のほとんどについて出欠の返事が返ってこないので、恐らくきちんと届いていないのだろうと思うとのことでした。実際、郵便でもう一通の招待状が届いたら、それは無視してくれとも言っていました」

「まったく、この国の郵便制度はいつになったらまともになるんだ」マルティネスは悪態をつき、招待状を息子に渡して、同封されていたイギリス大使の手紙を読みはじめた。

「招待状にも書いてあるだろうが」ドン・ペドロは言った。「一人は同伴してもいいらしい。おまえ、一緒にくるか?」

「冗談でしょう」ディエゴが言った。「イギリス人のガーデン・パーティで顔も上げず、片足を引いてお辞儀をするぐらいなら、大聖堂の大ミサで膝をついて俯いてるほうがまだましですよ」

「それなら、若きセバスティアンを連れていくことにするか。考えてみれば、あいつは貴族の孫だし、おれがイギリスの貴族社会に十分につながっているという印象を与えても、悪いことは一つもないからな」

「あいつはいま、どこにいるんです？」

「ロイヤル・ホテルに二日、滞在することにしてある」

「そもそも何と言いくるめて、あいつをこっちへ連れてきたんです？」

「ブエノスアイレスで何日か休暇を過ごして、イギリスへ帰るときに、〈サザビーズ〉へ届けなくてはならない委託貨物の面倒を見てくれないかと言ったんだ。礼は十分にするからってな」

「その委託貨物が何であるかは教えたんですか？」

「馬鹿を言うな。あいつは何も知らないのが一番いいんだ」

「おれが一緒にイギリスへ行くほうがいいんじゃないですか？　何であれ手違いがあっちゃまずいでしょう」

「いや、おまえが一緒に行ったのでは、この目論見が丸ごとお釈迦になる恐れがある。あいつは〈クイーン・メアリー〉でイギリスへ帰るが、おれたちは何日かあとに空路を使ってロンドンへ飛ぶ。イギリスの税関はおれたちだけに目を向けているから、そのほうがセバスティアンは警戒の目をかいくぐりやすくなるし、われわれもオークションに十分間に合うようにロンドンに入れるというわけだ」

「いまでも、あんたの代わりにおれに入札させるつもりですか？」

「もちろんだ。一族以外の人間を関わらせるのはやばいからな」

「だけど、おれだと気づかれる心配はありませんか？」

「電話で入札する限り、その心配はないさ」

38

「よろしければここへお立ちくださいますか、大統領閣下」大使は言った。「王女殿下はまずあなたのところへいらっしゃいます。きっと閣下もお話しになりたいことがたくさんおありになると思いますが」

「私はあまり英語がうまくないのだがね」大統領が言った。

「ご心配には及びません。王女は言葉の問題には慣れておられます」

大使は一歩、右へ移った。「ご機嫌よう、首相閣下。王女殿下は大統領とお話しになったあと、次にあなたのところにいらっしゃいます」

「王女に呼びかけるときには、正確には何と言えばいいのか教えてもらえないでしょうか?」

「もちろんです、サー」大使は直接訂正するのではなく、遠回しな言い方をした。「王女殿下は『ご機嫌よう、首相』とおっしゃるはずです。握手をなさる前に、お辞儀をお願いいたします」そして、手本として会釈をしてみせた。近くにいた何人かがそれを見て、万一に備えて予行演習を始めた。「お辞儀をしていただいたあと、こうおっしゃってください。『ご機嫌よろしゅう、王女殿下』です。そのあと、王女は自分の選んだ話題で会話を始められますので、相応の対応をしていただければと考えます。質問をなさるのは礼儀正しいとは見なされません、また呼びかけるときは〝マム〟を必ずつけてください。〝ジャム〟と似た発音になりますが、かまいません。あなたとの会話を終えられて、市長のほうへ移動されるときには、『失礼します、王女殿下』とおっしゃってください」

　首相は当惑を顔に浮かべていた。

「王女殿下が私どもと一緒におられるのは数分です」大使はそう言ってから、ブエノスアイレス市長のほうへ移動し、同じ指示を与えてから付け加えた。「あなたが最後の公式なお相手になります」

　大使がペドロ・マルティネスを見落とすのは不可能だった。何しろ、市長のすぐ後ろ、わずか二フィートほどのところに立っているのだ。隣りにいる若者がハリー・クリフトンの息子であるのも明らかだった。そのマルティネスが後ろにセバスティアンを従えて、まっすぐに大使に歩み寄った。

「私も王女に会わせてもらえるでしょうか」マルティネスが訊いた。

「王女殿下にお引き合わせできればと考えていたのですよ。いま立っておられるところにこのまま辛抱してとどまっていてくだされば、ミスター・マルティネス、王女殿下が市長閣下と言葉を交わし終えられたらすぐに、あなたのところへご案内します。しかし、申し訳ないのですが、あなたのお連れの方にはご遠慮願わなくてはなりません。王女は二人の方と同時にお話しなさることに慣れていらっしゃいませんのでね。ですから、失礼ながら、お連れの若い紳士には少し後ろへ下がっていていただけないでしょうか」

「もちろんです」それでいいかとセバスティアンに訊きもせずに、マルティネスが応えた。

「では、私はこれで失礼します。パーティを始める準備にかからないとなりませんので」大使は混み合う芝生を突っ切り、赤い絨毯を踏まないよう用心しながら執務室へ引き上げた。

　主賓は執務室の隅に腰を下ろし、煙草を吸いながら、大使夫人とおしゃべりをしていた。手袋をした手には、長くて上品な象牙のシガレット・ホルダーがあった。

　大使がお辞儀をして告げた。「用意は整っております、マム、いつなりとよろしいときにお出ましください」

「では、みなさんをあまりお待たせするべきではないわね」王女は最後に煙草を一吸いすると、手近の灰皿で火を消した。

　大使は王女をバルコニーへエスコートし、二人はそこで一瞬足を止めた。近衛歩兵第三連隊《スコッツ・ガーズ》の指揮者が指揮棒を上げ、楽隊がイギリス人には耳に馴染みのない、アルゼンチン国歌を演奏しはじめた。全員が沈黙し、男のほとんどは大使に倣って不動の姿勢を取った。

演奏が終わると、王女は赤い絨毯を踏んでゆっくりと芝生へ下りていき、大使がまずはペドロ・アランブル大統領を紹介した。

「大統領閣下、またお目にかかれて何よりです」王女が自分のほうから口を開いた。「本当に素晴らしい朝をありがとうとお礼を申します。議会でみなさんにお目にかかり、閣下をはじめとする閣僚の方々との昼食をともにして、それはそれは楽しく過ごさせていただきました」

「王女殿下を賓客としてお迎えできたことは、私どもの名誉とするところでありました、マム」大統領はリハーサルしてきた一文で応えた。

「そして、わたしは閣下にいま、同意しなくてはなりません。お国の牛肉はわたしどもがスコットランド高地で産する牛肉に引けを取らないとおっしゃったことにね」

二人は笑ったが、大統領は笑う理由がよくわからないままだった。

大使は大統領の肩の向こうを一瞥した。首相も、市長も、そして、ミスター・マルティネスも、全員がいるべきところにいてくれた。大使はマルティネスの目が王女に釘付けになっているのを見てとると、ベッキーにうなずいた。彼女はすぐさま一歩前に出ると、セバスティアンの背後からささやいた。「ミスター・クリフトン?」

セバスティアンがはっと振り返った。「はい?」知らない女性が自分の名前を知っていることに驚いていた。

「わたしは大使の専属秘書です。大使からのお願いなのですが、わたしと一緒にきていただきたいのです」

「ミスター・マルティネスに知らせたほうがいいですか？」

「その必要はありません」ベッキーはきっぱりと拒絶した。「ほんの数分ですむことですから」

セバスティアンは曖昧な顔をしたが、それでも彼女のあとについてモーニング・スーツやカクテル・ドレス姿でおしゃべりをしている人々のあいだを縫っていき、このときのために開け放してある脇出入り口から大使館へ入った。大使はそれを見て、満足の笑みを浮かべた。作戦の第一段階は至って順調に成功した。

「閣下がよろしくおっしゃっていたことは、必ず女王陛下にお伝えします」王女が言い、大使は次に控える首相のところへ案内した。何かあった場合に取り繕わなくてはならないので王女の一言一言に耳を澄ませようとしたが、ときどき自分の書斎のほうへ目を走らせざるを得なかった。ベッキーがそこのテラスに姿を現わすはずで、それがクリフトン父子《おやこ》が話し合っていることを知らせる合図だった。

大使は王女が十分に首相の相手をしたと考え、彼女を市長のところへ誘《いざな》った。

「お目にかかれて何よりです」王女が言った。「つい先週、ロンドン市長がわたしにこう教えてくれたのですよ、あなたの町を訪れて本当に楽しかったとね」

「ありがとうございます、マム」市長が応えた。「来年もその褒め言葉をいただけるのを楽しみにしております」

大使は書斎のほうを一瞥したが、ベッキーの姿は依然としてなかった。

王女とブエノスアイレス市長の会話は長くつづかず、彼女がそこを離れたがっていることは、あからさまにではないけれども明らかだった。大使は渋々彼女の希望を叶えてやることにした。

「よろしければ、マム、この町の主導的な銀行家であるドン・ペドロ・マルティネスをご紹介します。必ずや関心をお持ちいただけると考えますが、ドン・ペドロは毎年の社交シーズンをロンドンの自宅で過ごしておられます」

「お目にかかれてまことに光栄です、殿下」マルティネスが頭を下げ、王女より先に言葉を発した。

「ロンドンのどちらにお住まいなのでしょう」王女が訊いた。

「イートン・スクウェアです、殿下」

「素敵なところにお住まいですね。わたくしの友人も大勢住んでいます」

「そういうことでしたら、殿下、私どもの家にお立ち寄りを願って、ディナーをご一緒させていただくわけにはいかないでしょうか。一晩、どなたをお連れいただいても結構ですので」

大使は王女が何と応えるか、早くそれを聞きたくてたまらなかった。

「素敵な考えですこと」そして、さっさとそこを離れていった。

マルティネスがふたたび頭を下げた。大使は急いで王女のあとを追った。ほっとしたことに、妻とおしゃべりをしようと足を止めてくれたが、聞こえたのは一言だった。「何というおぞましい小男なんでしょう。どうしてあんな男が招待されたのかしらね」

大使はふたたび書斎のほうへ視線を送った。そして安堵の吐息を漏らしたことに、ベッキーがテラスに出てきて、しっかりとうなずいてくれた。大使は王女が妻に話す言葉に集中しようとした。

「マージョリー、煙草を吸いたくて死にそうなの。ちょっと抜け出してはいけないかしら」

「結構ですとも、マム。大使館へ戻りましょうか？」

二人が歩き去ると、大使はマルティネスを確認した。舞い上がって、その場に固まってしまったかのようだった。目はいまも王女に釘付けで、セバスティアンがこっそり戻ってきて、すぐ後ろに立ったことにも気づいていないらしかった。

王女が視界から消えると、マルティネスは後ろを振り返ってセバスティアンを手招きした。

「私は四番目に王女に紹介されたぞ」ドン・ペドロが真っ先に発した言葉がそれだった。

「私より前にいたのは、大統領、首相、そして、市長だけだ」

「すごい名誉でしたね、サー」セバスティアンはあたかもずっとその場にいたかのように応えた。「きっと、とても誇りに思っておられるんでしょうね」

「誇りに思うどころではすまないよ」ドン・ペドロが言った。「今日は私の人生で最高の日の一つだ」そして、付け加えた。「知ってるか？　今度ロンドンで会ったときには、ディナーをご一緒することに同意してくださったようなんだ」

「ぼくは何だか後ろめたいですね」セバスティアンは言った。

「後ろめたい？」

「はい。だって、本来なら、今日、ここであなたと勝利を分かち合うべきは、サー、ぼくではなくてブルーノなんですから」

「ロンドンへ帰ったら、今日のことをあいつに洗いざらい教えてやってくれ」

大使と秘書が大使館へ戻っていくのを見て、セバスティアンは考えた。父はまだあそこにいるのだろうか？

「王女が煙草を吸われるあいだだけしか時間がないんだが」大使は書斎に飛び込むなり言った。「あなたとご子息の話し合いの結果を早く知りたくてたまらないのですよ」

「もちろん、最初はショックを受けていました」ハリーは応えながらＢＯＡＣの機長の制服にふたたび袖を通した。「ですが、退学にはなっていないし、依然として九月にはケンブリッジ大学へも行けることになっているのだと教えてやると、少し気が楽になったようです。一緒に飛行機でイギリスへ帰らないかと誘ったんですが、〈クイーン・メアリー〉で荷物をサウサンプトンへ運ぶと約束したし、マルティネスにはとてもよくしてもらったから、せめてその約束は果たしたいという返事が返ってきました」

「サウサンプトンですね」大使が繰り返した。「その荷物が何であるかは、ご子息はおっしゃいませんでしたか」

「言いませんでしたし、私もしつこくは訊きませんでした。それをすると、私がはるばるここまでやってきた本当の理由がばれる恐れがなくはありませんのでね」

「賢明な判断です」

「私が〈クイーン・メアリー〉で息子と一緒に帰ることも考えましたが、そうすると、私がここにいる理由をマルティネスがすぐに感づくはずだと気がついたんです」

「確かに」大使が言った。「それで、どうすることにされたのでしょう」

「〈クイーン・メアリー〉がサウサンプトンに入港したら迎えにいくと、息子と約束しました」

「あなたがブエノスアイレスにいることをご子息がマルティネスに教えたら、あの男はどういう反応をするでしょうね」

「私がここにいることを教えたらマルティネスは間違いなく私と一緒の飛行機でおまえを

ロンドンへ帰らせようとするだろうから、黙っているほうが賢明かもしれないというようなことを匂わせたら、息子はそれなら内緒にしておくと言ってくれました」

「それなら、私がこれからやらなくてはならないのは、その荷物が何であるかを突き止めることだけですね。そして、あなたはだれかに知られる前にロンドンへ帰ればいいわけです」

「あなたには何とお礼を申しあげていいか、サー。何から何まで本当にお世話になりました」ハリーは言った。「ただでさえお忙しいこんなときに、あなたには無用の面倒をかけてしまいました。心から申し訳なく思っています」

「いまさら考えても仕方のないことですよ、ハリー。それに、私としては何年ぶりかに楽しませてもらったんです。しかし、早くここを抜け出したほうがいいかもしれません、さもないと――」

ドアが開いて王女が入ってきたと思うと、頭を下げる大使を尻目に、BOACの機長の制服を着た男を見つめた。

「ピーター・メイ機長を紹介させていただきます、マム」大使が即座に言った。

ハリーはお辞儀をした。

王女がシガレット・ホルダーを口から離した。「メイ機長、お目にかかれて何よりです」そして、しげしげとハリーを見てから付け加えた。「どこかで会っていませんか？」

「いえ、マム」ハリーは応えた。「お目にかかっていれば、私といえども憶えているはずだと思いますが」

「あなた、面白い方ね、メイ機長」王女は鷹揚な笑みを浮かべて言い、煙草を消した。「さて、大使、そろそろ幕を開けていただこうかしら。二度目のお目見えをする頃合いでしょう」

ミスター・マシューズがふたたび王女を案内して芝生へ下りていくと、ハリーはベッキーに反対の方向へ連れていかれた。彼女に従って裏階段を下り、厨房を通り抜けて、建物の横の勝手口から外に出た。

「帰国の空の旅が快適であるようお祈りします、メイ機長」ベッキーが言った。

ハリーはゆっくりとホテルへの道を歩いた。いくつもの考えが頭のなかで渦を巻いていた。セバスティアンに会えたこと、彼が無事であること、数日後にはイギリスへ戻ることを、エマに電話で知らせてやりたかった。

ホテルへ帰り着くと、少ない荷物をスーツケースにまとめてロビーへ下り、今夜のロンドン行きの便があるだろうかとコンシェルジュに訊いた。

「お気の毒ですが、今日の午後のBOACは、もう間に合う便がございません」コンシェルジュが答えた。「ですが、深夜にニューヨークへ向かうパンナムの便なら予約が間に合います。ニューヨークからなら――」

「ハリーだ！」

ハリーはぎょっとして振り返った。

「ハリー・クリフトンだ！　あんただとわかっていたんだ。憶えてないか？　去年、ブリストル・ロータリー・クラブであんたが講演したときに会ってるじゃないか」

「人違いですよ、ミスター・ボルトン」ハリーは否定した。「私はピーター・メイです」

そう付け加えたとき、アナベルがスーツケースを持って通りかかった。ハリーはあたかも待ち合わせてでもいたかのように、さりげなく彼女と合流した。

「手伝おう」ハリーはアナベルのスーツケースを引き取り、彼女と一緒にホテルを出た。

「ありがとうございます」アナベルが少し驚いた顔で言った。

「どういたしまして」ハリーは二人分のスーツケースを運転手に渡し、アナベルにつづいてバスに乗り込んだ。

「帰りの便も一緒だったとは知りませんでしたよ、ピーター」

おれもだよ、とハリーは言いたかった。「兄が帰らなくちゃならなくなってね。ダムで問題が出てきたらしい。だけど、ゆうべは二人で大パーティを楽しませてもらったよ。きみのおかげだ、礼を言わなくちゃな」

「どこへ行ったんですか？」

「マジェスティック・ホテルだ。きみの言ったとおり、度肝を抜かれるぐらい素晴らしい料理だったよ」

「詳しく教えてください。昔から、あそこで食事をしたいと思ってるんです」

　空港への車中、ハリーは四十回目の誕生日のプレゼント（インガーソルの腕時計）と、料理を三皿――スモークサーモン、もちろんステーキ、そして、レモン・タルト――をでっち上げなくてはならなかった。われながら何たる想像力だと自分が嫌になったが、ありがたいことに、アナベルはワインについては訊かないでくれた。ベッドに入ったのは、とハリーはアナベルに嘘をついた。夜中の三時だよ。

「風呂についても、きみの助言に従うべきだったな」ハリーは言った。「風呂に入ってから寝ればよかったんだ」

「わたしは明け方の四時にお風呂に入ったんですよ。そのときにいらっしゃれば大歓迎したのに」彼女が言ったとき、バスが空港の前で止まった。

　ハリーは乗務員たちにぴったりくっついて税関を通り、機内に入った。ふたたび後方隅の席に戻ったものの、果たしてこれでよかったのだろうかと考えざるを得なかった。やはりとどまるべきではなかったのか？　そのとき、サー・アランがくどいほどに繰り返した言葉が思い出された。正体がばれたら、すぐに、可及的速やかに出国してください。これでいいのだ、とハリーは確信した。あの喧《やかま》しいおしゃべり男がブエノスアイレスじゅうを走り回って、誰彼なしにこう触れ回るに違いないのだから――「たったいま、ＢＯＡＣの機長に変装したハリー・クリフトンを見たぞ」。

乗客が席に落ち着くと、機は滑走路へタキシングを始めた。ハリーは目をつぶった。ブリーフケースは空っぽだった。あのファイルは破棄された。シート・ベルトを締め、だれにも邪魔されることのない長い眠りが訪れるのを待った。

「こちらは機長です。いまのところ、シート・ベルトの着用をつづけていただく必要はありません。機内を自由に動いていただいてかまいません」

ハリーはふたたび目を閉じた。うとうとしはじめたとき、だれかが隣りの席に勢いよく腰を下ろした。

「やっぱり思ったとおりだ」男が言い、ハリーは目を開けた。「あんたは次の作品の調べをするためにブエノスアイレスへ行ったんだろ？　そうだよな、そうに決まってるよな？」

セバスティアン・クリフトン

一九五七年

39

ドン・ペドロ・マルティネスは最後までガーデン・パーティに残り、王女が戻ってくることはないとわかってからようやく会場をあとにした。

セバスティアンは彼と一緒に、ロールス－ロイスの後部座席に収まった。「今日は私の人生で最高の日の一つだ」ドン・ペドロは繰り返した。その話題について新しい感想をもはや思いつけなかったので、セバスティアンは黙っていた。ドン・ペドロは明らかに酔っていた。ワインにではなく、短時間ではあるが王族と交われた興奮に。これほど成功した人物でもこんなに簡単に嬉しがるものなのかと、セバスティアンは意外に思わざるを得なかった。そのとき、マルティネスがいきなり話題を変えた。

「知っておいてもらいたいんだが、若者、もし仕事が必要になったらブエノスアイレスへくればいいからな。仕事ならいつでも用意してある。決めるのはきみだ。カウボーイにもなれるし、銀行員にもなれる。まあ、考えてみれば、どっちになろうと大した違いはないがな」そして、自分の冗談に自分で笑った。

「ありがとうございます、サー」セバスティアンは言った。結局ブルーノと一緒にケンブリッジ大学へ行くことになったのだと言いたかったが、自制した。それを明らかにしたら、それができるとわかった理由を説明しなくてはならなくなる。だけど、とセバスティアンはすでに不思議に思いはじめていた。父はそれだけをおれに伝えるために、わざわざ地球を半周してやってきたのだろうか……。現実に引き戻されたのは、ドン・ペドロがポケットから五ポンド紙幣の束を取り出し、九十ポンド分を数えて手渡してきたときだった。

「私はいつでも前払いを信条としているんでね」

「でも、ぼくはまだ仕事を終えていませんよ、サー」

「きみが約束を守る男だとわかっているからだよ」その言葉は小さな秘密を抱えているというセバスティアンの後ろめたさを募らせただけだった。車がドン・ペドロのオフィスの前で停まらなかったら、父親の助言を無視していたかもしれなかった。

「ミスター・クリフトンをホテルへ送ってくれ」ドン・ペドロが運転手に指示し、セバスティアンを見て言った。「水曜の午後に車が迎えに行って、きみを港へ送り届ける。ブエノスアイレスにいるのもあと二日だ、心置きなく楽しんでくれ。何しろ、この町は若者にたくさんのものを提供してくれるからな」

ハリーは汚ない言葉を頻繁に口にする必要を感じない男であり、それは自分の著作のなかでも同じだった。信仰心の篤《あつ》い彼の母なら絶対に許さなかっただろう。しかし、テッド・ボルトンの身の上話を一時間も一方的に聞かされると、さすがに堪忍袋の緒が切れそうになった。何しろ娘がガール・スカウトの六人隊の隊長をしていて責任が重く、そこで針仕事と料理を褒められてメダルをもらったことから、妻がブリストル・マザーズ・ユニオンの会員幹事を務めていること、この秋のロータリー・クラブの講演をだれに頼んだかを延々と語り、当然のことのように女優のマリリン・モンロー、ソヴィエトの首相のニキータ・フルシチョフ、イギリス労働党首のヒュー・ゲイツケル、コメディアンのトニー・ハンコックの批評にまで及んで、いまもその口は閉ざされていなかったのだ。

ハリーは目を開け、背筋を伸ばして坐り直した。「ミスター・ボルトン、とっとと消えてもらいましょうか」

ハリーが意外に思いながらも安堵したことに、ボルトンはとたんに口を閉ざして自分の席へ逃げ帰った。ハリーは間もなく眠りに落ちた。

セバスティアンはドン・ペドロのアドヴァイスを受け入れ、残る二日のほとんどを使って、〈クイーン・メアリー〉に乗船する時間がくるまでブエノスアイレスを堪能《たんのう》し、それからイギリスへ帰ることにした。

次の日の朝、食事を終えると、五ポンド紙幣のうちの四枚を三百ペソに両替してホテルを出、スペイン風のアーケードを探した。母と妹にプレゼントを買いたかった。母のためにはロードクロサイトに嵌《は》めこまれたブローチを選んだ。淡いピンクのテントの下の売り子が、ここ以外、世界のどこへ行っても見つけられないと言ったのだ。ちょっとびっくりするような値段だったが、この二週間、自分が母にどんな思いをさせたかを思い出した。

遊歩道をゆっくりとホテルへ引き返していると、画廊のウィンドウにかかっている一枚の絵が目に留まり、ジェシカを思い出した。よく見てみようと画廊に入ると、この若い画家は将来を約束されている、とディーラーが断言した。だから、静物画として優れているだけでなく賢い投資でもあるし、作者はイギリスの金での支払いも嫌がらないだろう、と。そのフェルナンド・ボテロという画家の「オレンジを盛った深皿」をジェシカが自分と同じように感じてくれることを、セバスティアンは願った。

一つだけ自分のために買ったのは、牧童のバックルがついた立派な革のベルトだった。安くはなかったが、欲しいという思いに抵抗するのは不可能だった。

オープン・カフェで昼食にすることにして、アルゼンチンのロースト・ビーフを食べ過ぎるぐらい食べながら、日付の遅れた〈タイムズ〉を読んだ。イギリスの主要都市の中心部のすべてで、黄色い二重線（道路脇の二十四時間駐車禁止を示す標識）が導入されることになったと報じられていた。ジャイルズ伯父がその法案に賛成票を投じたとは信じられなかった。

昼食のあとは、ブエノスアイレスで唯一英語の作品を上映している映画館をガイドブックで探し、一番後ろの列を独り占めして「陽の当たる場所」を観た。そして、エリザベス・テイラーに恋をし、どうすればあんな女の子に出会えるだろうかと思案した。

ホテルへ帰る途中、英語の小説の棚があることを売りにしている古本屋に立ち寄り、父親の処女作が三ペソに値下げされているのを見てにやりと笑った。そして、手垢にまみれたイヴリン・ウォーの『士官と紳士』を買って店を出た。

夕方、ホテルのレストランで食事をしたあと、やはりガイドブックの助けを借りて、まだ時間があれば訪ねてみたい場所をいくつか選んだ——メトロポリターナ大聖堂、国立美術館、大統領府、そして、パレルモ地区にあるカルロスタイス植物園。ドン・ペドロの言ったとおり、この町はたくさんのものを提供してくれていた。

勘定書にサインすると、部屋へ戻ってイヴリン・ウォーを読み終えることにした。だが、バーのストゥールに彼女が留まっているのを見てしまった。なまめかしい笑みを向けられて、足が止まった。二度目の微笑はまるで磁石のような働きをし、セバスティアンは間もなく、吸い寄せられるように彼女の隣りに立っていた。ルビーと同じぐらいの年格好だったが、はるかに魅惑的だった。

「一杯いただいてもいいかしら」彼女が言った。

セバスティアンはうなずき、彼女の隣りのストゥールに腰掛けた。彼女がバーマンを見て、シャンパンを二杯注文した。

「ガブリエラよ」

「セバスティアンだ」彼は名乗り、握手の手を差し出した。その手が握り返されたとき、女性に触れるのはこんなにも気持ちが波立つものなのかと、初めて気がついた。

「どちらからいらしたの？」

「イギリスだよ」セバスティアンは答えた。

「わたしもイギリスへ行くつもりなの、いつかね。ロンドン塔とバッキンガム宮殿よ」彼女が言い、バーマンが二つのグラスにシャンパンを注いだ。「乾杯《チアーズ》。英語だとそう言うんじゃなかったかしら」

セバスティアンはグラスを挙げて言った。「乾杯《チアーズ》」ほっそりとした優雅な脚を見るなというほうが無理だった。触りたくてたまらなかった。

「このホテルに泊まってるの？」彼女がハリーの腿に手を置いた。バーの照明が暗いおかげで、頬が赤くなるのを見られずにすむのがありがたかった。

「そうだけど」

「独りなの？」彼女の手は依然としてそこにあった。

「うん」セバスティアンは何とか返事をした。

「あなたの部屋へお邪魔しちゃだめかしら、セバスティアン」

セバスティアンは自分の幸運が信じられなかった。ブエノスアイレスでルビーを見つけ、校長は七千マイルもの彼方にいる。返事をする必要はなかった。彼女はすでにストゥールを滑り降り、彼の手を取ってバーを出ていこうとしていた。

二人はロビーの奥のエレヴェーター・ホールへ向かった。

「何号室？」

「一一七〇だ」セバスティアンは答え、二人はエレヴェーターに乗った。

十二階の部屋の前に立つと、セバスティアンはポケットを探って鍵を取り出し、ドアを開けた。なかへ入りもしないうちから、彼女がキスをしはじめた。そして、キスをつづけながら手際よくセバスティアンのジャケットを脱がせ、ベルトのバックルをまさぐった。ズボンが床に落ちて、ようやくその手が止まった。

セバスティアンが目を開けると、彼女のブラウスとスカートが、床でジャケットとズボンの仲間入りをしていた。そこに立ってガブリエラの身体を鑑賞したかったが、彼女はふたたび彼の手を取り、今度はベッドのほうへ引っ張っていった。セバスティアンはネクタイをもぎ取り、シャツを脱いだ。一刻も早く、彼女の身体の隅々まで触りたかった。彼女はベッドに仰向けになると、自分の上にセバスティアンを引き寄せた。しばらくして、彼は大きなため息を漏らした。

セバスティアンが何秒かその姿勢のままでいると、彼女は彼の下から這い出して衣類を掻き集め、バスルームへ消えた。セバスティアンは裸をシーツで隠して、彼女が戻ってくるのを辛抱強く待った。これからの夜をこの女神と過ごすのが待ちきれず、朝までに何回セックスできるだろうかと期待混じりに考えた。だが、バスルームのドアが開いて姿を現わしたガブリエラは、完全に身繕いをしていて、これから帰ろうとしているかのようだった。

「初めてだったの？」彼女が訊いた。

「そんなわけないだろう」

「そう思ったんだけどな」ガブリエラが言った。「でも、それでも三百ペソよ」

セバスティアンは跳ね起きた。何を言われているのかわからなかった。

「まさか、わたしがそのハンサムな顔と、イギリス人っていう魅力に釣られてこの部屋へきたなんて思ってないわよね？」

「いや、そんなことはない。当たり前だ」セバスティアンはベッドを出ると、床からジャケットを拾って財布を出した。そして、そこに残っている五ポンド札を見つめた。

「二十ポンドね」ガブリエラが言った。明らかに、以前にも同じ問題に出くわしたことがあるのだった。

セバスティアンは五ポンド札を四枚、彼女に渡した。

ガブリエラはその金をひっつかむと、きたときよりも素速く姿を消した。

ようやくロンドン空港へ着陸すると、ハリーは機長の制服を活かし、そもそも手続きの必要のない乗務員にくっついて、素知らぬ顔で税関をくぐり抜けた。ロンドン市内へ行くのなら自分たちのバスに同乗したらどうかというアナベルの勧めを断わり、タクシー待ちの長い列に並んだ。

四十分後、タクシーはスミス・スクウェアのジャイルズの屋敷の前で停まった。ゆっくりと風呂に浸かり、イギリスの食事をし、熟睡することを楽しみにして、ハリーは真鍮のノッカーをドアに打ちつけた。ジャイルズがいてくれるといいのだが。

ややあって、ドアを勢いよく開けて姿を現わしたジャイルズが、ハリーの格好を見て笑いを爆発させると、直立不動の姿勢を取って敬礼した。

「ようこそお帰りなさいました、機長」

次の日の朝、セバスティアンは目を覚ますと、何より先に財布の中身を確認した。十ポンドしか残っていなかった。八十ポンドの貯金を持ってケンブリッジでの学生生活を始めたかったのに。床に放り出されているジャケットやズボンを見たときには、新しく買った革のベルトすら魅力を失っていた。今日の午前中、どこかを訪れるとしても、入場料を取られないところに限るしかなかった。

人生には自分の本質が明らかになる決定的な瞬間があり、人はそのときに自分自身について多くを知り、経験という口座に知恵を蓄えて、後にそれを引き出せるようになるのだとジャイルズ伯父は教えてくれたが、実際、その通りだった。

多くない荷物とプレゼントをまとめると、思いはイギリスへ、そして、大学生として始まる生活へ移ろっていった。待ちきれなかった。一階でエレヴェーターを下りると、驚いたことに、ドン・ペドロの運転手が制帽を脇に抱えてロビーに立っていた。彼はセバスティアンを見ると、すぐに帽子をかぶって言った。「旦那さまがお会いになりたいとのことです」

セバスティアンはロールス－ロイスの後部座席に乗り込んだ。世話になった礼を言う機会ができたことが嬉しかったが、もう十ポンドしか残っていないことを認めるつもりはなかった。マルティネス・ハウスへ着くと、すぐにドン・ペドロの執務室へ通された。

「セバスティアン、こんなふうに呼び立てて申し訳ない。実は、些細なことだが問題が生じたんだ」

セバスティアンは気持ちが沈み、不安になった。この国を出るのを許されなくなったのだろうか？　「問題、ですか？」

「イギリス大使館にいる友人のミスター・マシューズから電話があって、きみがパスポートなしでこの国に入ったことを指摘してきた。だから、やってきたのは私の船だし、ブエノスアイレスにいるあいだは私の客だと弁明しておいた。だが、彼の言うこともももっともで、イギリスへ帰るとなると、パスポートなしで、というわけには確かにいかない」

「それはつまり、ぼくはあの船に乗れないということですか?」セバスティアンは狼狽を隠せなかった。

「いや、そうではない」ドン・ペドロが言った。「きみには、いまここへやってきたときの車で、予定通り港へ向かってもらう。だが、その途中でイギリス大使館へ立ち寄るんだ。そこの受付にきみのパスポートが準備してあると、大使が約束してくれている」

「ありがとうございます」セバスティアンは言った。

「もちろん、大使と私が直接の友だちだからできたことだがね」ドン・ペドロが得意げな笑みを浮かべ、分厚い封筒を渡して言った。「サウサンプトンに上陸したら、これを必ず税関に渡してもらいたい」

「これが、ぼくがイギリスへ持って帰ることになっているものなんですか?」セバスティアンは訊いた。

「いや、そうじゃない」ドン・ペドロが笑った。「これは荷物の中身が何であるかを記録した書類だよ。きみはこれを税関に渡すだけでいい。あとは〈サザビーズ〉が引き受けてくれる」

セバスティアンは〝サザビーズ〟という名前を聞いたことがなかったから、しっかりと記憶にとどめた。

「そう言えば、ゆうべ、ブルーノから電話があって、きみがロンドンへ帰ってきたらすぐにも会いたいと言っていたぞ。それに、イートン・スクウェアに泊まってほしいともな。まあ、考えてみれば、パディントンのゲストハウスよりはましだろう」

セバスティアンはティビーのことを思い、〈セイフ・ヘイヴン〉というゲストハウスはブエノスアイレスのマジェスティック・ホテルに勝るとも劣らないとドン・ペドロに言ってやりたかった。だが、「ありがとうございます、サー」と応えるにとどめた。

「では、平穏な航海を祈っているからな。それから、私の荷物を間違いなく〈サザビーズ〉に渡してくれよ。ロンドンへ戻ったら、荷物を〈サザビーズ〉に渡したこと、そして、私が月曜に向こうへ戻ることをカールに必ず知らせてくれ」

ドン・ペドロは机の向こうから出てくると、セバスティアンの両肩をつかんで左右の頬にキスをした。「きみは私の四人目の息子も同然だ」

ドン・ペドロの長男のディエゴは一階下の自分のオフィスの窓際に立ち、セバスティアンが八百万ポンドの価値がある分厚い封筒を持って建物を出ていくのを見ていたが、彼がふたたびロールス－ロイスの後部座席に乗り、運転手が路肩から車を出して朝の流れに合流するまで、そこを動こうとしなかった。

そのあと、階段を駆け上がって父のところへ行った。

「銅像は無事に積み込まれたか？」息子が入ってきてドアを閉めるや、ドン・ペドロは訊いた。

「今朝、船倉に下ろされるのをこの目で見ていましたが、まだ納得がいきませんね」

「何が納得がいかないんだ?」

「あの銅像には八百万ポンドのあんたの金が隠してあるんですよ。それなのに、おれたちのチームを一人も船での見張りに付けてないじゃないですか。そして、作戦を丸ごと任せているのが、学校を出たか出ないかのがきなんですよ?」

「だからこそ、あの銅像にも、セバスティアンにも、だれも目もくれないんだ」ドン・ペドロは言った。「書類はセバスティアン・クリフトンの名義になっていて、あいつがやらなくてはならないのは、その積荷の申告書を税関に提出し、譲渡書類にサインをすることだけだ。そのあとは〈サザビーズ〉がやってくれる。どんな形であれおれたちが関わっていることなんか、どこをどう叩いたってわからないようになってるんだ」

「あんたが正しいことを祈ろうじゃないですか」

「月曜にロンドン空港に着いたら」ドン・ペドロが言った。「少なくとも十人は下らない税関職員がおれたちを待ちかまえていて、片っ端から荷物を引っかき回すに決まってる。そのあげく見つかるのは、おれのお気に入りのブランドもののアフター・シェーヴ・ローションだ。そしてそのころには、銅像は無事に〈サザビーズ〉へ運ばれ、オークションを待っているという寸法だ」

パスポートをもらいに大使館へ入っていったセバスティアンが驚いたことに、受付にベッキーが立っていた。「おはよう」彼女が挨拶した。「大使がお待ち兼ねです」そして、それ以上は何も言わずに踵《きびす》を返し、ミスター・マシューズの執務室のほうへと廊下を歩いていった。

セバスティアンはまたもや彼女の後ろについて歩きながら、あのドアの向こうに父親がいて、一緒にイギリスへ帰ることになるのだろうかと考えた。実は、そうであってほしかった。ベッキーが静かにノックし、ドアを開けて、脇へどいた。

大使は窓の向こうを見つめていたが、ドアが開く音が聞こえたとたんに振り返り、入ってきたセバスティアンにきびきびと歩み寄ると、心のこもった握手をした。

「ようやく会えて喜んでいるよ」大使は言った。「これを直接手渡したかったのでね」そして、机の上に置いてあったパスポートを取り上げた。

「ありがとうございます、サー」セバスティアンは感謝した。

「一応確認させてもらうが、千ポンド以上の金をイギリスへ持って帰ったりはしないだろうね？　それは法律に違反するからな」

「残金は十ポンドになってしまいました」セバスティアンは認めた。

「申告しなくてはならないのがそれだけなら、税関は問題なく通過できるはずだ」

「ただし、ドン・ペドロ・マルティネスに頼まれて、銅像を運ぶことになっています。イギリスに着いたら、〈サザビーズ〉が引き取ることになっているんだそうです。その銅像については何も知りません。ただ、積荷目録によれば、『考える人』という銅像で、重さは二トンです」

「そろそろ行ったほうがいいな」大使が言い、ドアのところまで送ってきたところで訊いた。「ところで、セバスティアン、きみのミドル・ネームは何というのかな」

「アーサーです、サー」セバスティアンは答え、廊下へ出た。「祖父の名前をもらいました」

「快適な航海を祈っているよ、マイ・ボーイ」ミスター・マシューズは最後にそう言い、ドアを閉めた。そして机に戻ると、三つの名前をメモ・パッドに書き留めた。

40

「昨日の朝、わがアルゼンチン大使であるフィリップ・マシューズから、このコミュニケが届きました」内閣官房長官がテーブルを囲んでいる一人一人に、そのコピーを渡した。「注意深く読んでください」

ブエノスアイレスからテレックスを通して届いた十六ページのコミュニケを受け取ったあと、サー・アランはその日の午前中を費やして、各段落を慎重に検証した。マーガレット王女のブエノスアイレス公式訪問についての詳細な、些末なことまで含まれた報告のなかに、探しているものが潜ませてあることはわかっていた。

大使がロイヤル・ガーデン・パーティにマルティネスを招待した理由がわからなかっただけでなく、王女に紹介されたと知ったときには驚きさえした。マシューズがこういう形で外交慣例に背いたのは十分な理由があってのことだろうとは思われたが、写真が新聞記事切抜き図書館に流れて、将来のいつの日にか、これが世間に知られることがないよう願わざるを得なかった。

探していた段落に遭遇したのは正午になる直前で、サー・アランは昼食の約束を秘書に取り消させなくてはならなかった。

〝慈悲深い王女殿下に、ローズでのテスト・マッチの最新の結果をお伝えすることができた。ピーター・メイ主将《キャプテン》の頑張りは見事だったが、最後の最後に不必要に打ち《ランアウト》に出たのは残念と言わざるを得ない〟

いま、サー・アランは顔を上げると、同じようにコミュニケに読み耽っているハリー・クリフトンを見て笑みを浮かべた。

〝私が知るところでは、アーサー・バリントンが六月二十三日の日曜にサウサンプトンで行なわれるテスト・マッチ第二戦に復帰するが、これは喜ばしいことである。なぜなら、テスト・マッチの平均得点がかろうじて八点を超えているに過ぎない現状では、これはイングランド代表に大きな違いをもたらすはずだからである〟

サー・アランは、〝アーサー〟、〝日曜〟、〝サウサンプトン〟、そして、数字の〝8〟に下線を引き、さらに読みつづけた。

〝しかし、王女殿下がテイトが五版《エディション》に加われば形になるだろうとおっしゃられたときには何のことかわからなかったが、だれあろうクリケット代表監督のジョン・ローセンスタイン本人から聞いたのだと殿下が断言され、合点がいった〟

サー・アランは〝テイト〟、〝5〟〝版〟、そして、〝ローセンスタイン〟に下線を引き、また読みつづけた。

〝私は八月（Auguste）にロンドンへ帰ることになっている。だから、ミルバンクでのテスト・マッチ観戦には十分に間に合う。そのときまでに九連勝をしていることを願おうではないか。ところで、あの特殊なピッチには二トンのローラーが必要だろう〟

今度は、〝八月（Auguste）〟、〝ミルバンク〟、〝9〟、そして、〝二トン〟に下線が引かれた。シュローズベリー校時代にもっとクリケットに関心を持っておけばよかったと後悔しはじめたが、あのときの彼はボート部員《ウェット・ボブ》で、クリケット部員《ドライ・ボブ》ではなかった。しかし、テーブルの端に坐っているサー・ジャイルズはオックスフォードのクリケット代表に選抜されたぐらいだから、革のボールを柳のバットで打つゲームの込み入った部分については彼が説明してくれるだろうと確信してもいた。

　全員がコミュニケを読み通したらしいのを見て取って——ミセス・クリフトンだけはまだメモを取っていたが——サー・アランは安堵した。

「ブエノスアイレスにいるわれらがマシューズが何を伝えようとしているか、私も大半のことはわかったつもりでいます。しかし、まだ正確に理解できていない点が一つ、あるいは二つ、残っています。たとえば、アーサー・バリントンに関しては、だれかに助けてもらわなくてはなりません。なぜなら、テスト・マッチの偉大な打者がケンという名前であることぐらいは、私ですら知っていますからね」

「セバスティアンのミドル・ネームがアーサーなんです」ハリーが答えた。「ですから、彼が六月二十三日の日曜にサウサンプトンに着くと考えていいんじゃないでしょうか。なぜなら、テスト・マッチは日曜には絶対に行なわれないし、サウサンプトンにテスト・マッチができるグラウンドはありません」

サー・アランがうなずいた。

「それから、〝8〟とは、関係している金額が八百万ポンドだと大使が考えていて、その頭の数字に違いありません」ジャイルズがテーブルの端から意見を述べた。「なぜなら、テスト・マッチでのケン・バリントンの平均得点は五十点を超えているからです」

「なるほど」サー・アランがメモを取った。「しかし、マシューズがなぜ〝追加《アディション》〟を〝版《エディション》〟と、そして、〝八月《August》〟を〝Auguste〟と間違って綴ったのか、それが私にはわからないのですがね」

「それから、テイトもです」ジャイルズが言った。「なぜなら、モーリス・テイトはイングランド代表のときは九番打者であって、絶対に五番打者だったことはないからです」

「実は、それもわからないことの一つだったのですよ《ザット・オール・ルソー・ハド・ミー・スタンプト》」サー・アランは〝スタンプ（柱を倒してアウトにすること）〟というクリケット用語を使い、ささやかな言葉遊びを一人で楽しんだ。「しかし、二つの綴りの間違いを説明できる方はいらっしゃいませんか」

「できると思います」エマが言った。「娘のジェシカは美術を学んでいるのですが、彼女がいつだったか教えてくれたことがあります。彫刻家の多くは、同じ鋳型から九つの作品を作るのが普通なんだそうです。そして、一つ一つに名前と番号を刻印するんです。それから〝Auguste〟についてですが、これは芸術家の名前を指しているはずです」

「いまだに何のことだかわからないのですがね」サー・アランは言った。テーブルを囲んでいる面々の表情からも、そうであるのは彼一人ではないようだった。

「ルノワールかロダンのどちらかに違いありません。どちらも名前はAuguste《オーギュスト》です」エマはつづけた。「ただし、八百万ポンド分の紙幣を油彩画に隠すのは不可能です。でも、オーギュスト・ロダンの二トンの作品になら隠せるのではありませんか？」

「そして、ミルバンクのテイト美術館の館長のサー・ジョン・ローセンスタインなら、どの作品かを私に教えることができると、マシューズはそうほのめかしているということですか？」

「彼はすでに教えてくれていますよ」エマは勝ち誇って言った。「あなたが下線を引き忘れている言葉が一つだけあるんです、サー・アラン」得意そうな笑みを抑えることができなかった。「いまは亡きわたしの母なら、もっと早く、たとえ死の床にあっても見つけたでしょう」

ハリーとジャイルズも、にやりと笑みを浮かべた。

「それで、私が見落とした言葉とはどれでしょう、ミセス・クリフトン」

エマがその質問に答え終わるか終わらないうちに、サー・アランは脇の電話を取って言った。「テイト美術館のジョン・ローセンスタインに連絡して、今夜、向こうが閉館してから会う約束を取りつけてくれ」

サー・アランは受話器を置いて、エマに微笑した。「私は昔から、もっと多くの女性を公務員に採用すべしと訴えているのですよ」

「それなら、サー・アラン、〝もっと多くの〟と〝女性〟に下線を引いていただくようお願いします」エマが応酬した。

セバスティアンは〈クイーン・メアリー〉の上甲板に立ち、手摺りから身を乗り出すようにして、遠ざかるブエノスアイレスを見つめていた。それはやがて、画家が画板の上でスケッチした輪郭程度にぼやけてしまった。

ビーチクロフト・アビー校を停学になってからというもの、短時間のうちにあまりに多くのことが起こったが、まだケンブリッジ大学の席が失われていないと知らせるためだけに、なぜ父親がはるばるブエノスアイレスくんだりまできたのか、その理由はいまもわからないままだった。大使は明らかにドン・ペドロと知り合いなのだから、大使に電話をするほうがはるかに簡単ではなかったのか？　それに、大使はなぜ手ずからパスポートを渡してくれたのか？　受付でベッキーに渡させてもよさそうなものなのに？　もっと奇妙なのは、大使がおれのミドル・ネームを知りたがったことだ。なぜだろう？　そういう疑問の答えが出ないままでいるうちに、ブエノスアイレスがとうとう見えなくなった。もしかしたら、父が答えを知っているのではないか。

これからのことへと考えの方向を変えた。ともかく、最初の責任を果たさなくてはならない。すでにかなりの報酬をもらってもいる。ドン・ペドロに頼まれた銅像を絶対に何事もなく、無事に通関させなくてはならない。そのためには、最後まで港に残り、〈サザビーズ〉が引き取るのをこの目で確かめる必要がある。

だが、そのときまでは緊張をゆるめて、海の旅を楽しんでもいいだろう。『士官と紳士』の最後の数ページを読んでしまおう。船の図書館に第一巻があればいいのだが。

イギリスへ帰ろうとしているいま、ケンブリッジ大学の最初の一年で成し遂げられることを考えておくべきかもしれない。母を喜ばせられるような何かを。おれのせいでこれだけいろんな問題が起こったのだから、せめてそれぐらいはしても罰は当たるまい。

「『考える人』が」テイト美術館館長のサー・ジョン・ローセンスタインが言った。「ロダンの代表的な作品の一つであることは、批評家のほとんどが認めています。元々は『地獄の門』の一部としてデザインされたもので、最初は『詩人』とタイトルが付けられていました。彼は自分の英雄であるダンテにオマージュを捧げたかったんです。そして、ロダンとこの作品が切っても切れない関係になったために、彼はムードンでこの像の下に埋葬されたのです」

サー・アランは偉大な彫像の周囲を巡りつづけた。「間違っていたら訂正していただきたいのだが、サー・ジョン、しかし、これは最初に鋳《い》られた九つの作品の五番目のものですね？」

「そのとおりです、サー・アラン。ロダンの作品で最も人気があるのは、パリにある彼の生涯の鋳造所で、アレクシス・ルディエールが鋳たものなんですよ。ロダンの死後、私見では残念なことに、フランス政府が限定版を作ることを認めて、別の鋳造所で再制作させたのです。しかし、それらの作品はロダンの生前の作品ではないので、真面目なコレクターからは真性とは見なされていません」

「元々の九つの作品がいまどこにあるのか、その所在はわかっているのですか？」

「もちろんです」館長が答えた。「この一つを別として、パリに三点あります――ルーヴル美術館、ロダン美術館、そして、ムードンです。それから、ニューヨークのメトロポリタン美術館に一点、レニングラードのエルミタージュ美術館に一点、あとの三点は個人のコレクターが所有しています」

「その三点ですが、所有者はわかっているのですか？」

「一点はバロン・ド・ロスチャイルズ・コレクションが、もう一点はアメリカ人収集家のポール・メロンが所有しています。三点目の行方は長いこと謎《なぞ》に包まれていたのですが、われわれが確かに知っている限りでは、それはロダンの生前の作品で、十年ほど前にマルボロ・ギャラリーが個人収集家に売っています。ですが、来週、その作品がついに姿を現わすかもしれないのです」

「あなたの話についていくことができているかどうか、自信がないのですがね、サー・ジョン」

「一九〇二年に鋳られた『考える人』が、月曜の夜に、〈サザビーズ〉のオークションにかけられるのですよ」

「所有者はだれなのでしょう」サー・アランは無邪気に訊いた。

「それがわからないのです」ローセンスタインが認めた。「〈サザビーズ〉のカタログには、〝ある紳士の所有〟としか書かれていません」

サー・アランはそれを聞いて苦笑したが、こう訊くだけで満足することにした。「それは何を意味するのですか?」

「売り手が匿名でいるのを望んでいるということです。不遇をかこち、先祖伝来の家財を切り売りしなくてはならなくなっている貴族である場合が往々にしてあるのです」

「果たしてどのぐらいの落札価格になるのでしょうね」

「推定するのは難しいですね。これだけ重要なロダンの作品はもう何年もマーケットに出ていないので、参考にする基準がないのです。それでも、十万ポンド以下で落札されたら、私なら驚くでしょうね」

「これと」サー・アランは自分の前のブロンズ像に見とれながら言った。「〈サザビーズ〉に出品される像の違いというのは、素人にもわかるものでしょうか」

「そもそも違いがないのです」館長が答えた。「違うのは製造番号だけで、それがなかったら、すべて、どこからどこまでまったく同じです」

サー・アランはさらに何度か「考える人」を回り、男が坐っている巨大な台座を軽く叩いた。マルティネスが八百万ポンドをどこに隠したか、もはや疑う余地はなかった。一歩下がり、青銅の鋳物の木製の基部に目を凝らした。「九点全部、基部は同じ種類ですか？」

「正確には同じではありませんが、似てはいると思います。どのギャラリーも、個人収集家も、どう展示すべきかについては、それぞれに独自の考えを持っていますからね。私どもはシンプルな樫材の基部を選んだということです。そのほうが、ここの環境と調和しますのでね」

「像と基部はどうやってくっつけられるのですか？」

「このサイズのブロンズ像ですと、普通は像の底に四カ所、小さな鉄の弁状のものが鋳込まれていて、そのすべてがドリルで孔《あな》が開けられています。その孔へ、ボルトや斜角のついたロッドを通すことができるわけです。ですから、私たちは基部の四カ所にドリルで穴を開け、その穴と像の底の孔をバタフライ・スクリューというものでつないでやるだけでいいのです。きちんとした大工ならだれでもできる仕事ですよ」

「では、基部を取り外す場合には、そのバタフライ・スクリューを外すだけで像と切り離せるわけですか？」

「ええ、たぶん、そうだと思います」サー・ジョンが言った。「しかし、一体だれが、どんな理由でそんなことをしたがるんです？」

「いや、まったくです」サー・アランはかすかな笑みを浮かべないではいられなかった。いまや、マルティネスが金を隠した場所だけでなく、それをどうやって密かにイギリスへ持ち込もうとしているか、その方法まで明らかになった。そしてさらに重要なのは、何を企んでいるかをだれにも知られずに、偽造五ポンド紙幣の八百万ポンドとどうやって再会しようとしているのか、その手口までもがわかったことだった。

「なかなか狡賢い男じゃないか」サー・アランは言いながら、中空のブロンズ像を最後にもう一度、軽く叩いた。

「天才ですよ」館長が応じた。

「それは褒めすぎではありませんかな」サー・アランは異議を唱えたが、公平を期すならば、彼らは異なる二人の男のことを評価しているのだった。

41

運転手はピカディリーのグリーン・パーク地下鉄駅の前で白のベドフォード・ヴァンを停めると、エンジンをかけたまま、ヘッドライトを二度点滅させた。

三人の男がまったく遅滞なく自分たちの仕事道具を持ち、ロックされていないとわかっているヴァンの後部へ急いだ。そして、そこに小さな火鉢、石油缶、道具袋、梯子、輪に丸めた太いロープ、そして、〈スワン・ヴェスタ〉のマッチ一箱を入れてから、指揮官と合流した。

だれであれ彼らをもう一度見直したら——もっとも、日曜の朝六時にそんなことをする者はいなかったが——単なる職人だと考えただろうし、事実、陸軍特殊空挺部隊《SAS》に入る前の職業は、クラン伍長が大工、ロバーツ軍曹は鋳造工、ハートリー大尉は構造工学者だった。

「おはよう、諸君」ヴァンに乗り込んできた三人に、スコット-ホプキンズ大佐が声をかけた。

「おはようございます、大佐」三人が口々に挨拶を返すと、大佐はギアを一速《ファースト》に入れ、ベドフォード・ヴァンをサウサンプトン目指して走らせた。

セバスティアンが早々と甲板に出てから二時間後、〈クイーン・メアリー〉は船客用のタラップを下ろした。彼は最初に下船する客に混じって上陸し、すぐさま税関事務所を目指した。そこで積荷申告書を若い係官に提出すると、係官はちらりとそれを検めてから、しげしげとセバスティアンを見た。

「ここで待っていてください」と言い残して、係官は奥のオフィスへ姿を消した。間もなく、もっと年上の制服の袖《そで》に銀の三本線が入っている係官が現われ、パスポートを見せるようセバスティアンに要請した。そして、顔写真と本人を見較べるや、すぐさま荷降ろし許可書類にサインした。

「同僚が荷降ろし現場まで案内します、ミスター・クリフトン」

さっきの若い係官にともなわれて税関事務所を出ると、クレーンが〈クイーン・メアリー〉の船倉に巻揚げ機《ウインチ》を下ろしているところが見えた。二十分後、最初に船倉から現われたのは、セバスティアンが初めて見る大きさの木箱だった。それはゆっくりと波止場へ降りてきて、六番積み降ろし場に着地した。

港湾労働者が数人がかりでその木箱をウインチから外し、木箱に巻かれていたチェーンをほどくと、クレーンはふたたび鎌首をもたげて、次の荷物の引き上げに向かった。その一方で、木箱はフォークリフトに載せられ、四十番倉庫へ運ばれた。全作業工程が完了するのに四十三分かかった。事務所へ戻ろう、と若い係官がセバスティアンに言った。まだ完成させなくてはならない書類があるから、と。

パトカーがサイレンを鳴らし、ロンドンからサウサンプトンへ向かっている〈サザビーズ〉のヴァンを追い越すと、最寄りの待避車線で停止するよう運転手に指示した。

ヴァンが停止するや、二人の警官がパトカーを降りた。一人はヴァンの前へ、もう一人は後ろへ向かった。後ろへ行った警官はポケットからスイス製のアーミーナイフを取り出すと、刃を開いて左側の後輪にしっかりと突き刺し、空気が抜ける音を確認してからパトカーへ戻った。

ヴァンの運転手がサイド・ウィンドウを開け、怪訝な顔で警官を見た。「スピード違反はしていないと思いますよ」

「いや、そうではないんです。左の後輪がパンクしているので、教えてあげるべきだろうと思いましてね」

運転手は車を降りてヴァンの後ろへ歩いていき、平たくなったタイヤを見て、信じられないという顔をした。

「それにしても、パンクしたような感じは全然なかったんですがね」

「ゆっくりと空気が抜けていくときはそういうものなんですよ」警官が言ったとき、一台の白いベドフォード・ヴァンが彼らの横を追い越していった。「お役に立てて何よりでした」彼は敬礼して付け加えると、同僚のところへ戻っていった。パトカーは走り去った。

〈サザビーズ〉の運転手が身分証を見せろと要求していたら、その警官がロチェスター・ロウの首都警察の所属であって、司法権の及ぶ範囲を何マイルか外れていることがわかったはずだった。しかし、サー・アランがあらかじめ調べて明らかになったところでは、かつて部下だった陸軍特殊空挺部隊員で、現在ハンプシャー警察管内に配属されている警察官は多くなく、土曜の朝に急に仕事を頼める者も、やはり多くなかった。

ドン・ペドロとディエゴは車でミニストロ・ピスタリーニ国際空港へ行き、六つの大きなスーツケースを検査もなしで税関を通過させて、そのあとゆっくりとロンドン行きのBOAC便に搭乗した。

「昔からイギリスの航空会社が贔屓なんだ」ドン・ペドロはファーストクラスの席へ案内されながらパーサーに言った。

ボーイング・ストラトクルーザーは午後五時四十三分、予定よりわずか数分遅れただけで離陸した。

白のベドフォード・ヴァンは勢いよく波止場へ飛び込むと、港の一番奥の四十番倉庫へとまっしぐらに突き進んだ。スコット－ホプキンズ大佐が行先を正確に知っていることに、ヴァンのなかにいる者はだれも驚かなかった。なぜなら、四十八時間前にすでに偵察が完了していたからである。大佐はどんな些細なことでも見逃さずに万全の準備をする人で、何であれ、わからないままになっていることはあり得なかった。

ヴァンが止まると、大佐は鍵をハートリー大尉に渡した。指揮官補佐が車を降りて倉庫の両開きの扉を開けると、大佐は広い建物のなかへヴァンを乗り入れた。彼らの前方、床の真ん中に、巨大な木箱が鎮座していた。

ハートリー大尉が扉を閉めて鍵をかけ、残る三人はヴァンの後ろへ回って、仕事道具を取り出した。

大工だったクラン伍長が木箱に梯子を立てかけ、それを上って、蓋を留めている釘を釘抜きを使って抜きはじめた。そのあいだに大佐は倉庫の奥へ行き、ゆうべからそこにある小型クレーンの運転台に上がると、木箱のほうへ移動させはじめた。

ハートリー大尉が巻いてまとめてある太いロープをヴァンの後部から取り出し、一方の先端に輪を作ってから肩に担いで、絞首刑執行人の出番がくるのを待った。木箱の分厚い蓋を留めている釘を抜くのに八分かかったクラン伍長は、仕事を終えると梯子を降り、取り外した蓋を床に置いた。ハートリー大尉が梯子に足をかけた。巻いたロープは、まだ左肩に担いだままだった。梯子を最上段まで上ると、腰を屈めて箱のなかへ上半身を入れ、太いロープを「考える人」の両腕の下に回して、しっかり確保した。本当はチェーンを使いたかったのだが、ブロンズ像に傷をつける危険が少しでもあってはならないと大佐から厳しく戒められていた。

ハートリー大尉は外れることはないと確認したあとのロープをダブル・リーフ・ノットでしっかり結び合わせると、輪になったほうの先端を掲げて、準備ができたことを示した。大佐がクレーンの鋼鉄のチェーンを下げていき、その先端のフックが蓋の開いた木箱の上、数インチのところで止めた。ハートリー大尉はそのフックをロープの輪にした部分に引っかけると、ふたたび親指を立てて準備完了を知らせた。

大佐がクレーンを上げはじめ、チェーンの弛《たる》みがぴんと張りつめていって、徐々にブロンズ像が木箱から姿を現わした——まず俯いた顔の部分、次いで、手の甲で支えられた顎、そのあとに上半身、さらにつづいて筋肉質の足、そして、「考える人」が坐って沈思している大きなブロンズの台座。最後に、ブロンズ像が留められている木製の基部が出てきた。全体がすっかり木箱の上に現われると、大佐はゆっくりとクレーンを下げていき、床から二フィートの空間を残して像を吊り下げた。

鋳造工だったロバーツ軍曹がその空間に潜り込んで銅像の基部の下で仰向けになると、

四つのバタフライ・スクリューを観察して、道具袋からペンチを取り出した。

「動かないよう、しっかり押さえててください」彼は言った。

ハートトリー大尉が「考える人」の両膝をつかみ、クラン伍長が背中を抱えて、像をしっかり安定させようとした。ロバーツ軍曹は全身のすべての筋肉を緊張させ、木製の基部の底を留めている最初のスクリューを半インチ、さらに半インチと回していって、ついに完全にゆるめることに成功した。それをさらに三回繰り返した直後、いきなり、何の前触れもなく木製の基部の底が軍曹の上に落下した。

しかし、三人の仲間の目を奪ったのは、それではなかった。というのは、数百万ポンド分はあろうかと思われる五ポンド紙幣が、手の切れるような新札の状態でブロンズ像の内部から溢れ出し、軍曹を埋めてしまったのである。

「これはつまり、ようやく戦争年金を受け取れるってことか？」クラン伍長が信じられないという目で紙幣の山を見つめながら、それでも軽口を叩いた。

一体何なんだとか何とかぶつぶつ言いながら山から這い出してくるロバーツ軍曹を眺めて、皮肉な笑みを浮かべていた大佐が言った。

「残念ながら、そうではないんだ、クラン。私が受けている命令は、誤解のしようがないほどはっきりしている」そして、クレーンの運転台を降りた。「この紙幣は一枚残らず破棄される」陸軍特殊空挺部隊の隊員が命令不服従を万に一つでも考えることがあるとすれば、まさにこの瞬間がそうだった。

ハートリー大尉がガソリン缶の蓋を開け、そのなかの液体を少量、しぶしぶ火鉢のなかの石炭に振りかけた。そしてマッチを擦り、炎が立ち昇ると、一歩後ずさった。大佐が手本を示すべく、まず五万ポンドを火鉢に放り込んだ。ややあって、ほかの三人も仕方なしにあとにつづき、数千ポンド、また数千ポンドと、衰えることを知らない炎に投げ込んでいった。

最後の一枚が焼けて黒くなってしまうと、四人はしばらく黙りこくって灰の山を見つめ、たったいま自分たちがやり終えたことを考えまいとした。

クラン伍長が沈黙を破った。「〝金を燃やす《マネー・トゥ・バーン》〟ってのは金が有り余るって意味だったと思うが、これでまったく新しい意味が付け加えられたわけだ」

全員が笑ったが、大佐は笑わず、鋭い声で命じた。「後片付けをして、さっさと引き揚げるぞ」

ロバーツ軍曹がもう一度、像と床のあいだの空間に潜り込んで仰向けになり、重量挙げの選手よろしく木製の基部の底を両手で持って宙に差し上げると、ハートリー大尉とクラン伍長が小さな鋼鉄のロッドを、もとあった像の台座の四つの孔に差し込んだ。

「しっかり押さえててくれよ！」ロバーツ軍曹が怒鳴り、大尉と伍長は台座の孔と基部の孔がずれないよう、しっかりと基部を抱えて安定させた。そのあいだに、軍曹は四つのバタフライ・スクリューをロッドに差し込み、最初は指で、つづいてペンチで締めていって、ついにはしっかりと固定させた。もうびくとも動かないことを確認して満足すると、像の下から這い出して、大佐に向かってもう一度親指を立てた。

運転台に戻っていた大佐はクレーンを上昇させ、「考える人」をゆっくりと吊り上げると、蓋の開いている木箱の上、数インチのところで停止させた。ハートリー大尉が梯子を上ると、大佐はふたたびゆっくりと像を下ろしていった。大尉がそれを誘導して、無事に像を木箱に収めた。「考える人」の両腕の下からロープが外されると、クラン伍長がハートリー大尉と交替して梯子の上に立ち、分厚い蓋を元に戻して釘で留める作業を始めた。

「よし、諸君。伍長が蓋を元に戻しているあいだに、われわれはここを片づける。そのあとも、無駄にしていい時間は残されていないからな」

三人は火鉢の火を消し、床を掃き、役目を終えた道具をすべてヴァンの後部へ戻しにかかった。

梯子、金槌、そして、余った釘が最後にヴァンの後部へ帰っていった。大佐はクレーンを元あった位置に正確に戻し、そのあいだに、クラン伍長とロバーツ軍曹がヴァンに乗り込んだ。ハートリー大尉が倉庫の扉の鍵を開け、ヴァンが外へ出られるように脇へどいた。大尉が倉庫の扉を閉めてふたたび鍵をかけるのを、大佐はエンジンをかけたまま待っていた。

ヴァンはゆっくりと波止場を走り、税関事務所の前で停まった。大佐は車を降りて事務所へ行き、制服の袖に銀の三本線が入っている係官に四十番倉庫の鍵を渡した。

「ありがとう、ガレス」大佐は言った。「サー・アランがとても感謝されているのは確かだし、十月の年次定例晩餐会でみんなが揃ったとき、きみに直接礼をおっしゃるのも間違いないだろう」ガレスの敬礼に送られて税関事務所をあとにすると、スコット－ホプキンズ大佐は白のベドフォード・ヴァンの運転席へ戻り、エンジンをかけて、ロンドンへ戻る旅に出発した。


タイヤを新しく付け替えた〈サザビーズ〉のヴァンは、予定より四十分遅れて波止場に到着した。

四十番倉庫の前で停まって運転手が驚いたことに、自分が引き取りにきた荷物を十人を超える税関職員が取り囲んでいた。

彼は同僚を見て言った。「何かあったみたいだぞ、バート」

彼らが車を降りると、フォークリフトが巨大な木箱を運んできて、数人の税関職員の助けを借りながら――いつもに較べてはるかに多いとバートは思った――ヴァンの後部へ積み込まれた。普段なら二時間はかかる引取り手続きが、書類の処理を含めて二十一分で終わった。

「あの木箱に入ってるのは一体何なんだろうな?」走り出したヴァンのなかで、バートは訝った。

「知るか」運転手が言った。「だけど、文句を言うには当たらないだろう。だって、BBCの〈ヘンリー・ホールズ・ナイト〉を聞ける時間に帰れるんだから」

手続き全体がそれこそあっという間に手際よく片づいてしまったことについては、セバスティアンもびっくりしていた。その理由は、あのブロンズ像がこの上なく貴重なものであるか、ドン・ペドロがブエノスアイレスで持っているのと同じぐらいの影響力をサウサンプトンでも持っているか、そのどちらかだとしか考えられなかった。

制服の袖に三本の銀の線が入っている係官に礼を言ったあと、セバスティアンは船着き場へ戻り、残っている船客に混じって出入国管理審査《パスポート・コントロール》を待った。生まれて初めて持ったパスポートに最初のスタンプが捺されて顔がほころんだが、その笑顔が涙に変わったのは、到着ロビーで迎えにきている両親の顔を見たときだった。どんなに申し訳ないと思っているかを必死で訴えたが、すぐに、彼がいなくなっていたことなどなかったかのようになり、叱責も説教もされなかった。それはしかし、セバスティアンの罪悪感を募らせただけだった。

ブリストルへ帰る車のなかで、セバスティアンは山ほど話すことがあった。ティビーのこと、ジャニスのこと、ブルーノのこと、ミスター・マルティネスのこと、マーガレット王女のこと、大使のこと、税関の係官のこと、すべてを最初から最後まで語ったが、ガブリエラのことは黙っていようと決めた――彼女のことはブルーノに聞かせるまでだれにも言わないでおこう。

車がマナー・ハウスの門をくぐったとき、まず目に飛び込んできたのは、駆け寄ってくるジェシカの姿だった。

「おまえにこんなに会いたくなるなんて、夢にも思わなかったよ」セバスティアンは車を降りるや妹を抱擁した。

〈サザビーズ〉のヴァンがボンド・ストリートに入ったときには、七時を少し過ぎていた。六人ほどの運搬員が歩道に溜まっているのを見ても運転手は驚かなかったが、全員が残業していて、早く家に帰りたがっているはずだった。

印象派部門の責任者のミスター・ディケンズは、木箱が道路脇からオークション・ハウスの保管室へ移されるのを監督し、木箱が解体されて緩衝材代わりの鉋屑《かんなくず》が取り払われるのを辛抱強く待った。そして、カタログに記載した番号と実際の像の番号が一致しているかどうかを確かめるために、腰を屈めて、〝オーギュスト・ロダン〟の署名の下に〝6〟という数字が刻まれているのを確認した。彼は満足の笑みを浮かべ、積荷申告書にチェック・マークを入れた。

「ご苦労さま」彼は運搬員を労《ねぎら》った。「もう帰ってもらっていいですよ。書類の処理は、明日の朝に私がしますから」

その夜、ミスター・ディケンズは最後に建物を出て鍵をし、グリーン・パーク地下鉄駅のほうへ歩き去った。彼は気づかなかったが、通りの反対側のアンティーク・ショップの入口に一人の男が立っていた。

ミスター・ディケンズの姿が見えなくなると、男は暗がりを出て、カーゾン・ストリートにある一番近い公衆電話へ歩いていった。四ペニーを準備していたが、万端抜かりはなく、話はすぐにすむはずだった。男は記憶している番号をダイヤルし、声が返ってくると〝A〟ボタンを押して言った。「中身が空の考える人は今夜、ボンド・ストリートで過ごします」

「ありがとう、大佐」サー・アランが応えた。「それから、もう一つ、やってもらわなくてはならないことがある。また連絡する」そして、電話が切れた。


ブエノスアイレスを発《た》ったBOAC七一四便は、翌朝、ロンドン空港に着陸した。ドン・ペドロは自分と息子のスーツケースが何人もの税関職員によって一つ残らず開けられ、調べられ、もう一度調べ直されても驚きはしなかった。ようやくスーツケースの横腹にチョークで×印が記され、税関職員のなかに多少の失望が走るのを感じ取りながら、息子をともなって空港をあとにした。

ロールス－ロイスの後部座席に坐り、イートン・スクウェアへ向かいはじめるや、ドン・ペドロはディエゴを見て言った。「イギリス人については一つだけ憶えておけばいい。あいつらには想像力が欠けていることをな」

42

最初の競売品が登場するのはその日の夜の七時であるにもかかわらず、オークション・ハウスは予定時間よりずっと早く混みはじめていた。それは印象派の大作が出品されるときの常でもあった。

三百の席をほぼ埋めているのは、ディナー・ジャケット姿の紳士と、大半がロング・ガウンで着飾ったレディだった。彼らはオペラの初日の夜にも出かけているのかもしれないが、実はこれも、コヴェント・ガーデンが提供するどのオペラにも負けないほど劇的であることが約束されていた。台本はあるのだが、最高の台詞を口にするのは常に観客だった。

招待客はいくつかに区分されている。まずは本気の入札者である。彼らはしばしば遅れてやってくるのだが、それは席を予約していて、最初の競売品のいくつかには関心がないからかもしれなかった。それらはシェイクスピア劇にたとえるなら、単に劇場の雰囲気を温め、観客を誘い込むために登場する端役《はやく》だからである。次に、ディーラーと画廊の経営者である、彼らは会場の後方に立って陣取り、金持ちのおこぼれを分かち合うほうを好んでいた。たとえば、競売品が最低競売価格に達せずに引き揚げられたときなどがそうである。それから、ここを社交の場と見なしている人々がいた。彼らは入札には関心がなく、超富裕層が互いを敵とし、金という武器で戦うのを見物して楽しむのである。

　最後に、より下位に区分され、より度し難い人々、すなわち、入札者の妻たちがいた。彼女たちは自分に関心のない対象物に夫がどれだけの金をはたくのかを見にきているだけで、実は同じ通りにあるほかの有名な場所で金を遣うほうが好きなのである。さらに、恋人という下位区分があり、彼女たちは何も言わない。なぜなら、妻になれたらいいと願っているからだ。そして最後の下位区分が、ただの美人である。彼女たちの人生の目的は、この戦場から妻と恋人を離脱させることしかなかった。

　しかし、人生におけるすべてがそうであるように、規則には例外がある。その一つがサー・アラン・レドメインで、彼はこの国を代表してここへきて、二九番の競売品を入札することになっていたが、自分の入札金額の上限をいまだ決められないでいた。

　サー・アランはウェスト・エンドのオークション・ハウスや、そこでの奇妙な取引形態に馴染みがないわけではなかった。ずいぶん前から十八世紀のイギリスの水彩画をささやかながら収集しつづけていて、国外に流出するのを許すべきでないと上司が判断した絵画や彫刻がオークションにかけられると、ときどき政府の代わりに入札に参加することもあった。しかし、海外のだれかにより高値をつけてほしいと願いながら入札に参加するのは初めての経験だった。

その日の朝の〈タイムズ〉の予想では、ロダンの「考える人」は十万ポンドで落札される可能性があり、それはフランスの大家のどの作品をも凌《しの》ぐ最高額だった。しかし、〈タイムズ〉は知らなかったが、サー・アランは十万ポンド以上の入札をするつもりでいた。なぜなら、そうしなければ、ほかの入札者を諦めさせて、ペドロ・マルティネスだけを相手にすることができないからである。マルティネスはあのブロンズ像に八百万ドル以上の価値があると信じているのだ。

サー・アランはすでにジャイルズから、その場では答えを回避しようとしてできなかった質問をされていた。「もし最終的にわれわれがマルティネスより高値をつけて落札したら、あのブロンズ像をどうするんですか?」

「スコットランドの国立美術館に置くことになるでしょう」と、彼は答えた。「政府の美術品取得政策の一つの成果としてね。それをあなたの回想録に書いてもらうのはかまわないが、それは私が死んでからにしてください」

「もしあなたが正しかったと証明されても、ですか?」

「そのときは――保証しますが――私が自分で回想録を書いて、それに丸まる一章を費やしますよ」

サー・アランはオークション・ハウスへ入ると、会場の左手後方の隅の席にこっそりと腰を下ろした。すでにミスター・ウィルソンに電話をし、二九番の競売品をいつもの席から入札すると伝えてあった。

ミスター・ウィルソンが五段の階段を上がってオークションを仕切る司会用の台を前にして立つと、主要な入札者たちが自分の席に戻った。競売人の両側に立っているのは〈サザビーズ〉の従業員で、彼らの大半は、自分で入札できないクライアントや、そのときにわれを忘れて冷静さを欠き、意図していたよりも多くの入札をしてしまうのではないかと自分に自信がないクライアントの代わりに入札するべく控えているのだった。会場の左側に一段高くなっているところがあって、長テーブルが置いてあり、そこにこのオークション・ハウスで最も経験豊かな古参スタッフが控えていた。彼らの前のテーブルには白い電話が並び、クライアントが興味を持っている競売品が登場するときだけ、受話器に向かって小声でささやかれるのだった。

会場後方のサー・アランの席からは、埋まっている席をほぼ全部見渡すことができた。だが、三列目にはまだ三つの空席があり、ある主要なクライアントが予約しているに違いなかった。マルティネスの左右にはだれが坐るのだろう、とサー・アランは考えた。カタログをめくっていくと、ようやく二九番のロダンの「考える人」のページへたどり着いた。二九番なら、マルティネスが姿を現わすまでまだたっぷり時間があった。

午後七時ぴったりに、ミスター・ウィルソンがそこに集まっているクライアントを見下ろし、まるで法王のように優しい笑みを浮かべた。そして、マイクロフォンをついて音が入っていることを確かめてから口を開いた。「〈サザビーズ〉の印象派のオークションにようこそいらっしゃいました。競売品番号一番は」彼は左を一瞥して、運搬係が正しい絵をイーゼルにかけるのを確認した。「素晴らしいドガのパステル画、二人のバレリーナがトロカデーロでリハーサルをしているところを描いた作品です。では、五千ポンドから始めさせていただきます。六千。七千。八千……」

早い順番の競売品のほとんどが推定落札価格を上回るのを、サー・アランは興味深く見守った。今朝の〈タイムズ〉は、戦争で富をなし、美術品に投資することで自分たちが金持ちの仲間入りをしていることを示したがっている新しい種類の収集家が登場するだろうと予想していたが、それは当たっているようだった。

マルティネスが入ってきたのは一二番の競売が行なわれているときで、二人の若者をともなっていた。一人はマルティネスの三男のブルーノだとわかった。もう一人はセバスティアン・クリフトンに違いなかった。セバスティアンの登場によって、まだ金はあのブロンズ像のなかにあると信じているに違いないことが、サー・アランに明らかになった。

ディーラーとギャラリーの経営者たちが、お互いのあいだで言葉を交わしはじめた。マルティネスが二十八番のヴァン・ゴッホの「サン゠ポール病院の庭の隅」と、二九番のロダンの「考える人」と、どちらに関心を持つかが気になっているようだった。

サー・アランは昔から自分のことを、プレッシャーがかかっても落ち着きも理性も失うことはないと自負していたが、いまは新しい競売品がイーゼルに掛けられるたびに、心臓が一回打つごとに鼓動が速くなっていくのがわかった。「サン＝ポール病院の庭の隅」がヴァン・ゴッホの過去最高額、十四万ポンドで落札されたとき、サー・アランはハンカチを出して額を拭《ふ》いた。

カタログのページをめくって自分が高く評価する名作を見たが、皮肉なことに、最終的には自分が落札者にならないことをいまも願っていた。

「競売番号二九番、オーギュスト・ロダンの『考える人』」と、ミスター・ウィルソンが告げた。「カタログをご覧いただいておわかりのとおり、これはロダンの生前に、アレクシス・ルディエールによって鋳られたものです。この作品は会場の入口に展示してありますす」何人かが振り向いて、その大きなブロンズ像を見た。「この競売品に関しては事前にかなりの反響がありました。したがって、四万ポンドから入札を始めさせていただきます。ありがとうございます、サー」ミスター・ウィルソンが自分の正面、中央通路に坐っている紳士を指さした。また何人かが振り返ったが、今度のそれは入札者がだれかを確かめようとするものだった。

サー・アランはかすかな、ほとんどそれとわからないぐらいのうなずきで応えた。

「五万ポンド」ミスター・ウィルソンが告げ、ふたたび手を上げた通路の男性に目を戻した。「六万ポンドが出ました」そして、サー・アランのほうへほんの一瞬目を走らせた彼はふたたびかすかなうなずきが返ってきたのを確認し、中央通路の男性を見て、八万ポンドはどうかと目顔で訊《き》いた。だが、その男性はがっかりした様子で顔をしかめ、ついに、はっきりと首を横に振った。

「七万ポンドが出ました」ミスター・ウィルソンが告げ、ふたたびサー・アランのほうを見た。サー・アランは不安が頭をもたげはじめていたが、そのとき、ミスター・ウィルソンが左側を見て言った。「八万ポンド。電話による入札で、八万ポンドが出ました」そしてすぐさまサー・アランを見て、誘うような声で訊いた。「九万ポンドはどうでしょう？」

サー・アランはうなずいた。

ウィルソンがまた電話のほうを見た。数秒後、そこで手が挙がった。「十万ポンドが出ました。十一万ポンドはありませんか？」彼は訊き、満面に浮かぶ笑みを隠そうともせずにサー・アランに目を戻した。

危険を覚悟で受けて立つか？　内閣官房長官は人生で初めて博奕《ばくち》を打つことにしてうなずいた。

「十一万ポンドが出ました」ウィルソンが言い、受話器を耳に当てて指示を待っている〈サザビーズ〉の従業員を正面から見た。

自分と張り合っている相手はだれかと、マルティネスが会場を見回した。

　しばらく、小声での電話のやりとりがつづいた。サー・アランは一秒が過ぎるごとに不安が募り、マルティネスが自分の上手をいって八百万ポンドを密かにイギリスに持ち込むことに成功していて、陸軍特殊空挺部隊が焼却したのは偽札の偽札ではないだろうかと思いそうになった。そして、その可能性を考えまいとした。せいぜい二十秒が、一時間にも長く感じられた。そのとき、受話器を耳に当てていた男がいきなり手を上げた。

「電話で十二万ポンドが出ました」ミスター・ウィルソンが勝ち誇った口調にならないよう苦労しながら言い、サー・アランを見たが、彼の顔の筋肉はぴくりとも動かなかった。

「電話で十二万ポンドの入札がありました」ミスター・ウィルソンは繰り返し、まっすぐにサー・アランを見て付け加えた。「このままだと十二万ポンドで落札になります。これが応札の最後のチャンスです」しかし、内閣官房長官は本来あるべき上級官僚の役目に立ち返り、一切の表情を表わさなかった。

「では、十二万ポンドで落札と決しました」ウィルソンが宣言し、電話での入札者へ笑みを移しながらハンマーを打ち鳴らした。

　サー・アランは安堵の吐息をつき、マルティネスが満悦の笑みを浮かべるのを見て、ことのほか嬉しかった。あのアルゼンチン人は八百万ポンドの入った自分のブロンズ像をわずか十二万ポンドで買い戻したと信じているのだ。明日には間違いなく古いランプを新しいものと取り替えるつもりに違いない。

さらに二つの競売品が登場したあと、マルティネスは三列目の席を立ち、いまもつづいているオークションに興味を持っているかもしれない人々のことなどお構いなしに、彼らの目の前を横切っていった。そして、通路に出るや満足を顔に表わして奥へ引き返し、会場から姿を消した。そのあとにつづく二人の若者は、さすがに当惑を隠せない様子だった。

サー・アランはさらに六つの競売品が新しい所有者を見つけるのを待ってから、こっそり会場をあとにした。ボンド・ストリートへ出ると、あまりに気分のいい夕刻だったので、ペルメル街の自分のクラブまで歩き、半ダースの牡蠣と一杯のシャンパンで自分を労うことにした。今夜の勝利が糠喜《ぬかよろこ》びだとわかったときのマルティネスの顔を見ることができるなら、ひと月分の給料をくれてやっても惜しくはなかった。

43

翌朝、匿名の電話入札者は三本の電話をしたあと、十時を何分か過ぎたところでイートン・スクウェア四四番地を出ると、タクシーを停めてセント・ジェイムズ街一九番地と行く先を告げた。ミッドランド銀行の前に着くと、待っていてくれと運転手に言った。

銀行の支配人がすぐに面会に応じたとしても、彼は驚かなかった。結局のところ、赤字を出したことのない顧客はそんなに多くないのだ。支配人はその顧客を執務室へ招き入れ、彼が腰を下ろすや訊いた。「どちら宛の銀行為替手形を作ればよろしいでしょう」

「〈サザビーズ〉だ」

支配人は銀行為替手形に必要事項を記入してサインし、封筒に入れてミスター・マルティネスの小倅《こせがれ》――支配人はそう見なしていた――に渡した。ディエゴは封筒を内ポケットに収めると、黙って支配人執務室をあとにした。

タクシーのドアを開けて後部座席に沈むと、ふたたび一言だけ、さっきと同じ言葉を発した。「〈サザビーズ〉だ」

タクシーがボンド・ストリートのオークション・ハウスの入口の前で停まると、ここでも、ディエゴは待っているよう運転手に言った。そして車を降り、玄関のドアを押し開けて決済窓口へ直行した。

「いらっしゃいませ」カウンターの向こうにいる若い男が言った。

「ゆうべのオークションで二九番の競売品を落札した者だが」ディエゴは言った。「決済をしたい」若い男がカタログをめくった。

「はい、承知しました。ロダンの『考える人』でございますね」この〝はい、承知しました〟という挨拶を一体どれだけの数の落札者が受けてきたんだろうな、とディエゴは思った。「十二万ポンドでございます、サー」

「そうだな」ディエゴは内ポケットの封筒から銀行為替手形——絶対に買い手を追跡できない手段——を取り出し、カウンターに置いた。

「落札なさった競売品はいかがなさいますか？　お届けいたしますか？　それとも、お引き取りにいらっしゃいますか？」

「一時間後に引き取りにくる」

「それが可能かどうか、いまここではわかりかねるのですが」若い男が言った。「と申しますのは、サー、大規模なオークションが行なわれた翌日というのは、とても忙しいのが常でございまして」

ディエゴは財布から父の五ポンド紙幣を一枚取り出してカウンターに置いた。この若者の週給よりたぶん多いはずだった。

「その忙しさをわれわれのために最優先してほしい」ディエゴは言った。「一時間後に戻ってきたときに落札した競売品が私を待っていてくれたら、これが出てきたところからさらに二枚のそれが出てくるはずだ」

若い男が五ポンド紙幣を尻のポケットに入れた。取引成立の印だった。

ディエゴは待たせてあったタクシーに戻ると、今度はヴィクトリアのある住所を告げた。その建物の前で停まるとタクシーを降り、またもや父の五ポンド札を使って料金を払った。釣りをもらい、本物の一ポンド紙幣を二枚財布に入れると、六ペンス硬貨をチップとして運転手にくれてやった。その建物に入り、唯一手のあいている担当者のところへ直行した。

「いらっしゃいませ」茶色と黄色の柄の制服を着た若い女性が応対した。

「マルティネスだ」ディエゴは名乗った。「今朝、電話で大型ヴァンを予約したはずだが」

そして、お定まりのレンタル契約書に必要事項を記入し、また父の五ポンド紙幣を使って支払いをした。財布にさらに三枚、本物の一ポンド札が収まった。

「ありがとうございました、サー。ヴァンは裏の駐車場に準備して七十一番区画に置いてあります」彼女がキイを差し出した。

ディエゴはゆっくりと裏の駐車場へ行くと、ヴァンのナンバープレートを確認し、後部ドアの鍵を開けて、なかを調べた。完璧に目的に適っていた。運転席に坐り、エンジンをかけて、〈サザビーズ〉へ引き返した。二十分後、彼はジョージ・ストリートの裏口の前に車を停めた。

彼がヴァンを降りると、オークション・ハウスの裏口が勢いよく開き、〝売約済み〟の赤い札があちこちに何枚も貼《は》られた大きな木箱が台車に乗せられて歩道に現われた。長い緑のコートを着た六人の男が一緒に出てきたが、全員ががっちりと引き締まった体格で、〈サザビーズ〉に勤める前はプロボクサーだったと言われても納得できそうだった。

ディエゴがヴァンの後部ドアを開けると、十二本の腕がまるで中身が毛ばたきでもあるかのように軽々と木箱を台車から持ち上げ、車の後部に滑り込ませた。ディエゴは後部ドアを閉めてロックし、決済窓口の若い男にさらに二枚、父の五ポンド紙幣を渡した。

運転席へ戻ると、時計を見た。十一時四十一分。シリングフォードまで二時間で行けない理由はなかったが、そのはるか前から、父親が車道《ドライヴウエイ》を行ったり来たりしはじめることもわかっていた。

朝の郵便物のなかに、ライト・ブルーのケンブリッジ大学の紋章を見つけると、セバスティアンはすぐさまそれを手に取って開封した。どんな手紙であれ、彼がまず最初にするのは、ページの一番下の署名を確認することだった。今朝の手紙の署名は、ドクター・ブライアン・パジェットとなっていた。馴染みのない名前だった。

親愛なるミスター・クリフトン

こう呼ばれるのに慣れるには、もう少し時間がかかりそうだった。

当学寮《カレッジ》の現代文学専攻奨学生になられたことに心からお祝いを申し上げる。おそらくは承知のことと思うが、新学期は九月十六日に始まる。しかし、その前に会い、学期が始まる前に貴兄が読んでおくべきもののことも含めて、一、二、話し合うことができればと考えている。きみの最初の一年間を、授業計画表を使って説明したい。よろしく連絡をもらいたい。できれば、電話のほうがありがたい。

敬具

ドクター・ブライアン・パジェット　上級教官

二度目を読み終えたあと、ブルーノに電話をし、彼も同じような手紙を受け取っているかどうか確かめることにした。もし受け取っていれば、一緒にケンブリッジへ行けばいい。

ヴァンが入口の門をくぐった瞬間に父親が玄関を飛び出すのが見えたが、ディエゴはまったく驚かなかった。驚いたのは、弟のルイスやシリングフォード・ホールの使用人が父のすぐ後ろにつづいていることだった。カールは革の袋を握って、最後方にいた。

「ブロンズ像は持ってきたか？」息子が運転席を降りるか降りないかのうちに、父親が訊いた。

「持ってきましたよ」ディエゴは答え、弟と握手をしてからヴァンの後ろへ回った。ドアを開けると、〝売約済み〟と十枚以上も赤い札が貼られた巨大な木箱が露わになった。ドン・ペドロが頬をゆるめてまるでペットの犬ででもあるかのように木箱を軽く叩くと、ほかの者が力仕事をできるよう一歩脇へどいた。

ディエゴが作業を監督するなか、ドン・ペドロのあとについて出てきた使用人たちが押したり引いたりして少しずつ動かした木箱が、危うくヴァンの縁からひっくり返りそうになった。カールとルイスが慌てて二つの角に手を掛け、さらにディエゴとコックが反対側にしがみついて、運転手と庭師がしっかり真ん中を支えた。

いかにも運搬人らしくない六人が木箱を抱えてよろよろと屋敷の裏へ回り、芝生の中央にどすんと下ろした。庭師はあまり嬉しそうな顔をしなかった。

「天地を正しく置き直しますか？」一息つくや、ディエゴが訊いた。

「いや、このままでいい」ドン・ペドロは言った。「横倒しになっているほうが、基部を取り外すのが簡単だ」

カールが道具袋から釘抜きハンマーを取り出し、深く打ち込まれて木の板を留めている釘を抜きにかかった。同時に、コックと庭師と運転手が、両側の板を素手ではがしはじめた。

木箱が完全に解体されると全員が後ろへ下がって、不作法にも仰向けにされたままの「考える人」を見つめた。ドン・ペドロは木製の基部からいっときも目を離さず、腰を屈めてじっくりと検めた。しかし、手が加えられた形跡は見て取れなかったから、カールを一瞥してうなずいた。

彼の信頼できるボディガードも腰を屈め、四つのバタフライ・スクリューを観察した。そして、道具袋からペンチを出すと、最初のバタフライ・スクリューをゆるめはじめた。最初は少しずつしか動かなかったが、徐々に楽に回りだし、とうとう斜角ロッドから外れて芝生の上に落ちた。カールはその作業をさらに三回繰り返し、ついに四つ全部のバタフライ・スクリューを外した。そこでほんの一瞬手を止めたが、すぐに木製の基部の両側をつかみ、渾身《こんしん》の力を込めて像の台座から取り外して芝生の上に置いた。そのあと、満足の笑みを浮かべて脇へどき、最初になかを覗く喜びを雇い主に譲った。

ドン・ペドロが両膝をつき、ぽっかり口を開けている穴を見つめた。ディエゴ、ルイス、そして、四人の使用人は、次の指示を待った。長い沈黙のあと、ドン・ペドロの悲鳴が空気を切り裂いた。近くの教会の墓地で安らかに眠っている人々をも起こしてしまったに違いない絶叫だった。六人の男たちは程度の違いこそあれ、全員が不安を顔に浮かべてドン・ペドロを見つめた。悲鳴の原因がわかったのは、ドン・ペドロが声を限りに叫んだときだった。「おれの金はどうなったんだ?」

父親がこれほど激怒するのを、ディエゴは初めて見た。急いで隣りに膝をつき、ブロンズ像のなかに両手を突っ込んで忙《せわ》しくまさぐり、そこにあるはずの大量の五ポンド紙幣を探した。しかし、取り出せたのは、内側にへばりついていた偽五ポンド札一枚きりだった。

「いったい金はどこへ行ったんだ?」ディエゴは訝った。

「だれかが盗んだに違いない」ルイスが言った。

「当たり前だ、そんなことは教えられなくてもわかってる!」ドン・ペドロが吼えた。だれも意見を口にしようなどとは考えなかった。ドン・ペドロは空の基部を見つめつづけていた。このために一年も前から準備してきた結果が偽五ポンド札一枚だとは、それが事実だとしても、受け入れたくなかった。数分が過ぎて、ようやくよろよろと立ち上がった。言葉を発したときには、意外にも落ち着きを取り戻しているように見えた。

「これをしでかしてくれたのがどこのどいつだか知らないが」彼はブロンズ像を指さして言った。「一生かかっても追跡し、必ず見つけ出してやる」

そして、あとは何も言わずに像に背中を向けると、さっさと屋敷へ引き返していった。

そのあとを追う勇気のある者は、ディエゴとルイス、そして、カールしかいなかった。ドン・ペドロは玄関をくぐり、ホールを抜けて客間に入ると、ティソ（一八三六年〜一九〇二年。フランスの画家）が愛人のミセス・カスリーン・ニュートンの全身を描いた肖像画の前で足を止めた。そして、その肖像画を壁から外して窓台に立てかけ、ダイヤルを何回か回していった——最初は左へ、それから右へ。ついにかちんと音がして、ドン・ペドロは頑丈な金庫の扉を開けると、きちんと帯封をしてそこに収められている五ポンド紙幣をしばらく見つめた。この十年のあいだに、家族や信頼できる配下の人間が、こっそりイギリスへ持ち込んだ偽造紙幣だった。それを三束取り出し、ディエゴとルイスとカールに一束ずつ渡してから、二人を見据えて命じた。「おれの金を盗んだ犯人を見つけるまで、だれも一時《いっとき》たりと休むことは許さん。おまえたち一人一人が自分の役目を果たさなくてはならない。それに報いるのは結果だけだ」

ドン・ペドロはカールを見た。「あいつの甥が向かっているのがロンドン空港でなくサウサンプトンだと、ジャイルズ・バリントンに教えたやつを突き止めろ」

カールがうなずくと、ドン・ペドロはすぐさまルイスに向き直った。「おまえは今夜ブリストルへ行って、バリントンに敵対している人間を探し出せ。国会議員というのは必ず敵がいるものだ。それから、忘れるなよ、その敵は味方のなかにも多くいることをな。向こうにいるあいだに、あの一族が所有している会社に関する情報を何でもいいから集めるんだ。財政的な問題に直面していないか？　組合と揉めていないか？　重役会に方針の不一致はないか？　株主が何であれ不満を抱いていないか？　深く掘るんだ、ルイス。水を見つけようとしたら、数フィートは地面を掘らなくてはならないかもしれないんだ。それを肝に銘じろ」

「ディエゴ」ドン・ペドロは長男に顔を向けた。「もう一度〈サザビーズ〉へ行って、あのブロンズ像を巡っておれと最後まで競《せ》り合ったのはだれか、それを突き止めろ。そいつらはおれの金があのブロンズ像のなかにないことを知っていたに違いない。そうでないと、あそこまで入札金額を吊《つ》り上げられるはずがない」

　彼は一瞬口をつぐんだあとで、ディエゴの胸を人差し指でつつきはじめた。「だが、おまえの最も重要な仕事は、あの金を盗んだやつをおれが叩き潰せるよう、チームを編成することだ。まずは一番腕のいい、いますぐ使える弁護士を雇うことから始めろ。あいつらは賄賂で動く警官や、絶対に捕まらない犯罪者を知ってるはずだ。それに、報酬に文句がなければ、しつこく質問することもない。すべての疑問に答えが出て、すべてのつじつまがあったら、今回の盗人どもがおれにしてくれたのと同じことをやり返してやる準備にかかる」

44

「十二万ポンドを電話で入札したのか。だけど、〈タイムズ〉は落札した人物の正体を知らないみたいだな」

「あの作品にあれだけのお金をかけられるとしたら、可能性があるのはたった一人でしょう」エマが言った。「そろそろ、安く手に入れようとしたものを実は手に入れられなかったと、マルティネスが気づくころじゃないかしら」ハリーが新聞から顔を上げると、妻は震えていた。「そして、わたしたちがあの男について一つ知っていることがあるとすれば、それは自分のお金を盗んだ犯人を知りたがるだろうということよ」

「しかし、セブが関わっていると信じる理由は、マルティネスにはない。ぼくがブエノスアイレスにいたのはほんの数時間だし、ぼくの名前を知っているのは大使しかいないんだから」

「もう一人いるじゃない……ええと、何て名前だったかしら？」

「ボルトンか。だけど、彼もぼくと同じ便で帰ってきてるじゃないか」

「わたしがマルティネスなら」エマはいまにも泣き出しそうな声で言った。「まず真っ先にセブを疑うでしょうね」

「だけど、どうして？　まして、あいつはあのときいなかったんだぞ？」

「〈サザビーズ〉に引き取られる前のあの像を最後に見たのがセブだからよ」

「それは証拠にならないだろう」

「信じてちょうだい、マルティネスにとっては十分な証拠になるのよ。もうセブに知らせてやるしか選択肢はないと思うけど——」

ドアが開いて、ジェシカが飛び込んできた。

「お母さん、セブったら、明日、どこへ行くと思う？」


「ルイス、おまえがブリストルにいるあいだに突き止めたことを報告しろ」

「ほとんどの時間を使って、何か出てこないかとあちこちつついてみましたよ」

「それで、何か出てきたのか？」

「出てきました。バリントンは選挙区ではずいぶん尊敬されていて人気もあるんですが、これまでに何人か、敵を作ってます。そこには元の女房と、それから——」

「元の女房が敵に回った理由は何だ？」

「バリントンの母親の遺言書のことでしたたかに貶《おとし》められたと恨みに思っていて、また、自分の後釜がウェールズの炭鉱労働者の娘だってこともいたく気に入らないようですね」

「それなら、その元の女房と接触してみてもいいんじゃないか？」

「もうやってみたんですが、そう簡単ではないんですよ。イギリスの上流階級ってのは、こっちが会おうとする場合、その知人の紹介が必要らしいんです。しかし、ブリストルにいるあいだに、彼女をよく知ってるって男と出くわしました」

「その男の名前は？」

「アレックス・フィッシャー少佐」

「その男とバリントンの関係は？」

「彼はこの前の選挙で保守党から出馬し、四票差でバリントンに負けたんです。フィッシャーはバリントンがいかさまをして議席をかすめ取ったと主張してるんですが、報復できるなら手段を選ばないという感じでしたね」

「その男を応援して、報復を実現させてやろうか」ドン・ペドロは言った。

「それから、選挙に負けて以降、フィッシャーはブリストルじゅうで借金をしていて、必死で命綱を探してることも突き止めました」

「では、命綱を投げてやってもいいかもな」ドン・ペドロは言った。「それで、バリントンのガールフレンドについては何かわかったのか？」

「ドクター・グウィネッズ・ヒューーズ、ロンドンのセント・ポール女学校で数学を教えてます。バリントンの離婚が成立しましたからね、ブリストルの労働党は将来二人が一緒になると宣言するのを期待してるようですが、地元の選挙協会の委員の言葉を借りるなら、彼女は〝別嬪《べつぴん》さん〟とは形容できないようです」

「その女のことは忘れよう」ドン・ペドロは言った。「バリントンに捨てられでもしない限り、おれたちにとっての使い道はなさそうだ。元の女房に集中して、その少佐とやらが会えるようにしてくれるのなら、金か復讐に興味があるかどうかを探れ。別れた妻の大半はどっちかを欲しがると決まっている。まあ、両方ってのがほとんどだけどな」そして、ルイスを見てにやりと笑ったあとで付け加えた。「よくやった、マイ・ボーイ」次に、ディエゴを見て訊いた。「おまえのほうはどうだ？　何かわかったことがあるか？」

「おれの報告はまだ終わってませんよ」ルイスが少し不服そうに待ったをかけた。「バリントン一族のことを、彼ら自身よりも詳しく知っている男とも出会ったんです」

「それはだれだ？」

「デレク・ミッチェルという私立探偵で、過去にバリントンとクリフトン、両方の仕事をしたことがある男です。これはおれの感触なんですが、相応の金を出せば、説得して――」

「その男には、何があっても近づくな」ドン・ペドロはきっぱりと言った。「昔の雇い主を裏切るような男なら、同じ状況になったときに、おれたちを裏切らない保証はどこにもない。しかし、その男をしっかり監視しつづける必要がないという意味じゃないぞ」

ルイスはうなずいたが、がっかりした様子だった。

「ディエゴ?」

「ピーター・メイというBOACの機長が二晩、ホテル・ミロンガに滞在していました。セバスティアン・クリフトンがブエノスアイレスにいた時期とぴったり重なってます」

「それがどうした?」

「ガーデン・パーティの日に、同じ男がイギリス大使館の裏口から出てくるところが目撃されてるんです」

「偶然の可能性だってあるだろう」

「その機長を知っているらしいだれかが、彼のことをハリー・クリフトンと呼びかけたのを、ホテル・ミロンガのコンシェルジュが聞いてるんです。ハリー・クリフトンというのはセバスティアンの父親の名前と同じです」

「偶然の可能性は低くなったな」

「そして、正体がばれるや、次の便でロンドンへ帰っています」

「もはや偶然ではないな」

「さらに、そのハリー・クリフトンは宿泊料金を払わずにホテルをあとにし、後にイギリス大使館がそれを引き受けてます。こうなると、父と息子が同じ時期にブエノスアイレスにいただけでなく、一緒に何かをしていたに違いないと考える以外にないでしょう」

「それなら、なぜ同じホテルに泊まらない？」ルイスが訝った。

「一緒にいるところを見られたくなかったからだ。絶対に間違いない」ドン・ペドロが答え、ややあってから付け加えた。「よくやった、ディエゴ。このハリー・クリフトンがオークションでおれに競《せ》りかけてきた本人なのか？」

「いや、それはないでしょう。だれなのか教えてくれと〈サザビーズ〉の会長に訊いたんですが、わからないと言ってました。袖の下もそれとなく匂わせたんですが、ミスター・ウィルソンってのは賄賂に心を動かされる男じゃないですね。それに、脅しも通用しないでしょう。たぶん、即刻スコットランドヤードへ通報されて終わりです」ドン・ペドロが眉《まゆ》をひそめた。「しかし、ウィルソンの弱点を一つ、見つけたかもしれません」ディエゴはつづけた。「『考える人』をもう一度オークションにかける気はあるかとかまをかけたら、イギリス政府が落札に関心を持つかもしれないと口を滑らせたんです」

　ドン・ペドロが怒りを爆発させ、刑務所の看守でさえショックを受けるような罵詈雑言をひとしきり吐き散らした。しばらく興奮状態がつづいてようやく冷静さを取り戻すと、ほとんどささやくような声でこう言った。「これで、だれがおれの金を盗んだかはわかったわけだが、連中はもうあの紙幣を破棄するか、イングランド銀行へ渡すかしているだろう。いずれにせよ」そして、吐き捨てた。「おれたちが二度とあの金を拝むことはなくなったわけだ、一ペニーたりとな」

「しかし、いかにイギリス政府といえども、それだけの作戦を実行するには、クリフトンとバリントン一族の協力がなくては無理だろう」ディエゴが言った。「だとすると、おれたちの標的はいまもそこにいるわけだ」

「そういうことだ。それで、おまえのチーム編成はどうなってる？」ドン・ペドロはすぐに話題を変えた。

「税金を払うのが気に入らないと考えている連中をまとめて、小さなグループを作りました」その朝、三人は初めて笑った。「とりあえず、給料を払って雇う形にしてありますが、命令があり次第、いつでも動けるようになってます」

「だれが雇い主か、多少でもわかる心配はないのか？」

「ありませんね。おれのことは途方もない金持ちの外国人だと思ってます。それに正直なところ、きちんきちんと現金で払ってやりさえすれば、質問なんかしませんよ」

「いいだろう」ドン・ペドロはカールを見た。「甥が向かっているのはロンドンではなくてサウサンプトンだとジャイルズに教えたのはだれか、特定できたか？」

「証拠はありませんが」カールが答えた。「浮かび上がってきた名前はたった一つ、残念ながら、ブルーノさまだけでした」

「まったく、あいつは昔から正直すぎるところが玉に瑕《きず》なんだ。母親のせいだな。これからは、あいつが近くにいるときには、おれが考えていることを相談しないようにするしかあるまい」

「しかし、いまだって、あんたが何を考えているか、おれたちはだれも、まったく見当もつきませんよ」ディエゴが言った。

ドン・ペドロは微笑した。「いいか、忘れるなよ、一つの帝国を自分の前にひざまずかせようとしたら、玉座に一番近い人物を殺すことから始めるんだ」

45

九時五十九分、玄関のドアベルが鳴らされ、カールが応対に出た。

「おはようございます、サー」彼は言った。「ご用向きは？」

「十時にミスター・マルティネスと面会の約束をしてあるんだが」

カールはわずかに頭を下げると、脇へどき、訪問者をなかへ通した。そして、客を案内して玄関ホールを横切り、書斎のドアを低くノックして告げた。「お客さまがお見えです、サー」

机に向かっていたドン・ペドロが立ち上がり、握手の手を差し出した。「おはようございます。お目にかかるのを楽しみにしていました」

カールはドアを閉めてキッチンへ戻る途中で、ブルーノの横を通り過ぎた。彼は電話で話している最中だった。

「……明日のウィンブルドンの男子準決勝のチケットを父が二枚くれて、おまえを誘ったらどうだと言ってるんだけどな」

「おまえのお父さんはほんとにいい人だな」セバスティアンが言った。「だけど、金曜日にケンブリッジで担当教官と会う約束があるんだ。だから、ウィンブルドンへはたぶん行けないと思う」

「そうと決まったものでもないんじゃないか?」ブルーノは言った。「明日の朝、ロンドンへくるぶんには何の問題もないわけだろう。試合開始は二時だから、十一時までにこっちへやってこられれば、悠々間に合うよ」

「でも、そうだとしても、次の日の昼の十二時までにケンブリッジに着いてなくちゃならないんだ」

「だったら、その晩はここに泊まればいい。金曜の朝一番に、カールに車でリヴァプール・ストリートへ送らせるから」

「だれとだれが対戦するんだ?」

「フレーザーとクーパーだ。熱戦になること請け合いだよ。本当におまえさえよかったら、おれの車でウィンブルドンへ行ったっていいんだ。ぴかぴかの新車だぞ」

「おまえ、車を持ってるのか?」セバスティアンは信じられなかった。

「オレンジ色のMGAだ。流線型のクーペだよ。十八の誕生日に父がくれたんだ」

「おまえは何て運のいいくそったれだ」セバスティアンは軽口を叩いた。「おれなんか、父にもらったのはプルーストの全集だからな」

　ブルーノが笑った。「いい子にしてたら、道々、おれの最近のガールフレンドのことを話してやってもいいかもな」

「最近の、だって？」セバスティアンは冷やかした。「おまえ、そもそもガールフレンドがいなくちゃ、〝最近の〟なんて言葉は使えないんだぞ」

「羨《うらや》ましそうに聞こえるのは、おれの耳のせいかな？」

「それなら、会わせてくれよ。そうすりゃ、本当かどうかわかる」

「そいつは無理だ。だって、金曜まで会う予定がないんだ。それに、金曜には、おまえはケンブリッジ行きの列車に乗ってるだろう。それじゃ、待ってるからな。明日の十一時ごろにきてくれ」

　ブルーノは受話器を置くと、自分の部屋へ戻ろうとした。そのとき書斎のドアが開いて、父親が軍人風の服装をした紳士の肩を抱きながら出てきた。バリントンという名前が聞こえなかったら、盗み聞きをしようという気にはならなかったはずだった。

「私どもに任せておいてもらえれば、すぐに重役に返り咲くことができますよ」客を玄関へ送りながら、父親が言った。

「そのときを楽しみにしています」

「しかし、知っておいていただきたいのだが、少佐、私はあの一族を当惑させるためにたまたまバリントン海運の株を買い占めようとしているわけではありません。長期的にはあの会社を乗っ取って、あなたを会長にしようと考えているんです。どうです、いい話だと思いませんか?」

「同時にジャイルズ・バリントンを叩き潰すことになるのであれば、それ以上の喜びはありません」

「バリントンだけではありません」ドン・ペドロは言った。「私はあの一族全員を叩き潰すつもりでいるんです。一人ずつ、ね」

「それなら、もっといい」少佐が言った。

「ですから、まずあなたには、〈バリントン海運〉の株がマーケットに出たら、それを買いはじめ、出ている限り、買いつづけてもらわなくてはなりません。そして、あなたが七・五パーセント分を買った瞬間に、私があなたを重役の座に就かせます。私の代理人としてね」

「ありがとうございます、サー」

「〝サー〟はやめてください。友だちですからね、ペドロで結構」

「では、私のことはアレックスと呼んでください」

「わかりました、忘れないようにしましょう。いまこのときから、あなたと私は同じ一つの目的を持ったパートナーだ」

「そう言ってもらえれば、これ以上のことはありませんよ、ペドロ」少佐が言い、二人の男は握手を交わした。帰っていく少佐が口笛を吹いているのが、ドン・ペドロには確かに聞こえたような気がした。

なかに戻ると、玄関ホールでカールが待っていた。

「ちょっとお話があるのですが、サー」

「おれのオフィスへ行こう」

二人とも、オフィスのドアが閉まるまで口を開かなかった。カールはたまたま聞こえたブルーノと彼の友人の会話を繰り返した。

「あのがきがウィンブルドンのチケットに抵抗できないだろうことはわかっていたんだ」ドン・ペドロは受話器を上げて吼えた。「ディエゴにつなげ」そして、カールに指示した。「ウィンブルドンのチケット以上にあのがきが抵抗できないものはないか、それを探すんだ」そのあと、長男が電話に出るのを待った。

「何か用ですか、親父《おやじ》」

「がきのほうのクリフトンが餌に食いついたぞ。明日、ロンドンにきて、ウィンブルドンの観戦に向かうことになっている。おれのもう一つの申し出をブルーノがあのがきに呑ませたら、金曜までにすべてを手配しろ」

セバスティアンは母の目覚まし時計を借りなくてはならなかった。七時二十三分発のパディントン駅行きに絶対に乗り遅れるわけにいかなかった。母が玄関ホールで待っていて、テンプル・ミーズ駅まで車で送ると言ってくれた。

「ロンドンにいるあいだに、ミスター・マルティネスに会うの？」

「たぶんね」セバスティアンは答えた。「ブルーノと一緒にウィンブルドンへ行ったらどうだと勧めてくれたのは、ミスター・マルティネスなんだよ。でも、どうしてそんなことを訊くの？」

「特に理由はないけど」

どうしてそうミスター・マルティネスのことばかり気にするのかと母親に訊きたかったが、訊いたとしても、同じ答えしか返ってこないだろうと思われた。〝特に理由はないけど〟

「ケンブリッジへ行ったときに、グレイス叔母さまと会う時間があるかしらね」母が訊いた。話題を変えたがっているのがあまりにも見え見えだった。

「土曜の午後に、ニューナム学寮《カレッジ》でお茶を飲もうと招待してもらってるよ」

「わたしがよろしく言っていたと、必ず伝えてちょうだいね」駅に着くと母が言った。

セバスティアンはロンドンまでの列車の隅の席で、両親は自分たちが一度も会ったことのない男のことをひどく気にしているようだが、それはなぜだろうかと、理由を推理しようとした。何か問題があるのだろうか？　あるとすれば何だろう？　それを知っているかどうか、ブルーノに訊いてみよう。考えてみれば、おれがブエノスアイレスへ行くときも、あいつはあまり納得しているふうではなかった。

列車がパディントン駅に入るころになっても、その謎の答えは近づいてもくれていなかった。改札口で集札係に切符を渡して駅を出ると、道を渡り、一度も立ち止まることなく三七番地へたどり着いて玄関をノックした。

「まあ！」玄関に立っているセバスティアンを見た瞬間、ミセス・ティベットが声を上げて彼を抱擁した。「またあなたと会えるなんて夢にも思っていなかったわ、セブ」

「この施設は貧乏な大学一年生に朝食を恵んでくださるんでしょうか？」

「それが意味するのが、あなたが結局はケンブリッジ大学へ行けるようになったということなら、どんな料理を作れるか急いで材料を確かめないとね」ミセス・ティベットはセバスティアンをなかへ招いた。「ドアを閉めなさい」そして、付け加えた。「さもないと、納屋で生まれたんじゃないかと思われるわよ（きちんと戸を閉めなかったり、片づけたりしない人に言う言葉）」

セバスティアンは急いで後戻りして玄関を閉めると、階段下のキッチンでティビーに追いついた。「まあ、何て格好なの」ジャニスも彼を抱擁した。そして、この前ここのキッチンで食べて以来最高の朝食が現われた。

「この前会ってからあと、何をしていたの？」ミセス・ティベットが訊いた。

「アルゼンチンへ行って、マーガレット王女に会いました」

「アルゼンチンって、どこにあるの?」ジャニスが訊いた。

「ずっとずっと、はるか遠くよ」ミセス・ティベットが教えた。

「そして、九月からケンブリッジ大学へ行くんです」セバスティアンは料理を口にする合間に付け加えた。「あなたには本当に感謝しています、ティビー」

「わたしが伯父さまに連絡したことで、あなたが気を悪くしていなかったらいいんだけど。実際、それだけじゃすまなくて、伯父さまはわざわざわたしに会いにここまで足を運んでくださったし」

「何を言ってるんです、伯父に連絡してもらって感謝していますよ」セバスティアンは言った。「さもなければ、ぼくはまだアルゼンチンにいたかもしれないんですから」

「それで、今度はロンドンへ何しにきたの?」ジャニスが訊いた。

「あなたたちにどうしても会いたくて、戻ってこずにはいられなかったんです」セブは言った。「それに、ここ以外のどこでこんな美味しい朝食を食べさせてくれます?」

「それはいくら何でも見え透いているわ、もうちょっともっともらしいことを言えないの?」ミセス・ティベットが三本目のソーセージをセバスティアンの皿に載せた。

「まあ、もう一つ、ロンドンへきた理由があるにはあるんです」セバスティアンは認めた。

「今日の午後、ウィンブルドンで男子の準決勝があるんですが、ブルーノがその試合を観戦に行こうと招待してくれたんです。フレーザーとクーパーがやるんですよ」

「わたし、アシュレー・クーパーに首ったけなの」ジャニスが布巾を取り落とした。

「準決勝までいったら、だれにでも首ったけになるくせに」ミセス・ティベットがとがめた。

「そんなことあるもんですか！　だって、ニール・フレーザーに首ったけになったことなんかありませんからね」

　セバスティアンはそのやりとりを聞いて笑い、それから一時間、笑いつづけに笑った。そのせいで、イートン・スクウェア四四番地にやってきたときには十一時半が近くなっていた。ブルーノが玄関を開けると、セブは言った。「すまん《メイア・クルパ》。一応弁解するけど、ガールフレンドが二人、おれを離してくれなかったんだ」

「もう一度説明してくれ」ドン・ペドロは言った。「どんな小さなことも省くなよ」

「先週、三人のヴェテラン運転手に何度か試走させました」ディエゴが説明を始めた。

「今日の午後、最終的に時間を測ることになってます」

「不都合が起こるとすれば、可能性としてはどういうことがあるんだ？」

「クリフトンがあんたの誘いに乗らなかったら、計画ははなから中止です」

「おれの見立てが確かなら、あのがきはウィンブルドンへの招待に抵抗できるはずがない。ただし、明日の朝にあいつがケンブリッジへ発つまで、おれは出くわさないようにしなくちゃならん。顔を見たとたんに絞め殺すかもしれんからな」

「あんたとは絶対に出くわさないよう、万全を期してあります。今夜はサヴォイ・ホテルでフィッシャー少佐とディナーだし、明日は朝一番に町で社の弁護士と会い、あんたが〈バリントン海運〉の株の七・五パーセントを取得した場合の法的権利について説明を受けることになってますからね」

「午後は？」

「おれと一緒にウィンブルドンへ行くんです。女子の決勝を観戦するためじゃなくて、あんたに鉄壁のアリバイを作るためです」

「ブルーノはどこにいることになってるんだ？」

「ガールフレンドと映画鑑賞です。始まりが二時十五分で、終わりが五時ごろですからね、夜に戻ってくるまで、友だちの悲報を聞くことはありません」


その夜、セバスティアンはベッドに入っても眠れなかった。今日あったことの一つ一つが、まるでサイレント映画のように、音のない状態で一齣一齣再現された――ティビーとジャニスとの朝食、ＭＧＡを飛ばしてのウィンブルドンへの旅、最終的に八－六でクーパーがものにした白熱の第四セット、そして、その日最後に訪れたブルワー・ストリートのマダム・ジョジョの店。そこで、十人を超すガブリエラに囲まれた。これもまた、母親に話せないことの一つだった。

それにも増して興奮しているのは、ここへ帰る途中で、明日のケンブリッジ行きには列車でなくて、自分のMGAを使ったらどうかとブルーノが言ってくれたことだった。

「だけど、お父さんが反対するんじゃないのか？」

「実は父のアイディアなんだよ」


翌朝、朝食に降りていったとき、ドン・ペドロはもう出かけてしまったあとだと知って、セバスティアンはがっかりした。町で人と会う約束があるとのことだったが、これまでの親切にお礼を言いたかったのだ。ブリストルへ帰ったら、すぐに礼状を書くことにした。

「昨日は本当に目眩くような一日だったよ」セバスティアンは深皿にコーンフレイクを山盛りにしてブルーノの隣りに坐《すわ》った。

「昨日のことはもういいよ」ブルーノが言った。「おれには今日のほうがはるかに気になってるんだ」

「何が問題なんだ？」

「サリーにおれの気持ちを告白すべきかな？　それとも、もう彼女はわかってると考えるべきなのかな？」ブルーノが堪《たま》らず口走った。

「そんなに悩んでるのか？」

「おまえなら何でもないんだろうな。こういうことの経験がおれよりずっと豊かなんだから」

「まあな」

「面白がるなよ。さもないと、ＭＧＡを貸してやらないぞ」

真面目な顔を作ろうとするセバスティアンに、ブルーノが身を乗り出して訊いた。「何を着ていけばいいと思う？」

「カジュアルだけど、スマートな格好がいいだろうな。ネクタイよりはスカーフがお薦めだ」セバスティアンが答えたとき、玄関ホールで電話が鳴り出した。「それから、忘れるなよ、サリーも自分が何を着るべきか悩んでいるんだからな」そう付け加えたとき、カールが入ってきた。

「ミス・ソーントンとおっしゃる方から電話です、ブルーノさま」

セバスティアンは思わず笑ってしまったが、ブルーノは何も言わずにそそくさと出ていった。セバスティアンが二枚目のトーストにマーマレードを塗っていると、数分後に戻ってきて、こう吐き捨てた。「くそ、くそ、くそ」

「どうした？」

「サリーがこられなくなったんだ。風邪を引いて、熱があるんだそうだ」

「この夏の盛りにか？」セバスティアンは訝った。「何だか中止にするための言い訳に聞こえなくもないな」

「それも間違っている。明日なら大丈夫だと言ってくれてるんだ。おれに会うのが待ちきれないってな」

「それなら、おれと一緒にケンブリッジへ行かないか？　おれならおまえが何を着ようと文句を言わないぞ」

ブルーノがにやりと笑みを浮かべた。「おまえがサリーの代役ってのは悲しいけど、まあ、実際のところ、それ以上に面白いこともなさそうだしな」

46

「くそ、何てことだ」キッチンから上がってきた瞬間に問題が起こっていることに気づいて、カールは思わず吐き捨てた。まさに、ブルーノとセバスティアンが玄関を出て、姿が見えなくなったところだった。ホールを玄関口まで走ったが、そのときには、オレンジのＭＧＡはもう路肩を離れて走り出していた。ハンドルを握っているのはセバスティアンだった。

「ブルーノさま！」カールは声を限りに叫んだが、二つの頭はどちらも振り返らなかった。セバスティアンがウィンブルドンの最新情報を聞こうとして、早くもラジオをつけていたのだ。カールは道路の真ん中まで走り出て必死で両腕を振ったが、ＭＧＡは減速しなかった。あとを追って走り出したとき、車の前方の突き当たりの信号は青だった。

「赤になれ！」カールは叫んだ。その願いは聞き入れられたが、そのときにはセバスティアンはすでに左折し、ハイド・パーク・コーナーへとアクセルを踏んでいた。カールは逃げられたことを認めるしかなかった。クリフトンが玄関の前からケンブリッジへ車を出す前に、ブルーノがどこかまで連れていってくれと頼んだ可能性はあるだろうか？　今日の午後はガールフレンドとの映画鑑賞ではなかったのか？　これは放っておいていいような事態ではないぞ。

カールは踵《きびす》を返して屋敷へと走った。ミスター・マルティネスは、今日、どこにいるはずだった？　午後はウィンブルドンで女子の決勝を観戦することになっているが、待てよ、その前に町で人と会う約束があったはずだ。だとすると、まだオフィスにいるかもしれない。神を信じない男は、自分の雇い主がまだウィンブルドンへ出発していないことを神に祈った。

開け放してあった玄関へ飛び込むと、ホールの電話をひっつかんで雇い主のオフィスの番号をダイヤルした。ややあって、ドン・ペドロの秘書の声が返ってきた。

「ボスに話がある。大至急だ。大至急なんだ」カールは繰り返した。

「でも、ミスター・マルティネスとディエゴさまは、少し前にウィンブルドンへ出かけられました」

「セブ、しばらく前から気になっていることがあって、それをおまえと話し合わなくちゃならないんだ」

「サリーが明日も現われないと、おれが考える理由についてか？」

「そうじゃない。もっと深刻な話だ」ブルーノが言った。セバスティアンは友人の口調が変わったことに気づいたが、助手席を見て表情を観察する余裕がなかった。何しろ、初めてハイド・パーク・コーナーを相手にしようとしているのだ。

「具体的な根拠があるわけではないんだが、今回、おまえがロンドンにきてからというもの、父がおまえを避けているような気がしてならないんだ」

「だけど、それは理屈に合わないんじゃないか？　だって、おれと一緒にウィンブルドンへ行くことを提案してくれてるじゃないか」セバスティアンはパーク・レーンを上りながら、ブルーノに思い出させた。

「それはわかってるし、今日、おまえにこのＭＧＡを貸すというのも父のアイディアだ。ただ、おまえがブエノスアイレスにいるときに何かがあって、それが父の気に障ってるんじゃないかと思ったりしてるんだが」

「思い当たる節はないな」セバスティアンは応え、Ａ１への標識を見つけて外側へ車線を変えた。

「それにいまだに見当もつかないのは、おまえのお父さんが地球を半周してまで、おまえに会いにいった理由だ。一本電話をすればすむことなのに」

「おれも父に同じ質問をするつもりでいたんだが、いま、父の頭のなかはアメリカでの新作宣伝ツアーの準備で一杯で、ほかのことが入る余地がない。それで母に訊いたんだが、貝のように固く口を閉ざして、何も答えてくれない。母は貝ではないし、口もきけるのにだ」

「それから、わからないことがもう一つある。お父さんと一緒に飛行機でイギリスへ帰れるのに、どうしておまえだけがブエノスアイレスにとどまったんだ？」

「大きな荷物をサウサンプトンへ持って帰るって、おまえのお父さんと約束したからだよ。それに、あれだけの報酬をもらっておいて、裏切るようなことはしたくなかったんだ」

「その荷物というのは、きっとシルフォードの芝生の上に転がっているブロンズ像に違いない。だけど、そうだとすると、もう一つ謎が増えるだけだ。どうして父はおまえに頼んであの銅像をアルゼンチンから持ち帰り、オークションにかけて自分で買い戻したんだろう？」

「それはおれにはわからないな。おれはお父さんに頼まれたとおり、引渡し書類にサインして、〈サザビーズ〉がその荷物を引き取るのを確認すると、そのまま両親と一緒にブリストルへ帰ったんだ。どうしてそんなにしつこく訊くんだ？　おれはおまえのお父さんに頼まれたことを忠実にやっただけだ」

「どうして訊くかというと、昨日、ある男の人が父を訪ねてきたんだが、その人が父と話しているときにバリントンという名前が出たのをたまたま聞いたからだ」

セバスティアンは次の信号で止まった。「その男がだれかはわからないか？」

「わからない。初めて見る顔だった。でも、父は彼のことを〝少佐〟と呼んでいたな」

「お客さまのお呼び出しをいたします」ラウドスピーカーが告げた。ミス・ギブソンが第一セットのサーヴをしようとしているところだったが、観客はさらに静かになった。「ミスター・マルティネス、大会事務所まで至急おいでください」

ドン・ペドロはすぐには動かず、ややあってからゆっくりと席を立って言った。「何かあったに違いない」そしてそれ以上は何も言わずに、坐っている観客の前を横切って一番近い出口へ向かった。ディエゴがぴったりと後ろについていた。ドン・ペドロは通路に出ると、プログラム売りに大会事務所の場所を尋ねた。

「緑の屋根のあの大きな建物です、サー」若い伍長が自分の右側を指さした。「すぐにわかります」

ドン・ペドロもきびきびと階段を下りてセンター・コートの外へ出ようとしたが、父親を追い抜いたディエゴはとっくに出口へたどり着き、足取りを速めて、ひときわ高く聳《そび》える大きな建物を目指した。ときどき後ろを振り返ると、父もそう遅れずについてきていた。両開きのドアのそばに立っている制服姿の関係者を見つけ、足取りをゆるめて大声で訊いた。「大会事務所はどこだろう?」

「左側の三つ目のドアがそうです、サー」

ふたたび足を早めて歩いていくと、〈倶楽部事務所〉と印刷されたドアが見えた。ドアを開けると、紫と緑の洒落たジャケットの男と顔が合った。

「マルティネスだ。さっき、場内呼出しがあったはずだが」

「はい、ミスター・カール・ラミレスなる方から電話があり、至急自宅へ連絡をほしいとのことでした。これ以上あり得ないぐらい重要な用件だと強調していらっしゃいましたが」

ディエゴはその男の机の電話をつかむと、自宅の番号をダイヤルした。そのとき、頬を真っ赤にした父親が飛び込んできた。

「どんな緊急事態だ？」彼は息を切らしながらも訊いた。

「まだわかりません。自宅へ電話するようにという、カールからのメッセージが残されていました」

ドン・ペドロが受話器を受け取ったとき、声が返ってきた。「ミスター・マルティネスですか？」

「そうだ」ドン・ペドロは応え、カールの言うことに慎重に耳を傾けた。

「何なんです？」ディエゴが冷静さを保とうとしながら訊いた、しかし、父は完全に血の気を失って机の縁を握り締めていた。

「ブルーノがあの車に乗っているんだ」

「今夜、帰ったら、父に訊いてみるよ」ブルーノが言った。「だって、父に頼まれたことをやっただけなら、おまえに腹を立てる理由なんかないはずだからな。そうだろ？」

「おれにはわからないよ」セバスティアンは最初の出口を出てA1へつながる環状交差路へ入ると、二車線の自動車道を走る車の流れに合流した。そして、アクセルを踏み込み、風が髪を嬲《なぶ》る感触を楽しんだ。

「もしかしたらおれが過剰反応しているだけかもしれないが」ブルーノが言った。「それでも、この謎を解いてすっきりしたいんだ」

「その少佐がフィッシャーっていうだれかなら」セバスティアンは言った。「教えといてやるが、おまえをもってしてもその謎は解けないだろうな」

「どういうことだ？　フィッシャーって、一体何者なんだ？」

「この前の選挙に保守党から出馬した、おれの伯父の対抗馬だ。憶えてないか、あいつのことは全部話してやっただろう」

「投票に細工をして、おまえの伯父さんを騙し討ちにしようとしたやつか？」

「そいつだよ。それだけじゃない、〈バリントン海運〉がプレッシャーを受けているときには必ず社の株を売買して、経営を不安定にさせようとまでしたんだ。結局、会長がついにあの男を重役から排除して母を代わりに据えたんだけど、それを恨みに思っているのかもしれない」

「だけど、父はそんなろくでもない男と何の関係があるんだろう？」

「まあ、フィッシャーじゃないって可能性もあるだろう。その場合には、おれたちは二人とも過剰反応していることになるな」

「そうであることを願おうじゃないか。だけど、これからも目を大きく開けて、耳を澄ましつづけるべきだと思うんだ。この謎を解明できる何かを、おれたちのどっちかが摑むかもしれないだろう」

「いい考えだ。なぜなら、おれはおまえのお父さんに嫌われたくないからだ。これは間違いない」

「それから、何らかの理由でおれの一族とおまえの一族のあいだに悪感情があるとわかったとしても、おれたちまでそこに巻き込まれることを意味しないからな」

「当たり前だ。わかりきったことだ」セバスティアンは応えた。速度計は六十マイルを指していた。これも初めての経験だった。「おまえの教官は新学期までに何冊ぐらい読ませようとしているんだ？」セバスティアンは縦一列になって走っている三台の石炭を積んだトラックを追い越そうと外側の車線へ出た。

「十二冊ほどだよ。だけど、新学期が始まった日に全部読んでなくちゃならないって感じでもなかったと思う」

「おれなんか、生まれてからだって十二冊も読んでないんじゃないかな」セバスティアンは言いながら、一台目のトラックを追い越した。だが、二台目がいきなり車線を外側へ変えて自分の前に出てきたために、急ブレーキを踏まなくてはならなかった。その時点では、そのトラックは一番前を走っていたトラックを追い越してから、また内側の車線へ戻ろうとしているかのように見えた。セバスティアンがバックミラーを覗くと、三台目のトラックも外側の車線へ出てこようとしていた。

セバスティアンの前にいるトラックが徐々に前に出て、いまも内側の車線にいるトラックの横に並びかけようとしていた。セバスティアンはふたたびバックミラーを見た。とたんに、不安になった。後ろにつけている三台目のトラックが距離を縮めつつあった。

ブルーノが後ろを向いて、後ろのトラックの運転手に狂ったように両腕を振り、声を限りに叫んだ。「もっと下がれ！」

その運転手は無表情のまま、のしかかるようにしてハンドルを握り、徐々に距離を縮めつづけた。その一方で、前にいるトラックは、内側の車線にとどまっているトラックを追い越す気配を一向に見せなかった。

「頼むから前を開けてくれ！」セバスティアンは絶叫し、掌《てのひら》を力一杯クラクションに押しつけた。だが、前を塞いでいるトラックの運転手はその意味を理解できないようだった。

もう一度バックミラーを見てぞっとしたことに、後ろのトラックはもうリア・バンパーと数インチしか離れていないぐらいの近さにいた。前を塞いでいるトラックは依然として内側の車線へ戻る気配をみせず、加速もしなかった。そのトラックが内側へ移ってくれさえすれば、ＭＧＡは一気に加速できるのだが。ブルーノは左側の車線を塞いでいるトラックに向かって死に物狂いで手を振っていたが、運転手は加速もしなければ減速もしなかった。アクセルから足を離してくれさえすれば、ＭＧＡは無事に内側車線へ移れるのだが、運転手は目をくれようともしなかった。

セバスティアンがハンドルをしっかりと握り直した瞬間、後ろのトラックがリア・バンパーにぶつかり、小さなＭＧＡを前に押しはじめた。ＭＧＡのナンバープレートが外れて宙に舞った。セバスティアンはもう二フィート前に出ようとしたが、これ以上少しでもアクセルを踏んだら、前を塞いでいるトラックにぶつからずにすまなかった。このままでは、二台のトラックに挟まれ、アコーディオンのように押し潰されてしまう。

数秒後、ＭＧＡはまた、今度はかなりの勢いで前に押し出された。後ろのトラックに速度を上げてぶつかられ、ＭＧＡと前を塞いでいるトラックとのあいだは一フィートもなくなった。後ろのトラックに三度目にぶつけられたとき、セバスティアンの頭にブルーノの言葉がいきなり閃いた――〝おまえ、本当に正しい決断をしているという確信があるのか？〟。助手席に目を走らせると、ブルーノはいまや両手でダッシュボードにしがみついていた。

「あいつら、おれたちを殺そうとしているんだ」ブルーノが悲鳴を上げた。「頼むから、セブ、何とかしてくれ！」

セバスティアンは絶望的な目で、並行して走っている対向車線を見た。南へ向かう車が途切れることなく逆の方向へ走っていた。

前を塞いでいるトラックが減速しはじめた。何であれ生き延びる望みがあるとすれば、腹を決めなくてはならなかった。しかも、いますぐに。

あの少年の父親に電話をして、彼の息子が悲劇的な交通事故で落命したことを知らせるという逃れることのできない役目を負わされたのは、彼の入学担当教官だった。

特別収録短編

この意味、わかるだろ

KNOW WHAT I MEAN

by JEFFREY ARCHER

「ここがどんなところか知りたかったら、おれに声をかけろ」ダグが言った。「この意味、わかるだろ?」

どの刑務所にもこういう男が必ず一人はいるもので、ノース・シー・キャンプでは、それはダグ・ハズレットだった。身長は六フィートに半インチ足りず、たっぷりした黒い縮れ毛はこめかみに白いものが混じりはじめて、腹がズボンの上から迫り出して垂れ下がっていた。ダグの考える運動は、図書係を務める図書室から百ヤード離れた大食堂まで、一日三回往復することだった。私の見るところでは、頭の運動もほぼ同じペースだった。

さして時間がかからずにわかったのだが、ダグは頭がよくて、狡猾で、ごまかしが得意で、怠け者で、犯罪常習者に共通の特徴を備えていた。新たな刑務所に収監されても、何日も経たないうちに新しい服と、一番居心地のいい監房と、給料が一番いい仕事を必ず手に入れて、どの服役囚の側につく必要があるか、それ以上に重要な、どの看守に気に入られなくてはならないかを見抜いてしまうのだった。

私は自由時間の大半を図書室で過ごしたから——四百人以上が服役しているにもかかわらず、混んでいることはほとんどなかった——、時ならずしてダグの来歴を知ることになった。囚人のなかには相手が作家だとわかると貝のように口を閉ざす者もいるが、逆に饒舌になる者もいる。部屋の至るところで貼紙が〝静粛〟を促しているにもかかわらず、ダグは後者に属していた。

十七で学校を辞めたとき、合格したのは運転免許取得試験だけだった。これは一発合格で、四年後には大型輸送車運転免許がそこに加わり、それと同時にトラック運転手として初めて職を得た。

すぐに幻滅したことに、芽キャベツやえんどう豆を積んで遠く南フランスへ往復しても、幾らの稼ぎにもならなかった。空荷でスリーフォードまで戻らなくてはならず、したがってボーナスなしで終わることも頻繁にあった。EUの規則に違反する——彼の言葉を借りるならへまをする——ことがしばしばあったが、当人は税金を払わなくていいのだとなぜか考えていた。彼に言わせれば、責めを負うべきはフランスのあまりに多くの不必要な官僚的形式主義的手続きと、イギリス労働党政府の重税だった。ついに両国の裁判所によって銀行口座を凍結されたときは、彼本人以外の全員が責めを負わされた。

執達吏はすべての所有物を一切合財没収したが、ローンで買っていまだ支払いをつづけているトラックだけは目こぼししてくれた。

トラック運転手家業に見切りをつけて失業手当を受給しよう——手取りはトラック運転手とさして違わなかったが、朝早く起きなくてもよかった——としていたちょうどそのころ、マルセイユに立ち寄ったとき、これまで出会ったことのない男が近づいてきた。波止場の近くのカフェで朝飯を食べていると、隣りのストゥールに腰かけたのだった。その見知らぬ男は自己紹介などで時間を無駄にすることなく、単刀直入に用件を切り出した。ダグは興味津々で耳を澄ました。なぜといって、積んできた芽キャベツとえんどう豆はすでに波止場で降ろしてしまい、空荷で帰ることになっていたからだ。週に一度、託送品のバナナをリンカンシャーへ運んでくれるだけでいいんだ、と男は請け合った。

ダグが二つ返事で引き受けたわけではないことは指摘しておくべきだと思う。薬物を運ぶつもりはないとはっきり言ったし、不法移民の手助けなど論外だと断わった。私の服役囚仲間の大半がそうだったように、ダグもかなり右翼的な信条の持ち主だった。リンカンシャーの奥深くの田舎にある、積荷を引き渡すことになっている朽ちかけた納屋に着くと、分厚い茶封筒を渡された。現金で二万五千ポンド入っていた。荷降ろしを手伝えとすら言われなかった。

暮らしぶりは一夜にして変わった。

そのあと長距離輸送を二度やってからパートタイムの仕事に切り替え、週に一度マルセイユを一往復するだけにした。にもかかわらず、稼ぎは申告している一年の納税所得金額よりも多かった。

そうやって新たに手にした富を使って実行したことの一つに、ヒントン・ロードの地下のフラットを脱出して不動産市場に参入することがあった。

それからのひと月、地元の不動産会社の若いレディに案内してもらって、スリーフォードの物件をいくつか見て回った。自分が紹介するような不動産をどうして一介のトラック運転手が買えるのか、サリー・マッケンジーは理解に苦しんだ。

最終的にスリーフォード郊外の小さなコテージを買うことにその顧客が決めたとき、サリーは頭金の支払いが即金だったことにさらに驚いたし、デートに誘われたときはショックを受けた。

半年後、金の出所がわからないのが気にはなったが、サリーはダグの家へ引っ越した。

いきなり金持ちになったダグの前に、予想外の問題が現われた。銀行に口座を開けず、毎月の支払いを住宅金融組合に小切手でできないとしたら、毎週二万五千ポンドの収入をどうすればいいのか？　ヒントン・ロードのフラットは田舎のコテージに変わった。中古のフォークリフト・トラックは十六輪のベンツのトラックに変わった。年に一度のブラックプールのベッド・アンド・ブレックファストの休日はポルトガルのアルガルヴェ県の貸し別荘に格上げされた。ポルトガル政府は現金の支払いを、それがどこの通貨であれ喜んでいるようだった。

一年後に二度目のアルガルヴェ行きを敢行したとき、ダグは片膝を突いてのプロポーズをし、どんぐりほどの大きさのダイヤモンドの婚約指輪を贈った。ダグというのはそういう昔気質の男だった。

何人かは、とりわけダグの若い妻は、一年に二万五千ポンドしか稼ぎのないはずの彼がどうしてそんな暮らしをする余裕があるのか、依然としてわからないままだった。訊いても、「超過勤務手当は現金で支払われるんだ」という決まった答えしか返ってこなかった。その答えは夫が週に二回しか働かないことを知っているミセス・ハズレットを納得させなかったが、ほかのだれかがそれに関心を持たなかったら、彼女が真相を知ることはなかったかもしれない。

イギリス税関の若い野心的な税管理補のマーク・ケイネンは、ダグが輸入しているのはただのバナナではないかもしれないとの情報提供を受け、彼がイギリスに何を持ち込んでいるか、本腰を入れて検める時がきたと判断した。

ダグが週に一度のマルセイユ行きから帰ってきたとき、ケイネンはトラックを税関倉庫に駐めるよう指示し、運転席を降りてきたダグから積荷表を受け取った。そこにはバナナ五十箱としか記入されていなかった。ケイネンは箱を一つずつ開けていき、三十六箱目に到達するころには、間違った情報を提供されたのではないだろうかと疑いはじめた。その疑いが晴れたのは、四十一箱目を開けたときだった。マルボロ、ベンソン&ホッジス、シルク・カット、プレイヤーズといった何種類もの煙草がぎっしり詰め込んであった。五十箱目を開け終えたとき、密輸品の末端価格は二十万ポンドを超えると推定された。

「中身が何なのか知らなかったんだ」ダグは妻に断言し、妻は夫を信じた。弁護団にも同じ話をし、弁護団はそれを信じたかったが、三度目に同じ話をしたとき、陪審員はそれを信じなかった。弁護団は裁判長にミスター・ハズレットは初犯であり、妻は妊娠しているのだと訴えた。裁判長は石のような沈黙をもってそれを聞き、四年の刑を宣告した。

最初の一週間はリンカン重警備刑務所にいたのだが、入所事務手続きを終え、三つの質問項目――薬物、暴力、前科――の〝無〟の欄にチェックマークを書き込むと、すぐ開放型刑務所へ移された。

ノース・シー・キャンプでは、すでに私が説明したとおり、図書室での仕事を選択した。ほかの選択肢は、養豚場、調理場、売店、あるいは、便所掃除だった。ダグはすぐに気づいたが、この刑務所には四百人以上が服役しているにもかかわらず、図書係はずいぶん暇だった。一週間の手取りは二万五千ポンドから十二ポンド五十ペンスに激減し、そのうちの十ポンドは妊娠している妻に連絡するためのテレフォンカードの購入に消えた。

ダグは週に二回電話をして――刑務所では、電話はかけられるけれども、受けることはできない――、出所したら二度と法律がらみの面倒を起こすことはしないと繰り返し約束した。何度もそれを聞かされて、サリーは安心した。

ダグがいないあいだ、サリーはお腹が大きくなっているにもかかわらず不動産会社での仕事をつづけ、乗り手のいなくなったトラックを貸し出すことまでした。だが、ダグは妻にすべてを話していたわけではなかった。ほかの服役囚が〈プレイボーイ〉や〈リーダーズ・ワイヴズ〉や〈サン〉を差し入れてもらうのを尻目に、〈週刊運輸業界〉と〈エクスチェンジ&マート〉を手に入れて寝る前に読んでいた。

〈週刊運輸業界〉を拾い読みしているとき、まさに探していたものが見つかった。中古、左ハンドル、四十トン、アメリカのピーターービルト社製の大型トラックが、圧倒的に安い値段で売りに出されていた。ダグは時間をかけて――時間だけはたっぷりあった――、その車に何を追加装備するかを考えた。図書室にだれもいないときを見計らって、雑誌の裏に図面を描きはじめた。次に、定規を使ってマルボロの正確なサイズを測定した。今回は現金の実入りは減るけれども、少なくとも捕まることはないはずだと確信した。

週に二万五千ポンドを稼ぎながら税金を払わずにすませるための問題の一つに、出所したら一年に税込みで二万五千ポンドしか稼げない職に就かなくてはならないことだった。それはほとんどの犯罪者、とりわけドラッグ・ディーラーに共通するジレンマだった。

出所までひと月を切ったとき、ダグは妻に電話をして、自分が持っている最高級のメルセデスのトラックを下取りに出し、〈週刊運輸業界〉で見つけた十八輪のピーターービルト社製超大型中古トラックを買うように言った。

サリーはそのトラックを最初に見たとき、夫があのメルセデスの素晴らしいトラックとこの怪物を交換した理由がわからなかった。そして、これならスリーフォードからマルセイユまで給油なしのノンストップで走れるという説明を受け容れた。

「でも、左ハンドルよ」

「忘れるなよ」ダグは言った。「旅の最長区間はカレー－マルセイユ間で、フランスは右側走行なんだ」


ダグは模範囚と認められ、四年の刑期が半分ですむことになった。

釈放の日、刑務所の門の前で妻と十八か月になる娘のケリーが待っていた。サリーの運転する古い車《ヴォクスホール》でスリーフォードへ帰ると、自分たちの小さなコテージの隣りの草地に中古の家具運搬車《パンテクニコン》がいるのを見てにんまりした。

「だけど、どうして古いメルセデスを売らなかったんだ?」彼は訊いた。

「下取りの値段が安過ぎたんですもの」サリーが答えた。「だから、もう一年貸し出すことにしたの。少なくとも多少の実入りにはなっているわ」ダグはうなずいた。嬉しいことに、二台とも汚れ一つなかったし、エンジンも点検してみると何の問題もないことがわかった。

翌朝から仕事に戻った。同じ過ちは繰り返さないとサリーに何度も約束し、地元の農家の芽キャベツとえんどう豆を満載してマルセイユへ出発した。そして、バナナを満載してイギリスへ戻った。最近昇進したばかりの疑い深いマーク・ケイネンにいつも止められ、マルセイユから何を積んで帰ってきたか調べるための抜き打ち検査をされた。だが、どれほど多くの木箱を開けても出てくるのは常にバナナだけで、ケイネンはそれでも納得がいかなかったが、ダグがどんな手を使っているのか見当がつかなかった。

「いい加減にしてくださいよ」ドーヴァーでまたもや止められたとき、ダグは言った。「おれが改心した《ターンド・オーヴァー・ア・ニュー・リーフ》ことがわからないんですか?」ケイネンはいい加減にしなかった。ダグの言う〝葉《リーフ》〟は煙草の葉だと、たとえ立証できなくても信じていた。

ダグの新しいやり方は夢のようにうまくいっていて、いまのところは週に一万ポンドにしかならなかったが、少なくとも今度は捕まることはあり得なかった。サリーは二台のトラックの上がりをどちらも正しく帳簿に記録しつづけていたから、ダグの納税申告に間違いは常になかったし、ＥＵのどんな新しい規則にも抵触することがなかった。が、税金を払うことなく利益を出す新しい方法について、ダグは妻に詳しく話していなかった。

　ある木曜の午後、ダグはドーヴァーの税関を通過してすぐ、スリーフォードへ北上する旅をつづけるために最寄りのガソリンスタンドに立ち寄った。そのあとすぐにそのガソリンスタンドに入ってきたアウディの運転手が悪態をつきはじめた——こんなくそでかいパンテクニコンの給油が終わるまで、いったいいつまで待たなくちゃならないんだ。ところが意外なことに、そのトラックの運転手はほんの二分ほどで給油ノズルをホルダーに戻した。ダグがガソリンスタンドを出るや、後ろにいたアウディが同じポンプへと移動した。トラックの横腹に記された名前を見て、アウディの運転席のケイネンは興味を掻き立てられた。ポンプのメーターを見ると、ダグは三十三ポンド分しか給油していなかった。ケイネンはハイウェイを遠ざかっていく十八輪の超大型トラックを目で追いながら計算した――それしか給油していないのなら、数マイルも走ったらまた給油しなくてはならないはずだ。

ダグのトラックに追いつくには数分あれば十分だった。不審に思われない距離を保ちながらその超大型トラックを尾行していくと、二十マイル走ったところでまたガソリンスタンドに入った。パンテクニコンは数分後にふたたびハイウェイへ出ていき、ケイネンはまたポンプを確認した。三十四ポンド。今度も二十マイルしか走れない量だった。そのトラックがスリーフォードへの旅をつづけるのを確認すると、ケイネンは笑みを浮かべてドーヴァーへ引き返した。

翌週、ダグはマルセイユからの帰りにケイネンに止められ、トラックを税関倉庫に駐めるよう指示されたが、不安がっている様子は微塵もなかった。積荷表に記載されているとおり、木箱にはバナナしか入っていないとわかっていたからだ。だが、ケイネンは後部ドアを開けろとは言わず、トラックのまわりを一周しながら、手にしたスパナが音叉ででもあるかのようにして大きな燃料タンクを叩いていくだけだった。八つ目の燃料タンクがそれまでの七つとまったく違う音を響かせたとしても、ケイネンは驚かなかった。ダグを待たせて、税関の自動車整備士がトラックの両側から四時間がかりで八つの燃料タンクを取り外していった。一つにディーゼル燃料が半分入っていただけで、残りの七つには十万ポンドを超える価値を持つ煙草が隠れていた。

今回は裁判長も前回ほど寛大でなく、六年の刑を申し渡した。二人目の子供が生まれるのだと弁護人が訴えても無駄だった。

サリーは夫が約束を破っていたことに呆れ、絶対に、二度とやらないと誓っても鵜呑みにはしなかった。そして、夫が服役するのとほとんど同時に、二台目のトラックも貸し出すことにして、自分は不動産会社の仕事に復帰した。

一年後、サリーは不動産会社の給料以外に、三万ポンドを少し超える収入があったと申告することができた。

会計士はコテージの隣りの草地を買うことを勧めた。夜間は常に二台のトラックが駐めてあるから税控除の対象になるという理由だった。「駐車場は」会計士は説明した。「正当な事業必要経費になるんです」

ダグは六年の刑期を務めはじめたばかりで、図書係として週に十二ポンド五十ペンスを手にするに過ぎなかったから、意見を言える立場になかった。しかし、翌年、サリーが三万七千ポンド——売上げに対する特別ボーナスも含まれていた——の収入を申告したときには、さすがに感心するしかなかった。今回、会計士は三代目のトラックを買うことを勧めた。

結局のところ、ダグは六年の刑期の半分、すなわち三年を務めただけで自由の身になった。サリーが刑務所の門の前にヴォクスホールを駐めて待っていてくれた。九歳になる娘のケリーがシートベルトを締めて後部座席にいて、妹のサムがその隣りにいた。刑務所で父親と面会することをサリーは子供たちに許していなかったから、見知らぬ男に抱き上げられてサムが泣き出した。お父さんよ、とサリーが説明した。

ベーコン・アンド・エッグズの朝食で出所を祝っているとき、会計士の助言に従って有限会社を設立したことを、サリーはようやく報告することができた。〈ハズレット運輸〉は初年度の利益は二万一千六百ポンド、さらに二台のトラックを加えて部隊を増強していた。不動産会社を辞めて、この新会社のフルタイムの社長になることを考えている、とサリーは明らかにした。

「椅子《チェア》？」ダグが訝った。「そりゃ何だ？」

運転手の一人としてハンドルを握らせてもらえるのであれば、サリーが会社を仕切ることにダグはまったく異存がなかった。この状況が幸福な状態でつづくかと思われたとき、またマルセイユのあの男がダグに近づいてきた。刑務所入りしたことなどなさそうで、これは危険などまったく伴わないし、さらに肝心なのは、今回は女房に知られる心配のない絶対安全な計画だと、自信満々の口ぶりだった。

ダグは何か月かはそのフランス男の誘いに抵抗したが、大金を賭けたポーカーに負けてついに降参した。一回だけだ、と彼は自分に誓った。マルセイユからきた男は笑みを浮かべ、一万二千五百ポンドの現金が入った封筒を差し出した。

サリーの指揮の下、〈ハズレット運輸〉は評判も上がりつづけ、収益も増えつづけた。一方、ダグは現金を手にすることにふたたび慣れていった。収支に計上する必要がなく、したがって税金を払う必要のない現金だった。

〈ハズレット運輸〉に、とりわけダグに、目を光らせている人物がいた。ダグは芽キャベツとえんどう豆を満載したトラックでドーヴァー・ターミナルを通過してマルセイユへ向かうことを時計のように規則正しく繰り返していて、その姿も目撃されていた。だが、警察業務部門へ異動になって密輸取締官としての任務についているマーク・ケイネンは、ダグがマルセイユから戻ってくるところを一度も目にしたことがなく、それが気になっていた。

記録を調べてみると、〈ハズレット運輸〉はいまや毎週九台のトラックをヨーロッパ各地へ走らせていることがわかった。社長のサリー・ハズレットの評判は、所有しているトラックと同様、税関《カスタムズ》から顧客《カスタマーズ》に至るまで、例外なく非の打ち所のないものだった。だがケイネンだけは依然として、自分が任務についているドーヴァー経由でもうダグが戻ってこない理由を突き止めようとしていた。個人的にそうせずにいられなかった。

何度かこっそり調べた結果、ダグはいまもマルセイユで芽キャベツとえんどう豆の積荷を降ろし、空になったトラックにバナナの木箱を積み込んでいることがわかった。しかし、わずかな違いが一つあり、それはニューヘイヴン経由でイギリスへ帰るようになっていることだった。ケイネンの推定では、少なくとも二時間は余計にかかるはずだった。

税関職員は全員、一年に一か月、昇進の可能性を高めるために別の任地を選択することができた。ケイネンの去年の選択はヒースロー空港だったが、今年はニューヘイヴンでのひと月を選んだ。

ケイネン密輸取締官はダグのトラックが波止場に現われるのを辛抱強く待ち、二週間目の終わり、〈オルセン〉のフェリーから降りるのを待つ車のなかに仇敵のトラックを発見した。ダグのトラックが波止場に降りるや、ケイネンは二階のスタッフルームに姿を消してカップにコーヒーを注ぎ、窓際へ行って、ダグのトラックが通関を待つ列の先頭に出て停止するのを見守った。担当の税関職員二人がためらう様子もなく手を振ってダグを通過させた。ケイネンはそれを阻止しようともせず、ダグが道路へ出てスリーフォードへ帰っていくに任せた。さらに十日待たなくてはならなかったが、ダグのトラックがふたたび姿を現わしたとき、今度は一つだけ変わっていないことがあるのに気がついた。たまたまとは、ケイネンは考えなかった。

五日後、ダグがニューヘイヴン経由で帰ってきたとき、この前と同じ二人の税関職員はざっとトラックを検めただけで、行っていいとすぐに手を振った。それがたまたまでないことは、もはや間違いなかった。ケイネンは突き止めた事実をニューヘイヴンの上司に報告し、ひと月の任期を終えてドーヴァーへ戻った。

ダグがさらに三度のマルセイユ行きを成功させたあと、件の二人の税関職員が逮捕された。五人の税関職員が自分のトラックに向かってくるのを見て、絶対に捕まる心配がないはずの新しい方法が疑われていたことをダグは知った。

今回、ダグは無罪を申し立てることをせず、裁判所に時間を無駄にさせなかった。取り分を山分けしていた二人の税関職員の片割れが、共犯者を教えて減刑を手にすべく取引をし、ダグラス・アーサー・ハズレットの名前を明らかにしたからである。

裁判長は八年の刑を宣告し、七十五万ポンドの罰金を払わなければ模範囚であっても減刑はしないと付け加えた。七十五万ポンドもの大金を払えるはずもなく、といって鉄格子の向こうでさらに八年も過ごすなど考えたくもなかったから、ダグはサリーに助けを求めた。夫を裁判所の命令に従わせるために、サリーはすべてを売らなくてはならず、そこにはコテージ、駐車場、九台のトラック、果ては婚約指輪まで含まれていた。

ダグはノーフォークのウェイランド・カテゴリーC刑務所で一年服役したあと、ノース・シー・キャンプに移されてまた図書係になった。私はそこで彼と出会った。

私が感心したことに、サリーと二人の娘——ともに成人していた——は、毎週末欠かさず面会にきた。ダグは私に、母の墓に誓って二度と絶対、金輪際、同じ過ちは繰り返さないと固く約束しているのに、妻も娘たちも仕事の話をしても取り合ってくれないと愚痴った。

「仕事のことは考えるだけ無駄よ」サリーは言った。「あなたのトラックはもうスクラップにしてしまったわ」

「ずいぶんな目に遭わせてしまったんだから、サリーを責められないことはわかってる」次に図書室へ行ったとき、ダグは私に言った。「だけど、出所したあとハンドルを握れなかったら、おれは死ぬまで何をして暮らせばいいんだ？」

私はダグより二年早く自由の身になったから、何年かあとにリンカンの文学フェスティヴァルで講演をしなかったら、あの図書係がどうなったかを知ることはなかったかもしれない。

質疑応答の時間になって聴衆を見下ろすと、何となく見た憶えがあるような三つの顔が三列目から私を見上げていることに気がついた。私は人の名前を貯めてあるはずの脳の部分を稼働させたが、答えは出てこなかった。が、それは刑務所での執筆の難しさについて質問を受けるまでだった。記憶がいきなり、しかも一挙によみがえった。最後にサリーに会ったのは三年かそこら前、彼女が娘の二人、ケリーとそれから……そう……サムを連れて、ダグに面会にきたときだった。

最後の質問に答えてコーヒー休憩になると、三人が私のところへやってきた。

「やあ、サリー。ダグは元気かな?」私は彼らが自己紹介する前に言った。政治家の手垢にまみれたやり口だが、三人は素直に喜んだ様子だった。

「引退しました」サリーが説明抜きで答えた。

「しかし、彼は私より若いし」私は抵抗した。「自由の身になったら何をするか、その計画を誰彼なしに語って飽きなかったけどな」

「そうだったんでしょうね」サリーが言った。「でも、本当に引退したんです。いま、〈ハズレット運輸〉はわたしと娘二人で経営していて、運転手を別にして二十一人の社員がいます」

「それは順調にいっているということなんだろうな」私は探りを入れた。

「経済欄はお読みにならないのね？」サリーがからかった。

「日本人と同じで」私は言い返した。「新聞は必ず隅から隅まで読むんだが、何を見落としたんだろう？」

「去年、上場したんです」ケリーが割って入った。「母が社長で、わたしが顧客の開拓、サムが運転手の管理を担当しています」

「私の記憶が正しければ、トラックは九台だったね」

「いまは四十一台です」サリーが言った。「去年の総売上げは五百万ポンド弱でした」

「でも、ダグは何の役割も果たしていない《ダズント・プレイ・エニィ・ロール》？」

「プレイならしていますよ、ゴルフですけど」サリーが言った。「それなら、ドーヴァーを通っていく必要も」そして、ため息とともに付け加えた。「ニューヘイヴン経由で帰ってくる必要もありませんからね」そのとき、ダグが会場の入口に現われた。

　彼はそこに立ったまま、会場に目を走らせて家族を探しはじめた。私は手を振って合図を送った。ダグが手を振り返し、ゆっくりとわれわれのほうへやってきた。

「わたしたちを送り迎えする車の運転なら、いまもときどき許しているんです」サムがにやりと笑みを浮かべてささやいた。ちょうどそのとき、ダグが私の横にたどり着いた。

　私はかつての服役囚仲間と握手をし、サリーと娘たちがコーヒーを飲み終わると、三人を車まで送っていって、その道中でダグと言葉を交わした。

「よかったな、〈ハズレット運輸〉は順調だそうじゃないか」私は自分のほうから口を開いた。

「何もかも経験のおかげだよ」ダグが答えた。「忘れないでくれよ、あいつらの知識の源はすべておれなんだ」

「ケリーから聞いたが、この前われわれが会ってから、会社が上場したんだってな」

「あれだって、全部おれの長期計画の一部さ」妻が後部座席に腰を下ろすと、ダグが訳知り顔で私を見て言った。「いま、大勢の連中が嗅ぎまわってるんだ、ジェフ。だから、近い将来に株式の公開買い付け《テイクオーヴァー・ビッド》が始まっても驚くな」そして、運転席側に回ったところで付け加えた。「おまえさんも株価がまだいまのままのうちに小銭を稼ぐチャンスだぞ。この意味、わかるだろ?」

訳者あとがき

ジェフリー・アーチャー〈クリフトン年代記〉第三巻、『裁きの鐘は（原題：*BEST KEPT SECRET*）』をお届けします。

前作『死もまた我等なり』はジャイルズとハリーのどちらがバリントン家の貴族の肩書きと全資産を相続するかが争われるというところで終わっていましたが、その問題は本作の冒頭で結論が出、ジャイルズが相続することになります。イギリスじゅうを巻き込んでの大論争になったその一件が落着し、ジャイルズもハリーもエマも何のわだかまりもなく元の生活に戻るのですが、女性を見る目のないジャイルズがヴァージニア・フェンウィックという悪い女に引っかかり、周囲の反対などどこ吹く風で結婚までしてしまいます。

そのころジャイルズとエマの母のエリザベスが遺言書を残して世を去ります。その遺言書には、ジャイルズの妻となったヴァージニアには何も遺さないことが記されていました。激怒したヴァージニアはジャイルズと別居し、寄宿学校時代からのハリーとジャイルズの仇敵であるアレックス・フィッシャーと組んで、ジャイルズのみならず、バリントン一族全員への復讐を企てます。

一方、ハリーとエマの息子のセバスティアンは卒業間際に校則破りが露見し、入学が決まっていたも同然のケンブリッジ大学への推薦が危うくなって、さらに、ドン・ペドロ・マルティネスという犯罪者が企む偽造紙幣密輸事件に、本人にはその自覚がないまま関わってブエノスアイレスへ向かいます。その事実を知ったハリーはブエノスアイレスへ飛び、現地大使館の力を借りて救出を敢行します。努力の甲斐あって一件落着したかに思われたのですが、ドン・ペドロ・マルティネスは執念深く、ついにはセバスティアンの命を狙いにかかり、実際にその計画を実行に移します。果たしてセバスティアンは無事でいられるでしょうか……。また、ジャイルズとバリントン家はヴァージニアとアレックス・フィッシャーの復讐を跳ね返せるでしょうか……。

今回もまた奇想天外かつ複雑で緻密なディテール、伏線が張り巡らされていて、息もつかせぬ展開となっています。

著者のジェフリー・アーチャーは一九四〇年生まれ、弱冠二十九歳で最年少庶民院議員となり、将来有望と期待されますが、詐欺事件にあって無一文になり、議員辞職までする破目に陥ります。そこで子供のミルク代を稼ごう——詐欺事件で負った借金を返すためとも言われています——と書いた『百万ドルをとり返せ！』がミリオン・セラーになり、以降、スキャンダルを引き起こしたりはしたものの、ベストセラー作家の地位を築いていきます。一九八七年に来日したとき、〈月刊プレイボーイ〉のインタヴューに応えて、「いままで書くテーマに困ったことは一度もない……長編を五本、戯曲を三本、短編を四十本、いますぐにも書くことができる……五分もらえれば、また新しいストーリイをあなたに話してあげられる」と言っていますが、以降の健筆ぶりを見ると、あながちただの大言壮語でないことは明らかです。

第四作に当たる『追手に帆を上げよ』は、セバスティアンの生死の問題から始まり、今度はドン・ペドロ・マルティネスと組んだアレックス・フィッシャーがバリントン家を潰そうと暗躍し、そうはさせじと立ち向かうハリーたちとの戦いが描かれていきます。その結末はどうなるでしょう。乞うご期待。

なお、第四作『追手に帆を上げよ』と第五作『剣より強し』は二〇二五年四月に、第六作『機は熟せり』と第七作『永遠に残るは』は八月に刊行されることになっています。

また、〈ウィリアム・ウォーウィック・シリーズ〉の第六作、〝*TRAITORS GATE*〟も十月に刊行が予定されています。こちらも、どうぞお楽しみに。

また、今シリーズで各巻にお目見えする短編ですが。今回は「この意味、わかるだろ」

です。新潮文庫『プリズン・ストーリーズ』に収録されていた同名作品を新訳しました。ご堪能ください。

二〇二四年十二月

戸田裕之

＊本書は二〇一四年四月に新潮社より刊行された
『裁きの鐘は』を再編集したものです。